PLAZA & JANES

P & J

EDITORES

Los **JET** de Plaza & Janés

BIBLIOTECA DE

V. C. ANDREWS

Angel negro
V.C. Andrews

Plaza & Janés Editores, S.A.

Título original:

DARK ANGEL

Traducción de

ADOLFO MARTÍN

Portada de

GS-GRAFICS, S. A.

Tercera edición en biblioteca de autor: Noviembre, 1993

© 1986, Vanda Productions, Ltd.
© 1993, PLAZA & JANÉS EDITORES, S. A.
Enric Granados, 86-88. 08008 Barcelona

Printed in Spain — Impreso en España

ISBN: 84-01-49182-7 (Col. Jet)
ISBN: 84-01-49754-X (Vol. 182/7)
Depósito Legal: B. 33.487 - 1993

Impreso en Litografía Rosés, S. A. — Progrés, 54-60 — Gavà (Barcelona)

PRIMERA PARTE

I. LLEGADA AL HOGAR

A mi alrededor, la amplia casa parecía oscura, misteriosa y solitaria. Las sombras susurraban secretos, incidentes que era mejor olvidar, e insinuaban peligros; pero nada en absoluto decían acerca de la seguridad que yo tanto necesitaba. Éste había sido el hogar de mi madre, ya difunta; el anhelado hogar que me había atraído cuando yo vivía en aquella choza de montaña de los Willies, el que me llamaba con una voz que sonaba dulce y cantarina en mis oídos infantiles, de tal modo que me había dejado seducir por el pensamiento de que hallaría la felicidad total en cuanto me encontrase aquí. En estas iridiscentes habitaciones de sueños hechos realidad, yo encontraría el áureo tesoro del amor familiar, la clase de amor que nunca había conocido. Y llevaría en torno al cuello las perlas de la cultura, la sabiduría y los buenos modales que me preservarían de la injuria, del desdén y del desprecio. Así pues, como una novia, yo esperaba que todas esas cosas maravillosas apareciesen y me adornasen. Pero no llegaban. Mientras permanecía allí, sentada en *su* cama, las vibraciones de *su* habitación despertaron los turbados pensamientos que siempre se agolpaban en los más oscuros rincones de mi cerebro. ¿Por qué había huido mi madre de una casa como ésta?

Aquella fría noche invernal de hacía muchos años, la pobre abuelita me había llevado a visitar un cementerio, donde me dijo que yo no era la primera hija de Sarah; y me mostró la tumba de mi madre, una bella fugitiva bostoniana llamada Leigh.

Pobre abuelita, con su ignorante e inocente cerebro. Había sido una persona demasiado optimista y confiada, en la creencia de que su hijo menor, Luke, acabaría tarde o temprano revelándose capaz de ensalzar el despreciado y ridiculizado apellido de Casteel. «Tonterías —me parecía oír resonar a mi alrededor como un repicar de campanas de iglesia en la oscuridad—, no sirven para nada, nunca servirán para nada. Ninguno de ellos.» Y me llevé las manos a la cabeza para ahogar el eco de aquellas palabras.

Algún día, sería yo quien hiciera que mi abuela se sintiese orgullosa, aunque ya no viviera. Llegaría un momento, cuando tuviera mi pila de títulos, en que volvería a los Willies para arrodillarme a los pies de su tumba y decir las frases que la habrían hecho más feliz de lo que jamás había sido en todo su vida. Yo no tenía la más mínima duda de que la abuelita me sonreiría desde el cielo y sabría que, por fin, un Casteel había podido ir a la escuela superior y luego a la Universidad...

Qué inocente e ignorante era yo para llegar con tanta esperanza.

Todo había sucedido muy rápidamente: el aterrizaje del avión, mi frenético apresuramiento por abrirme paso entre la muchedumbre del aeropuerto hasta la cinta transportadora de equipajes... Todas esas cosas rutinarias que tan fáciles creía yo que serían, no lo fueron en realidad. Me sentía asustada, incluso después de haber encontrado mis dos maletas azules, que me sorprendieron por su pesadez. Miré a mi alrededor y me tambaleé alarmada. ¿Y si no hubieran venido mis abuelos? ¿Y si se lo hubieran pensado mejor antes de acoger a una nieta desconocida en su acomodado y seguro mundo? Se habían pasado sin mí durante todo este tiempo, ¿por qué no siempre? Y permanecí quieta, esperando. A medida que transcurrían los minutos, me fui convenciendo de que nunca aparecerían.

Incluso cuando un matrimonio elegantísimo, que lucían

las ropas más exquisitas que yo había visto jamás, avanzó hacia mí, continué clavada en el suelo, incapaz de creer que quizá, después de todo, Dios iba a concederme por fin algo que no fueran penalidades.

El hombre fue el primero en sonreír y me examinó detenidamente. En sus claros ojos azules se encendió una lucecita que brilló como una vela dorada vista a través de una ventana en Nochebuena.

—Bueno, tú debes de ser Miss Heaven Leigh Casteel —me saludó el sonriente hombre rubio—. Te reconocería en cualquier parte. Eres idéntica a tu madre, excepto por tus oscuros cabellos.

El corazón me dio un vuelco de alegría, y luego me invadió el abatimiento. Mi maldición, mi pelo. Los genes de mi padre echando a perder otra vez mi futuro.

—Oh, por favor, Tony, por favor —susurró la hermosa mujer que tenía al lado—, no me recuerdes lo que he perdido...

Y allí estaba la abuela de mis sueños. Diez veces más bella de lo que jamás había imaginado. Yo había presumido que la madre de mi madre sería una bondadosa dama de cabeza canosa. Nunca pensé que ninguna abuela ofreciera el aspecto de esta elegante belleza, con un abrigo de piel gris, altas botas grises y largos guantes del mismo color. Sus cabellos eran un bruñido casco de oro pálido y reluciente, recogidos hacia atrás para mostrar un perfil escultórico y un rostro sin arrugas. No tenía la menor duda de quién era, pese a su sorprendente juventud, pues se asemejaba demasiado a la imagen que yo veía todos los días en el espejo.

—Anda, ven —me dijo, haciendo un gesto a su marido para indicarle que cogiera mi equipaje y se diera prisa—. Detesto los lugares públicos. Podemos ir conociéndonos en privado.

Mi abuelo se puso inmediatamente en movimiento, cogiendo mis dos maletas, mientras ella me tiraba del brazo, y no tardé en ser introducida en una *limousine* que aguardaba, con un chófer uniformado.

—A casa —dijo mi abuelo al conductor, sin mirarle siquiera.

Cuando me hallaba sentada entre los dos, mi abuela sonrió al final. Me rodeó suavemente con sus brazos, me besó y murmuró palabras que yo no podía entender del todo.

—Siento que hayamos de ser tan bruscos en esto; pero

no tenemos mucho tiempo que perder —dijo—. Ahora iremos directamente a casa, querida Heaven. Esperamos que no te importe que no te llevemos hoy a ver Boston. Y este elegante caballero que tienes al lado es Townsend Anthony Tatterton. Yo le llamo Tony. Algunos amigos suyos le llaman Townie para irritarle; pero te aconsejo que tú no lo hagas.

Como si quisiera.

—Mi nombre es Jillian —continuó, sujetando todavía mi mano entre las suyas, mientras yo me sentía hechizada por su juventud, por su belleza, por el sonido de su voz dulce y susurrante, tan distinta a las que yo había oído—. Tony y yo nos proponemos hacer cuanto podamos para que disfrutes de esta visita.

¿*Visita*? ¡Yo no había venido de visita! ¡Yo había venido a quedarme! ¡A quedarme para siempre! ¡No tenía ningún otro sitio al que pudiera ir! ¿Les había dicho papá que yo venía a visitarles solamente? ¿Qué otras mentiras les había metido en la cabeza?

Paseé la vista de uno a otro, temerosa de echarme a llorar, pues comprendía instintivamente que ellos lo encontrarían de mal gusto. ¿Por qué había presumido yo que unos cultos habitantes de la ciudad iban a desear o necesitar la compañía de una nieta rústica y aldeana como yo? ¿Y mi educación universitaria? ¿Quién la pagaría si no lo hacían ellos? Me mordí la lengua para no llorar ni decir nada inadecuado. Quizá pudiera ganarme la vida por mí misma trabajando. Sabía escribir a máquina...

En la *limousine* negra permanecí largo rato aturdida por su gran incomprensión.

Antes de que pudiera recuperarme de esta conmoción, su marido empezó a hablar con voz baja y ronca, utilizando palabras que eran inglesas pero pronunciadas de forma extraña.

—Creo que es mejor que sepas desde el principio que yo no soy tu abuelo biológico. Jillian estuvo casada antes con Cleave van Voreen, que murió hace unos dos años. Él era el padre de tu madre, Leigh Diane van Voreen.

De nuevo aturdida, me estremecí. Era el tipo de padre que yo siempre había deseado, un hombre bondadoso y de hablar suave. Mi decepción fue tan intensa que no pude disfrutar la alegría que siempre había esperado sentir cuando conociera el nombre completo de mi madre. Volví a tragar saliva y me mordí la lengua con más fuerza aún, dejando que se disipara la imagen de este hombre atractivo y elegante, como formado de mi misma carne y sangre y tratando con gran dificultad de imaginarme a Cleave van Voreen. ¿Qué clase de apellido era? Nadie en las montañas de Virginia Occidental se había llamado nunca de un modo tan extraño.

—Me halaga mucho que parezcas tan decepcionada al enterarte de que yo no soy tu abuelo natural —dijo Tony, con una leve sonrisa de complacencia.

Desconcertada por su voz y su tono, dirigí a mi abuela una mirada interrogante. Por alguna razón, ella se ruborizó, y la súbita afluencia de color a su bello rostro la hizo parecer más hermosa aún.

—Sí, querida Heaven, yo soy una de esas ignominiosas mujeres modernas que no soportan un matrimonio insatisfactorio. Mi primer marido no me merecía. Yo le amé al principio de nuestra unión, cuando me daba lo suficiente de sí mismo. Por desgracia, eso no duró mucho tiempo. Prescindió de mí para dedicar todas sus energías a su negocio. Quizás hayas oído hablar de la «Naviera Van Voreen». Cleave se sentía desmesuradamente orgulloso de ella. Sus estúpidos barcos reclamaban todas sus atenciones, de tal modo que me vi privada hasta de sus vacaciones y fines de semana. Me volví solitaria, igual que tu madre...

Tony la interrumpió para decir:

—¡Fíjate en esta chica, Jillian! ¿Puedes dar crédito a esos ojos? ¡Esos increíbles ojos azules, tan parecidos a los tuyos, y a los de Leigh!

Ella se inclinó hacia delante y le dirigió una mirada fría y fulminadora.

—Claro que no es exactamente igual que Leigh. Hay algo más que el color del pelo. Hay algo en sus ojos... Algo que no es... tan inocente.

¡Oh! ¡Debía tener cuidado! Tenía que pensar más en lo que podrían revelar mis ojos! No podía permitir que llegaran a imaginar lo que había sucedido entre Cal Dennison y yo. Me despreciarían si lo supieran, igual que me despreció Logan Stonewall, mi novio de infancia.

—Tienes razón, desde luego —admitió Tony, con un suspiro—. No hay dos personas absolutamente iguales en todos los detalles.

Aquellos dos años y cinco meses que pasé en Candlewick, en las afueras de Atlanta, con Kitty y Cal Dennison, no me habían proporcionado, como yo había creído, la clase de sofisticación que necesitaba ahora. Kitty tenía treinta y siete años cuando murió, y había considerado intolerable su avanzada edad. Y aquí estaba mi abuela, que tenía que ser mucho mayor y que parecía menos vieja que Kitty. Por lo que yo podía apreciar, poseía una gran seguridad en sí misma. Ciertamente, nunca había visto yo una abuela tan joven. Y en las montañas las mujeres tenían nietos muy pronto, pues a veces se casaban a los doce, los trece o los catorce años. Me encontré especulando sobre la edad que tendría mi abuela.

Yo cumpliría diecisiete años en febrero, pero aún faltaban varios meses. Mi madre solamente tenía catorce el día en que yo nací; el mismo en que ella murió. Si hubiera vivido, tendría ahora treinta y uno. Yo estaba ya bastante bien informada, y por todo lo que había averiguado sobre los elegantes de Boston sabía que no se casaban hasta haber terminado sus estudios. El tener marido e hijos no se consideraba algo esencial para la vida de las muchachas bostonianas, como ocurría en Virginia Occidental. Esta abuela habría tenido por lo menos veinte años cuando se casó por primera vez. O sea que ahora tendría cincuenta por lo menos. Imaginad. La misma edad en que mejor recordaba yo a la abuelita, con sus largos y finos cabellos blancos, sus encorvados hombros, sus dedos y piernas baldados por la artritis, sus parduscas y oscuras prendas, lastimosamente escasas, sus gastados zapatos.

Oh, abuelita, y en otro tiempo tú fuiste tan hermosa como esta mujer.

El intenso y sostenido estudio que realicé de mi juvenil abuela hizo asomar dos diminutas y brillantes lágrimas a las comisuras de sus azules ojos, tan parecidos a los míos. Lágrimas que se mantuvieron allí, sin caer.

Animada por sus pequeñas e inmóviles lágrimas, logré articular:

—Abuela, ¿qué te contó mi padre sobre mí?

Mi pregunta sonó temblorosa, baja y asustada. Papá me dijo que había hablado con mis abuelos, que éstos me recibirían en su casa. Pero ¿qué más les había explicado? Siempre me despreció, culpándome de haber matado a su «Ángel», a su esposa. ¿Les había relatado todo papá? Si así era, nunca simpatizarían conmigo, y mucho menos me querrían. Y yo necesitaba que alguien me quisiera como era... menos que perfecta.

Aquellas relucientes pupilas azules se volvieron hacia mí,

totalmente desprovistas de expresión. Me desconcertó la facilidad con que podía tornar inexpresivos sus ojos, como si fuera capaz de apagar y encender todas sus emociones. Pese a aquella mirada fría y a aquellas lágrimas que desafiaban la gravedad habló con voz dulce y cálida.

—Querida Heaven, ¿quieres ser buena chica y no llamarme «abuela»? Procuro con ahínco conservar mi juventud, y creo haberlo conseguido; pero si me llamas «abuela» delante de mis amigos, que creen que soy bastante más joven de lo que realmente soy, echaría a perder todos mis esfuerzos. Me resultaría muy humillante ser sorprendida en mentira. Confieso que siempre miento acerca de mi edad, a veces incluso a los médicos. Así que, por favor, no te molestes ni te ofendas si te pido que en lo sucesivo me llames simplemente... Jillian.

Otra sorpresa, pero ya empezaba a acostumbrarme.

—Pero... —tartamudeé— ¿cómo vas a explicar quién soy... y de dónde vengo... y qué estoy haciendo aquí?

—Oh, querida, cariño mío, no pongas ese gesto de ofendida. En privado, quizás en raras ocasiones, podrías llamarme... ¡Oh, no! Pensándolo bien, eso no resultaría. Si te dejo... te olvidarías y me llamarías «abuela» sin darte cuenta. Así que hago bien en que empecemos ya de esta manera. En realidad, querida, esto no es mentir, ¿comprendes? Las mujeres tienen que hacer lo que puedan para crear su propia mística. Sugiero que empieces ya desde ahora a mentir acerca de tu edad. Nunca es demasiado pronto. Y yo te presentaré, simplemente, como mi sobrina, Heaven Leigh Casteel.

Tardé unos momentos en asimilar esto y en encontrar la pregunta siguiente.

—¿Tienes una hermana cuyo apellido sea igual que el mío, Casteel?

—Pues claro que no —respondió ella, con eficiente risita—. Pero mis dos hermanas se han casado y divorciado tantas veces que nadie podría recordar todos los apellidos que han tenido. Y no necesitas adornar nada, ¿eh? Simplemente, di que no quieres hablar de tu pasado. Y si alguien es lo bastante grosero como para insistir, dile a ese ser odioso que tu querido papá te llevó a su ciudad natal... ¿Cómo dijiste que se llamaba?

—Winnerrow, Jill —dijo Tony, con tono suplicante, cruzando las piernas y pasando meticulosamente los dedos por la bien perfilada raya de su pantalón.

Allá en los Willies, la mayoría de las mujeres rivalizaban en hacerse abuelas a la edad más temprana posible. Era algo de lo que alardear, de lo que sentirse orgullosa. Mi propia abuelita lo había sido a los veintiocho años, aunque su primer nieto no había llegado a vivir un año. Sin embargo... a los cincuenta, aparentaba ochenta o más.

—Está bien, tía Jillian —dije, con un hilo de voz.

—No, querida. Tía Jillian, no; Jillian, sin más. Jamás me han gustado los títulos, madre, tía, hermana o esposa. Mi nombre de pila es suficiente.

A mi lado, su marido rió entre dientes.

—Nunca has oído palabras más ciertas, Heaven; y a mí puedes llamarme Tony.

Volví hacia él una mirada sorprendida. Estaba sonriendo malignamente.

—Puede llamarte «abuelo» si quieres —replicó fríamente Jillian—. Después de todo, querido, a ti te viene bien tener lazos familiares, ¿no?

Se traslucían en sus palabras unas implicaciones ocultas que yo no entendía. Mi cabeza se volvía de uno a otro, así que presté muy poca atención a la dirección que seguía nuestro alargado automóvil hasta que las carreteras se convirtieron en autopistas, y vi entonces un letrero que anunciaba que nos dirigíamos hacia el Norte. Un tanto desasosegada por mi situación, realicé de nuevo un intento de averiguar qué les había dicho papá durante su conferencia telefónica de larga distancia.

—Muy poco —respondió Tony, mientras Jillian inclinaba la cabeza y parecía sorber por la nariz, no sé si a consecuencia de un resfriado o de la emoción, y de vez en cuando, se llevaba a los ojos su delicado pañuelo de encaje—. Tu padre parecía un tipo muy agradable. Dijo que acababas de perder a tu madre y que el dolor te había sumido en un estado de profunda depresión. Naturalmente, nosotros queríamos hacer cuanto pudiéramos por ayudarte. Siempre nos dolió que tu madre no se hubiera nunca puesto en contacto con nosotros ni nos hiciera saber dónde estaba. Unos dos meses después de su marcha, nos escribió una postal para decirnos que se encontraba bien; pero no volvimos a saber más de ella. Hicimos todo lo posible por averiguar su paradero; incluso contratamos detectives. La postal estaba tan sucia que no se podía leer, y la fotografía era de Atlanta, no de Winnerrow, Virginia Occidental.

Hizo una pausa y puso su mano sobre la mía.

—Sentimos mucho la muerte de tu madre, querida. Tu pérdida es también nuestra pérdida. Si hubiéramos podido saber su estado antes de que fuera demasiado tarde... Podríamos haber hecho muchas cosas para que sus últimos días hubieran sido más felices. Creo que tu padre habló de... cáncer...

¡Oh, oh! ¡Qué horrible que papá mintiese!

Mi madre había muerto menos de cinco minutos después de mi nacimiento, tras haberme dado apenas nombre. El embuste de mi padre me heló la sangre y la hizo refluir, dejándome una dolorosa sensación de vacío en el estómago. No era justo proporcionarme un puñado de mentiras para que construyera sobre ellas unos cimientos sólidos para un futuro feliz. Pero la vida nunca había sido justa conmigo. ¿Por qué iba a esperar ahora algo diferente? *¡Maldito seas, papá, por no decir la verdad!* ¡Era Kitty Dennison quien había muerto hacía unos días! ¡Kitti, la mujer que me había vendido por quinientos pavos! Kitty, que había sido tan implacablemente cruel con su baño demasiado caliente, su mal genio y sus frecuentes golpes antes de que la enfermedad la privara de fuerza.

En mi esfuerzo desesperado, mientras permanecía sentada con las rodillas juntas, retorciendo nerviosa las manos sobre el regazo y tratando de no cerrarlas y convertirlas en puños, razoné que quizás esta mentira había sido un acto muy inteligente por parte de papá.

Si les hubiera dicho la verdad, que mi madre había muerto hacía muchos años, tal vez no hubieran estado tan dispuestos a ayudar a una rústica muchacha que ya estaba acostumbrada a su pobreza y a la falta de una madre.

Le correspondió ahora a Jillian consolarme.

—Mi querida Heaven, voy a sentarme contigo un día, dentro de poco, de muy poco, y a hacerte un millón de preguntas sobre mi hija —murmuró con voz ronca y entrecortada, olvidando secarse las lágrimas—. Por el momento, estoy demasiado turbada y emocionada como para oír más. Por favor, querida.

—Pero a mí me gustaría saber más *ahora* —dijo Tony, apretándome la mano, que había vuelto a capturar—. Tu padre dijo que llamaba desde Winnerrow y que él y tú madre habían vivido allí toda su vida de casados. ¿Te gustaba Winnerrow?

Al principio, mi lengua se negó a articular palabras; pero, a medida que el silencio se alargaba y se tornaba penosamente denso, acabé encontrando lo que no era realmente una mentira.

—Sí, me gusta bastante Winnerrow.

—Eso está bien. Sería horrible pensar que Leigh y su hija habían sido desgraciadas.

Dejé que mis ojos se encontraran brevemente con los suyos antes de apartarlos de nuevo para mirar, casi sin ver, el paisaje que desfilaba ante la ventanilla. Y entonces él estaba preguntando:

—¿Cómo conoció tu madre a tu padre?

—¡Por favor, Tony! —exclamó Jillian con lo que parecía ser intensa congoja—. ¿No acabo de decir que estoy demasiado turbada para oír los detalles? ¡Mi hija está muerta y hacía años que no me escribía! ¿Puedo yo olvidar y perdonarle eso? Esperé y esperé que escribiese y pidiera perdón. ¡Ella me hirió cuando se marchó! ¡Me pasé meses enteros llorando! Detesto llorar, tú lo sabes, Tony.

Sollozó áspera y roncamente, como si realmente el sollozar fuese algo nuevo para su garganta; luego, volvió a llevarse a los ojos el pañuelito de encaje.

—Leigh sabía que yo era emocional y sensible y que sufriría; pero no le importó. Nunca me quiso. Era a Cleave a quien más quería. Y contribuyó, verdaderamente, a matar a su padre, que no pudo recuperarse jamás cuando ella se fue... Así que, acabo de decidirlo, no voy a dejar que el dolor por Leigh me robe la felicidad y me eche a perder con lamentaciones el resto de mi vida.

—Vamos, Jill, ni por un momento pensé que dejarías que el dolor echase a perder tu vida. Además, tienes que recordar que tu hija pasó diecisiete años con un hombre al que adoraba. ¿No es verdad, Heaven?

Yo continué mirando, sin ver, por la ventanilla. Oh, Dios mío, ¿cómo podía responder a eso sin destruir todas mis posibilidades? Era evidente que no lo sabían. Si lo supieran, podría cambiar su actitud hacia mí.

—Parece que va a llover —dije nerviosa, mirando hacia fuera.

Me recosté en el suntuoso asiento de cuero y traté de relajarme. Hacía menos de una hora que Jillian formaba parte de mi vida, y yo barruntaba ya que no quería saber nada de los problemas de nadie, ni de los míos ni de los de mi madre. Me mordí un poco más fuerte el labio inferior, procurando no revelar mis emociones. Al poco, retornó mi orgullo en toda su plenitud. Erguí la espalda. Me tragué las lágrimas. Deshice el nudo que me atenazaba la garganta. Cuadré los hombros. Y, para mi absoluta sorpresa, mi voz brotó firme, sincera:

—Mis padres se conocieron en Atlanta y se enamoraron profundamente nada más verse. Papá se apresuró a llevarla a casa de sus padres en Virginia Occidental para que tuviese un hogar decente donde pasar aquella noche. Su casa no estaba exactamente en Winnerrow, sino más a las afueras. Se casaron en una adecuada ceremonia religiosa, con flores, testigos y un sacerdote que pronunció una plática. Y se fueron a Miami a pasar la luna de miel. Al regreso, papá hizo añadir un nuevo cuarto de baño a nuestra casa, sólo para complacer a mi madre.

¡Silencio!

Un silencio mortal que persistió largo rato. ¿No se creían mis mentiras?

—Vaya, eso fue muy amable y considerado —murmuró Tony, mirándome de forma muy extraña—. Algo que a mí nunca se me habría ocurrido. Un nuevo cuarto de baño. Práctico, muy práctico.

Jillian permanecía con la cabeza vuelta, como si no quisiera oír ningún detalle de la vida matrimonial de su hija.

—¿Cuántas personas vivían con tus padres? —insistió Tony.

—Sólo los abuelos —dije a la defensiva—. Querían a mi madre a más no poder, tanto que siempre la llamaban «Ángel». Todo era Ángel por aquí y Ángel por allá. Ella no podía hacer nada mal. Os habría gustado la abuelita. Murió hace unos años; pero el abuelo vive todavía con papá.

—¿Y qué día y en qué mes naciste? —preguntó inquisitivamente Tony. Tenía dedos fuertes y largos, y sus uñas relucían.

—El veintidós de febrero —respondí, dando la fecha correcta, pero del año siguiente, el del nacimiento de Fanny—. Llevaba más de un año casada con papá —añadí, pensando que sonaba mejor que un nacimiento acaecido sólo ocho meses después de la boda, lo cual podría haber delatado que mis padres habían experimentado una frenética necesidad de acostarse juntos...

Y sólo cuando las palabras hubieron salido de mi boca comprendí lo que había hecho.

Me había metido en una trampa. Ahora pensaban que no tenía más que dieciséis años. Ahora nunca podría hablarles de mis hermanastros Tom y Keith y de mis hermanastras, Fanny y Nuestra Jane. Y yo había tenido la solemne intención de conseguir la ayuda de los padres de mi madre para poder volver a reunir a mi familia bajo un mismo techo. ¡Oh, Dios, perdóname por querer asegurar primero mi propio lugar!

—Estoy cansada, Tony. Ya sabes que tengo que reposar entre las tres y las cinco si quiero estar fresca para esa cena de esta noche. —Una expresión ligeramente turbada nubló su rostro, pero desapareció en seguido—. Heaven querida, no te importará si Tony y yo salimos unas horas esta noche, ¿verdad? Tendrás un aparato de televisión en tu habitación, y hay una biblioteca magnífica en el primer piso, con miles de libros.

Se inclinó para besarme nuevamente en la mejilla, sofocándome con su perfume, que ya llenaba el cerrado espacio.

—Habría cancelado el compromiso; pero me olvidé por completo hasta esta mañana de que venías...

Sentía un hormigueo de entumecimiento en las yemas de los dedos, quizá porque los tenía enlazados con tanta fuerza. Ya estaban encontrando razones para escapar de mí. En las montañas, nadie dejaría solo a un invitado en una casa extraña.

—Es igual —dije débilmente—. Yo también estoy un poco cansada.

—Ya lo ves, Tony, no le molesta. Te dije que no le importaría. Y te daré una compensación, querida Heaven, de veras que sí. Mañana te llevaré a dar un paseo a caballo. ¿Sabes montar? Si no sabes, yo te enseñaré. Nací en un rancho, y mi primer caballo fue un garañón...

—¡Jillian, por favor! Tu primer caballo fue un tímido pony.

—¡Oh, eres un majadero, Tony! ¿Qué diferencia hay? Es sólo que suena mejor aprender en un garañón que en un pony, pero el querido *Scuttles* era un encanto.

Ya no me parecía tan agradable ser llamada «querida Heaven», ahora que sabía que para ella todo el mundo era «querido». Sin embargo, cuando me sonreía y me acariciaba suavemente la mejilla con su enguantada mano, estaba tan hambrienta de afecto que temblaba. Yo necesitaba algo más que su simple simpatía, necesitaba que acabara amándome, e iba a intentar que eso sucediera muy pronto.

—Dime que tu madre fue feliz, es todo lo que necesito saber —susurró Jillian.

—Fue feliz hasta el día en que murió —murmuré, sin mentir realmente. Ella había sido feliz, locamente feliz según la abuelita y el abuelito, pese a todas las penalidades de una cabaña miserable en las montañas, y un marido que no podía darle nada de lo que ella estaba acostumbrada a tener.

—Entonces, no necesito saber más —ronroneó Jillian, rodeándome con su brazo y sumergiendo mi cabeza en la gruesa piel del cuello de su abrigo.

¿Qué dirían si supiesen la verdad sobre mí y mi familia?

Se limitarían a sonreír y a pensar que, después de todo, no importaba, pues yo no tardaría en irme.

No podía dejar que supieran la verdad. Tenían que aceptarme como una más de su clase; yo debía hacer que me necesitasen; pero sin que ellos supieran que me necesitaban. No estaba dispuesta a asustarme y dejar que vieran mi vulnerabilidad.

Sin embargo, hablaban un inglés diferente al mío. Tenía que escuchar con mucha atención; incluso palabras familiares parecían extrañas en su pronunciación. Pero yo había resuelto ser aceptada pronto en *su* mundo, tan diferente de todo cuanto yo había conocido. Yo era lista, aprendía con rapidez, y tarde o temprano hallaría la forma de encontrar a Keith y a Nuestra Jane.

El perfume que al principio había considerado delicado me estaba inundando ahora con su densa base de jazmín, haciendo que me sintiera aturdida e irreal. Pensé fugazmente en mi madrastra Sarah. ¡Oh, si ella pudiera tener aunque sólo fuese una vez en su vida un frasco del perfume de Jillian! ¡Un tarro o caja del suave polvo facial de Jillian!

La lluvia que yo había pronosticado comenzó con unas pequeñas gotas, y a los pocos segundos sábanas de agua repiqueteaban sobre el techo del automóvil. El conductor redujo la velocidad y pareció poner más cuidado, mientras nosotros, al otro lado de la divisoria de cristal, dejábamos de hablar y permanecíamos sumidos cada uno en nuestros pensamientos. Ir a casa... Ir a casa... Era lo que absorbía mi mente. Ir donde todo es mejor y más bonito, donde tarde o temprano me sentiré verdaderamente bien recibida.

Mi sueño se estaba desarrollando con demasiada rapidez para que pudiese asimilar todas las impresiones. Yo quería reservar y saborear este primer viaje adonquiera que me estuvieran llevando y repasar los recuerdos más tarde, cuando no hubiera nadie conmigo. *Esta noche, sola en una casa extraña.* Llegaron pensamientos mejores. ¡Oh, espera a que le escriba a Tom hablándole de mi bella abuela! Él nunca creerá que alguien tan viejo pueda parecer tan joven. ¡Y mi hermana Fanny sentiría tanta envidia! Si pudiera llamar a Logan, que estaba sólo a pocos kilómetros, en una gran dormitorio de Universidad... Pero yo había sido lo bastante necia e ingenua como para ceder a la seducción de Cal Dennison. Logan no me quería ya. Sin duda, colgaría si le telefoneaba.

Luego, cuando el conductor torció hacia la derecha, Jillian empezó a hablar en tono ligero de los planes que iba a llevar a cabo para entretenerme.

—Siempre hacemos que la Navidad sea un acontecimiento especial, todos salimos, por así decirlo.

Ahora comprendía. Me estaba diciendo a su manera que podía quedarme durante las Navidades. Y sólo estábamos a primeros de octubre... Octubre siempre había sido un mes agridulce: adiós al verano y a todas las cosas radiantes y felices; esperar la llegada del invierno, de todas las cosas frías, yermas y desoladas.

¿Por qué estaba pensando yo así? El invierno no sería frío ni desolado en una casa rica. Habría abundancia de gasóleo, carbón, leña o calefacción eléctrica, lo que fuese. No pasaría frío allí. Cuando hubiera pasado la Navidad, yo habría dado tanta alegría a su soledad que ninguno de los dos desearía que me marchase. No, no querrían dejarme ir. Me necesitarían... ¡Oh, Dios, haz que me necesiten!

Miles, el chófer, aceleró, y para levantarme el ánimo y la confianza, asomó de pronto un brillante sol entre los negros nubarrones. Resplandecieron los árboles con vívidos colores otoñales, y tuve la convicción de que, después de todo, Dios iba a proyectar su luz sobre mí. El corazón se me llenó de esperanza. Estaba dispuesta a amar a Nueva Inglaterra. Se parecía mucho a los Willies... Sólo que sin las montañas y sin las chozas.

—En seguida llegamos —dijo Tony, tocándome suavemente la mano—. Vuelve la cabeza a la derecha y busca una abertura en la línea de árboles. La primera visión de «Farthinggale Manor» es un espectáculo digno de recordar.

¡Una casa con nombre propio! Impresionada, me volví hacia él y sonreí!

—Es tan grande como da a entender su nombre, ¿verdad?

—En efecto —respondió gravemente—. Mi casa significa mucho para mí. Fue construida por el padre de mi tatarabuelo, y cada primogénito que la toma a su cargo introduce en ella alguna mejora.

Jillian soltó un bufido despreciativo. Pero yo estaba excitada, ansiosa de impresionarme. Llena de expectación me incliné hacia delante, atenta a la abertura entre los árboles. Ésta apareció poco después. El chófer giró y el coche se introdujo en una carretera particular señalada por altas verjas de hierro forjado que formaban un arco en el que, con ornamentales letras, se leía «Farthinggale Manor».

Contuve una exclamación al ver las verjas, los duendes, las hadas y los finomos que atisbaban entre las hojas de hierro.

Contuve una exclamación al ver las verjas, los duendes, las hadas y los gnomos que atisbaban entre las hojas de hierro.

—Los Tatterton llaman afectuosamente *Farthy* a nuestro ancestral hogar —informó Tony, con un deje de nostalgia en su voz—. De niño, yo pensaba que no había en todo el mundo una casa tan hermosa como la mía. Naturalmente, hay muchas que son mejores que *Farthy*; pero no en mi mente. A los siete años fui enviado a Eton porque mi padre pensaba que los ingleses saben de disciplina más que nuestras escuelas privadas. Y tenían razón. En Inglaterra, yo siempre estaba soñando con volver a *Farthy*. Cuando sentía nostalgia, que era durante casi todo el tiempo, cerraba los ojos e imaginaba que podía oler los pinos, los abetos y, sobre todo, el aroma salobre del mar. Despertaba acongojado, deseando sentir en la cara el fresco y húmedo aire de la mañana, deseando con tal intensidad estar en mi casa que resultaba físicamente doloroso. Cuando tenía diez años, mis padres renunciaron a Eton como a una causa perdida, porque yo permanecería siempre dominado por la nostalgia, y se me permitió regresar. Fue un día feliz.

Le creía. Yo no había visto jamás una casa tan grande y hermosa. Estaba hecha de piedra gris; de tal modo, que llegaba a parecer un castillo, y lo creía que deliberadamente. El tejado era rojo y se elevaba formando torrecillas y pequeños puentes que ayudaban a llegar hasta las partes más altas, que habrían sido inaccesibles de otra manera.

Miles detuvo suavemente la *limousine* ante la amplia escalinata que conducía al arco de la puerta principal.

—Ven —dijo Tony, súbitamente excitado—, permíteme el placer de presentarte a *Farthy*. Me encanta contemplar el asombro en los rostros de quienes la contemplan por primera vez, pues entonces puedo volver a verla yo también como si la descubriese.

Mientras Jillian nos seguía sin mucho entusiasmo, subimos despacio los anchos peldaños de piedra. Junto a la puerta, había enormes jarrones que contenían gráciles pinos japoneses. Yo ardía en deseos de conocer el interior. La casa de mi madre. Pronto estaría dentro. No tardaría en ver sus habitaciones y sus pertenencias. ¡Oh, madre, al fin estoy en casa!

II. «FARTHINGGALE MANOR»

Dentro de aquella mansión de piedra, una vez que me hube quitado el abrigo, giré en lentos círculos, cortado el aliento, los ojos desorbitados; sin dejar de mirar. Me di cuenta demasiado tarde de que era una muestra de mala educación quedarme embelesada como una paleta, impresionada por lo que los demás consideraban algo natural. Jillian me miró desaprobadora; pero Tony lo hizo con satisfacción.

—¿Es como imaginabas que sería? —preguntó.

¡Era más de lo que me había atrevido a esperar! Sin embargo, lo reconocía como lo que era, el objeto de mis anhelos, el paisaje de mis sueños.

—Tengo que apresurarme, Heaven querida —recordó Jillian, pareciendo de pronto muy feliz—. Mira a tu alrededor todo lo que quieras e instálate como en tu propia casa en el castillo del rey de los juguetes. Siento no poder quedarme para presenciar tus primeras impresiones; pero debo darme prisa para poder echar mi siesta. Tony, muéstrale tu *Farthy* a la querida Heaven y llévala luego a sus habitaciones.

Me dirigió una dulce sonrisa de excusa que alivió un

poco el dolor de mi corazón porque ya me estaba abandonando.

—Perdona que me marche a atender mis incesantes necesidades, queridísima. Pero más adelante me verás tanto que acabarás aburriéndote de mí. Además, encontrarás a Tony diez veces más interesante; él nunca necesita echar la siesta. Su energía es ilimitada. No sigue ningún régimen de salud ni de belleza, y se viste en un abrir y cerrar de ojos. —Le dedicó una extraña mirada, mezcla de irritación y de envidia—. Alguien allá arriba ha debido de tomarle cariño.

Se la veía alegre ahora, como si su siesta y su régimen de belleza y la promesa de una fiesta después, le proporcionaran más alicientes de los que yo podría darle jamás. Comenzó a subir la escalera con movimientos airosos y rápidos, sin volver la vista ni una sola vez, mientras yo la seguía con la mirada, sobrecogida de temor.

—Ven, Heaven —dijo Tony, ofreciéndome su brazo—, realizaremos ahora la ronda, antes de que vayas a tu cuarto. ¿O quizá necesitas lavarte o alguna otra cosa?

Tardé unos instantes en entender a qué se refería, y enrojecí.

—No, estoy bien.

—Estupendo. Eso significa que disponemos de más tiempo para estar juntos.

A su lado, contemplé la enorme sala de estar con su piano de cola, que dijo que usaba su hermano Troy cuando iba por allí.

—Aunque lamento decir que Troy encuentra pocas razones para venir a *Farthy*. Él y mi esposa no son muy amigos, aunque tampoco enemigos del todo. Ya lo conocerás tarde o temprano.

—¿Dónde está ahora? —pregunté por cortesía, pues las habitaciones, con sus paredes y suelos de mármol, acaparaban casi toda mi atención.

—La verdad es que no lo sé. Troy va y viene. Es muy inteligente, siempre lo ha sido. Se graduó en la Universidad a los dieciocho años y desde entonces ha estado rodando por el mundo.

¿Un título universitario a los dieciocho años? ¿Pues qué clase de cerebro era el de ese Troy? Aquí estaba yo con diecisiete años y aún me faltaba un curso de escuela superior. De repente, se despertó en mí un fuerte resentimiento hacia aquel Troy, con todas sus dotes, de tal modo que no quería oír nada más acerca de él. Esperaba no encontrarme nunca con alguien tan inteligente, pues me haría sentirme una estúpida, aunque siempre me había considerado una buena estudiante.

—Troy es mucho más joven que yo —dijo Tony, mirándome con aire distante—. De niño, solía estar tanto tiempo enfermo que a mí me parecía casi una piedra de molino atada a mi cuello. Cuando murió nuestra madre, y luego nuestro padre, Troy me veía como si su padre fuese yo, en lugar de un simple hermano mayor.

—¿Quién ha pintado estos murales? —pregunté, para cambiar el tema de conversación.

En las paredes y en el techo de la sala de música había exquisitas pinturas que representaban escenas de cuentos de hadas... Umbrosos bosques surcados por dispersos rayos de luz, sinuosos senderos que conducían a cordilleras envueltas en bruma y coronadas por castillos. El techo se curvaba en bóveda. Tuve que echar la cabeza hacia atrás para mirarlo. Oh, qué maravilloso estar bajo un cielo pintado, con pájaros volando y un hombre montado en una alfombra mágica y otro místico y etéreo castillo medio oculto por las nubes.

Tony rió entre dientes.

—Me alegra ver que te gustan los murales. Fueron idea de Jillian. Tu abuela era una muy famosa ilustradora de libros infantiles. Así fue como la conocí. Un día, teniendo yo veinte años, volví a casa después de jugar al tenis, ansioso por darme una ducha, vestirme y marcharme antes de que Troy me viese y me pidiera que no le dejase solo... Al entrar, descubrí que, en lo alto de una escalera de mano, estaban las piernas mejor formadas que yo había visto jamás, y cuando aquella soberbia criatura bajó y vi su rostro me pareció irreal. Era Jillian, que había venido con uno de sus amigos decoradores, y fue ella quien sugirió los murales. «Un ambiente de escenas de cuentos para el rey de los fabricantes de juguetes», fueron sus palabras, y la idea me encantó inmediatamente y por completo. Además, le daba un motivo para volver.

—¿Por qué te llamaba rey de los fabricantes de juguetes? —pregunté, desconcertada.

Un juguete era un juguete, aunque, ciertamente, la muñeca retrato de mi madre había sido algo más que eso.

Al parecer, no podía haber hecho una pregunta que complaciese más a Tony.

—Mi querida niña, ¿has estado pensando que yo hacía juguetes corrientes de plástico? Los Tatterton somos los reyes de los fabricantes de juguetes porque lo que hacemos va destinado a coleccionistas, personas, hoy adineradas, que no pueden olvidar que, durante su infancia, no encontraban nada bajo sus árboles de Navidad, y que nunca celebraron una fiesta de cumpleaños. Te sorprendería conocer la cantidad de ricos y famosos que jamás tuvieron la oportunidad de ser niños. Ahora, en su madurez, o incluso ancianidad, necesitan tener aquello en lo que siempre soñaron. Así que compran las antigüedades del momento, los bellos coleccionables hechos por mis especialistas y artesanos, los mejores del mundo. Cuando entras en una «juguetería Tatterton», penetras en el país de las hadas. Y también en la época que desees, ya se trate del pasado o del futuro. Curiosamente, es el pasado lo que tiene mayor interés para mis clientes más ricos. Tenemos una lista de pedidos para cinco años de castillos de piedra construidos a escala, con los fosos, los puentes levadizos, el cuerpo de guardia, las cocinas, las cuadras, los aposentos para caballeros y escuderos, los cobertizos para el ganado, ovejas, cerdos, gallinas. Los que pueden permitírselo erigen su propio reino, ducado o lo que sea, y lo pueblan con los sirvientes adecuados, los campesinos, los señores y las damas. Y hacemos juegos tan difíciles que mantienen ocupadas durante horas y horas a las mejores mentes. Y es que, al cabo de algún tiempo, los ricos y famosos acaban aburriéndose. Heaven, aburriéndose mortalmente; y entonces se dedican a coleccionar, ya sean juguetes, cuadros o mujeres. Al final, este aburrimiento es una maldición, pues los que tienen tantas cosas no pueden encontrar nada nuevo que comprar... y tratan de llenar el hueco.

—¿Hay personas que pagan cientos de dólares por una gallina de juguete? —pregunté, con voz llena de atemorizado asombro.

—Hay personas que pagan miles por poseer algo que no tenga nadie. Por eso todos los coleccionables Tatterton son únicos, uno solo de cada clase, y ese tipo de trabajo detallado es muy costoso.

Me asustaba y me dejaba impresionada saber que había en el mundo personas con tanto dinero para derrochar. ¿Qué importancia tenía que uno poseyera el único cisne hecho de marfil con ojos de rubíes, o el único par de gallinas talladas en alguna piedra semipreciosa? ¡Con lo que un rico potentado pagaba por su juego de ajedrez exclusivo, podrían alimentarse durante un año mil niños hambrientos de los Willies!

No sabía cómo hablarle a un hombre cuya familia había emigrado de Europa, llevando consigo sus conocimientos y sus habilidades, e inmediatamente había empezado a multiplicar su fortuna. Me sentía perdida en este terreno, así que me volví hacia algo más familiar.

Me cautivaba la idea de Jillian pintando.

—¿Los hizo ella misma? —pregunté con mucho respeto.

—Ella hizo los bocetos originales y, luego, se los entregó a varios artistas jóvenes para que los ejecutaran. Aunque debo reconocer que venía todos los días para supervisar su desarrollo, y una o dos veces llegué a verla con el pincel en la mano. —Su suave voz se tornó soñadora—. Tenía entonces el pelo largo, hasta media espalda. Tan pronto parecía una niña como una mujer mundana. Poseía una belleza propia, poco frecuente, y lo sabía. Jillian se da cuenta de lo que la belleza puede hacer. Y, a los veinte años, yo no tenía mucha habilidad para ocultar mis sentimientos.

—Oh. ¿Qué edad tenía ella entonces? —pregunté con candidez.

Soltó una risita breve y áspera.

—Desde el primer momento me dijo que era demasiado vieja para mí; pero eso sólo consiguió interesarme más. Me gustaban las mujeres mayores. Parecían tener más que ofrecer que las estúpidas chicas de mi edad, así que cuando dijo que tenía treinta años, aunque me sentí un poco sorprendido, seguí deseando verla una y otra vez. Nos enamoramos, aunque ella estaba casada y tenía una hija, tu madre. Pero nada de eso le impedía desear hacer todas las cosas divertidas para las que su marido nunca tenía tiempo.

Qué coincidencia que Tony fuera diez años más joven que Jillian, lo mismo que Kitty Dennison había sido diez años más joven que su marido, Cal.

—Imagina mi sorpresa cuando un día, después de llevar seis meses casado con ella, averigüé que mi mujer tenía cuarenta años, y no treinta.

¿Se había casado con una mujer veinte años mayor?

—¿Quién te lo dijo? ¿Ella?

—Jill rara vez habla de la edad de nadie, mi querida niña. Fue tu madre Leigh quien me gritó a la cara esa información.

Me desconcertaba pensar que mi madre traicionara a la suya en algo tan grave.

—¿No la quería mi madre?

Me dio unas palmaditas tranquilizadoras en la mano, al tiempo que me dirigía una amplia sonrisa, y echó a andar en otra dirección, haciéndome seña de que le siguiese.

—Claro que Leigh quería a Jillian. Se sentía desdichada respecto a su padre... y me odiaba por haberle quitado a su madre. Sin embargo, como la mayoría de los jóvenes, no tardó en acomodarse a esta casa y a mí. Troy y ella se hicieron muy buenos amigos.

Yo le escuchaba sólo con la mitad de mi atención, mientras con la otra mitad admiraba, embobada, los lujos de aquella casa maravillosa. Pronto descubrí que tenía nueve habitaciones en la planta baja, y dos cuartos de baño. Los aposentos de la servidumbre estaban al otro lado de la cocina, que formaba su propia ala. La biblioteca era oscura y majestuosa, con miles de libros encuadernados en piel. A continuación, se hallaba el despacho de Tony, que me enseñó sólo de pasada.

—Me temo que soy un tirano maniático en lo que se refiere a mi despacho. No me agrada que penetre nadie en él, a menos que yo le invite. Ni siquiera me gusta que entren los criados para limpiar el polvo cuando no estoy para supervisarles. Las doncellas suelen considerar caótico mi organizado desorden y en seguida quieren alinear mis papeles y devolver a los estantes mis libros abiertos, y entonces sucede que no puedo encontrar nada. Se llega a perder una cantidad horrible de tiempo buscando lo que uno necesita.

Ni por un momento podía yo imaginar que fuese tirano este hombre de aspecto bondadoso. ¡Papá sí que lo era! Papá, con su voz rugiente, sus pesados puños, su genio vivo, aunque, no obstante, cuando ahora pienso en él se me llenan los ojos de lágrimas. En otro tiempo, yo había necesitado mucho su amor, y no había mostrado el menor cariño hacia mí; sólo un poco a Tom y Fanny. Y si alguna vez había cogido en brazos a Keith o a Nuestra Jane, yo no lo vi...

—Eres una chica desconcertante, Heaven. Tan pronto pareces radiante de felicidad como tienes lágrimas en los ojos. ¿Estás pensando en tu madre? Debes aceptar el hecho de que se ha ido y consolarte con la certeza de que tuvo una vida feliz. No todos podemos decir eso.

Pero tan corta...

No expresé mis pensamientos. Tenía que actuar con cautela hasta haberme ganado un amigo en aquella casa. Mientras miraba a Tony, sospeché que estaría con él más tiempo que con Jillian. Comprendí en aquel instante que le pediría ayuda, cuando supiera que me apreciaba lo suficiente.

—Pareces cansada. Ven, vamos a instalarte, para que puedas relajarte y reposar un poco.

Retrocedimos sobre nuestros pasos y pronto estuvimos en el segundo piso. Con gesto ceremonioso, abrió de par en par unas amplias puertas.

—Cuando me casé con Jillian hice decorar dos habitaciones destinadas a Leigh, que entonces tenía doce años. Quería halagarla, así que le ofrecí unas estancias femeninas que no eran infantiles. Espero que te gusten...

Tenía la cabeza vuelta de una forma que no podía ver la expresión de sus ojos.

Entre las pálidas hojas de marfil, penetraba una luz difusa y delicada, que daba a la sala de estar un aire insólito e irreal. En comparación con las habitaciones que yo había visto abajo, ésta resultaba pequeña. Sin embargo, era el doble que toda nuestra cabaña. Las paredes se hallaban cubiertas de fina seda color hueso, con suaves dibujos orientales, sutilmente entretejidos en tonalidades verdes, violeta y azules. Había dos pequeños sofás, tapizados con la misma tela. Los cojines eran de un azul claro, a juego con la alfombra china. Traté de imaginarme cómodamente instalada en aquella alcoba, acurrucada ante la chimenea, y fracasé por completo. Mis toscas ropas se engancharían en una tela tan fina. Debería tener sumo cuidado para no dejar las huellas de mis dedos en las paredes, el sofá y las numerosas pantallas. Luego, casi me eché a reír. Allí no estaría viviendo en las montañas, trabajando en el huerto ni fregando el suelo, como en la cabaña, en casa de Kitty y Cal Dennison, en Candlewick.

—Ven a ver tu dormitorio —exclamó Tony, adelantándome—. Tengo que apresurarme y vestirme para ir a esa fiesta que Jillian no quiere perderse. Tienes que perdonarla, Heaven. Hizo sus planes antes de saber que tú venías, y la anfitriona de esa fiesta es su mejor amiga, y su peor enemiga.

Al ver mi expresión, me dio unas palmaditas bajo la barbilla. Luego, se dirigió hacia la puerta.

—Si necesitas algo, utiliza este teléfono que tienes aquí, y una doncella te lo traerá. Si prefieres cenar en el comedor, llama a la cocina y dilo. La casa es tuya, disfruta de ella.

Antes de que yo pudiera responder, él había salido ya y estaba cerrando la puerta. Di vueltas por la estancia, contemplando la hermosa cama de matrimonio, con su curvo dosel de grueso encaje. Azul y marfil. Estas dos habitaciones debían de haberle ido a la perfección a mi madre. Su silla era de raso azul, mientras que las otras tres de la habitación hacían juego con las de la sala de estar. Recorrí lentamente la zona del vestidor y el baño, excitada por los espejos, los candelabros de cristal, las luces indirectas que iluminaban los espacios de los enormes armarios... Sobre la amplia cómoda se alineaban varias fotografías enmarcadas. Me senté y contemplé una de ellas, en la que se veía una bonita niña sentada en las rodillas de su padre.

¡Tenía que ser mi madre! ¡Y aquel hombre mi verdadero abuelo! Excitada y temblorosa, cogí el pequeño marco de plata. En ese mismo instante, alguien dio unos golpecitos en la puerta.

—¿Quién es? —pregunté.

—Soy Beatrice Percy —respondió una envarada voz—. El señor Tatterton me envía para que le ayude a deshacer el equipaje y organizar sus cosas.

Se abrió la puerta, y entró en mi dormitorio una mujer alta, vestida con el negro uniforme de doncella. Me dirigió una vaga sonrisa.

—Aquí todo el mundo me llama Percy. Puede usted hacer lo mismo. Seré su doncella personal mientras esté aquí. Mi formación me permite ocuparme de su peinado y su manicura, y si lo desea le preparo ahora un baño.

Esperó con aire de urgencia.

—Por lo general, me baño antes de acostarme, o me ducho nada más levantarme —dije azorada, pues no tenía costumbre de hablar de cosas íntimas con una desconocida.

—El señor Tatterton me ha ordenado que cuide de usted.

—Gracias, Percy, pero no necesito nada en estos momentos.

—¿Hay algo que no pueda o no deba comer?

—Tengo buen apetito. Puedo comer de todo, y me gusta casi todo.

Yo no era nada melindrosa. De lo contrario, me habría muerto de hambre.

—¿Quiere que le traigan aquí la cena?

—Como le resulte más cómodo, Percy.

Frunció ligeramente el ceño, como si le desagradara un ama tan considerada.

—Los sirvientes estamos aquí para hacer la vida lo más cómoda posible a los habitantes de esta casa. Tanto si cena usted aquí como en el comedor, nosotros estaremos presentes para atender a sus necesidades.

La idea de cenar sola en aquella enorme sala de la planta baja, sentada ante la larga mesa, con todas aquellas sillas vacías, me produjo una terrible sensación de soledad.

—Si me sube algo ligero a eso de las siete, será suficiente.

—Sí, señorita —dijo, pareciendo aliviada al poder hacer algo por mí, y se marchó.

¡Y yo había olvidado preguntarle si conocía a mi madre!

Me dispuse a completar el registro de sus habitaciones Me parecía que todo había sido dejado tal como estaba el día en que ella se fue, aunque se había ventilado y quitado el polvo recientemente. Empecé a recoger una a una las fotografías con sus marcos de plata, observándolas atentamente, tratando de descubrir el aspecto que ella tenía, del que nada habían sabido la abuelita y el abuelo. Había muchas instantáneas. Qué hermosa estaba Jillian, sentada con su hija. Su fiel marido se hallaba de pie tras ella. En el borde de la foto se leía, escrita con trazos ya desvaídos y débiles, la infantil explicación: «Papá, mamá y yo.»

En un cajón descubrí un grueso álbum de fotos. Fui pasando muy despacio las pesadas páginas, contemplando las instantáneas de una niña que iba creciendo, haciéndose más bonita con el transcurso de los años. Florecían a todo color las fiestas de cumpleaños, el quinto, el sexto, el séptimo, y así hasta el decimotercero. «Leigh Diane van Voreen», estaba escrito una y otra vez, como si se complaciera en su nombre. «Cleave van Voreen, mi papá.» «Jillian van Voreen, mi mamá.» «Jennifer Longstone, mi mejor amiga.» «Winterhaven, que pronto será mi colegio.» «Joshua John Bennington, mi primer novio. El último, quizá.»

Mucho antes de haber visto la mitad de las páginas, ya estaba celosa de aquella hermosa muchacha rubia, de sus adinerados padres y de sus fabulosos vestidos. Ella había hecho viajes, y había visitado zoos y museos de países extranjeros, cuando yo sólo pude contemplar las fotos del Parque de Yellowstone que aparecían en manoseados y sucios ejemplares del *National Geographic*, o en libros de texto de la escuela. Se me hizo un nudo en la garganta al verla, con sus padres, a bordo de un vapor que se dirigía a algún lejano puerto. Allí estaba, Leigh van Voreen, despidiéndose con frenéticos movimientos de la mano de quien había tomado la foto. Más fotografías de Leigh en el barco: nadando... con papá enseñándole a bailar y mamá tomando fotos... En Londres delante del «Big Ben», o viendo el relevo de la guardia en el palacio de Buckingham.

En algún momento, mucho antes de que mi madre pasara de niña a adolescente, yo perdí casi toda mi compasión por una muchacha que había muerto demasiado joven. Ella había experimentado en su corta vida diez veces más diversión y excitación de lo que yo había conocido y de lo que probablemente llegaría a conocer en los próximos veinte años. Tuvo un verdadero padre en el momento en que más lo necesitaba, un hombre amable y bondadoso, a juzgar por sus fotos, que la arroparía en la cama por la noche, oiría sus oraciones y le enseñaría lo que eran los hombres. ¿Cómo había llegado yo a pensar jamás que Cal Dennison me había amado? ¿Cómo podía pensar ahora que Logan volviera jamás a quererme, cuando era más que probable que viesen en mí lo mismo que había visto papá?

No, no; traté de decirme a mí misma. El no amarme había sido una pérdida para papá, no para mí. Yo no había resultado dañada de forma permanente. Algún día sería una buena esposa y madre. Me enjugué las lágrimas y las conminé a que no volvieran más. ¿De qué servía la autocompasión? Jamás volvería a ver a papá. No quería volver a verlo.

Observé de nuevo las fotografías. Nunca había supuesto que unas chicas pudieran llevar vestidos tan finos, cuando mis ilusionados sueños, a los nueve, diez y once años, habían sido poseer alguna prenda tomada de los estantes de «Sears». Me quedé mirando las fotos de Leigh, montada en un reluciente caballo castaño, en la que sus ropas de montar resaltaban su rubia belleza. Junto a ella se hallaba su padre. Siempre aparecía a su lado.

Vi a Leigh en fotos escolares, nadando en la playa, en piscinas privadas, orgullosa de su figura en desarrollo. Su postura me decía que se sentía orgullosa, y estaba rodeada de amigos que la admiraban. Luego, de pronto, su padre ya no estaba en las fotos.

Desaparecido él, las sonrisas de felicidad de Leigh se

desvanecían también. Se apreciaba una expresión sombría en sus ojos, y sus labios habían perdido la facultad de sonreír. Allí estaba su madre con otro hombre, mucho más joven y guapo. Me di cuenta inmediatamente de que aquel muchacho, rubio y bronceado, era Tony Tatterton a los veinte años. Y la bella y radiante muchacha, que antes se mostraba con alegre y confiada naturalidad ante la lente de la cámara, no podía ahora forzar ni una leve y fingida sonrisa. Sólo podía permanecer rígida, un poco separada de su madre y de su nuevo marido.

Volví rápidamente la última página. ¡Oh, oh, oh! La segunda boda de Jillian. Mi madre, a los doce años, ataviada con un largo vestido rosa de dama de honor, llevando un ramo de rosas nupciales. De pie, a su lado, un muchacho muy joven que trataba de sonreír, aunque Leigh van Voreen no hiciera el menor esfuerzo por secundarlo.

El muchacho tenía que ser Troy, el hermano de Tony. Un chico delgado, de pelo negro y grandes ojos, que no parecían felices.

Cansada ya, emocionalmente agotada, deseaba escapar a todos los conocimientos que con tanta rapidez se estaban precipitando sobre mí. ¡Mi madre no había querido ni confiado en su padrastro! ¿Cómo podría hacerlo yo ahora? Sin embargo, tenía que quedarme y conseguir aquel título académico del que dependía todo mi futuro.

Permanecí junto a las ventanas, mirando hacia el circular paseo de coches que se desenrollaba hasta convertirse en una larga y serpenteante carretera hacia el exterior. Vi a Jillian y a Tony, vestidos de etiqueta, subir a un hermoso coche nuevo. No había *limousine* esta vez... ¿Por qué no querían que un chófer les estuviese esperando?

Me sentía muy sola cuando su coche se perdió de vista.

¿Qué podía hacer hasta las siete? Tenía hambre. ¿Por qué no se lo había dicho a Percy? ¿Qué me pasaba? ¿Cuál era la razón de que me sintiera tan tímida y vulnerable, cuando había decidido ser fuerte? Me estaba mostrando demasiado callada y taciturna: en el avión, en el coche, aquí... Bajé la escalera y cogí mi abrigo azul de un armario que contenía media docena de pieles pertenecientes a Jillian. Luego, me dirigí a la puerta principal.

III. AL OTRO LADO DEL LABERINTO

Caminé con paso rápido y furioso, ignorando a dónde iba, sólo sabía que estaba aspirando profundamente el «aroma salobre del mar», como había dicho Tony. Me volví varias veces, andando de espaldas, para admirar la perspectiva que ofrecía *Farthy* contemplada desde fuera. ¡Cuántas ventanas que limpiar! Altas y anchas. Y todo aquel mármol... ¿Cómo lo mantenían sin mácula? Mientras me alejaba caminando hacia atrás, con marcha más lenta, traté de averiguar qué ventanas eran las mías. De pronto, choqué con algo, y, al volverme con rapidez, vi que se trataba de un seto que parecía casi una pared por su altura y que semejaba extenderse indefinidamente. Fascinada por lo que pensaba que podría ser, lo fui siguiendo hasta descubrir que, en efecto, era un laberinto inglés. Con cierto deleite infantil, entré en él, sin pensar ni por un momento que pudiera extraviarme. Encontraría la salida. Siempre me había desenvuelto bien con los rompecabezas y los acertijos. En las pruebas de inteligencia, Tom y yo sabíamos cómo hacer llegar a nuestros ratones hasta el queso, o a nuestros piratas hasta el tesoro.

Se estaba bien allí, con los setos que se alzaban a una

altura de tres metros, formando pasillos que se doblaban en ángulos rectos. ¡Y había tanto silencio! Los gorjeos de los pájaros del jardín sonaban lejanos y apagados. Incluso los quejumbrosos chillidos de las gaviotas que volaban en lo alto se percibían ahogados y distantes. La casa, antes tan cercana, había desaparecido cuando me volví a mirar... ¿Dónde estaba? Los altos setos impedían que llegara el calor del sol poniente. Empecé a sentir frío. Apreté el paso. Quizás hubiera debido decir a Percy que salía. Miré mi reloj. Casi las seis y treinta. Dentro de media hora me subirían la cena. ¿Iba a perderme la primera comida en mi propio cuarto de estar? Sin duda, alguien encendería aquellos troncos que ya estaban preparados. Sería agradable permanecer arrellanada en un elegante sillón, saboreando golosinas que probablemente nunca comería más que aquí. Torcí por otro recodo y me vi metida en un nuevo callejón sin salida. Me volví de nuevo. Esta vez tomaría el camino adecuado. Pero ahora que había girado en círculos varias veces, había perdido la orientación y me era imposible saber qué senderos había utilizado ya. Entonces, saqué un pañuelo del bolsillo de mi abrigo, arranqué una tira y la até a una rama del seto. Bien, ahora veríamos cuánto tardaba en salir.

En su descenso hacia el horizonte, el sol incendiaba de ardientes colores el firmamento, advirtiéndome que no tardaría en caer la noche y en intensificarse el frío. Pero ¿qué era esta civilizada región comparada con la desolación de los Willies? No tardé en comprobar que un abrigo comprado en Atlanta no servía para los que vivían al norte de Boston.

¡Oh, vamos, esto era estúpido! Llevaba puesto el mejor abrigo que había tenido jamás, comprado para mí por Cal Dennison. Tenía un cuellecito de terciopelo azul que hacía sólo un mes había considerado elegante.

¡Yo, que solía vagar por las montañas a los dos y tres años y nunca me había perdido, desorientada por un estúpido laberinto hecho para divertir! No debía caer en el pánico. Tenía que haber algo que estaba haciendo mal. Por tercera vez llegué junto al rosado trozo de tela que oscilaba al viento. Traté de concentrarme... Me representé mentalmente el laberinto, el lugar por donde había entrado, pero todos los caminos entre los altos setos parecían iguales, y casi me daba miedo abandonar el consuelo de mi rasgado pañuelo, que por lo menos me decía dónde había estado tres veces. Mientras permanecía allí, indecisa, aguzando el oído para escuchar el golpeteo de las olas que se rompían en la playa, percibí, además del golpeteo del agua, un uniforme tap-tap-tap. Alguien martilleando. Seres humanos cerca. Dejé que el sonido me guiase.

Cayó la noche rápida y pesada. Guedejas de vapor ondulaban sobre el suelo al contacto del aire frío con la tierra, más caliente, y no soplaba ni un hálito de viento que las disipase. Continué avanzando hacia donde sonaba el martilleo. Luego, alarmada, identifiqué el ruido de una ventana al cerrarse de golpe. Y cesó el martillear. El silencio me aturdió con sus amedrentadoras implicaciones. Podría pasarme toda la noche vagando por allí, y nadie lo sabría. ¿Quién iba a pensar en registrar el laberinto del jardín? Oh, ¿por qué había caminado yo de espaldas? Mi costumbre de las montañas parecía estúpida ahora.

Cruzando los brazos sobre el pecho, al estilo de la abuelita, tomé el primer recodo a la derecha, y el siguiente también a la derecha, sin torcer nunca a la izquieda, hasta que, de pronto, ¡me encontré afuera! No en el lugar en que había empezado, ciertamente, pues no reconocía nada, pero eso era mejor que estar dentro del angustioso dédalo. La oscuridad y la niebla eran demasiado intensas para poder ver la casa. Además, había ante mí un camino de pálidas losas que relucían débilmente en la oscuridad. A través de la niebla, me llegó el aroma de los altos pinos. Vi luego una casita de piedra, con rojo tejado de pizarra, que se elevaba a baja altura, rodeada por un grupo de pinos. Me sorprendió tanto que dejé escapar un gritito.

¡Oh, la alegría de ser rica! ¡De tener dinero para derrochar! Una casita así parecía algo exclusivo de un cuento de hadas. Una talanquera que llegaba hasta la altura de la rodilla y que no impediría el paso a nadie, rodeaba con línea irregular la casita, prestando soporte a unas rosas trepadoras que yo apenas podía ver. A la luz del día todo esto habría ofrecido un espectáculo fascinante; pero de noche mis recelos crecieron y me sentí asustada. Permanecí inmóvil y analicé la situación. Podía dar media vuelta y regresar. Giré la cabeza y miré por encima del hombro. Vi que se había echado la niebla y que ni siquiera podía distinguir el laberinto.

A juzgar por el acre olor a madera quemada, debía de estar elevándose una columna de humo. La casita del jardinero. ¡Eso tenía que ser! Y en su interior, un matrimonio de edad avanzada se disponía a tomar una sencilla cena que, sin duda, satisfaría mi apetito mejor que los exquisitos platos preparados en una cocina que Tony no se había molestado en enseñarme.

La luz que brillaba en las ventanas no se derramaba al exterior para alumbrarme el camino. Era una luz mortecina, ansiosa por desaparecer. Eché a andar hacia aquellos cuadrados iluminados antes de que también ellos se desvanecieran en la niebla.

Al llegar a la entrada de la casa, vacilé antes de llamar.

Golpeé tres o cuatro veces la sólida puerta, haciéndome daño en las manos; pero no hubo respuesta. ¡Allí había alguien! Sabía que había alguien. Impaciente porque quienquiera que fuese estaba haciendo oídos sordos a mis llamadas, y segura de mí misma ahora que era un miembro más o menos importante de la familia Tatterton, hice girar el picaporte y entré en una habitación débilmente iluminada por un fuego de chimenea.

Reinaba una temperatura agradable en el interior. Permanecí de espaldas a la puerta, mirando fijamente al joven que se hallaba sentado de espaldas a mí. Por la longitud de sus delgadas piernas, enfundadas en ajustados pantalones negros, me di cuenta de que era alto. Sus hombros eran anchos, y sus revueltos cabellos castaños despedían leves destellos cobrizos al recibir el resplandor del fuego. Me quedé mirando aquel pelo, pensando que ése era el color que siempre había yo supuesto que sería el de los de Keith cuando fuese un hombre. Cabellos espesos y rizados que llegaban hasta la nuca y se enroscaban hacia arriba, rozando apenas el blanco cuello de su fina blusa que semejaba la de un artista o un poeta, con mangas muy anchas.

Se volvió un poco, como si mi prolongada mirada le hiciera sabedor de mi presencia. Podía ahora ver su perfil. Contuve el aliento. No era sólo que fuese atractivo.

Padre era guapo a su modo, recio y brutal; y Logan tenía una belleza clásica a su propia y obstinada manera. Este hombre era atractivo de una forma distinta, con un estilo especial que yo no había visto nunca. En mi mente se elevó una imagen de Logan que me llenó de culpabilidad. Pero él había huido de mí. Me había dejado sola en el cementerio, de pie bajo la lluvia, sin querer comprender que a veces una chica de quince o dieciséis años no sabe cómo tratar a un hombre que la ha protegido. Salvo cediendo, para que continuase siendo su amigo.

Pero Logan pertenecía al pasado, y quizá no volviera a verle más. Así que me quedé mirando a este hombre, más que desconcertada por la forma inesperada en que mi cuerpo estaba reaccionando ante su sola presencia. Aun sin mirarme, me atrajo inmediatamente. Como si me hiciera llegar su necesidad... y me dijera que sería también la mía. Al mismo tiempo, me advertía que anduviera con tiento, que tuviera cuidado y que mantuviese las distancias. Yo no necesitaba ni quería una aventura amorosa en esta fase de mi vida. Ya había tenido bastantes experiencias de hombres forzándome a una relación sexual cuando yo no estaba dispuesta. Sin embargo, permanecía allí temblorosa, preguntándome qué haría cuando se volviera del todo si solamente su perfil me excitaba ya tanto. Cínicamente, me decía a mí misma que resultaría desfavorecido cuando le viese por completo, y quizás era por eso por lo que se estaba esforzando de aquella manera en mantener la mayor parte de su rostro oculto entre las sombras. Continuaba sentado, vuelto a medias. Aun así, irradiaba sensibilidad, como lo haría un ideal poeta romántico... Aunque tal vez se semejaba más a un antílope salvaje, plantado e inmóvil, escuchando, alerta, listo para huir si yo me movía con brusquedad o de forma agresiva.

Eso era, decidí. ¡Me tenía miedo! No quería que yo estuviese allí. Un hombre como Tony nunca se quedaría así sentado. Tony se levantaría, sonreiría, asumiría el control de la situación. Éste tenía que ser un sirviente, un jardinero, un encargado.

Por su misma postura, por la forma en que inclinaba ligeramente la cabeza a un lado, comprendí que estaba esperando, quizás incluso viéndome con visión periférica. Una de sus oscuras y espesas cejas se enarcó interrogativa; pero él no se movió. Bien, que se quedara allí sentado e intrigado, pues ello me proporcionaba una excelente oportunidad de observarle.

Se volvió de nuevo un poco, con el martillo preparado para dar otro golpe, y vi ahora una parte mayor de su rostro. Advertí que le temblaban las aletas de la nariz, ensanchándose, mientras notaba que estaba respirando tan profunda y rápidamente como yo. ¿Por qué no hablaba? ¿Qué le pasaba? ¿Estaba ciego? ¿Sordo? ¿Qué?

Sus labios comenzaron a curvarse hacia arriba en una

sonrisa, al tiempo que bajaba aquel diminuto martillo y golpeaba delicadamente una fina lámina de metal plateado, como si quisiera eliminar pequeñas abolladuras de su reluciente superficie. Tap-tap-tap, hacía con la pequeña herramienta.

Empecé a temblar, sintiéndome amenazada por su renuencia incluso a saludarme. ¿Quién era él para ignorarme? ¿Qué haría Jillian en mi situación? ¡Ciertamente, ella no dejaría que este hombre la intimidase! Pero yo no era más que una rústica Casteel, y aún no había aprendido a ser arrogante. Fingí una leve tos. Ni siquiera entonces mostró la menor prisa por volverse y hacer que me sintiera bien recibida. Mientras permanecía allí, pensé que era el joven de aspecto y comportamiento más insólitos que había visto jamás.

—Disculpe —dije, con una voz baja que trataba de emular la susurrante forma de hablar de Jillian—. Le he oído martillear cuando me hallaba perdida en el laberinto. No estoy segura de poder volver a encontrar el camino de regreso a la casa principal, con la oscuridad y la niebla que hay.

—Sé que no eres Jillian —dijo sin mirarme—; si no, estaría parloteando sin cesar, diciéndome mil cosas que no necesito saber. Y, como no eres Jillian, no tienes por qué estar aquí. Lo siento, pero estoy ocupado y no tengo tiempo para agasajar a huéspedes no invitados.

Me sorprendió que me echara de aquel modo, sin ni siquiera volverse a ver quién había entrado. ¿Qué clase de hombre era aquél? ¡Mírame!, sentí deseos de gritar. ¡No soy fea, aunque no sea Jillian! ¡Vuelve la cabeza y habla, pues dentro de un instante echaré a correr, y no me importa que no volvamos a vernos nunca! Era a Logan a quien yo amaba, no a este desconocido con su actitud indiferente. Logan, que algún día me perdonaría por algo que yo no pude evitar que sucediera.

Frunció el ceño, y su frente se cubrió de arrugas.

—Vete, por favor. Limítate a dar media vuelta y no digas una sola palabra.

—¡No, no me iré hasta que me diga quién es usted!

—¿Quién eres tú para preguntarlo?

—Primero, dígame quién es usted.

—Por favor, me estás haciendo perder el tiempo. Vete ya y déjame terminar lo que estoy haciendo. Éstos son aposentos privados, *mis* aposentos. De acceso vedado a los sirvientes de «Farthinggale Manor» ¡Largo!

Me dirigió una mirada rápida y escrutadora que no se detuvo en ningún rasgo o punto de mi cuerpo que otros hombres solían mirar, antes de darme nuevamente la espalda.

Sentí que se me cortaba el aliento. Me dolió ser observada de arriba abajo y desechada luego como si no mereciera ni tan siquiera ser tratada con buenos modales. ¡Estúpida de mí con mi campesino orgullo! Siempre había tenido demasiado orgullo. Y me había hecho sufrir sin necesidad muchas veces, cuando habría sido mucho más fácil prescindir de algo que carecía de verdadero valor. Sin embargo, ese orgullo se alzó indignado en mi interior, como siempre que alguien como él miraba despectivamente a alguien como yo. Procuré aborrecerle. Un simple sirviente, eso es lo que era. Un jornalero colocado en una casita de jardinero para reparar plata antigua. Y con el impulso de esa inverosímil conclusión exclamé, de forma totalmente impropia de Jillian:

—¿Es usted un sirviente? —Me acerqué más para obligarle a mirarme—. ¿El jardinero o uno de *sus* jornaleros?

Él tenía la cabeza inclinada sobre su trabajo.

—Por favor, estás tú en mi casa, no yo en la tuya. No tengo por qué responder a tus preguntas. No te importa quién soy. Vete y déjame en paz. No eres la primera mujer que dice que se ha perdido en el laberinto, y todas acaban aquí. Hay un camino que bordea el seto por fuera y que te llevará hasta el principio del laberinto. Un niño podría seguirlo... aun con niebla.

—¡Me ha visto venir!

—Te he oído venir.

No sé qué es lo que me hizo gritar.

—¡Yo no soy una criada aquí! —exclamé furiosa con las chillonas maneras de papá y Fanny, de tal modo que hasta yo misma me sobresalté—. «Farthinggale Manor» es la casa de mis ab..., de mis tíos, que me han pedido que venga a quedarme.

Todos los temores que se agazapaban en mi mente me decían que huyera, y que lo hiciera aprisa.

Esta vez se volvió completamente hacia mí, de tal manera que vi y sentí el impacto de su masculinidad como nunca hasta entonces lo había sentido irradiar de ningún hombre. Sus oscuros ojos permanecían ocultos en las sombras mientras me examinaban, paseándose lentamente esta vez por mi rostro, mi garganta, mi agitado pecho... por la cintura, las caderas, las piernas, y de nuevo hacia arriba, despacio, muy despacio. Y cuando sus pupilas retornaron a mi rostro, se detuvieron en mis labios antes de mirar larga y profundamente mis ojos. Me sentí desfallecer antes de que él apartara la mirada, que se le había empañado ligeramente. Oh, yo le estaba afectando, me daba cuenta de ello; algo que él había visto hacía tensar los labios y apretar los puños. Apartándose de mí, volvió a coger aquel maldito martillito, como si se dispusiera a continuar su trabajo sin dejar que nada se interfiriese con lo que estaba haciendo. Por segunda vez, yo grité con voz sonora e iracunda de Casteel:

—¡Basta! ¿Por qué no puede ser cortés conmigo? Éste es mi primer día aquí. Mis anfitriones se han ido a una fiesta y me han dejado con los criados para que me entretenga sola. No sé qué hacer. Necesito alguien con quien hablar... y no me dijeron que en la finca vivía una persona como usted.

—¿Como yo? ¿Qué quieres decir con eso?

—Así de joven. ¿Quién es usted?

—Yo sé quién eres tú —dijo, como si se sintiera reacio a hablar—. Ojalá no hubieras venido. No tenía intención de que llegáramos a conocernos. Pero no es demasiado tarde. No tienes más que salir por la puerta con los brazos extendidos hacia delante, y a los cincuenta pasos chocarás con el seto. En cuanto lo notes delante de ti, echa a andar hacia la izquierda, sin dejar de tocarlo con la mano derecha, y no tardarás en llegar a la casa grande. La biblioteca tiene una excelente selección de libros, si te gusta leer. Y, si no, también hay allí un televisor. Y en el armario, en el tercer estante contando desde abajo, hallarás álbumes de fotos. Te entretendrán seguramente. Y, si todo esto falla, el cocinero es muy simpático y le encanta conversar. Se llama Ryse Williams; pero todos le llamamos Rye Whiskey.

—¿Quién es usted? —exclamé, sintiéndome furiosa con él.

—Realmente, no veo qué puede importarte eso; pero, ya que insistes, me llamo Troy Langdon Tatterton. Tu «tío» es mi hermano mayor.

—¡Tiene que ser mentira! —exclamé—. ¡Me habrían dicho que estaba usted aquí si fuese quien dice que es!

—No veo la necesidad de mentir sobre menudencias tales como quién soy yo. Quizás *ellos* no saben siquiera que estoy aquí. Al fin y al cabo, tengo más de veintiún años. No les aviso previamente cuando vengo a mi propia casita y a mi taller. Y tampoco les digo cuándo me voy.

—Pero... pero... —tartamudeé—, ¿por qué no vives en la casa grande?

Su sonrisa resplandeció brevemente.

—Tengo mis razones para preferir estar aquí. ¿Estoy obligado a explicártelas?

—Pero hay tantas habitaciones en aquella casa, y este lugar es tan pequeño... —murmuré, tan confusa que agaché la cabeza y me sentí completamente desdichada.

Él llevaba razón, naturalmente. Me había portado como una estúpida. ¿Qué derecho tenía yo para inmiscuirme en su modo de proceder?

Colocó su martillito en un hueco especial existente en la pared, en el que se alineaban también otras herramientas, ordenadamente dispuestas. Sus ojos graves y profundos tenían una expresión triste, llenos de algo que yo no entendía cuando se encontraban con los míos.

—¿Qué sabes acerca de mí?

Se me doblaron las rodillas, y me senté automáticamente en un sillón situado ante el fuego. Él suspiró cuando me vio hacer esto, como si le hubiera gustado que me marchase. Pero me resistía a creer que lo deseara de verdad.

—Sólo sé lo que me ha contado tu hermano. Y no es mucho. Dijo que eres muy inteligente y que te graduaste en Harvard a los dieciocho años.

Se levantó, se apartó de la mesa y fue a dejarse caer en una silla situada frente a mí. Desechó con un ademán todo lo que yo había dicho como si se tratara de un humo molesto que echase a perder la atmósfera.

—Yo no he hecho nada importante con mi pretendida inteligencia, así que hubiera sido lo mismo que naciese con un cerebro mediocre.

Quedé boquiabierta al oírle decir algo tan totalmente opuesto a lo que yo creía. ¡Cuando se tenía una formación se tenía el mundo en la mano!

—¡Pero estás graduado por una de las mejores universidades del mundo!

Por fin le había hecho sonreír.

—Veo que estás impresionada. Me alegro. Ahora, mi preparación ha adquirido algún valor, al menos a tus ojos.

Me hacía sentirme joven, ingenua... y tonta.

—¿Qué haces con tus conocimientos, aparte de martillear metales como un crío de dos años?

—*Touché* —dijo, con una sonrisa que le hizo parecer doblemente atractivo, y bien sabe Dios que ya me atraía bastante.

Me avergonzó ver lo fácilmente que mi aspecto físico podía vencer a mi inteligencia. Experimenté un ramalazo de ira contra él.

—¿Eso es todo lo que tienes que decir? —exclamé—. A mi propia y tosca manera, he intentado insultarte.

Ni siquiera parecía ofendido mientras se levantaba, regresaba a la mesa y volvía a coger aquel irresistible martillito.

—¿Por qué no me dices quién soy yo? —le apremié—. Di mi nombre, ya que sabes tanto.

—Dentro de un momento —respondió cortésmente—. Tengo que hacer muchas diminutas armaduras para un coleccionista muy especial que valora en alto grado estas cosas. —Mostró un trocito de plata que había sido moldeado en forma de S—. Estas piezas llevarán unos agujeros en cada extremo, y finalmente, cuando queden sujetas unas a otras con unos pequeños pernos, la malla de eslabones tendrá una flexibilidad perfecta, permitiendo a su portador una gran actividad, a diferencia de las armaduras que se usaron después.

—¿Pero no eres un Tatterton? ¿No eres el dueño de esa Compañía? ¿Por qué desperdiciar tus esfuerzos en algo que pueden hacer otros?

—¡Quieres saber muchas cosas! Pero responderé a esta pregunta, porque muchos otros me la han formulado también. Me gusta trabajar con mis manos, y no tengo nada mejor que hacer.

¿Por qué me estaba mostrando tan odiosa? Él era como una figura fantástica que yo hubiera creado mucho tiempo atrás, y que se había hecho carne y sangre, esperando que yo le descubriera. Y ahora que lo había conseguido, estaba haciendo que me aborreciese.

A diferencia de Logan, que parecía fuerte y seguro como un peñón, Troy daba la sensación de ser muy vulnerable, igual que yo. No había pronunciado una sola palabra para castigar mi desagradable comportamiento. Sin embargo, me daba cuenta de que estaba dolido. Parecía un violín demasiado tenso, presto a vibrar al menor contacto hecho por descuido.

Luego, como yo no intentara interrumpir lo que estaba haciendo, dejó a un lado su martillo, se volvió y me dirigió una sonrisa con la que sin duda pretendía congraciarse conmigo.

—Estoy hambriento. ¿Aceptarás mis excusas por haberme portado con tanta rudeza y te quedarás a tomar algo, Heaven Leigh Casteel?

—¡Sabes mi nombre!

—Claro que sé tu nombre. Yo también tengo ojos y oídos.

—¿Te... te ha hablado Jillian de mí?

—No.

—¿Quién entonces?

Miró su reloj y pareció sorprendido al ver la hora.

—Asombroso. Creía que sólo habían pasado unos minutos desde que empecé a trabajar esta mañana. —Su tono era de disculpa—. El tiempo pasa con una rapidez terrible. Siempre me sorprende lo vertiginosamente que corren los minutos, lo pronto que termina el día. —Me miró con expresión reflexiva—. Tienes razón, desde luego. Estoy desperdiciando mi vida jugando con lo que no son más que unos jueguetes de plata. —Se pasó las manos por el pelo, y desordenó las ondas que tan pulcramente se habían formado por sí solas—. ¿Has pensado alguna vez que la vida es demasiado corta? ¿Que antes de que hayas medio terminado tus proyectos estás viejo y débil y la siniestra segadora se encuentra ya llamando a tu puerta?

No podía tener más de veintidós o veintitrés años.

—¡No! Nunca me he detenido a reflexionar en nada parecido.

—Te envidio. Yo siempre he tenido la impresión de hallarme en una enloquecida carrera contra el tiempo, y contra Tony. —Me dirigió una sonrisa y, luego, haciendo que se me cortara la respiración, añadió—: Muy bien, quédate. No te vayas. Derrocha mi tiempo.

Ahora yo no sabía qué hacer. Ansiaba quedarme; pero me sentía confusa y asustada.

—Oh, vamos —insistió—, has conseguido lo que querías, ¿no? Y yo soy inofensivo. Me gusta enredar en la cocina, aunque no dispongo de tiempo más que para preparar *sandwiches*. No sigo un horario fijo de comidas. Como cuando me entra hambre. Por desgracia, yo quemo calorías con la misma rapidez con que las tomo, así que la tengo siempre. De modo, Heaven, que tomaremos inmediatamente nuestra primera comida juntos.

En estos mismos momentos tenían que servirme la cena en «Farthinggale Manor», y yo lo olvidé por completo con la excitación de seguir a aquel hombre a su cocina, que semejaba la de un yate. Todo práctico y muy a mano. Comenzó a abrir puertas y a disponer sobre la mesa pan y mantequilla, lechuga, tomates, jamón y queso. Según iba sacando lo que necesitaba de los armarios, cerraba las puertas con la frente, ya que tenía las manos ocupadas; pero no antes de que yo tuviese la oportunidad de echar un vistazo al interior. Todos los estantes estaban muy ordenados y repletos. Los alimentos que tenía allí serían la comida de un año de cinco niños Casteel. Mientras preparaba los emparedados, rechazando mi ayuda e insistiendo en que yo fuese su invitada, permaneciera sentada y no hiciese más que hablar para entretenerle, parecía alegre por tenerme allí y, al mismo tiempo, incómodo y azorado. A mí me resultaba difícil hablar, así que él me sugirió que pusiese la mesa. Lo hice rápidamente y, luego, aproveché la oportunidad para ver mejor la casa. Observada desde dentro, no era tan pequeña como me había parecido al contemplar el exterior. Tenía unas alas que sobresalían del cuerpo principal y conducían a otras habitaciones. Una casa masculina, escasamente amueblada.

Poner la mesa me sosegó, como siempre me pasaba cuando me mantenía ocupada, así que pude volverme y mirarle sin azoramiento. Resultaba extraño estar allí con él de esta manera, en una casita aislada, cercados por la niebla y la oscuridad, como si nos hallásemos solos en el mundo. Crepitaba el fuego a mi espalda, y las chispas ascendían silbando por la chimenea. Una oleada de rubor me encendió el rostro. Me sentía demasiado excitada y demasiado vulnerable ahora que la preparación de los bocadillos le había proporcionado a él algo que hacer. La persona ocupada parece siempre más dueña de la situación que la que mira. Yo contemplé excesivo tiempo su cara, observando el juego de las luces fluorescentes sobre sus cabellos, escruté demasiado largamente su cuerpo, asombrada de cómo respondía el mío a la sola vista de él. Me sentí llena de culpabilidad y de vergüenza. ¿Cómo podía yo sentir esto ante un hombre después de lo que Cal me había hecho?

Reprimí enérgicamente mis emociones. ¡Yo no necesitaba a ningún hombre en mi vida! ¡Ahora, no!

—La cena está servida, Milady —dijo tímidamente, con una sonrisa.

Me acercó una silla, y me senté antes de que, con rápido ademán, retirase una servilleta blanca, dejando al descubierto seis bocadillos sobre una bandeja de plata. ¡Seis! Alrededor, adornaban la bandeja ramitos de perejil y rábanos dispuestos de modo que parecían rosas. Entre el perejil, había huevos picantes, y alrededor se veían rebanaditas de diversos quesos, un surtido de galletas variadas y una fuente de plata llena de manzanas rojas y relucientes. Manzanas bruñidas. ¿Todo esto cuando había planeado cenar solo?

¡Pero si allá en los Willies podríamos haber vivido con ello una semana la abuelita, el abuelo, Tom, Fanny, Keith, Nuestra Jane...! ¡Todos nosotros!

Sacó luego dos botellas de vino, una de tinto y otra de blanco. ¡Vino! Lo que Cal había pedido para mí en elegantes restaurantes cuando vivía con él y con Kitty en Candlewick. Y el vino me había enturbiado el cerebro y me había hecho aceptar lo que de otra manera habría sido posible evitar.

¡No! ¡No podía permitirme cometer otro error! Me puse en pie de un salto y cogí mi abrigo.

—Lo siento, pero no puedo quedarme —dije—. Tú no querías que supiese que estabas aquí... Así que fingiré que no estás.

Y, rápidamente, crucé la puerta y eché a correr hacia el seto en medio de una noche tan negra que inspiraba pavor. La húmeda neblina que se elevaba del suelo se me enroscaba en torno a las piernas. Lejos, a mi espalda, le oí gritar mi nombre.

—¡Heaven! ¡Heaven!

Qué nombre tan extraño había elegido mi madre para mí, pensé por primera vez en mi vida. No una persona, sino un lugar. Luego, se me llenaron los ojos de lágrimas. Estaba llorando. Sin ningún motivo.

IV. PARA BIEN O PARA MAL

—Debo advertirte —dijo Tony a la mañana siguiente, durante el desayuno, mientras Jillian dormía aún en el piso de arriba— que el laberinto es más peligroso de lo que parece. Yo en tu lugar dejaría la exploración a los que tienen más experiencia en esas cosas.

Eran poco más de las seis, y el alba se parecía terriblemente al crepúsculo, salvo por el platito de bayas azules calientes y el apetitoso despliegue de manjares en el aparador. El mayordomo estaba en su puesto, junto a la exposición de alimentos en recipientes de plata, presto a entrar en acción para servirnos a los dos, sentados a una mesa en torno a la cual hubieran podido acomodarse ocho personas. Yo me sentía aturdida por una sensación de irrealidad. Así había soñado que sería. La ingenua muchacha campesina que yo había sido rondaba a mi lado, estremeciéndose de deleite, disfrutando diez veces más que la joven que realmente era ahora. Suspicaz, nerviosa, temiendo hacer algo tan grosero que ni Jillian ni Tony quisieran volver a verme. En cuanto a Troy, había decidido no acercarme jamás a él. Era demasiado peligroso.

Con cierta vacilación, fui saboreando cada uno de los

deliciosos platos que Curtis me puso delante, verdaderamente el desayuno más maravilloso que yo había tomado en mi vida y, ciertamente, el más satisfactorio. Bueno, con esta clase de alimentos en mi interior dándome energías, podría haberme ido corriendo todo el camino hasta el colegio. Luego, me asaltó la sarcástica idea de que quizá la comida era tan buena sólo porque yo no había tenido nada que ver con su preparación. Y no tendría nada que ver con la limpieza de cacharros en la cocina.

—Ya no le necesitaremos más, Curtis —dijo de pronto Tony.

Yo estaba convencida de que era el hombre más desvalido del mundo, incapaz de hacer absolutamente nada para servirse. Parecía encontrar una curiosa satisfacción en mantener constantemente sobre ascuas a Curtis, que permanecía atento a sus leves señas de que hiciera esto o aquello. Cuando el mayordomo se hubo marchado, Tony se inclinó hacia delante.

—¿Qué te parece nuestro desayuno?

—Es delicioso —respondí con entusiasmo—. Nunca había saboreado unos huevos tan ricos.

—Querida, acabas de compartir uno de los manjares más exquisitos del mundo, las trufas.

Pero yo no había visto nada parecido a una trufa, fuera eso lo que fuese.

—No importa —dijo, cuando bajé la vista a lo que quedaba de mis huevos, rebozados en salsa y servidos en finas hojuelas doradas—. Ha llegado el momento de que me hables de ti misma. Ayer, cuando veníamos, me pareció ver en tus ojos algo que semejaba ira. ¿Por qué te sentías tan indignada cada vez que se mencionaba a tu padre?

—Ignoraba haber dado esa impresión —murmuré, enrojeciendo y sintiendo deseos de gritar la verdad; pero, al mismo tiempo, temerosa de decir demasiado. Yo pensaba en su hermano más que en mi padre. Era de Troy de quien quería hablar. Sin embargo, tenía que pensar en mis planes, en mis sueños y también en el bienestar de Keith y de Nuestra Jane. Yo sabía que el primer paso hacia su salvación era no arriesgar la mía.

Y, con suma precaución, empecé a construirme una nueva infancia hecha de medias verdades; las únicas mentiras que dije fueron las de omisión.

—Así que ya ves, la mujer que murió de cáncer no era mi verdadera madre, sino una madre adoptiva llamada

Kitty Dennison, que me cuidó cuando papá estuvo enfermo y yo no tenía a nadie más.

Permaneció inmóvil, como horrorizado ante la noticia de que mi madre había muerto el día en que yo nací. Sus ojos se empañaron y adquirieron una expresión de tristeza. Y, luego, le invadió una cólera fría, violenta, amarga.

—¿Qué estás diciendo? ¿Que tu padre murió? ¿Cómo podía una muchacha tan joven, fuerte y sana como tu madre morir de parto sino por negligencia? ¿Estuvo en un hospital? ¡Por Dios Todopoderoso, las mujeres no mueren de parto hoy en día!

—Era muy joven —musité—, demasiado joven quizá para soportar la prueba. Vivíamos en una casa bastante decente, pero el trabajo de papá como carpintero nunca fue constante. A veces, nuestras comidas no eran demasiado nutritivas. No puedo asegurar que se sometiera a revisiones médicas, pues la gente de la montaña no cree mucho en los médicos, prefieren cuidar ellos mismos sus dolencias. A decir verdad, las mujeres de edad como mi abuela eran más respetadas que quienes tenían consulta en la ciudad con una placa de doctor en la puerta.

¿Iba a volverse él también contra mí, por la misma razón que papá?

Sus azules ojos se volvieron hacia las ventanas, que se elevaban hasta el techo, enmarcadas por gruesas cortinas de terciopelo rosa con ribetes dorados.

—¿Por qué te quedaste ahí callada ayer, confirmando con tu silencio las mentiras de tu padre?

—Me aterrorizaba la idea de que me rechazarais por proceder de un medio tan pobre.

Su rápida y fría cólera me sorprendió y me hizo comprender al instante que aquel hombre era otro Cal Dennison, fácil de engañar.

Continué apresuradamente, sin preocuparme ya de la impresión que producía.

—¿Cómo crees que me sentí cuando oí que Jillian y tú esperabais que mi venida aquí fuese sólo una visita? Papá me había dicho que mis abuelos estaban encantados de que me quedase a vivir con ellos. ¡Y me entero luego de que se trata sólo de pasar una temporada! No tengo ningún sitio adonde ir ya. No hay nadie que me quiera. ¡Nadie! Traté de imaginar por qué mentía papá así; pensando, quizá, que os preocuparíais más de mi bienestar si creíais que yo estaba todavía desconsolada por la muerte de mi madre. Y, en cierto modo, lo sigo estando. Siempre he echado de menos el haberla conocido. Yo no quería hacer ni decir nada que pudiera modificar vuestra disposición a tenerme con vosotros, aunque fuera por poco tiempo. ¡Por favor, Tony, no me hagas volver! ¡Déjame quedarme! No tengo más hogar que éste. Mi padre está muy enfermo, aquejado de una terrible dolencia nerviosa que no tardará en matarle, y quería dejarme con mi familia materna antes de que su vida se extinguiera.

Su aguda y penetrante mirada permanecía fija en mí, escrutándome. Me humillé interiormente, temerosa de que mi rostro revelase mis embustes. Mi altivo orgullo estaba doblegado. Me hallaba dispuesta a arrodillarme, a suplicar, a llorar y a postrarme completamente. Empecé a temblar de pies a cabeza.

—Y esa enfermedad nerviosa que tiene tu padre, ¿cómo la definen sus médicos?

¿Qué sabía yo de enfermedades nerviosas? ¡Nada! Mis pensamientos se desbocaron, aguijoneados por el pánico, hasta que decordé algo que había visto una vez en la televisión, allá en Candlewick. Una película triste.

—Hubo un famoso jugador de béisbol que murió de ella. No sé pronunciar bien el nombre de esa enfermedad. —Traté de no parecer demasiado vaga en mis palabras—. Es una especie de parálisis y termina con la muerte.

Él tenía ahora entornados suspicazmente sus azules ojos.

—No parecía en absoluto enfermo. Su voz sonaba muy fuerte.

—Todos los habitantes de las montañas tienen la voz fuerte. Necesitan hacerse oír sobre los demás.

—¿Quién cuida de él ahora que tu abuela ha muerto y tu abuelo está ya senil?

—¡El abuelo no está senil! —protesté—. Es sólo que desea tanto que la abuelita esté viva que finge que continúa aún con él. Eso no es estar loco, sólo necesidad de que alguien le quiera.

—Yo llamaría auténtica senilidad al hecho de fingir que los muertos están vivos y hablar con ellos —replicó él, con voz desprovista de emoción—. Y ya he observado que unas veces le llamas papá y otras padre. ¿Por qué?

—Papá cuando le quiero —murmuré—. Cuando no, padre.

—Ah. —Me miró con más interés.

52

Mi voz sonó quejumbrosa, como si estuviese representando un papel a la manera de Fanny.

—Mi padre siempre me ha culpado de la muerte de mi madre. A consecuencia de ello, nunca me he sentido cómoda con él, ni él conmigo. No obstante, le gustaría verme atendida. Y padre siempre puede encontrar alguna mujer que se entregue devotamente a cuidarle hasta el día en que abandone este mundo.

Se hizo un largo silencio mientras consideraba mi información, pareciendo examinarla por todos los lados.

—Un hombre capaz de conseguir el afecto y la entrega de una mujer aun en su lecho de muerte no puede ser malo. ¿Verdad, Heaven? Yo no conozco a nadie que hiciera lo mismo por mí.

—¡Jillian! —me apresuré a exclamar.

—Oh, sí, Jillian, claro.

Se quedó mirándome con aire ausente, hasta que rebullí, turbada, en mi asiento. Estaba calibrándome, juzgándome, sopesando mis aspectos favorables y los desfavorables. Su examen pareció prolongarse como si no fuera a terminar nunca, incluso mientras hacía una breve seña y aparecía Curtis para limpiar la mesa, desapareciendo luego. Finalmente, habló.

—Supongamos que tú y yo hacemos un pacto. No le revelaremos a Jillian que tu madre murió hace tanto tiempo, pues esa información le dolería mucho. Tú le has hecho creer que Leigh tuvo diecisiete años de felicidad con tu padre y sería una pena decirle ahora otra cosa. No es muy estable emocionalmente. Ninguna mujer puede ser estable cuando toda su felicidad depende de permanecer joven y bella, pues esto no puede durar eternamente. Pero, mientras conserva aún algo de su juventud, por duradero que sea, hagamos tú y yo lo que podamos para que viva dichosa.

Sus penetrantes ojos se entornaron, antes de continuar:

—Si te doy un hogar y cuanto ello implica, educación, vestidos adecuados y todo lo demás, esperaré algo a cambio. ¿Estás dispuesta a dar lo que pida?

Con expresión pensativa y ojos entornados, esperó, mientras yo lo miraba. Mi primer pensamiento fue de victoria. ¡Podía quedarme! Luego, mientras me observaba atentamente, empecé a sentir la impresión de que Tony era un gato gordo y enorme, y yo un pobre ratoncillo sobre el que se disponía a abalanzarse.

—¿Qué pedirás?

Me dirigió una breve sonrisa en la que latía un cierto regocijo.

—Haces bien en preguntarlo, y me alegra que tengas sentido de la realidad. Tal vez hayas averiguado ya por ti misma que todas las cosas tienen un precio. Creo que no te voy a pedir nada que no sea razonable. En primer lugar, exigiré de ti una obediencia absoluta. Cuando tome decisiones respecto a tu futuro, no las discutirás. Las aceptarás sin rechistar. Yo quería mucho a tu madre, y lamento que no esté viva; pero no te voy a hacer entrar en mi vida para que me traigas complicaciones. Entiéndelo bien desde ahora. Si me creas problemas, o se los creas a mi mujer, te haré volver por donde has venido sin el menor pesar. Pues te consideraré una necia desagradecida, y los necios no merecen una segunda oportunidad.

Abrió los ojos y me miró fijamente.

—Para darte una idea de las decisiones que tomaré por ti, empecemos por el hecho de que yo decidiré el colegio y la Universidad a que asistirás. Elegiré también tus ropas. Detesto cómo se visten las chicas de hoy en día, echando a perder lo mejor de sus vidas con prendas vulgares, poco refinadas, y los cabellos revueltos y descuidados. Tú vestirás como vestían las jóvenes cuando yo iba a Yale. Supervisaré los libros que leas y las películas que vayas a ver. No es que yo sea un mojigato; pero pienso que si se llena uno la cabeza de basura, no consigue más que asfixiar los maravillosos ideales y pensamientos que la mayoría de nosotros tenemos cuando somos jóvenes. Me reservaré la aprobación final de los chicos con los que salgas y cuándo has de salir. Esperaré que seas siempre cortés conmigo y con tu abuela. Jillian establecerá sus propias reglas, estoy seguro. Pero en estos momentos voy a fijar yo unas cuantas.

»Jillian duerme todos los días hasta el mediodía; su «descanso de belleza» le llama ella. No la molestes nunca. A Jillian no le gusta estar con gente aburrida y pelma, así que no traigas a nadie así a esta casa. Y tampoco hables de nada desagradable en su presencia. Si tienes problemas escolares, sanitarios o sociales, expónmelos a mí en privado. Será mejor que nunca menciones el hecho de que los años van pasando, ni te refieras a acontecimientos de otro tiempo o a sucesos tristes que leas en los periódicos. Jillian se las ha arreglado para acondicionarse como un avestruz, metiendo la cabeza en la arena siempre que surgen problemas de otras personas. Deja que practique sus juegos de protección. Cuando sea preciso, seré yo quien introduzca su cabeza en la realidad. No tú.

Mientras permanecía sentada allí, ante la alargada mesa, experimentaba la vehemente impresión de que Towsend Anthony Tatterton era un hombre cruel e implacable que me utilizaría a mí, como sin duda utilizaba a Jillian, para cualquier objetivo que considerase oportuno.

Sin embargo, no tenía la menor intención de rechazar su oferta de dejarme vivir allí y enviarme a la Universidad. Mi corazón aceleraba jubilosamente sus latidos hacia ese maravilloso día en que obtendría mi título. De momento, sólo eso parecía deseable.

Me levanté y traté de hablar sin que me temblara la voz.

—Mr. Tatterton, siempre he sabido que mi futuro estaba aquí, en Boston, donde puedo asistir a los mejores colegios y prepararme para una vida mejor que la que mi madre encontró viviendo en las montañas de Virginia Occidental. Lo que más deseo es terminar la escuela superior e ir a un colegio de la Ivy League que me haga sentirme orgullosa de mí misma. Necesito desesperadamente experimentar este orgullo. Quiero volver algún día a Winnerrow para que todos los que me conocieron cuando era pobre vean lo que he conseguido llegar a ser... Pero no sacrificaré mi honor ni mi integridad por lograr ninguna de esas cosas.

Sonrió como si me considerase ridícula por mencionar el honor y la integridad.

—Me alegra oírte tomar en consideración esas cosas, aunque sabía por tus ojos que así sería. Sin embargo, esperas mucho de mí. Yo sólo te pido obediencia.

—Me parece que se esconden muchas cosas bajo esa simple petición.

—Sí, quizás —admitió, sonriendo agradablemente—. Mi mujer y yo somos influyentes en nuestros propios círculos y no queremos que nada empañe *nuestra* reputación. Podrían presentarse aquí algunos miembros de tu familia, y eso resultaría embarazoso. Tengo la impresión de que tu padre y tú no os tenéis demasiado afecto; al mismo tiempo, tú te muestras protectora respecto a él y a tu abuelo. Y, por lo que ya sé de ti, te adaptas rápidamente. Sospecho que, a la larga, acabarás siendo más bostoniana que yo mismo, que nací aquí. Pero no deseo que aparezca jamás por aquí ninguno de tus rústicos parientes. Ni de tus antiguos amigos de Virginia Occidental.

¡Oh! ¡Eso era pedir demasiado! Yo había proyectado contarle toda la verdad más adelante, cuando me hubiera ganado su confianza y su aprobación. Hablarle de cuando padre tuvo la sífilis aquel terrible otoño en que Sarah dio a luz un niño muerto deforme, y murió la abuelita. Sarah se marchó y nos abandonó a sus cuatro hijos y a mí en aquella choza de la montaña para que nos arreglásemos como pudiéramos. ¡Y luego aquel espantoso invierno en que nos vendió! ¡Nos vendió a personas que nos maltrataban! ¿Y cómo podía yo invitar a Tom a que viniera aquí de visita, o a Fanny, y mucho menos a Keith y a Nuestra Jane...? Cuando encontrase a Keith y a Nuestra Jane...

—Sí, Heaven Leigh, quiero que rompas tus lazos familiares, que te olvides de los Casteel y te conviertas en una Tatterton, como hubiera debido hacer tu madre. Ella huyó de nosotros. Escribió una vez. ¡Sólo una! ¿Oíste mencionar a alguien, en alguna ocasión, por qué no escribía a su casa?

Yo tenía los nervios en tensión. ¡Él era el único que sabía más que la abuelita, que el abuelo o que mi padre!

—¿Cómo iban a saberlo a menos que ella lo dijese? —pregunté con resentimiento—. Por lo que pude escuchar, nunca habló de su casa, salvo para decir que venía de Boston y que jamás iba a regresar. Mi abuelita suponía que era rica, pues llevaba consigo vestidos muy bonitos y un pequeño joyero de terciopelo, y sus modales eran muy elegantes.

Por alguna razón, no dije nada acerca de la muñeca retrato que había escondido en el fondo de su única maleta.

—¿Dijo a tu padre que no regresaría nunca? —preguntó con aquella voz tensa y extraña que revelaba que se hallaba afectado—. ¿A quién se lo dijo?

—Pues no lo sé. Abuelita quería que regresase al lugar de donde había llegado antes de que las montañas la matasen.

—¿La mataron las montañas? —preguntó, inclinándose hacia delante y mirándome fijamente—. Yo había supuesto que perdió la vida a consecuencia de unas inadecuadas atenciones médicas.

Mi voz adquirió entonaciones que me recordaron a la abuelita y a lo asustada que me hacía sentirme.

—Algunos dicen que no hay nadie que pueda vivir bien

en nuestras montañas a menos que haya nacido y se haya criado en ellas. Hay allí sonidos que nadie puede explicar, como el de lobos aullando a la luna, cuando los científicos dicen que los lobos grises desaparecieron hace tiempo de nuestra región. Sin embargo, todos los oímos. Tenemos osos, linces y jaguares. Nuestros cazadores vuelven contando haber visto pruebas de que los lobos grises continúan viviendo en nuestras cumbres. No importa que los veamos o no; ya que sus aullidos, transportados por el viento, nos despiertan durante la noche. Somos dados a toda clase de supersticiones, a las que yo procuraba no prestar atención. Tonterías, como que tienes que dar tres vueltas en redondo al entrar en casa para que los diablos no te sigan al interior. Sin embargo, los forasteros que vienen a nuestra zona enferman con facilidad y no suelen recuperarse nunca. A veces, no les pasa nada; pero se vuelven taciturnos, pierden el apetito, adelgazan en exceso y, luego, les llega la muerte.

Tenía los labios tan apretados que se le había formado una línea blanca junto a ellos.

—¿Las montañas? ¿Winnerrow está en las montañas?

—Winnerrow está en un valle, lo que los lugareños llaman una «hoya». Toda mi vida he procurado no hablar como ellos. Pero el valle no se diferencia en nada de las montañas. El tiempo permanece detenido allá, en un sitio y en otro, y no como se detiene para Jillian. La gente envejece con mucha rapidez. Bueno, mi abuelita nunca tuvo una borla de polvos, y mucho menos un frasco de barniz para las uñas.

—No me digas más —exclamó él, con cierta impaciencia—. Ya he oído bastante. ¿Y por qué diablos iba a querer volver allá una chica inteligente como tú?

—Tengo mis propias razones —respondí obstinadamente, levantando la cabeza y sintiendo en los ojos el escozor de las lágrimas.

No podía decirle lo ardientemente que deseaba realzar el apellido de Casteel y darle algo que nunca había tenido: respetabilidad. Lo haría por mi abuelita.

De modo que permanecía en pie, en tanto que él seguía sentado. Durante un rato, que me pareció eterno, continuó en su asiento, con sus elegantes y bien cuidadas manos bajo la barbilla, sin decir nada. Luego, las bajó y empezó a tamborilear sobre el terso mantel blanco y sobre mis nervios.

—Siempre he admirado la sinceridad —dijo al fin, con expresión serena e inescrutable en sus azules ojos—. Es siempre la mejor postura cuando no se sabe si una mentira servirá a los propios propósitos. Por lo menos, presenta uno limpiamente su caso y, si fracasa, puede conservar su «integridad». —Me dirigió una breve y regocijada sonrisa—. Unos tres años después de que tu madre se fuera de aquí, la agencia de investigación que yo contraté para que la encontrase descubrió finalmente su pista hasta Winnerrow. Dijeron a los detectives que vivía fuera de los límites de la ciudad y que los que nacían o morían en el condado no solían figurar en los registros de ésta. Pero muchos habitantes de Winnerrow se acordaban de una bella muchacha que se casó con Luke Casteel. Mi detective trató incluso de encontrar su tumba para tener constancia del día en que falleció; pero nunca halló una sepultura en cuya lápida figurase su nombre. Hace tiempo que yo sabía que no volvería nunca. Cumplió su palabra...

¿Eran lágrimas lo que veía en sus ojos? ¿La había amado a su manera?

—¿Puedes decir sin faltar a la verdad que ella amaba a tu padre, Heaven? Por favor, piensa bien en ello. Es importante.

¿Cómo iba yo a saber nada de lo que ella sentía, aparte de lo que siempre había oído? Sí, eso había dicho la abuelita, que ella le había amado... ¡porque nunca le mostró su lado cruel y odioso!

—¡Deja de interrogarme acerca de ella! —exclamé, sintiéndome acosada y a punto de derrumbarme—. ¡Toda mi vida se me ha culpado de su muerte, y creo que ahora estás tratando de atribuirme también algo más! ¡Dame una oportunidad, Tany Tatterton! Seré obediente. Estudiaré de firme. ¡Haré que te sientas orgulloso de mí!

¿Fue esto que yo dije lo que le hizo sepultar la cabeza entre las manos? Yo quería que odiase a mi padre, por matarla, tanto como le odiaba yo. Quería que se comprometiera conmigo a una decisión común de venganza. Y con esa expectativa esperé, temblorosa.

—¿Juras obedecer mis decisiones? —preguntó, levantando rápidamente los entornados ojos.

—¡Sí!

—Entonces, no volverás a utilizar el laberinto, ni a buscar oportunidades para visitar a mi hermano menor, Troy.

Contuve el aliento.

—¿Cómo lo sabías?

Se curvaron sus labios.

—Porque él me lo dijo, muchacha. Se hallaba muy excitado con respecto a ti, por lo mucho que te pareces a tu madre, en lo que recuerda de ella.

—¿Por qué no quieres que le vea?

Meneó la cabeza, con expresión ceñuda.

—Troy tiene sus propias aflicciones, que pueden ser tan fatales como la enfermedad de tu padre. No quiero que te contamines con ellas... Aunque nada de lo que él tiene es contagioso.

—No entiendo —repuse con una sensación de desamparo, profundamente conmovida al saber que él podría estar enfermo... muriéndose.

—Claro que no entiendes. ¡Nadie entiende a Troy! ¿Has visto alguna vez un joven más atractivo? ¡No, claro que no! ¿No parece extraordinariamente sano? Sí, claro que sí. Sin embargo, está demasiado delgado. No ha dejado de estar enfermo intermitentemente desde que nació, cuando yo tenía diecisiete años. Haz lo que te digo. Por tu propio bien, deja en paz a Troy. No puedes salvarle. No hay quien pueda hacerlo.

—¿Qué quieres decir con eso de que no puedo salvarle? ¿Salvarle de qué?

—De él mismo —respondió secamente, al tiempo que agitaba la mano para desechar el tema—. Bien, Heaven, siéntate. Vayamos al grano. Yo te proporcionaré aquí un hogar, te equiparé como a una princesa y te enviaré a los mejores colegios. A cambio de todo lo que haré por ti, tú harás sólo un poco por mí. Primero, como he dicho antes, no dirás nunca a tu abuela nada que pueda causarle dolor. Segundo, no verás a Troy en secreto. Tercero, no volverás a mencionar jamás a tu padre, ni por su nombre ni aludiendo a él de ninguna otra manera. Cuarto, te esforzarás al máximo por olvidar tu origen y te concentrarás sólo en perfeccionarte. Y, quinto, a cambio de todo el dinero que invierto en ti, y por tu bien, me darás el derecho a tomar todas las decisiones importantes de tu vida. ¿De acuerdo?

—¿Qué... qué clase de decisiones importantes?

—¿Estás de acuerdo o no estás de acuerdo?

—Pero...

—Muy bien, no estás de acuerdo. Quieres escurrir el bulto. Prepárate para marcharte después del día de Año Nuevo.

—¡No tengo a dónde ir! —exclamé, consternada.

—Puedes divertirte durante los dos próximos meses y, luego, nos separaremos. Pero no pienses que para cuando llegue ese momento te habrás ganado a tu abuela hasta el punto de que ella te facilite dinero suficiente para ir a la Universidad, pues no controla el dinero que Cleave le dejó... Lo controlo yo. Tiene todo lo que necesita, yo me ocupo de ello, pero no sabe administrar el capital.

Yo no podía dar mi consentimiento a algo tan monumental como que él tomara las decisiones por mí. ¡No podía!

—Tu madre se proponía asistir a un colegio femenino que es el mejor de la región. Todas las chicas adineradas suspiran por ir a él, con la esperanza de encontrar allí al joven adecuado con el que poder casarse más tarde. Deseo que tú también encuentres allí el hombre de tu vida.

Hacía tiempo que lo había encontrado: Logan Stonewall. Tarde o temprano, Logan me llevaría con él. Me perdonaría, comprendería que yo había sido una víctima de las circunstancias...

Lo mismo que eran víctimas Keith o Nuestra Jane. Me mordí el labio inferior. La vida brindaba muy pocas oportunidades como la que él me estaba ofreciendo. En aquella casa tan grande, con las ocupaciones que él tenía en la ciudad, que le mantendrían alejado de mí con frecuencia, rara vez nos veríamos. Y yo no necesitaba a Troy Tatterton en mi vida, habida cuenta de que no tardaría en ver de nuevo a Logan.

—Me quedaré. Acepto tus condiciones.

Me dedicó su primera sonrisa realmente cálida.

—Muy bien. Sabía que tomarías la decisión acertada. Tu madre hizo todo lo contrario cuando se marchó. Y ahora, para simplificar lo que podría desconcertarte y ahorrarte el tener que andar husmeando, Jillian tiene sesenta años, y yo, cuarenta.

¡Jillian tenía sesenta años!

¡Y la abuelita sólo contaba cincuenta y cuatro cuando murió, y aparentaba noventa! Oh, Dios, resultaba dolorosamente enternecedor. Pero yo no sabía qué hacer ni qué decir, y el corazón me latía acelerada y violentamente. Luego, me invadió una oleada de alivio que me permitió respirar, relajarme e incluso esbozar una trémula sonrisa. Todo acabaría saliendo bien. Algún día volvería a reunir a

Tom, Fanny, Keith y Nuestra Jane bajo mi mismo techo. Pero eso podía esperar hasta que yo adquiriese un firme control de mi futuro.

—Winterhaven tiene una lista de espera kilométrica; pero estoy seguro de que puedo mover ciertos hilos para hacerte entrar; es decir, si eres buena estudiante. Tendrás que someterte a una prueba para determinar tu nivel. Hay chicas de todo el mundo deseando asistir a Winterhaven. Vamos a ir de compras tú y yo y dejaremos que Jillian se ocupe de sus propios asuntos. Necesitarás ropa de invierno, abrigos, botas, sombreros, guantes, batas, todo. Estarás representando a la familia Tatterton, y nosotros tenemos ciertos niveles con arreglo a los cuales debes vivir. Necesitarás una asignación económica para que puedas alternar con tus amigas y comprar cuanto se te antoje. Estarás bien atendida.

Yo había caído en un estado de fascinación, prendida en esta seductora fantasía de riqueza en la que podría comprar todo lo que quisiera, y la educación universitaria que siempre había estado tan lejana se hallaba de pronto cerca, al alcance de la mano.

—Esa mujer que has mencionado, Sarah, la muchacha con la que tu padre se casó poco después de la muerte de Leigh, ¿cómo era?

¿Por qué quería saber eso?

—Había nacido en las montañas. Era alta, huesuda, tenía el pelo rojizo y los ojos verdes.

—No me interesa su aspecto. ¿Cómo era?

—Yo la quise hasta que se volvió contra... —Iba a decir contra «nosotros»; pero me interrumpí bruscamente—. Yo la quise hasta que se marchó porque averiguó que papá se estaba muriendo.

—Debes eliminar el nombre de Sarah de tus labios y de tu memoria. Y esperar no volver a verla más.

—No sé dónde está —me apresuré a decir, sintiéndome extrañamente culpable, deseando defender a aquella mujer que se había esforzado, aunque hubiera fracasado...

—Heaven, si hay algo que he aprendido en cuarenta años es que las malas simientes tienen tendencia a reaparecer.

Me quedé mirándole, llena de presentimientos.

—Una cosa más, Heaven. Al convertirte en miembro de esta familia, tienes que renunciar a tu pasado. A cualesquiera amigos que puedas haber hecho allí. Cualesquiera primos, tías o tíos. Te fijarás objetivos más altos que limitarte a ser una maestra de escuela más que se entierra en las montañas, donde nada mejorará hasta que aquellas personas decidan que quieren mejorar. Vivirás conforme al nivel de los Tatterton y los Van Voreen, que no son ciudadanos corrientes, sino excepcionales. Nosotros nos comprometeremos personalmente, no sólo en palabras sino también en hechos, y eso se refiere a los dos sexos.

¿Qué clase de hombre era él para exigir tanto? «Frío y ruin», pensé esforzándome por ocultar mis verdaderos sentimientos, aunque experimentaba deseos de revolverme y decirle lo que pensaba de unas restricciones tan crueles.

Y adiviné, o así lo creí entonces, qué era lo que le había impulsado a mi madre a huir. ¡Aquel hombre cruel y exigente! Luego, como la verdadera Casteel que era, una idea artera y solapada se infiltró en mi mente. Ni siquiera Tony Tatterton podía leer mis pensamientos. Él no sabría qué cartas escribía yo a Tom y Fanny. Si quería ser un dictador, bien, que lo fuese. Yo jugaría mi propio juego.

Incliné humildemente la cabeza.

—Lo que tú digas, Tony.

Y, con la espalda recta y la cabeza erguida, me dirigí hacia la escalera. Amargos pensamientos me invadían al compás de mis pasos. Cuanto más cambiaban las cosas, más idénticas permanecían. Tampoco aquí me querían.

V. WINTERHAVEN

Al día siguiente mismo, Tony tomó a su cargo mi vida como si ni Jillian ni yo tuviésemos nada que decir al respecto. Estableció programas precisos para cada minuto de mi tiempo y me arrebató parte de la emoción que yo podría haber experimentado si hubiera llevado a cabo poco a poco la tarea de transformarme de fregona en princesa. Yo necesitaba tiempo para acostumbrarme a que los criados atendieran mis más mínimas indicaciones; tiempo para aprender a desenvolverme en una casa de diseño casi tan complicado como el laberinto del exterior. No me gustaba que Percy me preparase el baño y dispusiera mis ropas, sin dejarme tomar ninguna decisión. Me desagradaba la orden que establecía con toda claridad que yo no debía utilizar los teléfonos para llamar a nadie de mi familia.

—No —dijo secamente, levantando la vista de la página de información bursátil que estaba leyendo con atención—, no necesitas despedirte otra vez de Tom. Me dijiste que ya lo habías hecho.

Yo me sentía aturdida por acontecimientos que sucedían a un ritmo demasiado rápido para poder controlarlos, y cuando murmuré unas palabras de queja me miró con asombro.

—¿Qué quieres decir con eso de que voy demasiado de prisa? Es lo que quieres, ¿no? Para eso has venido, ¿no? Bien, ya tienes lo que soñabas, lo mejor de todo. Has de empezar inmediatamente a ir al colegio. Y si piensas que te estoy arrastrando en una corriente impetuosa e incontenible, ése es todo el sentido de la vida. Yo no acostumbro a caminar con lentitud, y si tú y yo hemos de establecer una agradable relación, será mejor que te adaptes a mi estilo.

Cuando sonrió y volvió la mirada hacia mí, traté de no experimentar resentimiento.

Mientras Jillian se pasaba las mañanas durmiendo y se dedicaba durante otras pocas horas a realizar, a puerta cerrada, sus «secretos rituales de belleza», Tony me llevaba a unas tiendecitas en las que vestidos y zapatos costaban pequeñas fortunas. Ni una sola vez preguntaba los precios de jerseys, faldas, vestidos, abrigos, botas, ¡nada! Firmaba facturas con el aire afable de quien nunca se queda sin dinero.

—No —replicó cuando yo le susurré que estaría bien tener zapatos de colores variados a juego con todos los vestidos—. Negro, marrón, hueso, azul y un par de zapatos grises y rojos en variedad suficiente hasta que necesites blancos para el verano. Dejaré insatisfechos algunos de tus deseos. Nadie debe hacer realidad en seguida todos los sueños. Vivimos de sueños, ¿sabes? Y cuando no queda ninguno por realizar, no tardamos en morir.

Una sombra veló la clara tonalidad azul de sus ojos.

—Cometí una vez el error de dar demasiado y demasiado pronto, sin retener nada. No lo volveré a hacer ahora.

Aquel atardecer regresamos a casa con el asiento trasero repleto de paquetes que contenían vestidos suficientes para tres chicas. Él no parecía darse cuenta de que ya me había dado demasiado, y demasiado pronto. Yo, que durante toda mi vida había soñado con bellos y costosos vestidos, me sentía abrumada. Sin embargo, él no consideraba que tuviera suficiente. Pero es que estaba comparando mi vestuario con el de Jillian.

Resultaba ofensiva muchas veces la forma en que Jillian o bien me ignoraba por completo, o me hacía objeto de un entusiasmo desbordante; yo nunca me sentía cómoda en su presencia. Experimentaba a menudo la sensación de que ella deseaba que yo no me hubiera presentado nunca allí. Otras veces, la veía sentada en silencio en el sofá de su dormitorio, haciendo uno de sus eternos solitarios, y de cuando en cuando volvía los ojos hacia mí.

—¿Juegas a las cartas, Heaven?

Reaccioné ávidamente al ofrecimiento, dichosa por el hecho de que ella quisiera pasar el tiempo conmigo.

—Sí, hace mucho un amigo me enseñó a jugar al *gin rummy*.

Aquel amigo me había dado también una baraja nueva que había «tomado prestada» de la tienda de su padre.

—¿*Gin rummy?* —preguntó con aire dubitativo, como si nunca hubiera oído hablar de él—. ¿Es lo único que practicas?

—¡Aprendo con rapidez!

Ese mismo día empezó a enseñarme a jugar al bridge, que era su juego favorito. Explicó los puntos de cada figura, me dio instrucciones detalladas acerca de cuántos puntos se necesitaban para abrir y de cuántos se necesitaban para responder a la puja del compañero. Pronto comprendí que tendría que comprarme un libro sobre bridge y estudiarlo en privado, pues, Jillian iba demasiado de prisa.

Pero ella disfrutaba enseñándome, y durante toda una semana se estuvo regocijando cada vez que yo perdía. Luego, llegó aquel sorprendente día en que estábamos sentadas ante nuestro tablero de juego informatizado, que jugaba con uno, dos o tres jugadores (o con ninguno..., jugaba contra sí mismo) y, para mortificación de Jillian, gané yo.

—Oh, es sólo que has tenido suerte —exclamó, llevándose las manos a la cara y apretándose las mejillas—. Después de comer jugaremos otra partida y veremos quién gana entonces.

Jillian estaba empezando a necesitarme, a desear mi compañía, a tenerme aprecio. Ésta fue la primera vez que yo tomaba algo con Jillian, aparte de la cena, servida en el comedor. Allí estaba una de las mujeres más ricas del mundo y, sin duda, una de las más bellas, y todo su almuerzo consistía en unos diminutos bocadillos de pepino o berro y unos sorbos de champaña.

—¡Pero ésa no es una comida sana y nutritiva, Jillian; ni siquiera llena! —exclamé después de nuestro tercer almuerzo juntas—. Con toda sinceridad, después de comer seis de tus minúsculos emparedados, yo continúo con hambre, y la verdad es que no me gusta el champaña.

Sus delicadas cejas se elevaron en gesto de leve exasperación.

—¿Qué clase de alimentos tomáis Tony y tú cuando coméis juntos?

—Oh, él me deja que elija cualquier plato del menú. Suele animarme a que pruebe cosas que no he comido nunca.

—Te mima, lo mismo que mimaba a Leigh.

Permaneció unos momentos inmóvil, con la cabeza inclinada sobre su delicada y exigua comida. Luego, agitó la mano, como desechando el asunto.

—Si hay algo que realmente me desagrada es ver a una joven con un apetito voraz... ¿Y te das cuenta, Heaven, de que es la única forma en que sabes comer? Hasta que puedas controlar tu necesidad de tanta comida, creo que lo mejor será que tú y yo no volvamos a almorzar juntas. Y cuando estemos en el comedor, me esforzaré por prestar la menor atención posible a tus hábitos en la mesa.

Jillian cumplió su palabra. Jamás me pidió que volviera a jugar al bridge con ella. Nunca volvimos a compartir un almuerzo, y cuando nos sentábamos con Tony en su elegante comedor, ella le dirigía a él todas sus observaciones. Y si se veía en la necesidad absoluta de decirme algo, no volvía la cabeza en mi dirección. Como yo deseaba tan ardientemente complacerla, probé a rechazar segundos y terceros platos e, incluso me echaba muy poca cantidad en los primeros. Ahora estaba continuamente hambrienta, así que me acostumbré a bajar a la enorme cocina, donde Ryse Williams, la robusta cocinera negra, me dio la bienvenida a sus dominios.

—Vaya, señorita, es usted como su madre. Jesús bendito, jamás vi a una chica tan parecida a su mamá, aunque usted tiene el pelo oscuro.

En aquella resplandeciente cocina, con cacerolas de cobre y utensilios de cocina que yo no había visto nunca, pasé muchas horas escuchando a Rye Whiskey y las historias que contaba de los Tatterton, y aunque intenté en numerosas ocasiones hacerle hablar de mi madre, siempre que le hacía preguntas sobre el particular se azoraba y se dedicaba por entero a su trabajo. Palidecía su oscuro y suave rostro, y cambiaba rápidamente de tema. Pero algún día, antes de que transcurriera mucho tiempo, Rye Whiskey iba a contarme todo lo que sabía... Pues, por sus expresiones de inquietud y confusión, yo sospechaba que sabía mucho.

En la intimidad de mi habitación escribí a Tom hablándole de todo esto. Le había escrito tres cartas hasta el momento y le había advertido que no me contestara hasta que pudiera indicarle una dirección «segura». (Me dolía imaginar lo que estaría pensando.) En aquellas cartas describía «Farthinggale Manor», a Jillian y a Tony, pero no decía ni una sola palabra acerca de Troy, el cual permanecía en mi mente de forma casi obsesiva. No apartaba mis pensamientos de él. Deseaba volver a verle y, al mismo tiempo, le temía. Tenía mil preguntas que hacer a Tony acerca de su hermano; pero fruncía el ceño cada vez que yo abordaba el tema del hombre que vivía en la casita al otro lado del laberinto. Dos veces intenté hablarle de Troy a Jillian. Volvió la cabeza y agitó la mano, desechando el tema. «¡Oh, Troy! No es interesante. Olvídalo. Sabe demasiado acerca de todo lo demás como para apreciar a las mujeres.» Y, mientras pensaba demasiado en Troy, decidí que había llegado el momento de escribir la carta más difícil, la única que verdaderamente guardaba relación con mi futuro, para averiguar si él me dejaría volver a formar parte del suyo.

Pero, ¿cómo escribir a alguien que en otro tiempo me había amado y había confiado en mí y que ya no lo hacía? ¿Ignoraba yo qué era lo que había ocasionado el final de nuestra larga relación? ¿Debía hablar de ello abiertamente? No, no, decidí, tenía que ver a Logan y observar su talante antes de entrar en más detalles acerca de Cal Dennison.

Logré finalmente escribir unas cuantas palabras que no parecían adecuadas.

Querido Logan:
Al fin estoy viviendo con la familia de mi madre, como siempre había esperado. Dentro de poco iré a un colegio femenino privado llamado Winterhaven. Si aún conservas algún sentimiento hacia mí, y espero y ruego que así sea, intenta, por favor, perdonarme. Y quizá podamos volver a empezar.
Cariñosamente,

HEAVEN

El remite que puse era el apartado de Correos que había abierto en secreto el día anterior, mientras Tony se compraba ropa en la tienda de la misma calle. Mordisqueé pensativamente el extremo de mi pluma antes de decidirme a introducir aquella hojita en el sobre, al tiempo que musitaba una oración. Logan, con toda su fuerza y fidelidad, podía salvarme si quería, si aún tenía algún interés.

Al día siguiente mismo, tuve una oportunidad para cursar mis cartas. Dije a Tony que necesitaba ir al lavabo y, luego, me precipité por la puerta lateral de la tienda y corrí a echar mi correspondencia en un buzón. Una vez allí, lancé un suspiro de alivio. Había establecido contacto con mi pasado. Mi prohibido pasado.

Y, luego, vuelta de nuevo a *Farthy,* que estaba empezando a parecer un hogar, ahora que disponía de posesiones que podíamos llamar propias. Todas las mañanas me levantaba temprano para ir a nadar con Tony a la piscina cubierta. Después de secarme y cambiarme de ropa, desayunaba con él. Ya me había acostumbrado a Curtis, el mayordomo, así que podía ignorar su presencia casi tan bien como Tony..., hasta que necesitaba algo. Veía muy poco a Jillian, que se pasaba la mitad del día en su habitación antes de salir, elegantemente ataviada y con paso ligero, para dirigirse a su peluquería o a alguna cena (donde yo esperaba que tomase cosas más sustanciosas que sus diminutos bocadillos con champaña).

En cuanto a Tony, poco después de desayunar se iba a Boston para dirigir su negocio en la «Tatterton Toy Corporation». A veces, llamaba desde su despacho en la ciudad y me invitaba a almorzar en un elegante restaurante, donde yo me sentía como una princesa. Me encantaba la forma en que la gente se volvía a mirarnos, como si fuésemos padre e hija, *Oh, papá, si tuvieras solamente la mitad de los modales que Tony posee como una segunda naturaleza...*

Vinieron luego los días duros, sorprendentes, en que tenía que ir con Tony en el coche cada mañana mientras se dirigía a su trabajo, y me dejaba delante de un edificio de oficinas alto y nada atractivo, en el que debía someterme a pruebas que tenía que superar para ser admitida en Winterhaven. «Las primeras pruebas te llevarán a Winterhaven —explicó Tony—, las otras determinarán si estás cualificada para asistir a las mejores Universidades. Espero que obtengas puntuaciones altas, no sólo medias.»

Una tarde, me hallaba yo sentada en la habitación de Jillian, viéndola maquillarse y deseando poder hablarle como a una madre, incluso como a una abuela; pero en cuanto saqué a relucir la cuestión de las pruebas tan difíciles que había realizado aquel día, agitó la mano con aire de impaciencia.

—¡Por el amor de Dios, Heaven, no me aburras con historias de estudio! Yo detestaba el colegio, y eso era de lo único que Leigh sabía hablar. El caso es que no sé para qué sirve, cuando las chicas hermosas como tú son tan rápidamente arrebatadas del mercado que rara vez necesitan utilizar el cerebro que puedan tener.

Los ojos se me desorbitaron de sorpresa al oír esto... ¿En qué siglo vivía Jillian? La mayoría de los matrimonios trabajaban ya los dos esposos. Luego, observándola con más detenimiento, supuse que ella siempre había creído que su belleza le ganaría una fortuna. Y así había sido.

—Y, además, Heaven, cuando finalmente entres en ese odioso colegio, procura no traer nunca a casa a ninguna amiga que puedas hacer allí... Y si crees que no tienes más remedio que hacerlo, por favor, avísame con tres días de antelación para que yo pueda preparar mis planes fuera.

Permanecí en silencio, estupefacta y profundamente dolida.

—Nunca me vas a permitir que forme parte de tu vida, ¿verdad? —pregunté, con voz lastimosamente débil—. Cuando vivía en los Willies, pensaba que el día que al fin te conociera a ti, madre de mi madre, me amarías, me necesitarías y querrías que formásemos una familia unida y cariñosa.

Me dirigió una mirada extraña, como si se encontrase ante un monstruo de circo.

—¿Familia unida y cariñosa? ¿De qué estás hablando? Yo tuve dos hermanas y un hermano, y no nos llevábamos bien ninguno. No hacíamos más que alborotar, reñir y encontrar motivos para odiarnos unos a otros. ¡Y has olvidado cómo se portó tu madre conmigo? No tengo la menor intención de permitir que consigas ganarte mi afecto, para no volver a sentirme herida cuando te marches.

Por la forma en que seguía mirándome, con las finas cejas ligeramente enarcadas, comprendí que no supondría para ella ningún esfuerzo expulsarme de aquella casa..., y de su vida. Jillian quería que su existencia continuara siendo como antes de mi llegada. Yo no le estaba dando nada en absoluto. Nunca me había sentido tan deprimida.

Pero Tony compensaba con creces la falta de interés

y de entusiasmo de Jillian. Yo superé mis exámenes con notas muy altas, y quedó así vencido el primer obstáculo. Todo lo que él tenía que hacer ahora era engrasar las ruedas necesarias para que el claustro de Winterhaven me hiciera pasar por delante de los centenares de muchachas que estaban en la lista de espera.

Nos encontrábamos en su elegante despacho de casa, cuando me dio la noticia, mientras me observaba atentamente con sus azules ojos.

—He hecho todo lo que estaba en mi mano para hacerte entrar en Winterhaven. Ahora te corresponde a ti demostrar tu propia valía. Has sacado muy buenas notas en tus pruebas y entrarás en un nivel alto. Debemos presentar ahora tu solicitud, acompañada de tus puntuaciones. Winterhaven es un colegio muy rígido. Te harán trabajar. Te proporcionarán profesores inteligentes. Allí recompensan a sus mejores alumnos con lo que consideran que es mejor para ellos, como actividades sociales especiales que puede que te gusten o no. Si ocupas los primeros puestos de sus listas académicas, te invitarán a tés y conocerás a las personas que realmente cuentan en la sociedad de Boston. Serás obsequiada con conciertos, óperas y obras de teatro. Lamento decir que los deportes reciben muy poca atención en Winterhaven. ¿Practicas alguno en especial?

Cuando vivía en los Willies, yo había estudiado de firme para obtener buenas notas. No me quedaban tiempo ni energía para deportes cuando tenía que recorrer andando casi diez kilómetros hasta la escuela y otros tantos al regresar a la choza de las montañas. Y, una vez que llegaba a casa, había que lavar la ropa, cuidar la huerta y ayudar a Sarah y a la abuelita. La vida con los Dennison en Candlewick no había sido mucho mejor, habida cuenta de que Kitty esperaba que yo fuese su esclava. Y Cal solamente había querido una compañera para dentro de la casa.

—¿Qué te ocurre? ¿No puedes responder? ¿Te gustan los deportes?

—Aún no lo sé —murmuré, con los ojos bajos—. Nunca he tenido oportunidad de practicar ninguno.

Comprendí demasiado tarde que mantener los ojos bajos no era suficiente cuando Tony me observaba con tanta atención. Debía, además, mantener serenas e inescrutables mis expresiones faciales. Al dirigirle una rápida mirada, percibí un destello de compasión en sus pupilas, como si supiera acerca de mis miserables orígenes mucho más de lo que yo le había contado. Pero ni en un millón de años podría adivinar todo el horror de ser pobre. Me apresuré a sonreír para que no leyera demasiado en mi rostro.

—Soy muy buena nadadora.

—Nadar es estupendo para la figura. Espero que continúes utilizando nuestra piscina cubierta durante este invierno.

Asentí, con una sensación de desasosiego.

Justo encima de nosotros podía oír débilmente el claqueteo de las zapatillas de raso de Jillian mientras llevaba a cabo su complicado régimen de belleza antes de salir. Tenía otro régimen para prepararse a asistir a fiestas, y el más largo y fatigoso era el que realizaba antes de acostarse.

—¿Le has dicho ya a Jillian que voy a quedarme? —pregunté con la mirada fija en el techo.

—No. Con Jillian no hay que ser concreto ni dar explicaciones. El ámbito de su atención es muy pequeño. Ella tiene sus propios pensamientos. Vamos a dejar, simplemente, que suceda.

Tony se recostó en su asiento y entrelazó las manos bajo la barbilla. Yo sabía ya que, en su lenguaje corporal, éste era el gesto para indicar que tenía el control de la situación.

—Jillian se acostumbrará a verte por aquí, a que vengas y vayas los fines de semana, lo mismo que tú te estás acostumbrando a oír el golpear de las olas en las rompientes de la orilla. Poco a poco te irás introduciendo en sus días, en su conciencia. La ganarás con tu dulzura, con tu avidez por complacerla. No olvides nunca que *no* estás en competencia con ella. No le des absolutamente ningún motivo para pensar que te estás burlando de sus intentos de engañar a todo el mundo respecto a su edad. Piensa antes de hablar, antes de actuar. Jillian tiene todo un cortejo de amigos que también son expertos en el juego de «sin edad»; pero ella es la campeona, como no tardarás en averiguar. He escrito esta lista de amigos suyos, de sus esposas e hijos, y otra de sus aficiones, sus gustos y sus aversiones. Estúdialas bien. No te muestres demasiado ansiosa de agradar. Sé inteligente y felicítales sólo cuando lo merezcan. Si hablan de temas de los que no sabes nada, guarda silencio y escucha con atención. Te asombrará lo mucho que le gusta a la gente una persona que sepa escuchar. Aunque no supieras decir nada acertado, si empleas frases adecuadas, como «cuénteme más», te considerarán una conversadora brillante.

Se frotó las palmas de las manos y volvió a mirarme de pies a cabeza.

—Sí, ahora que llevas la ropa adecuada, serás aceptada. Gracias a Dios, no tienes que vencer uno de esos horribles dialectos campesinos.

Me estaba produciendo pánico con su larga lista de amigos de Jillian, que representaban obstáculos que yo debía saltar. Me parecía que cada palabra que él pronunciaba me alejaba más de mis hermanos y hermanas. ¡Iría a perderlos a todos, ahora que había adquirido para mí una cierta especie de terreno firme y estable? Ni Fanny ni Tom podrían pasar por amigos que yo hubiera hecho aquí, en Boston. De ninguna manera, con su tosco lenguaje rural. Y estaba yo misma, que podría acabar cometiendo algún error si llegaba a sentirme demasiado vulnerable. Solamente había una persona de mi pasado que no levantaría las sospechas de Tony: Logan. Con su aspecto atractivo, fuerte y pulcro, y sus ojos de mirada honrada y sincera. Pero Logan no estaría dispuesto a engañar acerca de su procedencia. Él era un Stonewall, se sentía orgulloso de serlo. No se avergonzaba de ello, como me avergonzaba yo de mi apellido y de mi herencia.

Tony me observaba. Me revolví en el sillón de orejas...

—Bien, antes de que baje Jillian y nos interrumpa hablando de lo que lleva puesto y contándonos a dónde va, estudia este mapa, de la ciudad. Miles te llevará en coche al colegio todos los lunes por la mañana, y él o yo te recogeremos los viernes por la tarde a eso de las cuatro. Más adelante, cuando seas mayor de edad, podrás ir y venir conduciendo tú misma. ¿Qué clase de coche te gustaría, por ejemplo para tu dieciocho cumpleaños?

Me resultaba tan excitante pensar en tener mi propio coche que me estremecí y durante un minuto entero me fue imposible contestar.

—Me sentiría agradecida por cualquier coche que quisieras darme —murmuré.

—Oh, vamos. El primer automóvil es un gran acontecimiento; hagamos que sea algo especial. Mientras llega ese momento, ve pensando en ello. Observa los coches en las calles. Párate en las agencias de venta y contempla los escaparates. Aprende a diferenciar y, sobre todo, desarrolla tu propio estilo.

Yo no tenía la menor idea de lo que quería decir; sin embargo, seguiría su consejo y procuraría «diferenciar». Mientras permanecía todavía excitada pensando en el día en que tuviera mi propio coche, él extendió sobre la mesa el plano de la ciudad.

—Aquí está Winterhaven —dijo, señalando con el dedo un punto que había rodeado con un círculo de tinta roja—. Y aquí está *Farthy*.

Se oyó el seco golpeteo de los tacones de Jillian en la escalera de mármol. Tony empezó a plegar el mapa. Cuando ella entró en la biblioteca lo había guardado ya en el cajón. Su perfume la precedió. ¡Oh, qué mundana y segura de sí misma parecía cuando entró con airosos pasos, sonriéndonos! Llevaba un traje de fina seda negra adornado con cuello y puños de visón. Por debajo de la chaqueta asomaba una blusa de seda negra que despedía brillantes reflejos. En contraste con aquella negrura, la belleza de Jillian resultaba deslumbrante. Parecía un diamante sobre oscuro terciopelo.

Quizá respiré demasiado profundamente, me dejé impresionar en exceso. La dulce ráfaga de su perfume de flores no sólo inundó mi nariz, sino que pareció invadir también mis pulmones, así que contuve el aliento, casi asfixiada, antes de iniciar un violento paroxismo de toses que me sacudieron y llenaron mi rostro de sangre ardiente.

—¿Por qué toses, Heaven? —preguntó ella, volviéndose a mirarme con ojos desorbitados por la alarma—. ¿Has cogido un resfriado? ¿La gripe? Si es así, ¡haz el favor de no acercarte a mí! ¡Detesto estar enferma! Y no valgo para tratar a los enfermos, me ponen nerviosa y me desconciertan. Nunca sé qué hacer ni qué decir. No he estado enferma ni un solo día en toda mi vida... Excepto cuando nació Leigh.

—Dar a luz no se considera una enfermedad, Jill —le corrigió Tony, con voz suave y paciente.

Se había puesto en pie al entrar ella. Yo no había conocido hombres que hicieran eso ante sus mujeres en sus propias casas. Me sentí tan impresionada que me estremecí a causa de la emoción de vivir con personas de modales tan elegantes.

—Estás preciosa, Jillian —dijo Tony—. No hay ningún color que te favorezca más que el negro.

A ella pareció gustarle lo que estaba viendo en sus ojos. Se olvidó de mis gérmenes y se volvió hacia su marido. Con pasos que parecían deslizarse sobre el suelo, entró en el abrazo que él le ofrecía y le cogió tiernamente la cara entre sus enguantadas manos.

—Oh, querido, ¿a dónde va el tiempo? Parece que tú y yo no nos vemos apenas. Últimamente, no estás aquí cuando te necesito. La Navidad no tardará en imponernos sus demandas, y yo ya estoy cansada del invierno y planeando fiestas.

Sus manos resbalaron hacia abajo y quedó abrazándole por la cintura.

—Te quiero mucho. Y te quiero todo para mí. ¿No sería maravilloso que tuviésemos otra luna de miel? Por favor, procura encontrar alguna manera de que podamos escapar al tedio y a la tortura de permanecer hasta enero en esta casa odiosamente fría.

Le dio dos besos y continuó, con voz muy suave:

—Troy puede ocuparse del negocio, ¿no? Siempre te estás haciendo lenguas de su capacidad de trabajo, así que dale una oportunidad de demostrar sus cualidades.

Fue extraña la forma en que se aceleraron los latidos de mi corazón cuando ella mencionó el nombre de Troy, y al mismo tiempo sentí deseos de gritar mi protesta. ¡Tenían que quedarse! ¡No podían dejarme allí sola, pasando las vacaciones en un colegio extraño, con estudiantes que ni siquiera conocía!

Y todo lo que ella estaba haciéndole a Tony traía a mi memoria a Kitty, que había sabido exactamente cómo envolver a Cal, su marido, dominándolo con sus dedos. ¿Estaban todos los hombres tan bien sintonizados con sus vidas sexuales que perdían el control del sentido común cuando una mujer hermosa les halagaba? Oh, era cierto, Tony no parecía el mismo hombre que había entrelazado los dedos bajo la barbilla hacía unos momentos. La estaba observando con suave intensidad, y, de alguna manera sutil y misteriosa, ella se las había arreglado para tomar las riendas y tenía ahora el control. Me asustó la facilidad con que podía obtener de él lo que quería.

—Veré lo que se puede hacer —respondió él con despreocupación, cogiendo del hombro de su chaqueta un cabello largo y rubio. Lo suspendió muy cuidadosamente sobre una papelera antes de dejarlo caer. Y por ese insignificante gesto comprendí que ninguna mujer controlaría jamás a Tony... Él se limitaría a dejarles creer que lo hacían.

Apartó suavemente las manos de ella, aferradas a sus solapas.

—Heaven y yo proyectamos terminar esta tarde nuestras compras de ropa para el colegio. Sería muy agradable que vinieras con nosotros. Podríamos pasar el día juntos, ir a cenar y, luego, al teatro o al cine...

—Oh —murmuró ella, mirándole tiernamente a los ojos—. No sé...

—Claro que sabes —repuso él—. Tus amigos pueden pasarse sin ti. Después de todo, hace años que los conoces, y Heaven es todavía un secreto por descubrir.

Jillian se sintió inmediatamente mortificada. Sus azules ojos se volvieron hacia mí, como si yo me hubiera desvanecido por completo de su memoria.

—Oh, querida, te he estado desatendiendo, ¿verdad? ¿Por qué no me lo dijo a tiempo uno de vosotros? Me encantaría realmente ir de compras contigo y con Tony, pero creía que ya habíais terminado y he hecho mis planes. Ahora es demasiado tarde para cancelarlos. Y si no aparezco por mi club de bridge, esas malévolas mujeres me despellejarán, cosa que no pueden hacer cuando estoy allí.

Empezó a acercarse a mí para darme un beso; pero se acordó a tiempo de mis toses. Se detuvo en seco y, por un instante, pareció desconcertada por algo. Mi larga masa de pelo, que era difícil de dominar, atrajo su atención crítica.

—Podías ir a un buen peluquero —murmuró con aire ausente, al tiempo que rebuscaba en las profundidades de su bolso, del que sacó una tarjeta—. Toma, cariño, éste es exactamente el hombre que necesitas. Es un genio para el cabello. Mario es la única persona a quien yo dejo tocar el mío.

Se miró en un espejo que había en la pared, levantando la mano para tocarse ligeramente el pelo.

—Nunca vayas a una peluquería; los hombres aprecian mucho más la belleza de una mujer y parecen saber qué es lo que se necesita para realzarla.

Pensé en Kitty Dennison, que había tenido y dirigido un salón de belleza. Se consideraba a sí misma la mejor en todas partes, y en mi modesta opinión poseía una gran destreza. Sin embargo, los fuertes y rojizos cabellos de Kitty parecían tan ásperos como la cola de un caballo en comparación con los sedosos bucles de mi bella abuela.

Sonriendo, Jillian le tiró a Tony otro beso antes de cruzar la puerta con deslizantes pasos, tarareando aquella misma despreocupada melodía que demostraba que era feliz.

Había sombras profundas y oscuras en los ojos de Tony mientras se dirigía a una ventana para verla alejarse con Miles, el joven y atractivo conductor.

Todavía de espaldas a mí, empezó a decir:

—Una de las cosas que más me gustan del invierno es la nieve, y esquiar. Estaba pensando que, cuando comience la temporada, podría enseñarle a esquiar, y tendría una compañera. A Jillian no le agrada el ejercicio fuerte que podría romperle los huesos y producirle dolor. A Troy sí le gusta; pero siempre está ocupado con sus propias idas y venidas.

Esperé con ansiedad que dijera algo más. Abandonó el tema de Troy y volvió a su mujer.

—Jillian me decepcionó por su falta de entusiasmo por cualquier actividad al aire libre. Cuando la conocí, fingía que le gustaban el golf, el tenis, la natación y el fútbol. Llevaba los más lindos trajes de tenista, aunque nunca tenía una raqueta en la mano ni soñaba siquiera perseguir una pelota y empezar a sudar.

En aquel preciso momento la visión de Jillian con su vestido negro era tan luminosa que no podía censurarla por no querer estropear su frágil perfección, la cual, ciertamente, no podría durar siempre. Yo no dudaría ni temería, me aferraría al sueño que se había hecho realidad... y, si creía con suficiente fuerza, algún día Jillian me miraría realmente y sus ojos me sonreirían para decir que me había perdonado el que hubiese puesto fin a la vida de mi madre...

Dos semanas después de llegar a Boston fui matriculada en Winterhaven. No había vuelto a ver a Troy; pero estaba pensando en él cuando Tony me abrió la portezuela del coche y señaló con amplio ademán el elegante colegio que era Winterhaven, acurrucado en su pequeño campus de desnudos árboles invernales y matorrales de hoja perenne que aliviaban los yermos terrenos. El edificio principal estaba hecho de blancas tablas solapadas que brillaban a la luz de la tarde. Yo había esperado encontrar un edificio de piedra o ladrillo, no de esta clase.

—¡Tony —exclamé—, Winterhaven parece una iglesia!

—¿Olvidé mencionarte que antes fue una iglesia? —preguntó con expresión de regocijo en los ojos—. Las campanas de la torre repican cada hora y al anochecer tocan melodías. A veces, cuando el viento es favorable, parece que esas campanas se pueden oír desde Boston. Imaginación, supongo.

Me sentía impresionada por Winterhaven, por la torre campanario, por el despliegue de edificaciones menores, del mismo estilo que la grande.

—Estudiarás inglés y literatura en Beecham Hall —informó Tony, señalando con un ademán el edificio blanco situado a la derecha del principal—. Cada construcción tiene su nombre y, como puedes ver, forman un semicírculo. Tengo entendido que hay un pasadizo subterráneo que conecta los cinco pabellones..., para utilizarlo los días en que la nieve hace difícil caminar por el exterior. Te alojarás en el cuerpo principal, que contiene los dormitorios y los comedores, y en él se celebran también las reuniones. Cuando entremos, todas las chicas te mirarán de arriba abajo y formarán su opinión, así que mantén erguida la cabeza. No les des ningún indicio de que te sientes vulnerable, inadecuada o intimidada. La familia Van Voreen se remonta a Plymouth Rock.

Yo sabía ya que Van Voreen era un apellido holandés, antiguo y honorable... Pero yo nunca había sido una verdadera Van Voreen, sino sólo una rústica Casteel de Virginia Occidental. Mis orígenes se arrastraban tras de mí, proyectando largas sombras que oscurecían mi futuro. Todo lo que tenía que hacer era cometer un error, y aquellas chicas, con sus «correctos» orígenes, me despreciarían por lo que era. Y todas las insuficiencias e imperfecciones de que siempre me había sentido afectada empezaron a aguijonearme la piel y a calentarme la sangre, de modo que me sentí tan agitada que rompí a sudar. Llevaba puesta demasiada ropa, una blusa y un jersey de cachemira; una falda de lana y, cubriéndolo todo, un abrigo de mil dólares también de cachemira. Lucía un nuevo peinado, con el pelo más corto que nunca en mi vida, y aquella mañana los espejos me habían dicho que estaba muy guapa. Así que, ¿por qué temblaba?

Las caras apiñadas en las ventanas... ¡Tenía que ser eso! Todos aquellos ojos mirándome, observando a la nueva en su primer día. Vi que Tony me contemplaba antes de bajar del coche para dar la vuelta y abrirme la portezuela.

—¿Qué veo? Vamos, Heaven. Recurre a tu orgullo. No tienes nada de qué avergonzarte. Basta con que conserves la calma y pienses antes de hablar, y todo irá bien.

Pero yo me sentía violenta allí de pie, dejando que él sacara del maletero y del asiento posterior los doce bultos de mi nuevo equipaje, y, volviéndome, empecé a ayudarle.

—¿Cómo le explicaste esto a Jillian? —pregunté, necesitando las dos manos para levantar mi estuche de cosméticos, lleno hasta el borde de cosas que yo nunca había usado.

Sonrió, como si Jillian fuese una niña a la que hubiera que controlar.

—En realidad, fue muy sencillo. Le dije anoche que iba a hacer por ti lo que ella habría querido que yo hiciese por su hija. Entonces, apretó los labios y se alejó. Pero no des por supuesto que las cosas marcharán bien sólo porque ella está más o menos resignada a tener una nieta que se presenta como sobrina. Todavía necesitas ganártela. Y cuando obtengas aceptación en este colegio, y con sus amigos, ella querrá que te quedes para siempre..., como tan poéticamente dices tú.

Resultaba extraño encontrarme allí, ante la segunda fase de mi sueño, comprendiendo que la primera no había sido completada aún. Mi propia abuela no confiaba de verdad en mí. Se sentía atrapada porque yo había venido a recordarle lo que ella no quería saber... Pero algún día acabaría amándome. Yo me encargaría de eso. Algún día daría gracias a Dios por el hecho de que yo me hubiera planteado como uno de mis objetivos fundamentales en la vida el de estar con ella.

—Vamos, Heaven —dijo Tony, interrumpiendo mis pensamientos, mientras un empleado del colegio salía a recoger mi equipaje para transportarlo en una carretilla—. Vamos adentro y hagamos frente a los dragones. Todos tenemos dragones que matar durante la mayor parte de nuestra vida; la mayoría de ellos los creamos en nuestra propia imaginación.

Con su mano enguantada, cogió la mía y me llevó hacia los empinados escalones.

—Estás muy guapa. ¿Te lo había dicho? Tu nuevo peinado te sienta muy bien, y Heaven Leigh Casteel es una muchacha muy hermosa. Sospecho que también eres una chica muy lista. No me decepciones.

Me hizo sentirme segura de mí misma. Su sonrisa me dio fuerzas para subir aquellos escalones como si toda mi vida hubiese asistido a lujosos colegios particulares. Cuando entré en el edificio principal y miré a mi alrededor, me estremecí. Había esperado algo semejante al vestíbulo de un hotel de lujo, y lo que veía era en extremo austero. Todo estaba muy limpio, y relucía la encerada madera de los suelos. Las paredes eran de una tonalidad blanquecina; y las molduras, oscuras y de complicado diseño. Macetas de helechos y otras plantas domésticas se hallaban dispersas acá y allá, sobre mesas y detrás de sillas de severo aspecto y respaldo recto, para eliviar la desolación de las blancas paredes. Desde el vestíbulo pude ver un recibidor que era un poco más acogedor, con su chimenea, y sus sofás y sillas tapizados en tela estampada y ordenadamente dispuestos.

Tony me condujo en seguida al despacho de la directora, una mujer rechoncha y afable que nos recibió con una amplia y cálida sonrisa.

—Bien venida a Winterhaven, Miss Casteel. Es un honor y un privilegio que la nieta de Cleave van Voreen asista a nuestro colegio. —Guiñó un ojo a Tony con aire de complicidad—. No se preocupe, querida. Mantendré en secreto su identidad y no diré absolutamente a nadie quién es usted en realidad. Sólo tengo que decir que su abuelo era un hombre excelente. Un regalo para todos cuantos le conocimos.

Y me estrechó brevemente entre sus maternales brazos antes de separarme un poco y mirarme con detenimiento.

—Vi a tu madre una vez, cuando el señor Van Voreen la trajo aquí y la inscribió. Lamento mucho que no estuviese más tiempo con nosotras.

—Bien, continuemos —urgió Tony, mirando su reloj—. Tengo una cita dentro de media hora y quiero ver a Heaven instalada en su habitación.

Me agradaba tenerle a mi lado mientras subíamos las empinadas escaleras, en las que nuestras pisadas quedaban ahogadas por una oscura alfombra verde. Los severos y rígidos rostros de antiguos profesores flanqueaban la pared, atrayendo de vez en cuando mi asombrada mirada. Qué fríos parecían, qué puritanos..., y qué iguales sus ojos, como si pudiesen ver, aun ahora, todo el mal en cada uno que pasaba.

Detrás de nosotros, casi a nuestro lado, flotaban las débiles y sofocadas risitas de numerosas chicas. Sin embargo, al volver la vista, no pude ver a ninguna.

—¡Hemos llegado! —exclamó alegremente Helen Mallory, abriendo la puerta de una hermosa habitación—. El mejor cuarto del colegio, Miss Casteel. Elegido para usted por su «tío». Quiero que sepa que muy pocas de nuestras alumnas pueden permitirse una habitación individual, ni siquiera la desean; pero el señor Tatterton insistió. La mayoría de los padres creen que las chicas no quieren conservar su intimidad frente a sus compañeras, pero usted, al parecer, sí.

Tony entró en la habitación y fue de un lado a otro, abriendo los cajones de la cómoda, revisando el gran armario, sentándose en los dos sillones antes de instalarse ante la mesa de estudio, desde la que me sonrió.

—Bien, ¿qué te parece, Heaven?

—Es maravillosa —murmuré, completamente abrumada al ver todos los estantes vacíos que esperaba llenar pronto de libros—. No esperaba un cuarto para mí sola.

—Nada más que lo mejor —bromeó él—. ¿No te prometí eso?

Se levantó, caminó con pasos rápidos hacia mí y se inclinó para darme un beso en la mejilla.

—Buena suerte. Trabaja en firme. Si necesitas algo, llama a mi despacho, o a casa. He dicho a mi secretaria que pase tus llamadas. Se llama Amelia.

Luego sacó la cartera y, con gran asombro por mi parte, me puso en la mano varios billetes de veinte dólares.

—Para tus gastos.

Quedé allí, agarrando el dinero, viéndole cómo cruzaba la puerta. Con gran sorpresa, el corazón me dio un vuelco y sentí una especie de oquedad en el estómago. En cuanto Helen Mallory comprendió que Tony no podía ya oírnos, su expresión perdió toda suavidad, abandonó sus modales maternales y, con ojos fríos y calculadores, me examinó detenidamente, me sopesó, me midió, conjeturó mi carácter, mis debilidades, mis fuerzas. A juzgar por su expresión, el balance fue negativo. Ello no hubiera debido sorprenderme, pero lo hizo. Hasta su voz baja y suave se endureció y creció en intensidad.

—Esperamos que nuestras alumnas obtengan resultados académicos excelentes y cumplan nuestras reglas, que son muy estrictas.

Alargó el brazo y, con toda naturalidad, me quitó el dinero de la mano y contó rápidamente los billetes.

—Le guardaré esto en la caja fuerte, y podrá disponer de ello el viernes. No nos gusta que las chicas tengan en sus habitaciones dinero que alguien podría robar. La posesión de dinero crea muchos problemas.

Mis doscientos dólares desaparecieron en su bolsillo.

—Los días laborables, cuando suenen los timbres a las siete de la mañana, debe levantarse y vestirse lo más rápidamente posible. Si se baña o se ducha la noche anterior, no tendrá que hacerlo al despertarse. Le sugiero que tome esa costumbre. El desayuno es a las siete y media en el piso principal. Hay letreros que la guiarán hasta sus diversos destinos.

Sacó una tarjeta de un bolsillo de su oscura falda de lana y me la entregó.

—Aquí tiene su horario de clases. Lo he preparado yo misma, pero si encuentra difícil seguirlo, hágamelo saber. Aquí no admitimos favoritismos. Tendrá usted que ganarse el respeto de sus profesores y sus compañeras. Hay un pasadizo subterráneo que enlaza entre sí todos nuestros edificios. Lo usará usted sólo los días que haga mal tiempo. No siendo así, caminará por el exterior, donde el aire fresco será beneficioso para sus pulmones. Ha llegado usted durante la hora del almuerzo, y su tutor dijo que él se ocuparía de que almorzase antes de llegar.

Hizo una pausa, mirándome a la parte superior de la cabeza mientras esperaba confirmación a sus palabras.

Sólo cuando la tuvo se volvió para mirar las doce piezas de mi costoso equipaje. Creí ver desprecio en su rostro..., o envidia, no sabría decir cuál de las dos cosas.

—En Winterhaven no hacemos exhibición de nuestra riqueza llevando vestidos ostentosos. Espero que tenga esto presente. Hasta hace unos años todas nuestras alumnas tenían que llevar uniforme. Eso lo hacía todo muy sencillo. Pero las chicas protestaban, y los protectores de nuestro colegio les dieron la razón, así que ahora llevan lo que quieren. —Sus ojos se volvieron de nuevo hacia mí, remotos y cautelosos—. El almuerzo se sirve a las doce para las que están en los dos grados inferiores, y a las doce y media para las alumnas restantes. Debe usted acudir con puntualidad a las comidas, o no se le servirá. Se le ha asignado una mesa, y no cambiará usted de asiento a menos que las ocupantes de otra mesa la inviten a unirse a ellas, o usted les pida que compartan la suya. La cena es a las seis, y se aplican las mismas reglas. Cada alumna debe servir las mesas durante una semana al semestre. Tenemos establecido al efecto un servicio rotativo, y la mayoría de las alumnas no lo encuentran desagradable.

Carraspeó para poder continuar.

—Esperamos que nuestras alumnas no almacenen alimentos en sus habitaciones ni celebren fiestas secretas de medianoche. Se le permite tener su propio aparato de radio, tocadisco o magnetófono; pero no un televisor. Si es sorprendida con licores, y eso incluye la cerveza, se le dará un punto negativo. Con tres puntos negativos en un semestres, será expulsada, y se rembolsará solamente la cuarta parte de los honorarios anticipados. La hora de estudio es de siete a ocho. De ocho a nueve puede ver la televisión en nuestra sala de esparcimiento. No supervisamos el material de lectura; pero deploramos la pornografía, y le daremos un punto negativo si la encontramos con obscenidades impresas. A algunas de nuetras chicas les gusta practicar juegos como el bridge o el backgammon. No permitimos jugar dinero. Si se encuentra dinero sobre una mesa de juego, se castiga a todas las participantes y se les otorgan puntos negativos. Oh, olvidaba decir que todos los puntos negativos van acompañados de una u otra forma de castigo. Procuramos que el castigo sea adecuado a la falta cometida.

Su sonrisa perdió acritud y se hizo cordial.

—Espero que nunca sea necesario castigarla, Miss Casteel. Y las luces se apagan a las diez en punto.

En cuanto terminó, giró sobre sus talones y salió de la habitación.

¡Y no me había mostrado dónde estaba el cuarto de baño!

Apenas se perdió de vista, empecé a buscarlo, tratando de abrir la puerta que ella no había utilizado. Estaba cerrada con llave. Me senté a leer la tarjeta del horario de clases. Ocho horas, clase de inglés en Elmhurst Hall. Y entonces sentí una desesperada necesidad de ir al servicio.

Dejó todas mis maletas en el suelo de mi habitación y eché a andar por el pasillo en busca de letreros. Los susurros y risitas que había oído antes habían desaparecido. Me sentía completamente sola en el segundo piso. Probé tres pasillos antes de ver finalmente una pequeña placa de latón que decía «Lavabo».

Abrí con alivio el batiente y entré en una amplia estancia que tenía una fila de lavabos alineados a lo largo de una pared, con espejos encima. El suelo era de baldosas blancas y negras. Las paredes, de un color gris claro, suavizaban el duro contraste. Cuando salí de uno de los compartimientos me detuve a echar un vistazo. En otro departamento había doce bañeras, una al lado de otra. En otro, estaban las duchas; todos, menos uno, carecían de puerta.

Detrás de unos armarios acristalados se veían estanterías en las que se hallaban colocadas cientos de toallas blancas pulcramente dobladas. Allí mismo y en aquel momento decidí que tomaría duchas, no baños.

Antes de salir de la zona de aseo, palpé las plantas de los tiestos y vi que estaban secas. Eché cuidadosamente un poco de agua a cada una de ellas, costumbre que había adquirido cuando vivía con Kitty Dennison.

De vuelta a mi habitación, me apresuré a deshacer el equipaje, apilé en el armario, con sumo cuidado, mi hermosa y nueva ropa interior y, luego, volví a consultar mi horario. A las dos y media tenía que estar en Sholten Hall para asistir a estudios sociales. Mi primera clase en Winterhaven.

Encontré Sholten Hall con bastante facilidad y, vestida con la ropa que Tony había sugerido para mi primera clase, vacilé unos instantes antes de penetrar en el aula. Luego, tomando aliento y manteniendo erguida la cabeza, abrí la puerta y entré. Parecía que me estaban esperando. Todas las cabezas se volvieron hacia mí, y quince pares de ojos escrutaron cada detalle de mis ropas, y después se alzaron hasta mi cara; luego volvieron sus miradas hacia la parte delantera de la sala, donde una profesora alta y delgada se hallaba sentada ante su pupitre.

—Adelante, Miss Casteel. La hemos estado esperando. —Miró su reloj—. Por favor, procure ser puntual mañana.

Sólo estaban desocupados los asientos delanteros, y me sentí terriblemente vulnerable mientras me dirigía hacia el más cercano y me sentaba.

—Me llamo Powatan Rivers, Miss Casteel. Por favor, Miss Bradley, déle a Miss Casteel los libros que necesitará para esta clase; espero, Miss Casteel, que habrá venido equipada con sus propias plumas, lápices, papeles y demás.

Tony me había provisto de todo, así que puede asentir, aceptar los libros de estudios sociales y formar mi propio montón. Yo siempre había encontrado gran satisfacción en los libros y en todos los accesorios que acompañaban a la vida escolar, y por primera vez tenía cuanto cualquier estudiante podía desear.

—¿Quiere dirigirse a la clase y contar algo acerca de usted misma, Miss Casteel?

Mi mente estaba totalmente en blanco. ¡No! ¡No quería ponerme en pie delante de ellas ni decirles nada!

—Es costumbre que nuestras nuevas alumnas hagan esto,

Miss Casteel. En especial las que proceden de otras regiones de nuestro grande y hermoso país. Nos ayuda a todos a comprenderla.

La profesora esperó expectante, mientras las chicas se inclinaban hacia delante de tal modo que yo sentía sus ojos fijos en mi espalda. A regañadientes, me levanté y avancé los pocos pasos que me separaban del extremo de la sala. Al ver a las demás chicas, comprendí lo equivocado que había estado Tony al elegir la ropa que yo llevaba. ¡No había una sola alumna con falda! Llevaban pantalones, normales o vaqueros, camisas largas y flojas y jerseys mal ajustados. Se me cayó el alma a los pies, pues aquélla era la ropa escolar que solían usar los chicos de Winnerrow. Y aquí, en este elegante colegio, yo había esperado que las cosas fueran mejores, más refinadas.

Tuve que humedecerme varias veces los labios, que se me habían secado por completo. Las piernas me traicionaron y empezaron a temblar. Acudieron a mi mente las instrucciones de Tony.

—Nací en Texas —empecé, con voz débil y temblorosa—, y más tarde, cuando tenía unos dos años, me trasladé con mi padre a Virginia Occidental. Me crié allí. Mi padre cayó enfermo, y mi tía me invitó a venir a vivir con ella y su marido.

Regresé apresuradamente a mi asiento y me senté. Miss Rivers carraspeó.

—Miss Casteel, antes de que usted viniera me fue facilitado su nombre para inscribirlo en nuestro registro. ¿Le importaría contarme el origen de su notable nombre de pila?

—No comprendo a qué se refiere...

—Las chicas están interesadas en saber si le pusieron a usted el nombre de algún pariente...

—No, Miss Rivers. Mi nombre es el de ese lugar al que todos esperamos ir, tarde o temprano.*

Algunas de las chicas que estaban detrás de mí soltaron una risita. Los ojos de Miss Rivers se convirtieron en dos duras piedras.

—Muy bien, Miss Casteel. Sospecho que sólo en Virginia Occidental hay padres tan audaces como para desafiar a las potencias que sean. Y ahora abramos nuestro libro de gobierno por la página 212 y comencemos con la lección

* Su nombre, Heaven, significa en inglés «cielo».

de hoy. Miss Casteel, como se incorpora usted a nuestro curso ya avanzado el semestre, esperamos que se ponga a nuestra altura antes de que termine esta semana. Cada viernes habrá un examen para comprobar lo que ha aprendido. Y ahora, muchachas, empiecen la clase de hoy leyendo las páginas 212 a 242, y cuando hayan terminado cierren sus libros y guárdenlos en los pupitres. Entonces comenzaremos nuestro debate.

No tardé en descubrir que las clases eran casi iguales en todas partes. Páginas que leer, preguntas que copiar de la pizarra. Salvo que esta profesora estaba muy bien informada acerca de cómo funcionaba nuestro Gobierno, y también sabía exactamente qué era lo que fallaba en él. Yo permanecí escuchando, impresionada por la pasión que mostraba hacia su materia, y cuando dejó bruscamente de hablar me dieron ganas de aplaudir. ¡Qué maravilloso que supiese tanto acerca de la pobreza! Sí, había personas en nuestro rico y opulento país que se iban a la cama con hambre. Sí, millares de niños se hallaban privados de derechos de los que deberían disfrutar: a tener alimentos suficientes para nutrir sus cuerpos y sus espíritus; a poseer ropas que los mantuviesen abrigados; a una vivienda capaz de protegerlos de las inclemencias del tiempo; al descanso necesario en un lecho cómodo para que no despertasen con ojeras a consecuencia de haber dormido en suelos duros y sin mantas suficientes..., y, sobre todo, a padres que tuviesen la edad y la formación adecuadas para proporcionarles todo eso.

—Bien, ¿por dónde empezamos para corregir todos los fallos? ¿Cómo ponemos fin a la ignorancia, cuando al ignorante no parece importarle que sus hijos queden atrapados en las mismas miserables circunstancias? ¿Cómo hacemos que los que se encuentran en puestos elevados se ocupen de los menesterosos? Piensen en ello esta noche, y cuando hayan encontrado soluciones, escríbanlas y expónganlas mañana en clase.

Logré terminar el día sin contratiempos. Ninguna de las chicas se me acercó para hacerme preguntas, aunque todas me miraban y, luego, apartaban precipitadamente los ojos cuando los míos intentaban encontrarse con los de ellas. A las seis de la tarde, en el comedor, me senté sola ante una mesa redonda cubierta por un terso mantel blanco de hilo. En el centro, había un pequeño jarrón de plata que contenía una solitaria rosa roja. Las alumnas que hacían de camareras tomaron mi pedido de un corto menú y, luego, fueron a otras mesas, en las que se sentaban cuatro o cinco chicas juntas que conversaban animadamente, de tal modo que el comedor resonaba con el eco de muchas y alegres voces. Yo era la única chica que tenía una rosa roja en su mesa. Y hasta que me di cuenta de ello, no cogí la pequeña tarjeta blanca que decía: «Con mis mejores deseos, Tony.»

Cada día, hasta el viernes, una rosa roja lució sobre mi mesa en el comedor. Y cada día aquellas chicas ignoraron mi presencia. ¿Qué estaba yo haciendo mal, excepto vestir una ropa equivocada? No había traído en mi equipaje vaqueros ni ninguna clase de pantalones; tampoco viejas camisas y grandes jerseys. Valientemente, procuraba sonreír a las compañeras que miraban en mi dirección, tratando de que nuestros ojos se encontrasen. En cuanto veían mis esfuerzos, se volvían. Al fin adiviné lo que estaba sucediendo. Mis ideas sobre el hambre en América me habían delatado. Mi propia pasión por el tema de la pobreza les había dado más información de la que jamás les habría podido dar mi lengua. Yo estaba demasiado bien informada. Yo había permanecido demasiadas noches despierta en una choza de las montañas, tratando de encontrar respuestas que salvasen a todos los pobres de caer en la misma desesperada situación de sus antepasados.

Por mi trabajo sobre la pobreza en América obtuve como nota un A-menos. Un principio excelente. Pero me había delatado a mí misma. Ahora todas sabían cuáles eran mis orígenes, o no habría podido saber tanto. Deseé mil veces no haber sido tan realista y haber propuesto una solución semejante a la de otra chica, que había sugerido: «Cada persona rica debería adoptar por lo menos a un niño pobre.»

A solas en mi hermoso cuarto, tendida boca arriba en mi estrecha cama, oía las risas y las voces que llegaban de otras habitaciones. Percibía el olor del pan que se tostaba y del queso que se derretía; oía el entrechocar de vasos, de vajilla de plata, las risas enlatadas que servían de telón de fondo a las comedias de televisión. Ni una sola vez llamó ninguna chica a mi cerrada puerta para invitarme a una fiesta prohibida. Ni una sola vez fueron interrumpidas aquellas fiestas por airados profesores que no querían ver quebrantadas sus reglas.

Por las conversaciones que oía todas aquellas mucha-

chas habían viajado mucho por todo el mundo y estaban
ya aburridas de ciudades que yo no había visto. Tres alumnas habían sido expulsadas de colegios privados suizos por
aventuras amorosas; a dos las habían echado de colegios
americanos por beber, y a dos más por consumir drogas.
Todas soltaban palabrotas más fuertes que las que usaría
cualquier palurdo borracho en un baile rural, y a través
de las paredes yo recibía una clase diferente de educación
sexual, diez veces más terrible de cuanto Fann había hecho
jamás.

Y, luego, un día en que yo estaba en el cuarto de baño,
en el único compartimiento de ducha que disponía de puerta, las oí que hablaban de mí. No me querían en «su» colegio. Yo no era de «su» clase. «Ella no es quien finge ser»,
susurró una voz que había llegado a reconocer como perteneciente a Faith Morgantile.

Yo no estaba tratando de ser más que una chica que
intentaba conseguir una formación. Y estaban resentidas
conmigo por eso. Sólo esperaba que cuando llegase mi nova-
tada pudiera sobrevivir conservando intactos mi dignidad
y mi orgullo.

De modo que aquí, en Winterhaven, pese a mis antepasados Van Voreen, a mis parientes Tatterton, a mis excelentes vestidos, a mi favorecedor peinado, a mis lindos zapatos y a las buenas notas que me esforzaba tanto por
lograr, yo era, como lo había sido siempre, una extraña,
despreciada por su origen. Y lo peor de todo estribaba en
que, ya desde el principio, me había delatado a mí misma,
y a Tony.

VI. ESTACIONES CAMBIANTES

Fue Tony quien vino a recogerme aquel primer viernes en que yo me encontraba de pie en la escalinata principal de Winterhaven, con quince chicas apiñadas a mi alrededor fingiendo una calurosa cordialidad para que él lo viera. Se le quedaron mirando mientras aparcaba, lanzaron grititos y exclamaciones de admiración y volvieron a preguntarse dónde estaba Troy.

—¿Cuándo vas a invitarnos a tu casa, *Heaven*? —preguntó Prudence Carraway, a quien todo el mundo llamaba Pru—. Hemos oído decir que es fabulosa. ¡Lo que se dice fabulosa!

Antes de que Tony saliera del coche y empezara a abrirme la portezuela, yo estaba ya bajando los escalones, huyendo de aquellas muchachas.

—¡Hasta el lunes, Heaven! —entonó un coro de voces, y era la primera vez que pronunciaba mi nombre alguien que no fuese una profesora.

—Bien —dijo Tony, dirigiéndome una sonrisa y poniendo en marcha el coche—. Por lo que he visto y oído, parece que has hecho ya muchas amigas. Eso está bien. Pero detesto los desaliñados trapos que esas chicas llevan al colegio. ¿Por qué se esfuerzan tanto por parecer feas durante los mejores años de su vida?

Recorrimos varios kilómetros sin que yo pronunciara una palabra.

—Vamos, Heaven, cuéntame —insistió—. ¿Causaron sensación tus cachemiras? ¿O se burlaron de ti por llevar vestidos como los que les compran sus madres; pero que ellas se dejan en casa o cambian por ropas de segunda mano?

—¿Hacen eso? —pregunté, completamente atónita.

—Así lo tengo entendido. Es una especie de cuestión de principios en Winterhaven desafiar a las profesoras y combatir a los padres, o cualquiera que se halle investido de autoridad. Es como un Boston Tea Party para adolescentes, esforzándose por afirmar su independencia.

O sea que, cuando seleccionó todas mis faldas, jerseys, blusas y camisas él sabía exactamente lo que estaba haciendo, obligándome a destacar, a ser diferente. Pero no dije nada.

Me daba cuenta por su comportamiento de que no quería que me quejase de nada que hubiera sucedido. Yo había sido echada a la olla, y ahora me correspondía a mí evitar cocerme. No me instaba a seguir llevando lo que tenía. Dejaba a mi elección ceder o resistir a la presión de mis compañeras. Y, comprendiéndolo así, decidí no mencionar jamás a Tony ninguna de mis dificultades. Las resolvería por mí misma, pasara lo que pasase.

Tony conducía a gran velocidad en dirección a «Farthinggale Manor», y ya casi estábamos llegando cuando dejó caer su bomba.

—Se me han presentado varios negocios muy urgentes, y el domingo por la mañana cogeré el avión para California. Jillian vendrá conmigo. Si no estuvieras ya inscrita en el colegio podríamos llevarte con nosotros. Pero, tal como están las cosas, Miles te llevará a Winterhaven el lunes y te recogerá el viernes siguiente por la tarde. Jillian y yo tenemos proyectado regresar al otro domingo.

La noticia me sumió en un estado de pánico. Yo no quería quedarme sola en una casa de sirvientes a los que apenas conocía. Procuré que Tony no viera las lágrimas que afloraban súbitamente a mis ojos. ¿Qué me pasaba que la gente encontraba tan fácil abandonarme?

—Jill y yo compensaremos el abandono de esta semana prodigándonos en las próximas fiestas de Acción de Gracias y en Navidad —dijo, con su jovial fascinación, tan peculiar—, y te doy mi palabra de honor de que cuando vuelva iré a ese concierto pop.

—No tenéis que preocuparos por mí —respondí con decisión, no queriendo que pensase, como Jillian, que yo era una carga—. Sé entretenerme sola.

Pero no era cierto. «Farthinggale Manor» me intimidaba todavía. El único miembro de la servidumbre que no me ponía nerviosa era Rye Whiskey. Pero, si le visitaba con demasiada frecuencia en su cocina, quizás él también acabaría volviéndose frío e indiferente. Una vez que llegara a casa el viernes por la tarde y terminase mis deberes, ¿a qué me dedicaría?

Y llegó aquella mañana de sábado en «Farthinggale Manor», con los criados en nervioso ajetreo de un lado a otro, tratando de ayudar a Jillian a hacer las maletas para un viaje de una semana. En el pasillo del piso alto, echó a correr hacia mí, riendo, abrazándome y besándome, haciéndome sentir que quizá me había equivocado y que ella me amaba y me necesitaba. Y luego entrelazaba las manos como una chiquilla feliz mientras bajábamos la escalera y entrábamos en la sala de estar.

—Es una lástima que no puedas venir con nosotros; pero tú eras la que pedía unos cuantos meses de colegio y echaste a perder todos los excitantes planes que yo tenía para ti.

¿Unos cuantos meses de colegio? ¿Se proponía echarme de allí? ¿No se preocupaba ni un poco de mí? Volar a California habría sido la realización de otro de mis sueños; pero estaba ya escarmentada de los sueños que había fabricado cuando era joven, ingenua y tonta.

—Estaré bien, Jillian, no te preocupes por mí. Ésta es una casa maravillosa y tan grande que aún no he tenido tiempo de verla del todo.

Tanto Tony como Jillian estaban prescindiendo de mí, y me sentía tan dolida en lo más profundo de mí que experimentaba deseos de causar yo también algún dolor, así que hice algo más planeado y estúpido. Decidí ir a visitar a Logan.

—Además —dije—, tengo planeado ir a Boston esta tarde.

—¿Qué quieres decir con eso de que tienes tus propios planes para esta tarde? —preguntó Jillian—. Vamos, Heaven, ¿no es el sábado *nuestro* día, cuando podemos hacer cosas juntas? —Nunca me habían dicho eso, cuando permanecía con personas mucho mayores que yo, todas hablando de temas de los que no sabía nada. Me había sentido tan necesaria como una lámpara a mediodía. Mi abuela continuó:

—Pensé que esta noche podríamos celebrar una fiesta de despedida en ese encantador teatrito que acabamos de restaurar, junto a la piscina. Podemos ver una película antigua. Detesto las modernas. Me resulta violento la forma en que muestran a personas desnudas haciendo el amor. Podríamos incluso invitar a unos cuantos amigos para que fuese más agradable.

Pero Jillian no hubiera debido mencionar la posibilidad de invitar a algunos amigos. Los amigos privarían de su carácter especial a nuestra única velada juntos en toda la semana.

—Lo siento, Jillian, pero realmente creía que querrías acostarte temprano esta noche para estar descansada cuando llegases a California. Yo estaré bien, y si vuelvo temprano a casa, tus invitados estarán todavía aquí.

—¿A dónde vas? —preguntó ásperamente Tony, que había estado hojeando el periódico de la mañana; ahora sus ojos me miraban con suspicacia por encima del periódico—. No conoces a nadie en Boston más que a nosotros, y a los pocos amigos de nuestra edad a los que te hemos presentado... ¿O te han aceptado súbitamente como amiga las chicas de Winterhaven? No parece probable. —Enarcó una ceja—. ¿Te propones quizá reunirte con algún chico?

Como siempre que me sentía dolida, mi orgullo saltó violentamente a primer plano. Claro que había hecho muchas amigas en Winterhaven... O las haría tarde o temprano. Tragué saliva primero.

—Una chica del colegio me ha invitado a su fiesta de cumpleaños. Se va a celebrar en «La Pluma Roja».

—¿Qué chica te ha invitado?

—Faith Morgantile.

—Conozco a su padre. Es un bribón; aunque su madre parece bastante decente... Sin embargo, «La Pluma Roja» no es el lugar que yo elegiría para la fiesta de cumpleaños de mi hija.

Continuó mirándome de arriba abajo, hasta que sentí que empezaba a brotarme sudor en las axilas.

—No me decepciones, Heaven —dijo, volviendo a su periódico—. He oído hablar de «La Pluma Roja» y de las fiestas que se celebran allí. A tus quince años eres demasiado joven para empezar a beber cerveza o vino, o para probar cualquiera de las otras diversiones adultas que comienzan con juegos de apariencia inocente. Lo siento, pero no creo que sea buena idea que vayas.

Se me cayó el alma a los pies.

«La Pluma Roja» estaba muy cerca de la Universidad de Boston, donde estudiaba Logan Stonewall. Tony continuó:

—Y le he dado instrucciones a Miles de que no te lleve en coche a ninguna parte hasta el lunes por la mañana. Los criados atenderán lo que necesites. Si te cansas de estar encerrada en casa, puedes explorar los alrededores.

En este momento Jillian levantó la vista, como si no hubiera oído nada más que la alusión a salir de la casa.

—¡No vayas a las cuadras! —exclamó—. Quiero ser yo quien te presente a mis caballos..., mis maravillosos y bellos caballos árabes. Lo haré cuando regresemos.

Hacía mucho tiempo que venía prometiéndomelo. Ya no la creía.

Mi intento de escaparme para ir a estar con Logan había fracasado. Y, si celebraban la velada y proyectaban la película, nunca me echarían de menos. Nunca.

Diez invitados llegarían a eso de las cuatro para lo que Jillian llamaba su «fiesta de viaje a California». Yo sabía que ella me estaba poniendo a prueba todavía, y que su aceptación dependía mucho de cómo me comportara con este grupo concreto, que incluía a personas que eran más influyentes que las que ya había conocido. Llegó entonces la información de Tony. Todo el mundo tenía que tener un compañero de mesa, y yo era la única desparejada.

—Hay un joven que quiero que conozcas —me dijo.

—Te gustará, querida —agregó Jillian con su tono suave y susurrante, mientras un chico extraordinariamente atractivo le hacía un nuevo peinado. Yo me senté en una delicada silla, contemplando las maravillas que aquel hombre era capaz de hacer con un peine, un cepillo y un pulverizador—. Se llama Ames Colton, y tiene dieciocho años. Su padre gastó un escaño en la Cámara el año pasado. Tony espera que John Colton acabe en la Casa Blanca.

Eso me hizo pensar en Tom y en su deseo de llegar algún día a ese mismo sitio. ¿Por qué no había contestado Tom a ninguna de mis tres cartas? ¿Estaba impidiendo papá que llegaran a sus manos? ¿Había perdido Tom el interés, ahora que sabía que yo era rica y estaba bien atendida? Mi familia siempre me había mantenido, una buena razón para seguir intentando. Ahora experimentaba la impresión de que todos aquellos entrañables y familiares lazos se iban debilitando y desvaneciendo.

—Muéstrate amable con Ames, Heaven —pidió Jillian con un cierto timbre de autoridad en su voz—. Y, por favor, procura no hacer ni decir nada que nos ponga en una situación embarazosa delante de nuestros amigos.

Era la primera fiesta auténtica de mi vida. Ataviada con un flamante vestido largo, de color azul oscuro, con el corpiño recamado de lentejuelas, me situé junto a la puerta, entre Jillian y Tony. Tony llevaba smoking, y Jillian vestía un resplandeciente conjunto blanco que me cortó el aliento.

—Sonríe mucho —susurró mi tutor cuando los primeros invitados eran introducidos por Curtis.

Ames Colton era amable y delicado, nada parecido a Logan. No excitante como Troy. Me pareció demasiado delicado, embarazosamente impresionado por alguien como yo, que me encontraba muy asustada y estaba representando una farsa. Si aquella noche hice algo bien, me fue imposible recordarlo después. Dejé caer la servilleta, dejé caer el tenedor. ¡Dos veces! Tartamudeé cuando me preguntaron por mi pasado y por el tiempo que tenía pensado quedarme. ¿Cómo podía yo contestar, cuando Jillian me estaba mirando con una expresión de temor en los ojos?

Se necesitaban demasiados platos para una fiesta como aquélla, demasiada plata; y luego, terminada la comida, Curtis sirvió una exquisita tacita colocada sobre una bandeja. Permaneció esperando en silencio mientras yo contemplaba lo que parecía ser agua con una fina rodaja de limón en la parte superior. Me desconcertaba aquella tacita, que esperaba que yo hiciese algo con ella. Levanté desesperadamente los ojos hacia Tony y enrojecí al ver su sarcástico regocijo. Y, muy deliberadamente, sumergió las yemas de los dedos en aquel agua aromatizada de limón y, luego, las secó con la servilleta.

Conseguí superar la velada sin cometer ningún error grave que revelara mis antecedentes; sólo delaté mi inexperiencia social. No supe qué decir cuando se me preguntó por mis opiniones políticas. No tenía ninguna opinión sobre el estado de la economía de la nación. No había leído ninguno de los recientes *betsellers* de Hollywood que lo contaban todo, ni había visto una película de actualidad. No hice más que sonreír y escurrir el bulto con evasivas. En mi opinión, me comporté como una completa estúpida.

—Has estado muy bien —dijo Tony, entrando en mi

dormitorio mientras me cepillaba el cabello—. Todo el mundo comentaba lo mucho que te pareces a Jillian. No es de extrañar, pues sus dos hermanas mayores son ediciones más antiguas de ella misma, aunque no están tan «bien conservadas», por así decirlo. —Su expresión se tornó seria—. Bien, dime qué piensas de nuestros amigos.

¿Cómo podía decirle exactamente lo que pensaba? En ciertos aspectos todas las personas me parecían iguales, pese a sus ropas elegantes y a sus exquisitos vocabularios. Algunas hablaban demasiado, y tarde o temprano revelaban que eran necias. Había quienes estaban sólo para causar buena impresión, y tenían tan poco que decir como yo. Otros venían a comer, a beber y a chismorrear acerca de los que creían que no les oían.

—Si hubieran tocado violines y banjos y bailado ruidosamente; si vistieran todos andrajos, podrían haber sido de los Willies —dije con sinceridad—. Son sólo las cosas de las que hablan lo que les hace diferentes. Allá en mi región nadie se preocupa de política ni de la economía de la nación. Pocas personas leen más que la Biblia o revistas ilustradas.

Por primera vez desde que le conocía, se echó a reír con auténtico regocijo, y cuando me sonrió con evidente aprobación se me levantó el ánimo.

—Así que no te han impresionado los vestidos hermosos y los cigarros caros... Eso está bien. Posees opiniones propias, y eso también me parece bueno. Tienes toda la razón. Detrás de cada triunfador hay un hombre lleno de defectos.

Luego, mientras yo permanecía sentada en el taburete de mi tocador y pensaba que ojalá hubiera sido mi padre como este hombre, comentó con tono grave:

—Hace unos minutos he oído un boletín meteorológico que predecía nuestra primera nevada importante. Esperamos despegar el domingo por la mañana temprano, antes de que empiece a caer. Cuídate bien mientras estamos fuera, Heaven.

Su advertencia me hizo sentirme satisfecha. Papá nunca me había dicho nada parecido... Parecía no importarle lo que sucediera.

—Os deseo que tengáis un buen viaje —manifesté con un nudo en la garganta.

—Gracias.

Volvió a sonreír y, luego, se acercó lo suficiente para darme un beso en la frente, y su mano se demoró unos momentos sobre mi hombro.

—Tienes un aspecto extraordinariamente hermoso y lozano, ahí sentada con tu camisón azul claro. No dejes que nada ni nadie te eche a perder.

No dormí mucho aquella noche. La reunión me había revelado el gran abismo existente entre los amigos de Jillian y Tony y las personas con las que yo me había criado. Todos éramos americanos de nacimiento; sin embargo, parecía que hubiéramos crecido en mundos distintos. La comida que se desperdiciaba habría sido suficiente para alimentar a diez familias campesinas.

Ames Colton habría venido a visitarme el domingo si yo le hubiera animado a ello; pero no quería que lo hiciese. Aún tenía planes para encontrar a Logan.

A primera hora de la mañana oí el motor de la *limousine* que se alejaba llevando a Tony y Jillian. Intenté volver a dormirme. A las seis, estaba todavía despierta y esperando a que se levantaran los criados. Pero se encontraban demasiado lejos como para que yo les oyese abrir la ducha, llenar la bañera o accionar las bombas de agua. Por mucho que olfatease, no podría percibir el olor del tocino friéndose en la cocina; el aroma del café nunca llegaba hasta allí. «Bueno —pensé—, al menos tenía a Rye Whiskey si me sentía demasiado sola.»

A las siete, la casa parecía desolada, vacía y solitaria. Mientras me vestía, husmeé el aire para aspirar el rastro de perfume de Jillian que siempre subsistía en los pasillos del piso alto. Mi desayuno en aquella larga mesa fue algo sumamente solitario, empeorado por la presencia de Curtis, que permanecía junto al aparador, presto para servirme, cuando lo que yo deseaba era que se fuese y me dejara sola.

—¿Necesita algo más, señorita? —preguntó, como si leyera mis pensamientos.

—No, gracias, Curtis.

—¿Hay algo especial que le gustaría encargar para el almuerzo y la cena?

—Cualquier cosa irá bien.

—Entonces le diré al cocinero que prepare uno de los habituales menús de domingo...

Me traía sin cuidado lo que se sirviese. La comida, cuando llegaba puntual, en cantidades suficientes y siempre con un sabor delicioso, no era el trascendental asunto que había sido en otro tiempo. Un zumo de naranja recién exprimido no constituía ya un acontecimiento excitante. Plátanos o fresas frescas acompañando mis cereales eran algo que cabía esperar como cosa natural. Pero todavía me emocionaba ver las trufas, que tanto adoraba Tony, generosamente esparcidas sobre mis tortillas.

En la biblioteca permanecí largo rato junto a las ventanas, mirando hacia el laberinto. El viento empezó a soplar en ráfagas y a silbar débilmente, haciendo rozar las ramas de los árboles contra la casa. A mi espalda ardía un fuego de leña que proporcionaba un ambiente acogedor a la biblioteca en que me proponía pasar el día..., si no lograba encontrar una manera de visitar a Logan. No había contestado a mi carta; pero yo sabía en qué pabellón vivía. Ya había tanteado la puerta del garaje y la había encontrado cerrada. Cuando su mujer no estaba cerca, Cal Dennison me había enseñado a conducir.

Era Logan quien hubiera debido venir a mí para pedirme que explicase lo sucedido entre Dennison y yo. Pero no, se había marchado rápidamente bajo la lluvia, dejándome en el cementerio, sin darme siquiera la oportunidad de explicar que Cal había sido como un padre para mí, el padre que yo siempre había deseado. Y por conservarle como padre y como amigo habría hecho casi cualquier cosa. ¡Cualquier cosa!

Una fina voluta de humo se alzó en espiral por el aire, elevándose sobre las paredes del laberinto. ¿Significaba eso que Troy estaba hoy en la casita? Sin pensarlo dos veces, me dirigí apresuradamente hacia el armario del pasillo y saqué mis botas y un abrigo nuevo. Me escabullí furtivamente por la puerta principal, de tal modo que ninguno de los criados pudiera informar a Tony que yo había roto mi palabra y me había dirigido deliberadamente a ver a su hermano.

Fue fácil esta vez seguir el sinuoso camino a través del laberinto, pero no tan fácil situarme ante la entrada del pabellón y llamar. También en esta ocasión se sentía reacio a dejarme entrar, tomándose tanto tiempo para acudir que estuve a punto de dar media vuelta y marcharme. Luego, de pronto, la puerta se abrió, y él estaba allí, sin sonreír al verme de nuevo, sino mirándome con tristeza, como si compadeciese a alguien condenado a repetir una y otra vez el mismo error.

—De modo que has vuelto —dijo, apartándose a un lado y haciéndome seña de que pasara—. Tony me aseguró que te mantendrías alejada de aquí.

—He venido a pedirte un favor —dije, azorada por su indiferencia—. Necesito ir hoy a la ciudad, y Tony ha ordenado a Miles que no me lleve a ninguna parte. Si pudiera usar tu coche...

Se había sentado ya y estaba empezando a maniobrar sobre los pequeños objetos que tenía en su banco de trabajo. Me dirigió una mirada de sorpresa.

—¿Tú, una chica de dieciséis años, quieres ir en coche hasta Boston? ¿Conoces el camino? ¿Tienes permiso de conducir? No, yo creo que por tu propia seguridad y la de los demás debes mantenerte apartada de las heladas carreteras.

¡Oh, me costaba seguir dejándole creer que yo tenía sólo dieciséis años, cuando en realidad tenía diecisiete! Y era una buena conductora, al menos eso pensaba Cal. En Atlanta se habían dado permisos de conducir a chicas de mi edad. Me senté, sin que me invitara a hacerlo, todavía con el abrigo puesto, y traté de no echarme a llorar.

—En *Farthy* están todos dedicados a una limpieza general —dije, con un hilo de voz—, haciendo los preparativos para las próximas fiestas. Frotando ventanas y repisas, fregando y encerando suelos, pasando plumeros y aspiradoras, e incluso en la biblioteca, donde tenía pensado quedarme todo el día, el olor a amoníaco se filtraba por debajo de la puerta.

—A eso se le llama limpieza de vacaciones, y se hace en esta época del año —me informó, levantando la vista con expresión de regocijo—. Detesto tanto como tú ver la casa patas arriba. Uno de los placeres de tener una vivienda pequeña como ésta es que no necesito criados que invadan mi intimidad. Cuando dejo algo en el suelo, se queda allí hasta que lo recojo.

Carraspeé, reuní ánimos y volví a abordar el objeto de mi visita.

—Si no quieres dejarme que conduzca tu coche, ¿serías tan amable de llevarme tú mismo a la ciudad?

Estaba utilizando un diminuto destornillador para sujetar piernas en miniatura a los minúsculos cuerpos. ¡Con qué intensa concentración realizaba su tarea!

—¿Para qué necesitas ir a la ciudad?

Si le decía la verdad, ¿se lo comunicaría a Tony en cuanto regresara? Permanecí tensa, reflexionando, mientras estudiaba su rostro. Era uno de los rostros más sensibles que yo había visto jamás. Y, a juzgar por todas mis experiencias anteriores, sólo los completamente insensibles eran crueles.

—Tengo que hacerte una confesión, Tony. Estoy muy sola. No tengo nadie con quien compartir mis éxitos, aparte de Tony. A Jillian le trae sin cuidado lo que yo haga o deje de hacer. Hay un amigo mío que va a la Universidad de Boston al que me gustaría visitar.

Volvió a mirarme, con expresión cautelosa, como si estuviera empezando a convencerle y no quisiera que eso sucediese.

—¿No puedes esperar a otro día, cuando estés en Winterhaven? La Universidad de Boston se halla bastante cerca de allí.

—¡Pero necesito ver a alguien que me comprenda! Alguien que recuerde cómo eran antes las cosas para mí.

Permaneció en silencio, con expresión reflexiva, mientras los finos copos de nieve pasaban ante sus amplias ventanas. Luego, una sonrisa iluminó sus oscuros ojos y los hizo relucir.

—Está bien. Te llevaré adonde quieres ir, pero dame media hora para terminar lo que estoy haciendo y luego nos pondremos en marcha... ¡Y no le diré a Tony que estás quebrantando una de sus reglas!

—¿Te lo dijo?

—Sí, claro que me dijo que te había prohibido visitarme. Mi presencia en *Farthy* no es bien acogida por causa de Jillian.

—¿No le caes bien? —pregunté, pensando que tenía que estar loca para que no le agradara alguien tan refinado como Troy.

—Antes, yo me preocupaba mucho por lo que ella pensara de mí; pero luego descubrí que nadie sabe realmente lo que pasa por su cabeza. Ni siquiera sé si es capaz de amar algo tanto como ama su propia imagen. Pero es inteligente. Nunca infravalores su inteligencia.

Yo estaba asombrada. Sin embargo, se había expresado con toda claridad.

—¿Pero por qué no quiere Tony que tú y yo seamos amigos?

Me dirigió una sonrisa burlona.

—Mi hermano piensa que ejerzo una mala influencia sobre cualquiera que se encariñe demasiado conmigo. Y, desde luego, es cierto. Así que no te encariñes demasiado conmigo, Heavenly.

El corazón pareció parárseme por un instante cuando me llamó Heavenly, como siempre había hecho Tom.

—¡Oh, eres demasiado viejo para que me encariñe contigo! —exclamé, con tono de felicidad en la voz—. ¡Voy corriendo a casa para cambiarme de ropa!

Antes de que él pudiera hablar de nuevo y quizá cambiar de idea, crucé la puerta y eché a correr a través del laberinto en dirección a la casa grande. El ruido de las máquinas de limpieza en el interior ahogó mis pisadas mientras subía las escaleras. Una vez en mi habitación, me puse rápidamente el vestido que creía que me favorecía más, me empolvé la nariz, me pinté los labios y me perfumé. Ahora estaba lista para reunirme con Logan Stonewall. En todo el tiempo que me conocía ni una sola vez me había visto vestida como estaba ahora.

Troy no reparó lo más mínimo en mi atuendo. Conducía su «Porsche» con indolente desenvoltura, sin hablar apenas; pero yo había perdido mi timidez y estaba rebosante de felicidad. Iba a ver a Logan. Pese a su decepción conmigo, perdonaría y olvidaría, y sólo recordaría la dulzura de nuestro joven idilio, cuando paseábamos por las montañas, nos bañábamos juntos en el río y compartíamos tantos planes para nuestro futuro común.

Al llegar a la entrada de la Universidad de Boston, Troy dijo:

—Supongo que se trata de un amigo muy especial, ¿verdad?

Le miré, sobresaltada.

—¿Por qué supones eso?

—Tu ropa, el perfume y los labios pintados.

—Creía que no te habías dado cuenta.

—No soy ciego.

—Se llama Logan Stonewall —confesé—. Está estudiando para farmacéutico, porque es lo que más agrada a su padre, pero lo que realmente quiere ser es bioquímico.

—Espero que sepa que vienes a verlo.

Volvió a paralizárseme el corazón, pues Logan lo ignoraba.

La casualidad y la buena suerte hicieron que, no bien nos hubimos detenido ante la puerta de su pabellón, lo viera pasar con otros dos muchachos de su edad. Me apresuré a bajar del coche, no queriendo perderle de vista.

—¡Gracias por haberme traído! —exclamé a través de la

ventanilla—. Puedes volver a casa. Estoy segura de que Logan me llevará.

—¿Tiene coche? Iba andando.

—No lo sé.

—Entonces, me quedaré por aquí y esperaré hasta estar seguro de que tienes un medio de regresar. —Movió la cabeza indicando un pequeño café—. Estaré ahí. En cuanto sepas si te llevará a casa, comunícamelo.

Troy se dirigió hacia la cafetería, y yo eché a andar con pasos rápidos en dirección a Logan, esperando sorprenderle y complacerle con mi actual aspecto. Entró en la tienda del otro lado de la calle para hacer una compra. Me quedé mirando cómo pagaba, sin saber muy bien qué hacer. Seguía siendo el mismo, alto, erguido y de anchos hombros, sin volverse a mirar a las chicas que pasaban, y pasaban muchas. Recogió su compra y se dirigió hacia una puerta lateral de salida.

—¡Logan! —exclamé—. ¡No te vayas! Necesito hablarte.

Se volvió a mirarme. ¡Y juro por Dios que no me conoció! Su mirada se posó en mí, pasó a través de mi persona y una expresión de fastidio apareció en sus ojos de zafiro. Quizá fuera mi peinado, más corto y elegante, y el maquillaje, que había aprendido a aplicarme adecuadamente, o tal vez el abrigo de piel de castor que Jillian me había regalado, lo que hizo que sus ojos me escrutaran dos veces sin saber quién era yo.

Y, antes de que pudiera decidir lo que iba a hacer, él ya había abierto la puerta lateral, dejando entrar el fuerte viento, que agitó las portadas de las revistas, y había salido a la nevada acera, caminando con pasos tan rápidos que comprendí que nunca podría alcanzarle. Quizá sólo había fingido no reconocerme.

Como la tonta que frecuentemente era, me dirigí al mostrador del establecimiento y pedí una taza de chocolate caliente. Pasé un rato tomando con mucha calma el humeante líquido y mordisqueando un par de galletas de vainilla. Cuando pensé que había transcurrido el tiempo suficiente para haber sostenido una larga y seria conversación pagué la cuenta y me dispuse a salir.

Fue agradable la forma en que Troy se puso inmediatamente en pie y me sonrió.

—Has tardado una eternidad. Estaba empezando a creer que ese hombre de tu pasado iba a llevarte a casa después de todo.

100

Me acercó una silla, me ayudó a quitarme el abrigo, y me senté.

—Habría estado bien que lo hubieses traído aquí y me lo hubieras presentado.

Incliné la cabeza.

—Logan Stonewall es de Winnerrow, y tu hermano me ha ordenado que no tenga contactos con ninguno de mis antiguos amigos.

—Yo no soy mi hermano. A mí me gustaría mucho conocer a tus amigos.

—Oh, Troy —medio sollocé, inclinando la cabeza y empezando realmente a llorar—. Logan me ha contemplado fijamente y ha tenido el descaro de fingir que no me conocía. Me miró directamente a los ojos y, luego, dio media vuelta y se fue.

Su voz sonó suave y bondadosa mientras tomaba mis enguantadas manos y las sostenía entre las suyas.

—Heaven, ¿no se te ha ocurrido pensar que has cambiado mucho? Ya no eres la misma chica que llegó aquí a primeros de octubre. Te peinas de manera diferente; vas maquillada, y antes no. Y esas botas de tacón alto que llevas aumentan varios centímetros tu estatura. Y Logan tal vez tuviera otros planes que reunirse con una antigua amiga. Toma —dijo, sacando un pañuelo blanco limpio y entregándomelo—. Y cuando hayas terminado de llorar, que espero que sea pronto, pues detesto ver a una mujer con lágrimas, quizá puedas contarme más cosas acerca de Logan.

Después de secarme las lágrimas y de guardar su pañuelo en mi bolso, con la intención de lavarlo y plancharlo más adelante, llegó otra taza de chocolate caliente. Vi tanta bondad y comprensión en los ojos de Troy que, antes de darme cuenta de lo que hacía, le estaba contando todo, desde el principio mismo, cuando Logan me había visto en la farmacia de su padre, y Fanny se hallaba convencida de que la estaba admirando a ella, no a mí. Le relaté cómo nos vimos más tarde en el patio de la escuela de Winnerrow, y que él insistió en comprar comida para cuatro hambrientos niños Casteel.

—Cuando nos hicimos novios y me acompañaba a casa desde la escuela, yo era la chica más feliz del mundo. No se parecía a los rudos muchachos que rondaban a Fanny. Era el chico más diferente que yo había conocido jamás, decente y nunca descarado. Proyectábamos casarnos en cuanto terminásemos los estudios... ¡Y ahora no me conoce! —Mi voz se elevó con un leve tono de histeria—. Se necesitaba mucho valor para hacer lo que he hecho. ¿Me he excedido, Troy? ¿Resulto demasiado abrumadora con el abrigo de piel de castor de Jillian y llevando tantas joyas?

—Estás preciosa —dijo suavemente, cogiéndome las manos—. Situemos las cosas en su sitio. Logan no te esperaba, ¿verdad? Tú estabas aquí, fuera del elemento en que él se hallaba acostumbrado a verte. Y tampoco te había contemplado nunca vestida como ahora. Así que llámalo luego por teléfono y dile lo que ha sucedido. Entonces podéis concertar una cita, y estaréis ambos preparados para veros.

—¡No me perdonará! ¡Nunca me perdonará! —sollocé con apasionamiento—. No te lo he contado todo. Cuando papá vendió sus cinco hijos por quinientos dólares cada uno, algo malo me sucedió a mí. Primero, Keith y Nuestra Jane fueron comprados por un abogado y su esposa. Después, Fanny fue vendida al reverendo Wayland Wise; y, a diferencia de Keith y Nuestra Jane, Fanny estaba encantada de ser vendida a un hombre tan rico. Luego, se presentó en nuestra casa un corpulento granjero llamado Buck Henry, se fue derecho a Tom y le palpó el cuerpo como si fuera un animal. Aquel hombre y mi padre se lo llevaron a rastras. Yo fui vendida a Kitty y Cal Dennison, en Candlewick, Georgia. Su casa de Candlewick era la más bonita y limpia que yo había visto jamás, y siempre había comida de sobra. Pero Kitty quería una esclava de la cocina, una criada que mantuviera inmaculadamente la vivienda mientras ella dirigía su instituto de belleza. Trabajaba allí cinco días a la semana y los sábados impartía una clase de cerámica, y eso significaba que Cal me veía a mí más tiempo que a Kitty. Oh, era complicado, pues yo solía pensar que Cal era el doble de hombre que papá podría ser jamás. Empecé a pensar en él como si fuera mi propio padre, la clase de padre que yo siempre quise y necesité; alguien que me veía, me quería, me necesitaba. Cuando me compraba ropas, zapatos e infinidad de cosillas que ni siquiera sabía yo que necesitaba, a veces me iba a la cama abrazando contra mi corazón aquellas prendas.

Como un río desbordado que mis lágrimas hubieran dejado correr, mi historia brotó incontenible con todos sus horribles detalles. Yo creo que la única zona que dejé velada fue el año exacto de mi nacimiento. Mucho antes de finalizar mi relato, comprendí que Troy había olvidado sus planes para aquel día y, antes de que pasara mucho tiempo, nos encontrábamos de nuevo en la carretera que nos llevaba a «Farthinggale Menor».

Pasó bajo las altas y arqueadas verjas de hierro, cerrándolas luego con su mando a distancia. Luego, por una carretera en la que yo no había reparado nunca, se dirigió hacia su casita de piedra. La tarde gris y otoñal me llenaba de una dulce y melancólica nostalgia de las montañas, de la niña inocente y confiada que yo era antes.

Troy no pronunció una sola palabra hasta que estuvimos en su morada y reavivó el fuego de la chimenea. Luego, dijo que su comida estaría lista en un instante.

—El cocinero de la casa grande mantiene mi despensa llena —me informó, mientras empezaba a preparar un piscolabis. Eran ya las cuatro de la tarde, y yo me había perdido el almuerzo. Ni por un momento dudaba de que Percy informaría de ello a Tony.

—Vamos, sigue —me apremió, pasándome una tabla de cocina con verduras para picar—. Jamás he oído nada como lo que me has contado. Háblame más de Keith y Nuestra Jane.

Hasta entonces no me di cuenta de que hubiera debido ser cautelosa y haberme mostrado más discreta; pero era demasiado tarde. Aunque, ¿qué me importaba ya nada, ahora que Logan me había excluido de su vida? Ya le había contado a Troy hasta el último detalle del día de Navidad en que papá empezó a vendernos uno a uno, y volví a repetírselo porque necesitaba oírlo dos veces para creerlo. Incluso fui lo bastante imprudente como para revelar la razón por la que Logan ya no confiaba en mí, y ni una sola vez me miró Troy directamente; no hizo ningún comentario ni titubeó en lo que estaba haciendo.

—Yo no sabía que aquellas excursiones al cine, y aquellas maravillosas cenas en selectos restaurantes, y todos los regalos que me hacía formaban parte de la seducción de Cal. Fui haciéndome cada vez más dependiente de él. Me dio mis mejores momentos cuando vivía allí, y Kitty me proporcionó los peores. Yo compadecía a Cal cuando todas las noches ella encontraba una u otra razón para decirle «no». Cuando finalmente accedía a aceptar sus requerimientos, él acudía a desayunar con una radiante expresión de felicidad. Yo quería verle siempre feliz. Empezó a tocarme con demasiada frecuencia, con una extraña lucecilla en los ojos, y sus besos comenzaron a no ser tan paternales. Yo permanecía tendida de noche en la cama, preguntándome qué clase de señales le estaba enviando subconscientemente. Nunca le censuré. Me censuraba a mí misma por inspirarle ideas perversas. ¿Cómo podía seguir considerándolo como un padre y no someterme a lo que él quería hacer?

Hice una pausa, tomé aliento y continué:

—Así que, como ves, ¡ya no tengo a nadie! Tony me ha ordenado que excluya a mi familia de mi vida, incluso de mis pensamientos, y ni siquiera sabe lo de Tom, Fanny, Keith y Nuestra Jane. Tom no ha respondido a mis cartas. Fanny está esperando un hijo del reverendo y nunca me escribe. Ni siquiera sé si quiere hacerlo. ¡Y algún día tengo que encontrar a Nuestra Jane y Keith!

—Algún día las encontrarás —concluyó Troy, con esa sinceridad que me hacía confiar en él—. Yo tengo mucho dinero. No puedo imaginar una forma mejor de gastar parte de él que la de ayudarte a encontrar a tu familia.

—Cal me prometió lo mismo, y nunca se llegó a ningún resultado.

Se volvió y me lanzó una mirada de reproche.

—Yo no soy Cal Dennison, y no hago promesas que no cumpla.

Rompí a llorar de nuevo.

—¿Por qué habrías de hacerlo? No me conoces. No estoy segura de que me tengas simpatía siquiera.

Se sentó a mi lado, junto a la mesa.

—Esto es lo que haré por ti, Heaven, y por tu difunta madre. Mañana visitaré a mis abogados y les pondré sobre la pista de ese abogado cuyo nombre de pila es Lester. Debes traerme los retratos de estudio de Keith y Nuestra Jane de que me has hablado. Los fotógrafos siempre exhiben orgullosamente sus firmas en algún lugar de sus fotos, o en el reverso. No tardaremos en conocer los nombres completos de la pareja que compró a tus hermanos pequeños.

Quedé fascinada, casi sin aliento a consecuencia de la esperanza que de pronto me invadía. Pero en seguida se esfumó, pues, ¿no había prometido Cal Dennison lo mismo? Y yo no conocía realmente a Troy.

—Dime qué harás cuando sepas dónde están.

¿Qué haría? Tony me expulsaría de su vida. Dejaría de costearme mi educación.

Me encontraba ya encaminada hacia el objetivo que debía conseguir... Pero pensaría la contestación más tarde, cuando sus abogados encontrasen al niño y la niña que debían estar conmigo. Ahora que había llegado tan lejos, estaba decidida a no volver a retroceder.

¡Oh, si las cosas hubieran sido diferentes! ¡Si hubiese podido crecer como una chica normal! Sentí que las lágrimas afloraban de nuevo a mis ojos. Ahuyentando mis recuerdos y haciendo una profunda inspiración, dije:

—Bueno, ya lo sabes todo acerca de mí. Y ni siquiera debía estar hablando contigo. Tony me ha ordenado que no te visite, que no vaya nunca a tu casa. Además, antes de marcharse me dijo que no estabas aquí. Si se entera de que he infringido una de sus reglas me mandará de nuevo a los Willies. ¡Me aterroriza volver allá! No hay en Winnerrow nadie a quien le importe lo más mínimo lo que pueda ser de mí. Papá vive en alguna parte de Georgia o Florida, y Tom se halla con él; pero nunca escribe, ni tampoco Fanny. Yo no sé vivir sin alguien que me ame y se preocupe por mí —agaché la cabeza para que él no pudiera ver aquellas incontenibles lágrimas que comenzaban a rebosar—. ¡Por favor, Troy, por favor! ¡Sé mi amigo! Necesito desesperadamente a alguien.

—Está bien, Heaven. Seré tu amigo. —Parecía reacio, como si se estuviera comprometiendo a algo que acabaría resultando una carga—. Pero recuerda que hay buenas razones por las que Tony no quiere que te relaciones conmigo. No seas demasiado áspera con él. Antes de decidir que yo soy el amigo que necesitas, debes comprender que es Tony quien manda aquí, no yo. Nuestras personalidades son dos polos opuestos. Él es fuerte, y yo soy un débil soñador. Si suscitas la desaprobación y el desagrado de Tony, te expulsará de su vida y de la de Jillian, y se apresurará a devolverte a los Willies. Lo hará de manera que yo no podré salvarte, ni siquiera darte dinero.

—¡Yo no tomaría dinero de ti! —exclamé, en un ramalazo de orgullo.

—Lo tomas de mi hermano —replicó él, con una mueca.

—¡Porque está casado con mi abuela! Porque me dijo que él administra el capital que Jillian heredó de su padre y de su primer marido, y que habría sido para mi madre si hubiera vivido. Me siento perfectamente justificada para recibir dinero de Tony.

Él volvió la cabeza y ya no pude verle la cara.

—Tu apasionamiento me deja exhausto, Heaven. Es mucho más tarde de lo que creía, y estoy cansado. ¿Te importaría que continuásemos esta conversación el próximo viernes, cuando vuelvas a Winterhaven? Estaré todavía aquí.

Me conmovía profundamente verle allí sentado, con su aspecto absolutamente vulnerable, y sospeché que le asustaba en extremo la idea de dejar que alguien como yo penetrara en su bien organizada vida. Me levanté despacio, pues me costaba abandonar la acogedora calidez de su casa.

—Por favor, Heaven, tengo mil cosas que hacer antes de acostarme esta noche. Y no llores porque Logan Stonewall no te haya reconocido. Puede que sus pensamientos estuvieran en otra parte. Dale otra oportunidad. Llámalo por teléfono a su residencia. Pídele entrevistaros en algún lugar en que podáis hablar.

Troy no conocía la terquedad de Logan. Era como su nombre, ¡un muro de piedra!

—Buenas noches, Troy —dije ya en el umbral—, y gracias por todo. Estoy deseando que llegue el próximo viernes.

Salí y cerré suavemente la puerta.

No había ningún criado cerca cuando me deslicé por la entrada de la casa grande, y en el comedor encontré comida en platos especiales que mantenían calientes los alimentos: maravillosas y finas rodajas de carne cubiertas con salsa francesa. Antes de darme cuenta de lo que hacía, me había servido un poco de cada plato y, luego, me senté a comer otra vez. Completamente sola, ante una mesa lo bastante grande como para acoger a todos los Casteel.

VII. TRAICIÓN

Las muchachas de Winterhaven no se mostraban tan distantes durante mi segunda semana de estancia allí. Me miraban descaradamente de arriba abajo, contemplando el hermoso vestido de punto que llevaba, pues yo no estaba dispuesta a volver a llevar trapos casi iguales a los que había usado en los Willies. Para mi satisfacción, aquel mismo lunes, cuando me senté a almorzar, Pru Carraway me dirigió una sonrisa y, luego, me invitó a comer en su mesa, en torno a la cual se hallaban sentadas también otras tres chicas. Complacida, recogí mis cubiertos, mi plato y mi servilleta y llevé todo donde estaban ellas.

—Gracias —dije, mientras me sentaba.

—Qué vestido rosa tan bonito —dijo Pru, batiendo sus pálidas pestañas.

—Gracias. Pero es malva.

—Qué vestido *malva* tan bonito —corrigió, mientras las otras tres chicas reían entre dientes—. Comprendo que no hemos sido muy amables contigo, *Heaven* —y volvió a pronunciar enfáticamente mi nombre—, pero nunca intentamos ser amables con ninguna nueva alumna hasta tener la seguridad de que es digna de nuestra aprobación.

Me pregunté qué había hecho yo para ganar su aprobación.

—¿Cómo sabes tanto acerca de la pobreza y el hambre? —preguntó Faith Morgantile, una atractiva muchacha de pelo castaño vestida con jersey y pantalones blancos, muy limpios pero de aspecto desaliñado.

El corazón me dio un vuelco.

—Todas sabéis que soy de Virginia Occidental. Es una región de minas de carbón. También hay una fábrica de algodón. Las montañas están llenas de gente muy pobre que piensa que recibir instrucción es perder el tiempo. Lógicamente, conozco la situación de las personas que vivían a mi alrededor.

—Pero, en tu redacción, describiste muy bien las punzadas del hambre —insistió Pru—. Es casi como si la conocieras por propia experiencia.

—Lo expresas de manera muy bonita —comentó otra chica, dirigiéndome una cálida sonrisa—. Tenemos entendido que tus padres están divorciados, y que tu padre obtuvo tu custodia... Eso es poco corriente, ¿no? La mayoría de las veces se otorga a la madre, especialmente cuando se trata de una hija.

—Cuando se tienen ojos y oídos, y un corazón compasivo, no hace falta una experiencia directa.

Traté de encogerme de hombros con aire de indiferencia.

—Yo era muy pequeña para recordar los detalles del divorcio. Y cuando fui mayor mi padre se negó a hablar del asunto.

Y, con estas palabras, dejé a un lado el tema, mientras mi tenedor alanceaba la ensalada y se hincaba en los trozos de tomate y lechuga que más me apetecían.

—¿Cuándo vendrá tu padre a visitarme? Nos encantaría conocerle.

¡Ya lo creo que les encantaría conocerle! Luke Casteel les produciría un impacto instantáneo. Experimenté resentimiento contra Pru Carraway, que era como una espina intentando constantemente hacer salir sangre. Sentía el poder de sus orígenes, su familia, su herencia, los amigos que ella tenía y yo no, formando una barricada a su alrededor, mientras que yo me encontraba indefensa, protegida solamente por mi ingenio y mis vestidos nuevos. Terminé mi almuerzo con determinación, ingiriendo espaguetis, saboreando cada bocado de albóndigas, y sentí deseos de rebañar la sabrosa salsa de tomate con lo que quedaba de mi pan italiano, pero no me atreví. Estaba mirándome con tal fascinación que tuve la impresión de estar haciéndolo todo mal; demostrando demasiado entusiasmo por un vulgar plato de pasta. Hostil y furiosa por sus insinuaciones, decidí soltarles una pequeña verdad.

—Mi padre no vendrá nunca a verme, pues no nos llevamos bien, y se está muriendo.

Las cuatro chicas se me quedaron mirando con la boca abierta, como si yo fuese una aparición surgida del cementerio del mal gusto. Y mientras pronunciaba aquellas palabras, la idea de la muerte de papá me llenó de una extraña sensación de culpabilidad. Como si no tuviera derecho a odiarle ni a desear su desaparición, porque era mi padre. No había ninguna razón por la que debiera sentirme avergonzada. ¡Ninguna! Se merecía todos los malos pensamientos que yo le dedicase.

Pru Carraway habló de nuevo, eligiendo las palabras con cuidado.

—En este colegio tenemos ciertos clubes privados. Pero si tú pudieras conseguir de alguna manera que una de nosotras tuviese una cita con Troy Tatterton..., sabríamos apreciarlo.

Mis pensamientos acerca de papá se habían interpuesto entre ellas y yo. Me cogió desprevenida. Quedé inmovilizada con mi último pedazo de pan italiano suspendido a mitad de camino hacia mi boca.

—La verdad es que eso me sería imposible —dije, con cierta turbación—. Toma sus propias decisiones, y es demasiado mayor y sofisticado para las chicas de Winterhaven.

—Troy Tatterton cumplió veintitrés años hace sólo dos semanas —manifestó Faith Morgantile—. Algunas de las alumnas de aquí tienen dieciocho años, muy adecuadas para un hombre de su edad. Además, el domingo te vimos a ti con él, y sólo tienes dieciséis.

Me dejó atónita el hecho de que en una ciudad tan grande como Boston hubiera sido vista con Troy.

¡De modo que ése era el motivo de su súbito interés por mí! Me habían visto en el café con Troy. Ellas o alguna de sus amigas. Me puse en pie y dejé caer mi servilleta sobre el mantel.

—Gracias por invitarme a vuestra mesa —dije con sincera tristeza, pues había concebido grandes esperanzas de hacer amistades allí. En toda mi vida jamás había tenido una amiga, solamente Fanny, que había sido una especie de cruz familiar que soportar. Una vez en mi propia mesa, recogí los libros que había dejado en ella y salí a grandes zancadas del comedor.

A partir de ese momento, percibí una diferencia en sus actitudes. Antes, se habían mostrado suspicaces sólo porque yo era nueva y diferente. Ahora, las había desafiado y, con gran facilidad, me había creado enemigas.

A la mañana siguiente, elegí de mi cómoda un precioso jersey de cachemira azul para llevarlo con su falda a juego, y advertí, horrorizada, que mi flamante jersey había empezado a deshilacharse. Y la falda de lana que había puesto sobre la cama, completamente nueva, estaba perdiendo el dobladillo. Alguien había retirado con mucho cuidado las filas de puntadas que sujetaban el plisado de la parte delantera. En los Willies, yo habría llevado de todas maneras ese jersey y esa falda, pero aquí, no. ¡Aquí, no! ¡Porque sabía que el día anterior estaban en perfectas condiciones!

Fui sacando de la cómoda e inspeccionando un jersey tras otro. ¡Cinco de ellos estaban echados a perder! Corrí al armario para examinar mis faldas y mis blusas, y las encontré colgadas tal como las había dejado, todavía en buen estado. Quienquiera que me hubiese hecho aquello no había tenido tiempo para estropear todo lo que poseía. Aquel martes por la mañana no pude estar a punto para ir a desayunar. Fui a clase llevando sólo una blusa y una falda, sin jersey. Ninguna chica llevaba a clase nunca nada sobre la blusa, desdeñando toda idea de catarros o resfriados, aunque la mayoría de ellas permanecían con los brazos cruzados sobre el pecho y tiritaban de vez en cuando. Winterhaven estaba regido por espíritus recios y puritanos que procuraban que ninguna de nosotras disfrutase de demasiados lujos. La clase no estaba mucho más caliente que lo había estado la choza de las montañas a finales de octubre. Permanecí toda la mañana dando tiritones y pensando que a mediodía correría a mi habitación para coger una chaqueta ligera.

Tomé mi almuerzo con tanta rapidez que casi me atraganté; luego, eché a correr escaleras arriba en dirección a mi habitación; la puerta nunca estaba cerrada con llave. Me dirigí al armario para coger de la barra una de las tres cálidas chaquetas que Tony había elegido para mí. ¡Faltaban dos! ¡Y la que quedaba estaba empapada de agua!

¿Eran tan ricas y poderosas que creían poder entrar tranquilamente a saco en mis pertenencias? Temblando, tanto de ira como de frío, corrí por el pasillo con la mojada chaqueta extendida delante de mí. Entré en el baño. Había allí seis chicas fumando y riendo. En cuanto crucé la puerta, se hizo un silencio mortal, mientras los cigarrillos ardían y producían la peor clase de sofocante humo. Empleando ambas manos, levanté la chaqueta de lana.

—¿Teníais que meterla en agua *caliente*? —pregunté—. ¿No era suficiente echar a perder mis jerseys? ¿Qué clase de monstruo sois?

—¿De qué estás hablando? —preguntó Pru Carraway, con una inocente expresión de asombro en sus pálidos ojos.

—¡Mis jerseys nuevos están deshilachados! —grité.

Sacudí el agua de la chaqueta, de tal modo que les saltaron a la cara varias gotas. Retrocedieron y formaron un apiñado grupo.

—¡Habéis cogido dos chaquetas mías y habéis estropeado la tercera! ¿Creéis que vais a libraros de castigo por esto?

Clavé ferozmente la vista, con expresión que esperaba fuese amenazadora, en cada par de ojos que me miraban. El hecho de que no parecieran en absoluto intimidadas por mí ni por mis amenazas me enfureció más aún. Su aplomo crecía mientras yo cavilaba, no sabiendo cómo derrotarlas.

Volviéndome, tiré la empanada chaqueta a una de las dos rampas para ropa sucia. La puertecilla metálica tenía un muelle muy fuerte que la hizo cerrarse otra vez de golpe. En cada uno de los tres pisos había un baño con múltiples secciones. Con doscientas chicas bañándose o duchándosse diariamente, se utilizaban centenares de blancas toallas. Cada día, las criadas subían grandes montones de toallas limpias y las colocaban ordenadamente tras las puertas de cristales de los armarios. Las rampas llevaban rápidamente las sucias y mojadas hasta el sótano, donde caían en enormes cestos.

—Ahora —dije, girando en redondo y tratando de producirles algún miedo—, esa chaqueta será encontrada y se comunicará el hecho a la directora. No podéis quitarme la prueba y destruirla, pues a ninguna de vosotras le está permitido entrar en el sótano.

Pru Carraway bostezó. Las otras cinco chicas la imitaron.

—¡Espero que os expulsen a todas por destrucción voluntaria de bienes ajenos!

—Pareces un abogado —gimió Faith Morgantile—. No sabes cuánto nos asustas. ¿Qué demuestra una chaqueta mojada? Nada más que tu propia negligencia por ser lo bastante estúpida como para lavarla con agua caliente.

Mientras me hallaba allí, en aquel baño, sospeché que, dijera yo lo que dijese, no aceptarían la culpabilidad de lo que habían hecho. Y entonces fulguró ante mis ojos el bello y dulce rostro de Miss Marianne Deale, y llegó a mis oídos el susurro de su suave voz: «Es mejor defender una causa perdida en la que crees que guardar silencio y no arriesgar nada. Nunca puedes saber qué efecto tendrá más adelante tu argumentación.»

—Ahora mismo voy al despacho de Mrs. Mallory —exclamé con ardor—. Le enseñaré los desgarrones de mis jerseys nuevos y le contaré que habéis estropeado mi chapeta.

—No puedes demostrar nada —dijo una chica pequeña y fea llamada Amy Luckett, moviendo las manos de manera agitada y delatora—. Podrías haber desgarrado tú misma tus jerseys y haber echado a perder accidentalmente la chaqueta.

—Mrs. Mallory me vio llevar la chaqueta el lunes por la mañana, así que, por lo menos, sabrá que antes se encontraba en perfecto estado. Y el encontrarse en el cesto de las toallas demostrará también lo que habéis hecho.

—Hablas como un abogadillo de tres al cuarto —dijo con desprecio Pru Carraway—. El claustro de profesores no puede hacernos nada. Hace dos años dijimos a nuestros padres que no continuasen haciendo donativos en metálico a este colegio, que se arruinaría sin ellos. Ni siquiera apreciaron todo el dinero que les ahorramos cuando dejamos de llevar aquellos piojosos uniformes de colegiala francesa. Siempre ganamos cuando nos unimos en una lucha. Tenemos a nuestros padres detrás de nosotras. Nuestros *ricos* padres. Nuestros padres, influyentes y *políticos*. Tú no tienes amigas aquí. No eres una de nosotras. Nadie creerá lo que digas. Mrs. Mallory te mirará con altivez y pensará que actúas por rencor, porque ella sabe que nunca te admitiremos como una igual. Creerá que destrozaste tú misma tus ropas para poder echarnos la culpa a nosotras.

Sus palabras me produjeron escalofríos a lo largo de la espina dorsal. ¿Podía alguien pensar semejante cosa? Yo no era sabia ni tenía experiencia en los problemas del mundo. No había ido a un colegio de Suiza ni aprendido a manejar una situación como aquélla. Sin embargo, tenía que creer que se estaban marcando un farol, y tenía que marcármelo yo también.

—Lo veremos —dije.

Di media vuelta y salí del cuarto de baño.

Con los brazos desbordando de estropeados jerseys, entré en el despacho de la directora. Mrs. Mallory levantó la vista con ostensible expresión de contrariedad.

—¿No debería usted estar en su clase de estudios sociales, Miss Casteel?

Dejé caer las prendas en el suelo y, luego, cogí lo que había sido un hermoso jersey azul y lo sostuve en alto para que lo viera. Le había sido arrancada una hebra, de tal modo que el cuello aparecía ahora medio deshecho.

—No he estrenado este jersey, Mrs. Mallory, y ahora está lleno de flecos y agujeros.

Frunció el ceño.

—Realmente, debería usted cuidar mejor su ropa. Detesto ver derrochar dinero a niñas desagradecidas.

—Yo cuido muy bien mi ropa. Este suéter estaba pulcramente doblado en el segundo cajón de mi cómoda, junto con otros que también se están destrozando porque les han arrancado o cortado varias hebras.

Permaneció largo rato en silencio. Fui mostrando una a una las prendas.

—La chaqueta que usted comentó el lunes por la mañana, cuando llegué, ha sido empapada en agua caliente mientras yo asistía hoy a mis clases matutinas.

Frunció sus rojos labios. Se ajustó las gafas de medios cristales que llevaba en la punta de la nariz.

—¿Está usted haciendo acusaciones, Miss Casteel?

—Sí. No me aceptan aquí porque soy diferente.

—Si quiere ser bien recibida, Miss Casteel, no se dedique a chismorrear sobre las compañeras que gastan bromas a todas las nuevas.

—¡Esto es más que una broma! —exclamé, consternada por su indiferencia—. ¡Mi ropa está inservible!

—Oh, vamos, da usted interpretaciones disparatadas a lo que parece ser sólo consecuencia de un comportamiento descuidado. Los jerseys se enganchan en cremalleras, en cerraduras de maletas. Se estira para soltarlos, se desprenden hebras y aparecen agujeros.

—¿Y la chaqueta? ¿Cayó sola en una bañera de agua caliente?

113

—No veo ninguna chaqueta. Si tenía más pruebas, ¿por qué no las ha traído consigo?

—La he echado por la rampa de las toallas usadas. Puede encontrarla en la lavandería.

—Hay un letrero encima de la rampa que dice que prendas lavables deben ser puestas en la rampa pequeña.

—¡Era una chaqueta de punto, Mrs. Mallory! Podría manchar las otras prendas.

—Eso es exactamente lo que quiero decir. También podría manchar las toallas blancas.

Empezaron a temblarme los labios.

—Tenía que ponerla en alguna parte, para que las chicas que lo hicieron no pudiesen esconder la prueba y decir que nada había ocurrido.

Acarició con los dedos el jersey azul, mirándolo con expresión pensativa.

—¿Por qué no se lleva estas cosas e intenta arreglarlas con aguja e hilo? Debo confesar que no deseo encontrar su chaqueta mojada. Si la hallo, significará que tendré que tomar medidas e interrogar a todas las chicas. Cosas de éstas ya han sucedido otras veces. Si nos ponemos de parte de usted, ¿le ayudará eso a ser aceptada aquí? Estoy segura de que su tutor le comprará jerseys nuevos.

—¿Quiere decir que debo permitir que queden impunes?

—No, no exactamente. Maneje el asunto por sí misma, sin nuestra ayuda —me dirigió una breve sonrisa—. Debo recordar, Miss Casteel, que, aunque quieren que se considere usted despreciada, no hay aquí una sola chica que sea más envidiada. Es usted muy hermosa y tiene una conmovedora lozanía muy poco frecuente. Parece usted una persona de hace cien años, tímida, orgullosa y demasiado sensible y vulnerable. Esas chicas ven lo que yo veo, lo que aquí ve todo el mundo, y usted les asusta. Les hace sentirse inseguras de sí mismas y de sus valores. Además, es usted la pupila de Tony Tatterton, un hombre muy admirado y boyante. Vive usted en una de las más selectas mansiones de América. Parece ser que tiene usted un pasado que le ha marcado de cicatrices; pero no deje que le hiera permanentemente. Tiene usted capacidad para llegar a ser lo que se proponga. No deje que unas estúpidas travesuras de colegiala echen a perder lo que pueden ser los mejores años de aprendizaje de su vida. Puedo darme cuenta por su expresión de que se siente ultrajada y desea alguna especie de venganza o recompensa por las prendas que ha perdido. Pero, ¿no es la ropa algo relativamente poco importante para usted? ¿Han roto esas chicas algo de verdadero valor que podría usted tener guardado en su habitación?

¡Oh, oh! ¡No había pensado en eso! ¡En el fondo de mi baúl de mimbre había escondido una pesada caja que contenía los retratos, enmarcados en plata, de Keith, y Nuestra Jane! ¡En cuanto volviese tenía que mirar a ver si me los habían robado o destruido!

Empecé a marcharme y, luego, me volví y miré de frente los severos pero comprensivos ojos de la directora.

—Creo que me debe usted algo, Mrs. Mallory, por guardar silencio..., y mantener la paz en este colegio.

Sus ojos adquirieron una expresión cautelosa.

—Sí, dígame qué cree que le debo.

—El jueves por la noche se va a celebrar u ̄ baile con los chicos de Broadmire Hall. Sé que en el tiempo que llevo aquí no he hecho méritos suficientes para ser acreedora a una invitación a ese baile. Pero quiero ir.

Se me quedó mirando largo rato, con los párpados entornados, y, luego, sonrió.

—Bueno, es una petición fácil de conceder. Pero procure no crear situaciones embarazosas para el colegio.

Los retratos de mis dos pequeños estaban intactos. Volví a guardarlos, hasta el viernes, en que se los llevaría a Troy para que pudiera entregárselos a los detectives que había prometido contratar para que encontrasen a mi hermana y mi hermano menores.

Pensé en Tom, que siempre había sido mi paladín. Sabía lo que él querría que hiciese, ahora que tenía las cosas favorablemente encauzadas: «No balancees el bote», diría.

Tener «Farthinggale Manor» por hogar, con Tony de tutor y Jillian como abuela, aunque reacia, y a Troy convertido en amigo, era quizá lo que me proporcionaba más audacia de la que habría permitido el sentido común. Pues yo iba a balancear el bote. Pasara lo que pasase, no estaba dispuesta a dejar que aquellas chicas me vencieran. Me miré en el espejo más cercano y vi muy poco de la antigua Heaven Leigh Casteel en la imagen de una muchacha de relucientes cabellos oscuros, elegantemente peinados, que le llegaban hasta los hombros. Pero, ¿qué hacer? Yo sabía ya que no era probable que Mrs. Mallory hiciese nada que pusiera en peligro sus donativos en metálicos.

Me eché de bruces sobre la cama, dejando colgar la cabeza por un lado, y empecé a cepillarme el pelo, de tal modo que quedó extendido como un velo sobre mi rostro, oscureciendo la luminosidad de las tres lámparas. Oí el campaneo de la torre comenzando las melodías vespertinas de canciones patrióticas sazonadas con fe en Dios. Y el movimiento de mi mano al cepillar el cabello siguió el ritmo de la música, mientras yo reflexionaba acerca de cómo desquitarme con aquellas seis chicas que habían esperado evidentemente en el cuarto de baño, sabiendo lo que yo haría con una chorreante chaqueta que echaría a perder la nueva alfombra verde y me reportaría varios puntos negativos.

En Winnerrow, yo me habría doblegado y rebajado, con mis andrajosos vestidos y mis desgastados zapatos de segunda mano; demasiado débil a causa del hambre permanente como para poder reaccionar con eficacia. Me sentía demasiado humillada y avergonzada de quién era, una rústica Casteel, como para encontrar los métodos adecuados de demostrar mi individualidad y mis méritos. Pero ahora las cosas eran diferentes. Disponía de una amplia provisión de cosas de valor, pese a mis prendas inutilizadas. Todavía estaba demasiado bien equipada como para doblegarme y humillarme como una Casteel.

Y, mientras cepillaba y cepillaba, olvidándome de contar las pasadas, se me ocurrió una idea. La forma perfecta de tener mi propia venganza..., y veríamos quién acababa ganando este juego. Los chicos de Boston eran básicamente iguales que los chicos de todo el mundo. Acudían como abejas a la flor más bonita y de aroma más dulce. Y sabía que podía ser yo.

VIII. EL BAILE

Aquel mismo martes por la noche, cuando todas las demás chicas de mi ala estaban evidentemente intentando no armar demasiado barullo, oí mencionar mi nombre varias veces, y siempre con acompañamiento de risas. Me inquietaba saber que yo era el objeto de tantas bromas. Sin embargo, tenía un amigo al que podía llamar. Cerrando primero con llave la puerta, hice una llamada a Troy. Su teléfono sonó y sonó, haciéndome concebir persistentes temores de que no estuviese, y no sabía en qué otro lugar establecer contacto con él. Luego, contestó, al fin, con tono de estar muy ocupado. Y si su voz no hubiera adquirido una cálida tonalidad al saber que era yo quien llamaba, nunca le habría pedido lo que le pedí.

—¿Quieres que examine tus armarios y elija el vestido de fiesta que puede producir más sensación? ¿Tienes varios, Heaven?

—Oh, sí, Troy. Tony me hizo probarme por lo menos diez, y, aunque tenía pensado comprarme solamente dos, al final acabó adquiriendo cuatro. No me he traído ninguno, pensando que pasaría mucho tiempo antes de que hiciese méritos suficientes para acceder a un baile... Pero aquí estoy, invitada.

Soltó una especie de gruñido.

—Haré lo que pides, desde luego; pero no sé gran cosa acerca de lo que una chica de quince años debe llevar en una de esas funciones escolares.

Fiel a su palabra, esa misma noche, mientras yo permanecía escondida en las sombras del vestíbulo delantero, esperando, y todas las demás chicas dormían. Troy introdujo su automóvil en el paseo de coches de Winterhaven, y yo franqueé silenciosamente la puerta principal para ir a su encuentro. A mi espalda, un delgado libro adecuadamente introducido, impedía que la puerta se cerrase.

—Siento causarte estas molestias, Troy —susurré, sentándome a su lado en el asiento delantero. No pude por menos de acercarme más a él y posar mis fríos labios en su mejilla—. ¡Gracias! Siempre agradezco mucho tener un buen amigo como tú. Comprendo que debes de estar echando pestes de mí por llamarte a estas horas. Sé que tendrás mil cosas mejores que hacer; pero necesito ese vestido. ¡Lo necesito realmente!

—Eh —objetó, al parecer azorado por mis excesivas excusas—, no estés demasiado agradecida. En realidad, no tenía nada mejor que hacer.

Se apartó un poco de mí, y esto le situó muy cerca de la portezuela de su lado, haciendo que yo me arrimase, a mi vez, a la del mío.

—He encontrado los vestidos de que hablabas y he intentado elegir. Pero los cuatro son tan bonitos que no he podido tomar una decisión. Así que los he traído todos para que escojas tú.

—¿No tenías ninguna preferencia? —pregunté, muy decepcionada, pues había confiado en su criterio masculino acerca de qué gustaba más a los hombres—. Seguramente habrá alguno que te guste más que los otros.

—Estarás hermosa lleves lo que lleves —dijo, con cierta timidez.

Permanecimos allí sentados unos momentos, mientras el motor ronroneaba suavemente y el viento impulsaba hacia los matorrales las últimas hojas secas.

Eran las doce. Muy rara vez se prolongaba más allá de las once ninguna de las fiestas nocturnas de las colegialas. Parecía casi como si las chicas de Winterhaven temieran la medianoche y la «hora de las brujas», como la llamaban.

—Tengo que irme ya —dije, abriendo la portezuela y

118

sacando una pierna—. ¿Te importaría que te llamase de vez en cuando?

Su vacilación duró tanto tiempo que me apresuré a salir del coche.

—Perdona mi atrevimiento.

—Te veré el viernes —dijo él, sin comprometerse a nada más—. Que te diviertas en el baile.

Su bajo y oscuro coche se alejó a toda velocidad, dejándome en medio del viento, que aplastaba contra mi cuerpo mi larga y pesada bata azul. Y ahora tenía que manejar una enorme bolsa de ropa mientras me deslizaba con el mayor sigilo posible en el interior del edificio principal de Winterhaven. A mi espalda, el viento se abalanzó sobre la puerta y penetró en el interior. Tintinearon todos los diminutos prismas de cristal de los candelabros de las paredes, y un pesado jarrón se vino abajo en el vestíbulo con terrible estruendo. Las profesoras tenían sus habitaciones privadas en el primer piso, y vi aparecer una raya amarilla bajo una de las cerradas puertas. Cogí rápidamente el libro, agarré con más fuerza la bolsa de ropa y eché a correr, sin hacer ruido, escaleras arriba, mientras la voluminosa bolsa rozaba la barandilla produciendo crujidos. Los oscuros pasillos ofrecían un aspecto fantasmal durante la noche, apenas iluminados por unos cuantos candelabros. Reinaban una quietud y un silencio sepulcrales, que me hacían mirar por encima del hombro mientras avanzaba de puntillas hacia la seguridad de mi habitación. Pero al cerrar la puerta a mi espalda y echar el pestillo, tuve la incómoda sensación de que mi aventura nocturna había sido presenciada por alguien.

Había cien cosas que yo debía hacer para que aquella velada resultase como quería, convertida yo en la reina del baile. Para eso tenía que averiguar qué iban a llevar las otras chicas. Las habitaciones debían permanecer abiertas durante todo el día, con el fin de que pudiesen ser inspeccionadas para ver si las camas estaban hechas, las ropas colgadas y la persiana levantada hasta la altura convenida para que Winterhaven presentase un aspecto de absoluta simetría visto desde el exterior.

Mucho antes de que las campanas de las altas torres iniciaran su repicar matutino, yo estaba ya levantada y en la enorme sala de baños, disfrutando de una ducha antes de que entrara ninguna de las otras chicas. Hasta el momento, mi costumbre de acostarme y levantarme temprano me había dado la intimidad que deseaba. Esta vez, sin embargo, me encontraba sólo parcialmente vestida cuando entraron tres o cuatro muchachas de ojos soñolientos, con variadas ropas de dormir. Si sus atuendos diurnos eran vulgares y desaliñados, lo que llevaban de noche debía de venir directamente de «Frederick's», de Hollywood. Me vieron con mi breve bikini y se detuvieron en seco, como sorprendidas de haberme cogido al fin.

—No usa pololos largos —susurró Pru Carraway a su mejor amiga, Faith Morgantile.

—Yo estaba segura de que los llevaría rojos —respondió Faith, también en un susurro.

Estaban riéndose ahora, regocijadas por algo vulnerable que veían en mi cara, oculto en mis ojos, pues en otro tiempo, en los Willies, yo había deseado tener pololos blancos o rojos tanto como deseaba un abrigo nuevo, zapatos, o cualquier cosa que me abrigase. Mientras otras chicas entraban tumultuosamente, cada una por lo menos con una amiga, yo permanecía como una isla en medio de un mar arremolinado, tan infeliz y desdichada que los Willies no parecían un lugar tan terrible después de todo. Allí, al menos, había estado con personas de mi propia clase. Y luego, casi llorando, me puse el resto de la ropa y abandoné aquella estancia llena de vapor y de olores de jabón y pasta de dientes. Detrás de mí, sus risas seguían sin parar.

Había recorrido la mitad del camino a mi habitación, cuando vacilé. ¿Iba a dejarles que me vencieran? ¿Y mis planes? Estaban todas bañándose, duchándose, maniobrando con sus cabellos y su maquillaje. Éste era el mejor momento para introducirme en tres habitaciones, compartidas cada una de ellas por dos chicas. No era algo que me gustase mucho hacer; pero me sentía impulsada a ello, y sin la menor dificultad encontré mis dos chaquetas robadas y averigüé también qué clase de vestidos de fiesta llevaban las chicas de Winterhaven a sus bailes de hospitalidad.

Ataviada con falda, blusa y una de las chaquetas que acababa de recuperar, bajo un grueso abrigo, y calzada con botas altas, me dirigí hacia Beecham Hall caminando entre la nieve que caía suavemente. El campus del colegio daba la impresión de ser un minúsculo pueblecito, singular y fascinante, y para mí el paraíso con sólo que pudiera integrarme y empezar a disfrutar.

En clase, las chicas vieron la chaqueta que yo había cogido del armario de Pru Carraway. Por su forma de mirarme de arriba abajo, comprendí que me consideraban más que descarada por enfrentarme a ellas.

—Podría hacer que te expulsaran por introducirte en mi habitación sin haber sido invitada... —empezó Pru Carraway.

—¿Y robar mi propia chaqueta? —pregunté—. No me amenaces, Prudence, y utiliza la prudencia antes de que planees tu próxima treta destructiva. Ahora que conozco el camino a tus armarios y que sé dónde escondes tus golosinas, procura ocultarlas bien en otro sitio.

Con ademán indolente, saqué una chocolatina del bolsillo del abrigo. Me miró con ojos desorbitados mientras daba un mordisco al chocolate. Quizá se estaba acordando de su caja de costosos bombones que tenía escondida bajo montones de libros con títulos como: *Henchida de pasión*, *El cura y su perdición*, *La virgen y el pecador*.

El jueves por la noche me acicalé con más esmero que nunca. Detrás de mí, en el armario, colgaban los cuatro vestidos que Troy me había traído, todavía encerrados en una larga bolsa que era imposible abrir sin llave. Podían cortarla; pero las chicas de Winterhaven no disponían, al parecer, de un cuchillo lo bastante fuerte como para rajar un material tan grueso. Por lo que había visto en los armarios de tres habitaciones, a aquellas muchachas les gustaban mucho los vestidos sin tirantes, muy ajustados, y cuanto más chispearan y centellearan, mejor. Mis cuatro vestidos, elegidos por Tony, eran largos; uno era azul claro (el que había llevado en la cena de «Farthinggale Manor»), el segundo, de un vivo color carmesí, el tercero, blanco, y el cuarto de una rara tela estampada de flores que me hizo preguntarme por qué lo habría elegido Tony. De niña, me había parecido que todas las amas de casa de las montañas y del valle llevaban vestidos estampados cuando iban a la iglesia. Tenían verdadera pasión por las prendas estampadas, como si temieran que los colores lisos revelasen las manchas de comida producidas sin que pudieran evitarlo. A causa de ello, yo había desarrollado una cierta aversión hacia todos los estampados, incluso los de bellas acuarelas como el vestido que había elegido Tony. Azul, verde, violeta y rosa se entremezclaban en aquel largo y ondulante traje de mangas acampanadas sujetas con cintas de terciopelo verde. Pero cuanto más lo miraba allí colgado, más primaveral parecía... Y no estábamos en primavera, sino en noviembre.

Abajo, el comité de decoración había retirado la mayoría de las mesas del amplio comedor. Las alfombras fueron enrolladas y apartadas. Se habían colgado del techo banderines de colores y festivos adornos de papel, y donde antes había estado un grave candelabro se balanceaba ahora un enorme globo de superficie pulida como un espejo. Nunca había imaginado yo que esta estancia, que durante el día era soleada y luminosa, ya que estaba orientada al Este y al Sur, pudiera ser convertida en una sala de baile muy aceptable.

Amy Luckett me vio cuando me dirigía hacia el baile y se paró a mirarme, levantando las manos hasta la boca para sofocar un grito de admiración.

—Oh, oh —dijo, con voz entrecortada—, no sabía que pudieras tener ese aspecto... Heaven.

—Gracias —respondí, reconociendo un oscuro cumplido por la expresión de sus ojos—. Creía que estabas en la lista de invitadas.

Volvió a taparse la boca con las manos. Se le agrandaron los ojos.

—Yo, en tu lugar, no iría... —murmuró desde detrás de aquellas manos.

Pero fui.

Nada iba a impedirme que fuese; ahora que llevaba puesto aquel vestido carmesí que se ceñía como una funda en torno a mi cuerpo desde la ancha banda que cruzaba sobre mi busto y volvía por la espalda, y todo el vestido quedaba sostenido por dos relumbrantes cordones rojos. Tenía en la habitación una chaquetita carmesí destinada a cubrir la piel que el vestido dejaba al descubierto, pero yo estaba resuelta a mostrar algo a los chicos, a las chicas y a mí misma, y había prescindido de la pudorosa torera. Era un vestido que realzaba mi figura. La vendedora se había mostrado sorprendida cuando Tony quiso que me lo probara.

—Un poco joven para esto. ¿No le parece, Mr. Tatterton?

—Sí, en efecto. Pero no es fácil encontrar vestidos así, y me encanta este matiz de rojo. Nunca pasará de moda. Mi pupila puede llevarlo dentro de diez años. Cuando sea la mujer adecuada para lucirlo, parecerá que está hecha de fuego líquido.

Eso era también lo que yo sentía mientras me dirigía

al improvisado salón de baile, en el que atronaba la música. Llegué un poco tarde adrede, con la intención de causar impresión llegando la última... Y ya lo creo que causé impresión.

Las chicas de Winterhaven estaban alineadas a la izquierda de la puerta, y los chicos al lado opuesto de la sala, también en fila. Todos los rostros se volvieron a mirarme cuando aparecí en el arco de entrada. Y sólo entonces comprendí lo que había querido decir Amy Luckett. ¡Ni una sola chica llevaba vestido de fiesta! ¡Ni una!

Vestían, más o menos, como yo iba todos los días: bonitas faldas, blusas nuevas y costosos jerseys, con medias finas y zapatos de tacón bajo. Me sentí tan fuera de lugar con mi largo vestido rojo que me hacía parecer una fulana, que deseé que me tragara la tierra... ¡Oh! ¿Por qué había elegido Tony una cosa así para mí? ¿Por qué?

Todos los chicos me estaban mirando, y empezaron a mostrar los dientes en apreciativas sonrisas. Por un instante, pensé en dar media vuelta, echar a correr y abandonar Winterhaven para siempre. Luego, como si me fuera imposible volverme ni correr, hice acopio de valor y traté de entrar indolentemente en la sala, como si estuviera acostumbrada a usar siempre vestidos elegantes y a llevarlos con desenvoltura. Y aquellos chicos se apresuraron a venir hacia mí, cambiando súbitamente de idea respecto a otras compañeras de baile. Por primera vez en toda mi vida, era yo y no Fanny quien se veía rodeada de muchachos... Todos pidiendo el primer baile, o, por lo menos, el segundo o el tercero. Antes de darme cuenta de lo que sucedía, fui arrebatada entre los brazos de un tipo larguirucho y pelirrojo que me recordaba ligeramente a Tom.

—Vaya, vaya —jadeó, tratando de apretarme embarazosamente contra él—. Todos detestamos estos sosos bailes. Pero, al aparecer tú..., la cosa se ha animado.

Se debía al vestido rojo, naturalmente, no a mí. Era exactamente el traje que Fanny haría cualquier cosa por conseguir. Rojo, el color que la aristocracia medieval había asignado a las prostitutas callejeras, asociado todavía con mujeres de virtud relajada. El color de la pasión, la sensualidad, la violencia y la sangre. Y aquí estaba yo, teniendo que rechazar robustos cuerpos masculinos que trataban de disfrutar fáciles sensaciones frotándose contra mí. Evolucionando por el salón, pasando sin cesar de los brazos de un chico a los de otro, sólo brevemente divisaba a las otras alumnas. Llevaba el cabello recogido sobre la parte superior de la cabeza, sujeto por dos relucientes pasadores. Pronto noté que estaba empezando a desmoronarse. Finalmente, la melena me cayó sobre los hombros. Me sentía cansada, irritada por el hecho de que mis compañeros no me dejaran sentarme entre baile y baile a respirar un poco.

—¡Dejadme descansar! —grité finalmente por encima de la estruendosa música.

Veía nebulosamente a las profesoras y demás concurrentes, mientras me desasía y trataba de sentarme en uno de los elegantes sofás, que habían traído de las salas de visitas. Me fueron ofrecidas delicadas copas de ponche, bandejas de diminutos emparedados y apetitosos canapés, y dedos masculinos lograron varias veces hacerme comer. Al ponche de té y frutas se había añadido alguna bebida espirituosa. Dos copas para calmar la sed me hicieron sentirme aturdida. Mordisqueé dos minúsculos emparedados antes de que me fueran quitados los platillos de las manos y fuese empujada de nuevo a la pista de baile. Las veinte muchachas de Winterhaven con méritos suficientes para asistir a este baile seguían todos mis movimientos con peculiar intensidad. ¿Por qué relucían sus ojos con tanta expectación?

Yo me estaba divirtiendo, o así tenía que creerlo cuando todos los muchachos me dedicaban tan halagadora atención. Divirtiéndome a costa de las demás chicas, que se veían desatendidas. ¿Por qué me estaban mirando sin envidia? Aunque bailaban también otras parejas, era yo quien atraía todas las miradas. Me inquietaba la forma en que me observaba todo el mundo. ¿Qué estaba haciendo mal, o haciendo bien? Hasta las profesoras permanecían a un lado, con una copa en la mano y los ojos fijos sobre mí. Su curioso interés aumentaba mi nerviosismo.

—Eres preciosa —dijo el chico que estaba conmigo—. Y me encanta tu vestido. ¿Intentas decirnos algo vistiendo de rojo?

—No entiendo por qué no llevan sus trajes de noche las otras chicas —susurré a este muchacho, que parecía menos atrevido e insensible que los otros—. Yo creía que teníamos que venir vestidas de largo.

Dijo algo acerca de las alocadas y turbulentas chicas de Winterhaven, cuyo comportamiento nunca se podía predecir, pero apenas si le oí. ¡Un terrible y agudo retortijón me atravesó el abdomen! No estaba con la regla, y aun entonces nunca tenía dolores fuertes. Terminó la pieza y, antes de que pudiera recobrar el aliento, ya mi siguiente pareja se dirigía hacia mí, con una maliciosa sonrisa en los labios.

—Me gustaría descansar —dije, dirigiéndome hacia un sofá.

—¡No puedes! Eres la reina de este baile, y tienes que bailar todas las piezas.

De nuevo una de aquellas terribles punzadas en el vientre me hizo casi doblarme sobre mí misma. La visión se me tornó borrosa. Los rostros de las muchachas que me miraban se difuminaban en distorsionadas imágenes, como las que se ven en los espejos curvos de los parques de atracciones. Un joven bajo y rechoncho, de aspecto simpático, me estaba tirando de las manos.

—Por favor, no has bailado conmigo. Nadie baila nunca conmigo.

Y, antes de que pudiera protestar otra vez, me había obligado a ponerme en pie, y me hallaba de nuevo en la pista de baile, moviéndome esta vez al compás de una diferente música, de ritmo moderno muy vivo. Toda mi vida había soñado yo con ser tan popular y no tener que permanecer como un poste sin que nadie me sacara.

Ahora lo único que quería hacer era escapar. Algo terrible estaba sucediendo en mi abdomen. ¡El lavabo! ¡Necesitaba el lavabo!

Mientras me separaba de un muchacho, otro me agarró y comenzó sus convulsivos movimientos, pero esta música era para bailar sin agarrarse, y me volví dispuesta a echar a correr. De pronto, cesó el disco y pusieron otro, un vals lento, lo que menos necesitaba yo en aquel preciso momento. Alguien me había agarrado ya, tratando de arrimarme demasiado a él. ¡Y los dolores, los horribles dolores, estaban sucediéndose con mayor frecuencia!

Le aparté violentamente y eché a correr. Me pareció oír risas a mi espalda, risas insultantes y malévolas.

El lavabo del primer piso había sido asignado a nuestros invitados, así que me dirigí hacia las escaleras, corriendo en dirección al baño a toda la velocidad de que era capaz. ¡La puerta estaba cerrada con llave! ¡Oh, Dios mío! Corrí hacia otro situado en una sección lejana, presa de pánico por la distancia a que se encontraba. ¡No conseguiría llegar a tiempo! Y cuando al fin estuve allí, ¡también se encontraba cerrado!

Sollozaba ya, incapaz de comprender lo que me estaba sucediendo. Pero me sucedía.

Corrí a mis habitaciones, encorvada y gimiendo, jadeando entrecortadamente. Entré, cerré de golpe la puerta y eché el pestillo. No había bacín en mi habitación; pero yo no había vivido catorce años en los Willies, con miedo a ir hasta aquella distante caseta, sin aprender a improvisar. Y, cuando hubo terminado, continué todavía sentada, sintiendo que no tardaría en comenzar un segundo acceso.

Durante una hora entera, mis intestinos se retorcieron en convulsivas turbulencias, hasta que quedé temblorosa y debilitada, con una fina película de humedad adherida a la piel. Y, para entonces, el baile había terminado ya y las chicas regresaban a sus habitaciones, riendo, cuchicheando, muy excitadas por algo.

Sonaron unos golpecitos en la puerta de mi dormitorio. ¡Nadie llamaba nunca a mi puerta!

—Heaven, ¿estás ahí? ¡Ciertamente, eras la reina de la noche! ¿Por qué has desaparecido como Cenicienta?

—Sí, Heaven —dijo otra voz—. Nos ha encantado tu vestido. ¡Era tan *apropiado*!

Muy cuidadosamente, saqué de mi papelera una frágil bolsa de plástico. Cuando la tuve fuera, la metí rápidamente en una segunda bolsa y, luego, retorcí con fuerza el fino alambre forrado. Había resuelto mi problema, y salvado mis ropas justo a tiempo; pero me encontraba ahora con una bolsa llena de inmundicia, de la que no sabía cómo deshacerme. Las rampas para la ropa sucia que había en los baños eran una solución; en los cestos de ropa que había abajo, al final de las rampas, no pasaría nada, a menos que se rompiese el plástico.

Con la bolsa escondida bajo una bata que llevaba al brazo, me dirigí al baño. Entré con sigilo, aunque no hacía falta. Las veinte chicas que habían asistido al baile estaban en la zona de descanso, donde se hallaban instalados varios secadores de pelo y pequeños tocadores con luces para maquillarse. Estaban allí dentro, riendo casi histéricamente.

—¿Visteis su cara? ¡Estaba blanca como el papel! Casi me dio pena. ¿Cuánto de esa cosa le echaste en el ponche, Pru?

—¡Lo suficiente para hacerla explotar!

—¡Y qué maravillosamente se portaron los chicos, cómo cooperaron! —exclamó otra muchacha, cuya voz no reconocí—. ¿Llegaría a tiempo al baño?

—¿Cómo iba a hacerlo si habíamos cerrado con llave las puertas de todos?

Su hilaridad podría haber generado electricidad suficiente como para iluminar a todo Nueva York. Y yo ya estaba experimentando bastante repugnancia, sin necesidad de que la fomentaran. Ni siquiera en los Willies había sido tan cruel la gente. Hasta los peores chicos de Winnerrow respetaban *ciertas* cosas. Dejé caer mi bolsa de plástico en la más grande de las rampas para toallas, pensando que no se rompería, con todas aquellas toallas mojadas allá abajo para amortiguar su caída. Y me dediqué luego a ducharme y lavarme el pelo. Utilicé el único compartimiento con puerta que se podía cerrar por dentro. Después de enjabonarme y utilizar el acondicionador durante diez minutos, me sequé con la toalla, me puse mi albornoz blanco y salí. Todas las chicas que habían estado en la zona de descanso se habían congregado para ver qué sucedía después. Prohibidos cigarrillos colgaban de indolentes labios y dedos.

—Tienes un aspecto *muy limpio* —gorjeó alegremente Pru Carraway, que se había quitado la ropa de colegiala y llevaba puesto su transparente camisón—. ¿Sentías una necesidad especial de pasarte tanto tiempo en la ducha?

—Sólo la misma necesidad que tengo todas las noches desde que vine a Winterhaven... de lavarme la piel y el pelo de la impregnación de la atmósfera.

—¿La atmósfera es sucia aquí? ¿Más sucia que la del lugar de donde has venido?

—En el lugar de donde vengo hay minas de carbón y el viento transporta el polvillo y mancha con él la ropa tendida. Y las cortinas tienen que ser lavadas una vez a la semana. Los hilos de algodón llevados por el viento invaden los pulmones de los obreros de la fábrica, e incluso los de las personas que viven en la dirección en que el viento sopla. Pero desde que vine a Winterhaven no he experimentado más que limpia y sana diversión americana. No puedo esperar por más tiempo a escribir mi tesis sobre mis experiencias en Winterhaven. Tiene que ser muy instructivo para los que ignoran lo que sucede en colegios privados como éste.

Y de pronto Pru Carraway estaba sonriendo con expresión de cordialidad.

—Oh, vamos, Heaven. ¿Te has enfadado? Siempre gastamos esa broma a todas las nuevas. Es divertido despistarlas y dejarlas que se vistan incorrectamente. Forma parte de nuestra iniciación. Y ahora, si realizas el último ritual, puedes convertirte en una de nosotras, y gastar las mismas bromas a la próxima nueva.

—No, gracias —repliqué fríamente, muy presente aún el recuerdo de aquellos horribles retortijones que me habían dejado débil—. No tengo el menor interés en ser miembro de tu club.

—¡Claro que sí! ¡Todo el mundo se integra siempre! Tenemos montones de diversión, y comida y bebidas almacenadas que no te imaginas. El paso siguiente completará los requisitos que exigimos. No nos gustan las chicas que se acobardan con facilidad.

Me sonrió persuasiva, con mayor poder de seducción del que hasta entonces había sospechado que poseyera.

—Todo lo que tienes que hacer es deslizarte por la rampa de la ropa sucia y, luego, buscar la forma de escapar del sótano, que siempre está cerrado con llave. Hay una salida, pero tienes que encontrarla.

Hubo una larga pausa mientras yo reflexionaba.

—¿Pero cómo sé que la rampa no es peligrosa?

—Todas lo hemos hecho, Heaven, todas y cada una de nosotras, y ninguna ha sufrido el menor daño. —Pru volvió a sonreírme—. Vamos, sé buena chica... Además, queremos visitarte estas Navidades.

Una cólera difícil de describir se estaba alzando en mi interior. Había toda clase de pequeñas bromas que podrían haberme gastado y que no habrían sido tan físicamente violentas. Y allá abajo, sobre el montón de ropa sucia, estaba esperando una bolsa doble llena de inmundicia...

—Si alguien me demostrase que no hay ningún peligro y que realmente existe un medio de salir del sótano, quizá... —dije—. No quisiera que mañana por la mañana me encontrase allí una de las limpiadoras, que inmediatamente me denunciaría por estar en zona prohibida... y, luego, tal vez...

—¡Todas lo hemos hecho! —exclamó Pru—, como si considerase totalmente excesiva mi cautela—. Es sólo un rápido descenso cuesta abajo y acabas sobre un montón de toallas húmedas. Nada especial.

—Pero quiero estar segura de que puedo encontrar la forma de salir del sótano —insistí.

—¡Está bien! —gritó Pru—. ¡Lo haré yo misma primero para demostrar que es muy fácil! Y cuando vuelvas a verme, comprenderás que yo soy la única persona verdaderamente valiente aquí, pues *debería haberse* ofrecido voluntaria alguien que no fuese la presidenta del club.

Estaba próximo el destino. Lo que sucediera luego no dependía de mí, pensé, mientras contemplaba cómo Pru Carraway se daba tono y se ensalzaba a sí misma y, luego, se dirigía hacia la mayor de las rampas para la ropa, donde yo había echado mi bolsa de plástico. Con grandes alardes de valentía y un airoso ademán de la mano, despidiéndose mientras decía «hasta luego», se arrastró a través de la redonda abertura, mientras una de sus amigas mantenía abierta la pesada compuerta. Cuando Pru se perdió de vista, la chica soltó el batiente, que se cerró con fuerte estruendo. Al otro lado, fuera de nuestra vista, Pru estaba diciendo al mundo con sonora y estridente voz que el viaje era divertido... divertido... divertido...

Contuve el aliento. Quizá resistieran las dos bolsas de plástico. Quizá.

Y luego, antes de lo que había previsto, llegó una clase diferente de grito. ¡Horrorizad...! ¡Asqueado! ¡Angustiado!

—¿Verdad que siempre se pasa? —dijo alguna chica, que no me volví a identificar.

Amy Luckett se inclinó para susurrar:

—Perdónanos lo que hemos hecho, Heaven. Pero todas tenemos que soportar alguna prueba, y le oí a tu tutor decirle a Mrs. Mallory que no te proporcionara ninguna ayuda o protección respecto a lo que hiciesen las otras chicas. Parece ser que quiere «poner a prueba tu temple» y ver de qué madera estás hecha.

Yo no sabía qué pensar. Muy lejos, Pru continuaba gritando y sollozando. Sus gemidos empezaron a alejarse, debilitándose más y más. Y a cada segundo que pasaba las diecinueve chicas que me rodeaban iban subiendo el tono de voz de sus comentarios, preguntándose por qué tardaba Pru tanto en volver.

Finalmente, apareció. Estaba pálida, temblorosa y absolutamente limpia. Hasta el pelo se hallaba recién lavado. Su piel había sido restregada con tanta fuerza que se veía más reluciente y tersa de lo normal. Clavó en mí sus pálidos y helados ojos. Las chicas que me rodeaban quedaron en silencio.

—Bien, ya he demostrado que se puede hacer. Ahora te toca a ti.

—Me trae sin cuidado en realidad pertenecer a vuestro club —declaré, con un aire frío y altivo que rivalizaba con el de ella—. Una broma es una broma, pero todo lo que sea peligroso, ofensivo y físicamente turbador va más allá del buen gusto y del buen sentido. Yo iré por mi camino, y vosotras podéis ir por el vuestro.

Todas las chicas me miraron con expresión de gran sorpresa; pero en los relucientes ojos de Pru Carraway brillaba algo más... Alivio por el hecho de que yo no hubiese revelado su vergüenza; y resentimiento y hostilidad porque, mientras ella estaba fuera, yo me las había arreglado para hacer unas cuantas amigas.

IX. LOGAN

Nunca me convertí en una de las *elegidas* de Winterhaven, pero, al menos, la mayoría de las chicas me aceptó tal como era, diferente e independiente de una manera un tanto tímida e insegura. De modo subconsciente, yo había encontrado el mismo escudo que utilicé en los Willies y Winnerrow. Fingía ser indiferente. Que lanzasen piedras y flechas. ¿Qué me importaba? Yo estaba aquí, donde quería estar, y eso era suficiente.

Cuando Troy llamó al día siguiente del baile para ver qué tal me había ido, le dije que alguien me había gastado una broma terrible. Pero me sentía demasiado azorada para contarle en qué había consistido.

—No sufriste ningún daño, ¿verdad? —preguntó, con tono de preocupación—. He oído decir que esas chicas de Winterhaven pueden ser muy desagradables con las nuevas, especialmente con las que no se han criado con ellas.

—Oh —respondí, con tono indolente—, creo que esta vez la broma ha sido también para ellas.

El viernes siguiente, por la noche, antes de lo esperado, Jillian y Tony volvieron de California, rebosantes de espíritu festivo. Me hicieron regalos de vestidos y joyas. Y Troy,

131

en su casita, era una constante y fiable tranquilidad, por el solo hecho de saber que mi amigo secreto estaba allí todos los fines de semana. Yo sospechaba que no quería realmente que fuese allí y le distrajera de sus ocupaciones. Estaba casi convencida de que, si no hubiera sido tan cortés y sensible a mis necesidades, me habría echado de su territorio.

—¿Cómo te entretienes los sábados? —me preguntó Tony un día al verme salir de la biblioteca con una brazada de libros.

—Estudiando —respondí, con una risita—. Hay muchas cosas que creía saber pero que ignoro. Así que, si a Jillian y a ti no os importa, voy a encerrarme en mi cuarto a estudiar.

Oí su profundo suspiro.

—Jillian suele ponerse los sábados en manos del peluquero, y luego se va al cine con sus amigas. Esperaba que tú y yo pudiéramos pasar el día en la ciudad, haciendo algunas compras navideñas.

—Oh, pídemelo otra vez, Tony, por favor, pues no hay nada en el mundo que desee más que visitar el establecimiento principal de «Juguetes Tatterton».

Por un momento, pareció sorprendido. Luego, se dibujó lentamente una sonrisa en su atractivo rostro.

—¿Quieres decir que realmente deseas ir allí? Es maravilloso. ¡Jillian nunca ha mostrado el más mínimo interés por ello! Y tu madre, sabiendo que discutíamos con frecuencia sobre el particular, se puso de parte de ella y dijo que era demasiado vieja para ocuparse de estúpidos juguetes que no hacían girar al mundo ni mejoraban las condiciones políticas ni sociales... Así que ¿para qué servían?

—¿Mi madre decía eso? —pregunté atónita.

—No hacía más que repetir las palabras de tu abuela, que quiere un compañero de diversiones, no un hombre de negocios. Durante algún tiempo, muy breve cuando hacía exquisitos vestidos para muñecas, albergué la esperanza de que algún día llegaría a formar parte de «Juguetes Tatterton».

No tardé en escabullirme hasta la casita de piedra de Troy, donde me gustaba estar más que en ninguna otra parte. El simple hecho de estar con él me producía una gran excitación. ¿Por qué Logan nunca me había hecho latir la sangre con tanta fuerza?

Mientras me hallaba echada sobre la gruesa alfombra,

delante de la chimenea de Troy, escribí a Tom, pidiéndole que me diera algún consejo sobre cómo aproximarme de nuevo a Logan de una forma que no pareciese demasiado agresiva.

Finalmente, cuando ya creía que Tom no contestaría nunca a mi última carta, apareció una en mi apartado postal.

No entiendo tus temores. Estoy seguro de que Logan se sentiría encantado si le llamases y te citaras con él para veros en algún lugar. A propósito, ¿olvidé decirte en mi última carta que la nueva mujer de papá está esperando un hijo? No he recibido noticias directas de Fanny, pero continúo en contacto con varios viejos amigos de Winnerow. Parece ser que la esposa del reverendo se ha ido a casa de sus padres para estar allí hasta que nazca su primer hijo. ¿Qué tal te va a ti? ¿Sabes algo de Fanny o de las personas que tienen a Nuestra Jane y a Keith?

No, no sabía absolutamente nada. Y allí estaba papá, haciendo alegremente más niños, cuando nunca hubiera debido ver otro. ¡No, después de lo que había hecho! Resultaba dolorosa la sensación de que pudiera hacer el mal y no ser castigado nunca, al menos no lo suficiente. Aquel hermano y aquella hermana pequeños que tan necesarios eran antes para mi vida, se estaban difuminando cada vez más en mi recuerdo. Eso me asustaba. Mi corazón no experimentaba ya la aguda angustia de haberlos perdido, y no podía permitir que tal cosa sucediera. Troy me dijo que se había puesto en contacto con su gabinete de abogados de Chicago y que no tardarían en iniciar su investigación. Yo tenía que mantener viva la llama de mi ira y no dejar jamás que el paso del tiempo curase las heridas que papá había producido. De nuevo juntos, los cinco jóvenes Casteel bajo un solo techo. Éste era mi objetivo.

Como había temido, cuando finalmente reuní el valor necesario para marcar el número de Logan, su voz no revelaba el entusiasmo y la aprobación que latían en ella cuando me amaba.

—Me alegra que hayas llamado, Heaven —dijo, con tono helado—. Tendré mucho gusto en estar contigo este sábado; pero nuestra entrevista habrá de ser breve. Debo terminar un largo trabajo que he de presentar la semana que viene.

¡Oh, maldito, maldito mil veces! Me sentía herida por la frialdad de su voz, la misma que su madre había utilizado siempre que tenía la desgracia de encontrarme con su único y amado hijo. Loretta Stonewall me detestaba, y no se había esforzado por disimular su desaprobación por la devoción que su hijo me profesaba. Y su marido la había imitado, aunque a veces parecía turbado por la evidente hostilidad de su mujer. Pero yo iba a estar con Logan esta tarde, por frío que hubiera sido su tono. Pasé dos horas preparándome. Estaba decidida a ofrecer mi mejor aspecto.

—Vaya, compones un cuadro precioso, Heaven —exclamó Tony al verme—. Me encanta ese vestido que llevas. Te sienta muy bien, aunque no recuerdo haberlo elegido.

Frunció ligeramente el ceño, como si reflexionase, mientras yo contenía el aliento, pues se trataba de un vestido que me había regalado Jillian. A ella se lo había regalado Tony; pero nunca se lo había puesto porque no le gustaba el estilo, el color o el hecho de que su marido considerase su propio gusto mejor que el de ella.

—En un día como el de hoy, mi querida niña, necesitas algo más que un abrigo corriente —dijo, sacando de un armario un pesado y oscuro abrigo de marta cebellina. Lo sostuvo para que yo introdujera los brazos en las mangas—. Esta piel es de hace tres años, y Jillian tiene muchas otras, así que quédate con ella si quieres. Bien. ¿Y a dónde vas? Ya sabes que tienes que contarme tus planes y obtener mi aprobación.

¿Cómo podía decirle que me proponía reunirme con un chico de mi pasado? Él no sabría que Logan era diferente y que se encontraba fuera de lugar en Winnerrow. Daría por supuesto que era un joven más de una aldea de la montaña que nunca había visto: tosco, inculto y sin civilizar.

—Algunas de las chicas más amistosas de Winterhaven me han invitado a una de sus meriendas en la ciudad. Y no hace falta que Miles me lleve. Ni tampoco tú. Ya he llamado a un taxi.

El corazón me latió con fuerza mientras decía mi mentira, que hubiera debido ser la verdad. Algo que Tony detectó en mi expresión o en el tono de mi voz hizo que sus ojos se entornasen mientras sopesaba mis palabras. Ojos perspicaces y sofisticados que parecían conocer todas las tretas y artimañas del mundo. Transcurrieron largos segundos mientras aquellas observadoras pupilas escrutaban mi forzada calma, mi fingida seguridad. Me esforzaba por manifestar inocencia; y quizá le convencí, pues sonrió.

—Me complace mucho que hayas hecho amigas en Winterhaven —dijo con satisfacción—. He oído toda clase de historias sobre lo que esas chicas les hacen a las nuevas, y quizás hubiera debido advertirte. Pero quería que aprendieses por ti misma a enfrentarte a todas las circunstancias difíciles.

Me sonrió de forma tan aprobadora que comprendí que se había enterado, con todos sus embarazosos detalles, de lo que me había pasado la noche del baile. Me dio una palmadita bajo la barbilla.

—Me alegra que tengas arrestos y sepas manejar tú misma las cosas. Ya tienes su aceptación, aunque creas que no la necesitas. Ahora que has sido admitida, puedes seguir tu propio camino, con mi aprobación. Sé dura. No te dejes intimidar. Y sé confiada con las chicas... Pero cuando se trate de chicos acude a mí primero. Antes de que salgas con uno haré investigar sus antecedentes y los de su familia. No puedo dejarte ir con cualquiera.

Sus palabras me hicieron estremecer ligeramente, pues parecía que yo no podía tener ningún secreto para él. Sin embargo, mientras permanecía allí mirándome con gran complacencia, un ramalazo de orgullo me recorrió la espina dorsal y me hizo erguirme. Y algo cálido y dulce que surgió entre nosotros me hizo dar un paso hacia delante y besarle en la mejilla. Pareció muy sorprendido y halagado.

—Vaya, gracias por hacer eso. Sigue así, y quizá me acabe ablandando.

Llegó mi taxi. Tony me despidió agitando la mano desde la puerta de la casa, y yo me dirigí hacia uno de los lugares frecuentados por los chicos de la Universidad de Boston, el café «La Cabeza de Jabalí».

Preveía toda clase de dificultades para encontrar a Logan. Pensaba incluso que él volvería a fingir que no me veía, o hacer como que no me conocía, pues yo no había escatimado medios para no parecerme a aquella desaliñada muchacha de las montañas que era mi vergüenza. Y luego, sentado junto a la vidriera del café, vi a Logan. Estaba riendo y hablando expresivamente con una bella muchacha sentada frente a él. Nunca se me había ocurrido, al menos seriamente, la posibilidad de que estuviera saliendo con otra. Así que me quedé allá parada, bajo la escasa nieve que caía, sin saber qué hacer. Octubre había pasado ya, y estábamos a mediados de noviembre. Habría sido hermoso invitar a Logan a «Farthinggale Manor», y delante de un acogedor fuego de chimenea Tony y él tendrían oportunidad de conocerse. Lancé un suspiro de tristeza por todos mis deseos que parecían no hacerse realidad nunca. Y entonces, sin que yo pudiera dar crédito a lo que veían mis ojos, Logan se inclinó sobre la mesa y rozó con los labios el rostro de aquella chica, y terminó dándole un prolongado beso... ¡La besó como nunca me había besado a mí!

Giré en redondo sobre mis talones, sin darme cuenta de que la nieve estaría resbaladiza, y caí pesadamente de espaldas, despatarrada. En aquella poco airosa postura, miré al cielo, asombrada de haber sido capaz de cometer algo tan estúpido. No me había hecho daño. Rechacé a todos los que intentaron ayudarme a que me levantara... Y entonces Logan salió corriendo del café. Sus primeras palabras demostraron que esta vez me había conocido.

—Santo Dios, Heaven, ¿qué haces ahí tumbada?

Sin pedirme permiso, me cogió por debajo de los brazos y me alzó. Pugné por mantener el equilibrio, lo que me obligó a agarrarme a él, cuyos ojos chispeaban regocijados.

—La próxima vez que te compres botas deberías elegir unas con menos tacón.

La chica del café estaba mirando con expresión furiosa.

—Hola, forastero —saludé con voz ronca y baja, tratando de ocultar mi azoramiento. Me desasí de él, una vez que afirmé los pies en el suelo, y me sacudí la nieve del abrigo. Le lancé una iracunda mirada que le habría traspasado si las miradas pudieran hacerlo.

—Te he visto en el café, besando a esa chica que nos está mirando con cara furiosa. ¿Es tu dueña ahora?

Tuvo la decencia de enrojecer.

—No significa nada para mí, es sólo una forma de pasar la tarde del sábado.

—Realmente —repliqué, poniendo en mi voz el hielo que me fue posible—, estoy segura de que no te mostrarías tan comprensivo si me sorprendieras a mí en la misma situación.

Su color se intensificó.

—¿Por qué tienes que sacar a relucir eso? ¡Además, lo que había entre Cal Dennison y tú era algo más que unos cuantos besos! —repuso casi gritando.

—Sí, es cierto —admití—. Pero tú nunca comprenderías cómo sucedió, ni aunque fueras lo bastante generoso como para darme una oportunidad de explicarlo.

De pie bajo la nieve, que ahora caía con más intensidad, parecía muy fuerte, con la mandíbula firmemente proyectada hacia delante, de tal modo que el hoyuelo de su mejilla ya no jugaba al escondite. Su atractivo aspecto hizo que más de una mujer que pasaba por allí se detuviese a mirarle dos veces... Y él me estaba mirando a mí con extraña falta de interés.

El frío viento silbaba en las aristas de los edificios y se abatía con fuerza sobre el suelo, alborotándole el pelo. Mis cabellos se agitaban también a impulsos de las fuertes ráfagas. Me encontré respirando de forma entrecortada, deseando con fuerza volver a ganar su aprobación. El solo hecho de estar tan cerca de su fortaleza y su bondad me hacía comprender cuánto le necesitaba. Experimentaba un terrible anhelo de volver a tener su amor, su calidez, sus atenciones, pues él me había amado cuando yo no era nada, y con él no tenía que fingir ser más.

—Has sido muy amable al llamarme, Heaven. Yo he estado deseando hacerlo cada vez que pensaba en ti. Una vez fui en coche hasta «Farthinggale Manor», hasta las puertas, y me impresionaron tanto que perdí el valor y me volví.

Al fin estaba viéndome realmente. Fulguró en sus ojos una expresión de incredulidad, y se iluminaron por un instante con un resplandor de satisfacción.

—Estás muy distinta —dijo, moviendo los brazos como para abrazarme, antes de dejarlos caer e introducir luego las manos en los bolsillos, como si las instalara en un puerto seguro y acogedor.

—Espero que sea para mejor.

Me miró de arriba abajo con tanta desaprobación que empecé a temblar ligeramente. ¿Qué había hecho mal?

—Pareces muy rica, demasiado rica —respondió despacio—. Has cambiado de peinado y vas maquillada.

¿Qué le ocurría? Ninguna de mis «mejoras» parecía agradarle.

¿Y eso era malo? Traté de sonreír.

—Te asemejas a una de esas modelos de las portadas de las revistas.

—Oh, Logan, ¡tengo tantas cosas que contarte! ¡Tu aspecto es estupendo!

La nieve empezaba a helarme la cara. Blancos y esponjosos copos quedaban prendidos en su pelo y en el mío y me enfriaban la punta de la nariz.

—Si pudiéramos sentarnos a charlar en algún sitio donde se esté cómodo y caliente, quizá dejaras de mirarme del modo que lo estás haciendo.

Seguí hablando en tono ligero, mientras él me conducía al interior y nos sentamos a una mesa. Pedimos chocolate caliente. Observé que la chica con la que él estaba antes continuaba mirándonos con expresión furiosa, pero no le hice ningún caso, ni Logan tampoco.

Él estaba paseando la vista por mi abrigo de piel, fijándose en las cadenas de oro que llevaba al cuello, viendo las sortijas de mis dedos cuando me quité los finos guantes de cabrillita.

Intenté sonreír.

—Logan —empecé, con los ojos bajos y decidida a mantener mis esperanzas—, ¿no podemos olvidar lo pasado y empezar de nuevo?

Tardó un rato en contestar, como si estuviera forcejeando para liberarse de alguna resolución anterior que hubiera tomado. Cada segundo que pasaba con él me traía desbordantes recuerdos de lo dulce que había sido nuestra juventud porque nos teníamos el uno al otro. ¡Oh, si nunca hubiera permitido que Cal Dennison me tocase! ¡Si hubiera sido más fuerte, más sabia, más conocedora de los hombres y de sus deseos físicos! Quizás entonces habría podido apartar a un hombre mayor, que era básicamente débil, y evitar que se aprovechara de una estúpida chica campesina.

—No sé —murmuró finalmente, con voz lenta y vacilante—. No puedo dejar de pensar en la facilidad con que te olvidaste de mí y de nuestras promesas en cuanto te perdiste de vista.

—¡Haz un esfuerzo! —imploré—. Yo no sabía entonces en lo que me estaba metiendo, y me sentía atrapada por circunstancias que no podía controlar...

Cuadró la mandíbula en gesto de obstinación.

—En cierto modo, viéndote tal como estás hoy, llevando costosas joyas y ese abrigo de pieles, no pareces la misma chica que yo conocía. No sé cómo relacionarte con ella, Heaven. Ya no tienes aspecto vulnerable, sino el de una persona que no necesita nada ni a nadie.

Se me encogió el corazón. Lo que él veía era sólo una

seguridad superficial que me otorgaban mis costosas ropas y mis alhajas. Bajo la superficie, continuaba la misma Casteel de antes. Y entonces comprendí lo que realmente quería decir.

¡Yo le gustaba más cuando era digna de lástima! ¡Él se había sentido atraído por mi vulnerabilidad, mi pobreza, mis feos y descoloridos vestidos y mis desastrados zapatos! Las cualidades que yo había creído que él más admiraba en mí, ya no importaban.

Me fijé en su jersey marrón oscuro, preguntándome si tendría todavía aquel horrible gorro de punto rojo que yo le había hecho tiempo atrás. Sentía la impresión de que las circunstancias volvían a estar fuera de mi control. Sin embargo, no podía renunciar tan fácilmente.

—Logan —empecé de nuevo—, ahora estoy viviendo con la madre de mi verdadera madre. Es tan distinta de la abuelita como la noche del día. Nunca imaginé que abuelas de edad ya madura pudieran parecer tan jóvenes y ser no sólo guapas, sino también seductoras.

«Esta abuela vive en un mundo diferente del que conociste en los Willies.»

Qué rápidamente formaba sus opiniones, como si nunca dudase de nada ni de nadie. Luego, cogió finalmente su taza y tomó un sorbo.

—¿Y qué te parece tu abuelo? —preguntó—. ¿También es joven y fabulosamente atractivo?

Traté de ignorar su sarcasmo.

—Tony Tatterton no es realmente mi abuelo, Logan, sino el segundo marido de mi abuela. El padre de mi madre murió hace dos años. Lamento no haber tenido oportunidad de conocerle.

Sus azules ojos adquirieron una expresión abstraída, con la mirada perdida en algún punto situado detrás de mi cabeza.

—A mediados de setiembre, te vi un día que ibas de compras con un hombre mayor que te llevaba cogida del codo y te guiaba por donde quería que fueses. Quise llamarte y decirte que estaba allí; pero no pude. Os seguí estúpidamente a los dos durante un rato, y miré a través de los escaparates mientras tú te probabas diferentes conjuntos y posabas con ellos ante aquel hombre. Me sorprendió lo mucho que aquellas prendas cambiaban tu aspecto. Y no sólo eso. ¡Me asombraba el cambio que producían en ti! Cada cosa nueva que te compraba, te hacía prorrumpir en risas, sonrisas y expresiones de felicidad que yo nunca había visto en tu rostro. No tenía ni idea de que aquel hombre de aspecto juvenil pudiera ser tu abuelo, Heaven. Me era imposible sentir otra cosa que celos. Cuando te amaba y trazaba planes para nuestro futuro común, quería ser yo el único que pusiera alegría en tus ojos y resplandor en tu rostro.

—Pero yo necesitaba las ropas que él me compraba, las botas, los zapatos. Y los abrigos de pieles que tengo son de segunda mano, regalados por Jillian, que se cansa rápidamente de ellos, y de todo. No poseo tanto como crees. Y no todo es maravilloso en *Farthy*. ¡Mi abuela apenas me habla!

Logan se acercó más, taladrándome con la mirada.

—Pero el abuelastro está encantado de tenerte con él, ¿verdad? Me di cuenta por sus modales aquel día en que os vi cuando ibais de compras. ¡Él encuentra tanta excitación como tú en esos nuevos vestidos!

Me alarmó su actitud, tan terriblemente celosa.

—Ten cuidado con él, Heaven. Recuerda lo que sucedió cuando vivías en Candlewick con Kitty Dennison y su marido; podría suceder de nuevo.

Sentí que se me desorbitaban los ojos por el dolor que me producía su ataque por sorpresa. ¿Cómo era capaz de pensar eso? ¡Tony no se parecía en absoluto a Cal! Tony no me necesitaba como compañera mientras su mujer trabajaba hasta horas avanzadas. Tony tenía una vida plena y rica, ocupada con vacaciones, negocios y cientos de amigos encantados de alternar con él y con Jillian. Me daba cuenta, sin embargo, de que Logan se negaría a creerme si yo le hiciera notar estos hechos. Moví la cabeza de un lado a otro, rechazando sus sospechas, furiosa a causa de que las tuviese. Decepcionada por que no pudiera perdonar y olvidar y no confiara en mí como antes.

—¿Sigues teniendo noticias de él? —preguntó de pronto, con los ojos entornados.

—¿De quién? —pregunté yo, desconcertada por el rápido giro de su suspicacia.

—¡De Cal Dennison!

—¡No! —exclamé—. ¡No he vuelto a saber de él desde el día en que salí de Winnerrow! ¡No sabe dónde estoy! Y no quiero volver a verle jamás.

—Estoy seguro de que averiguará tu paradero.

La voz de Logan se había tornado inexpresiva. Cogió

su taza, la apuró y, luego, la depositó sobre la mesa con golpe seco.

—Ha sido un placer haberte visto otra vez, Heaven, y saber que ya tienes todo lo que deseabas. Siento que tu verdadero abuelo muriese antes de que le conocieras y me alegro de que te agrade tanto tu abuelastro. Debo reconocer que estás muy guapa con tus refinados vestidos y tu abrigo de pieles, pero no eres la misma chica de la que me enamoré. Aquélla fue destruida en Candlewick.

Asombrada y dolida, hasta el extremo de sentirme mortalmente herida, quedé sin habla. Abrí la boca para suplicarle que me diera otra oportunidad. Lágrimas cegadoras y ardientes me quemaban los ojos. Pugné por encontrar las palabras adecuadas, pero él había dado ya media vuelta y se dirigía hacia la chica que todavía le estaba esperando sentada a la mesa situada junto al ventanal. Sin volver ni una sola vez la vista hacia atrás, se reunió con ella.

Todo el cuidado que yo había puesto en prepararme para esta entrevista, esperando impresionarle, había sido completamente en balde. Habría debido venir con mis harapos, con los largos cabellos desgreñados y las oscuras ojeras de hambre sobre los pómulos... Quizás entonces hubiera mostrado más compasión.

En ese instante me asaltó con fuerza la verdad que nunca había sospechado.

¡Logan jamás me había amado realmente! Logan sólo había sentido compasión por una abandonada chiquilla de las montañas, y había querido dispensarme protectoramente la dádiva de su generosidad. ¡Me había considerado un caso de caridad!

Acudió torrencialmente todo a mi memoria, sus pequeños regalos de cepillos y pasta de dientes, jabones y champúes, cogidos de los anaqueles de la farmacia de su padre. ¡Oh, la turbación de su condescendiente compasión me llenó de vergüenza! ¡Me reproché haber llegado a creer que él veía en mí algo admirable! Con gesto impaciente, enjugué las ardientes lágrimas que me corrían por las mejillas; luego, poniéndome en pie de un salto, cogí mi bolso y mi abrigo y corrí hacia la puerta, moviéndome más rápidamente que él. En un segundo, estaba ya fuera, poniéndome el abrigo mientras corría. ¡Corría alejándome del hombre al que siempre había querido acercarme!

La nieve caía oblicuamente, impulsada por el viento. Hacía mucho frío mientras forcejeaba para ponerme aquel largo abrigo de pieles. Mi aliento brotaba en vaharadas de vapor mientras jadeaba, sollozaba y sentía deseos de morir. Oí a mi espalda el sonido de los pasos de Logan. Volviéndome en redondo, con el abrigo desplegado por efecto del viento, miré con odio su expresión de preocupación, que llegaba demasiado tarde.

—¡Ya no tienes que compadecerte más, Logan Grant Stonewall! —grité al viento, sin importarme quién pudiera oír mis palabras—. ¡No es de extrañar que te traicionara inconscientemente con Cal Dennison! ¡Quizá mi instinto sabía exactamente cuáles eran tus verdaderos sentimientos hacia mí! No amor, ni admiración, ni auténtica amistad... Ni nada que yo desee o necesite. Así que tenías razón al sugerir que nos separásemos. ¡Todo ha terminado entre nosotros! ¡No quiero volver a verte en toda mi vida! ¡Regresa a Winnerrow, búscate otro caso de pobreza de los Willies... y dale las bendiciones de tu detestable compasión!

Me volví y eché a correr en dirección a la esquina más próxima, donde llamé rápidamente a un taxi agitando la mano.

Adiós, Logan, sollocé para mí misma mientras el taxi se separaba de la acera. Todo fue dulce y agradable cuando creía que me amabas por mí misma; pero a partir de hoy no volveré a pensar más en ti.

Has logrado incluso hacer que me sienta culpable respecto a Troy, y ni siquiera sabes que existe. Querido, maravilloso, inteligente y atractivo Troy, que no se parecía en nada a Cal Dennison, el cual nunca me excitó en absoluto.

X. PROMESAS

Ardientes lágrimas continuaban fluyendo todavía cuando el taxi franqueó las impresionantes puertas negras de la verja de «Farthinggale Manor»... Lágrimas que ahogaban mi voz hasta el punto de que tuve dificultades para decirle al conductor dónde tenía que torcer a fin de llevarme a la casita en la que suponía se encontraba Troy.

Estaba acudiendo al único amigo que me quedaba, casi cegada por las lágrimas, lleno de angustia el corazón, como si todos los que alguna vez había perdido me hubieran sido arrebatados de nuevo, y la angustia se acrecentaba sin cesar. Una parte pequeña pero confiada de mi ser había creído siempre que Logan sería eternamente mío y que, en consecuencia, podría recuperarlo de alguna manera.

¡Nada era eterno! ¡Nada era justo!, gritaba mi decepción. ¡Nada!

—Doce dólares y cincuenta centavos —dijo el taxista, esperando impacientemente mientras yo me frotaba los ojos y trataba de contar la cantidad exacta. Sin embargo, sólo tenía un billete de veinte dólares. Se lo eché en las manos y abandoné rápidamente el calorcillo del asiento trasero.

—Quédese el cambio —dije con voz ronca.

Los copos de nieve, afilados como diminutas espadas, me golpeaban la cara. El viento soplaba con fuerza y me desordenó el pelo mientras corría ciegamente hacia la casita. Sin respeto a la intimidad de Troy estiré para abrir la puerta; pero el viento soplaba a mi espalda y lo hacía difícil. Cuando finalmente lo conseguí y pude entrar, la corriente cerró el batiente de golpe con fuerte estruendo. Bruscamente devuelta a la realidad por el ruido, me apoyé contra la hoja de madera y traté de recuperar un cierto dominio de mis emociones.

—¿Quién está ahí? —preguntó Troy desde otra habitación, y luego apareció en el vano de la entrada de su dormitorio, con su desnudo cuerpo envuelto en una toalla ceñida en torno a sus caderas y resbalándole menudas gotitas de agua por la piel. Sus oscuros cabellos estaban mojados y en desorden.

—¡Heaven! —exclamó, sorprendido por mi súbita y dramática aparición; levantó la toalla para secarse vigorosamente el pelo—. Pasa, siéntate, ponte cómoda y concédeme un minuto para que me vista.

Ni una palabra para decirme que no me necesitaba o para reprenderme por haber entrado sin ser invitada. Sólo su azorada sonrisa, antes de volverse y desaparecer.

La desesperación ponía plomo en mis piernas, haciéndome sentir la impresión de que estuvieran clavadas al suelo. Estaba dando demasiada importancia a aquello, lo sabía. Sin embargo, no podía dominar mi respiración lo suficiente como para acallar los entrecortados jadeos que sonaban como si brotasen de alguien distinto de mí misma. Estaba todavía apoyada contra la puerta, con los brazos echados hacia atrás aferrándome con los dedos en busca de estabilidad, cuando Troy regresó a grandes zancadas desde su habitación, vestido con su blusa blanca de seda y sus ceñidos pantalones negros. El pelo, ligeramente húmedo aún, le enmarcaba el rostro con sus brillantes ondas. En comparación con el color rojizo y el bronceado de Logan, Tony parecía extraordinariamente pálido.

Avanzó hacia mí sin hablar y me tomó suavemente de las manos, separándome de la puerta y cogiéndome el bolso que llevaba al hombro, antes de quitarme el grueso y mojado abrigo de pieles.

—Vamos, vamos —dijo tratando de consolarme—, nada puede ser tan malo, ¿verdad? En un hermoso día de nieve como éste, con el ululante viento induciendo a quedarse en casa, no hay cosa más grata que una crepitante chimenea, buena comida y una compañía agradable.

Me hizo sentar en una silla que arrimó al fuego. Luego, se arrodilló para quitarme las botas y me frotó los pies, cubiertos por las finas medias hasta que fue haciendo que entraran en calor.

Permanecí desplomada en la silla, llena de fatiga y con los ojos muy abiertos mientras las lágrimas cesaban finalmente de fluir. De mi pecho desapareció parte de la opresión que tan terrible dolor me producía antes. Entonces, pude mirar a mi alrededor. No estaba encendida ninguna lámpara, y el alegre resplandor del fuego proyectaba danzantes luces y sombras sobre las paredes. En tanto yo paseaba la vista en derredor, Troy permanecía de rodillas, mirándome mientras acercaba un almohadón. Levantándome las piernas, apoyó mis pies en él, y luego me tapó hasta la cintura con una manta afgana.

—Es hora de tomar algo —dijo con una sonrisita de aprobación, viendo cómo me enjugaba la última lágrima con mi delicado pañuelito; había usado ya todos los que llevaba en el bolso—. ¿Café, té, vino, chocolate caliente?

La mención del chocolate hizo asomar inmediatamente nuevas lágrimas a mis ojos.

Alarmado, se apresuró a sugerir:

—Primero, un poco de coñac para hacerte entrar en calor. Y luego té caliente. ¿Te parece?

Sin esperar mi asentimiento, se incorporó y se dirigió a la cocina, deteniéndose un momento para encender el estéreo y llenar de suave música clásica la estancia, débilmente iluminada por el fuego. Por un instante, oí en mi cerebro el sonoro gangueo de la clase de música de Kitty, y me estremecí.

Pero éste era otro mundo. El mundo de Troy, donde la realidad quedaba mucho más allá de la verja de hierro. Aquí, en este ambiente seguro, cálido y acogedor, sólo había belleza y bondad, y el leve aroma de pan recién cocido. Cerré los ojos y pensé vagamente en Tony. Fuera, estaba casi oscuro. Se hallaría paseando de un lado a otro y mirando continuamente al reloj, esperando mi llegada, enfurecido sin duda porque yo no estaba cumpliendo mi palabra. Y el sueño, como una bendición, ahuyentó a Tony y a toda desesperación.

Debieron de pasar varios minutos antes de que oyera la voz de Troy diciendo:

—Vamos, despierta y tómate el coñac.

Obediente, y con los ojos aún cerrados, entreabrí los labios, y el ardiente líquido descendió, abrasador, hasta mi estómago. Al instante, estaba tosiendo. Me incorporé, sobresaltada por el gusto del licor, que nunca había probado.

—Bueno, eso es suficiente —dijo, retirando el pequeño frasco, y sonriendo como si le regocijara mi reacción al primer trago—. No se puede comparar con el rocío de la montaña. ¿Es eso lo que me quieres decir?

—Nunca he probado rocío de la montaña —murmuré roncamente—, ni quiero hacerlo jamás.

El rostro fuerte, brutal y atractivo de papá fulguró ante mis ojos. Algún día volveríamos a encontrarnos él y yo, algún día en que yo podría ser lo mismo de cruel.

—Quédate ahí sentada, dormitando y deja que te prepare la cena. Luego, podrás contarme qué es lo que te ha traído aquí con lágrimas en los ojos.

Entreabrí la boca, pero él me impuso silencio llevándose un dedo a los labios.

—Luego.

Vi cómo cortaba el pan en rebanadas y preparaba los emparedados con la rápida destreza que hacía que todas sus tareas pareciesen realizadas sin esfuerzo y placenteramente.

Colocó una bandeja sobre mi regazo y después tomó la suya, cubierta con una servilleta y conteniendo emparedados y té. Se sentó en el suelo, delante del fuego, con las piernas cruzadas, dispuesto a tomar sus emparedados. Habíamos quedado en silencio, limitándonos a la satisfacción de estar juntos, y sus ojos se encontraban de vez en cuando con los míos, atentos siempre a cerciorarse de que yo comía y bebía y no volvía a caer en el sopor que pugnaba por invadir de nuevo mi cuerpo.

La nieve caía en diagonal sobre las ventanas, que acabaron cubriéndose de hielo. El sibilante viento competía con la música. Sin embargo, comparado con el que, en los Willies, aullaba a través de las rendijas de aquella choza de las montañas, era manso y apagado. Esta casa, seis veces mayor, era abrigada y estaba bien construida, con sólidos muros y un sistema de aislamiento adecuado. A través de las paredes de nuestra choza se podía ver el cielo.

Empecé a mordisquear su emparedado, y antes de darme cuenta lo había consumido por completo y había apurado la humeante taza de té. Y él, que en ese tiempo se había comido tres emparedados, me estaba mirando con sonrisa de complacencia.

—¿Otro? —preguntó, disponiéndose a levantarse y entrar de nuevo en la cocina.

Me recosté, meneando la cabeza.

—No, es suficiente. Nunca pensé que los emparedados pudieran ser tan buenos hasta probar los tuyos.

—Es una forma de arte cuando se pone cuidado. ¿Te apetece algo de postre, un trozo de pastel de chocolate, por ejemplo?

—¿Tuyo?

—No, yo nunca hago pasteles ni tartas, pero Rye Whiskey siempre me manda un trozo enorme de los pasteles que él prepara. Hay de sobra para los dos.

Yo me había llenado ya. Meneé la cabeza, rechazando el pastel, aunque él engulló un pedazo que me hizo arrepentirme de mi decisión. Ya había aprendido que Troy nunca ofrecía nada dos veces. Daba solamente una oportunidad, y había que aceptarla o bien olvidarse de ello.

—Siento haber irrumpido así en tu casa —murmuré, de nuevo soñolienta—. Debo apresurarme a regresar a *Farthy* antes de que Tony se enfade conmigo.

—Él no esperará que viajes en medio de una ventisca como ésta. Pensará que te has refugiado en el vestíbulo de algún hotel y que vendrás a la primera oportunidad que tengas. Pero podrías llamarle por teléfono para que no esté preocupado.

Descolgué el aparato. No sonaba señal de llamada. Las líneas estaban cortadas.

—No te inquietes, Heaven. Mi hermano no es un necio. Comprenderá.

Escrutó mi rostro, viendo quizás en él la fatiga emocional.

—¿Quieres hablar de ello?

No, yo no quería hablar del rechazo de Logan, me resultaba demasiado doloroso. Sin embargo, pese a mi deseo y a mi necesidad de no comunicarle mi dolor, mi lengua balbuceó toda la historia de cómo una vez le había defraudado de forma importante y ahora él no podía perdonarme.

—...y lo peor es que le molesta que yo no sea ya pobre y digna de compasión.

Se levantó para poner en el lavavajillas los platos que

habíamos usado. Luego, acomodándose de nuevo en el suelo, que evidentemente prefería a sus cómodos sofás y sillones, se tendió todo lo largo que era sobre la gruesa alfombra, con las manos entrelazadas bajo la nuca, antes de decir con tono pensativo:

—Estoy seguro de que Logan no tardará en arrepentirse de lo que ha dicho hoy y volverás a tener noticias suyas. Sois muy jóvenes los dos.

—¡No quiero volver a saber nada de él! —Se me estranguló la voz y traté de no echarme a llorar—. ¡He terminado para siempre con Logan Stonewall!

De nuevo revoloteó una sonrisa por sus bellos labios. Sólo cuando esa sonrisa se borró apartó de mí la vista.

—Es agradable que hayas venido aquí a compartir conmigo la ventisca, cualquiera que sea la razón. No se lo diré a Tony.

—¿Por qué no quiere que yo venga aquí? —pregunté, y no era la primera vez.

Su expresión pareció oscurecerse durante unos instantes.

—Al principio, cuando te conocí, yo no quería mezclarme en tu vida. Ahora que te conozco mejor me siento obligado a ayudarte. Por las noches, cuando me acuesto, tus ojos vienen a obsesionarme. ¿Cómo puede una chica de dieciséis años tener unos ojos tan profundos?

—¡No tengo dieciséis años! —exclamé, con voz ronca y estrangulada—. Tengo ya diecisiete... Pero no te atrevas a decírselo a Tony.

En cuanto salieron de mi boca las palabras, me arrepentí. Él le debía lealtad a Tony, no a mí.

—¿Por qué diablos tienes que mentir por algo tan intrascendente como un año? Dieciséis... diecisiete... ¿Qué más da?

—Cumpliré dieciocho el próximo veintidós de febrero —dije, con un cierto tono defensivo—. En las montañas, las chicas de esa edad suelen estar casadas y con hijos.

Esto le hizo volverse a mirarme.

—Me alegro mucho de que ya no vivas en las montañas. Y ahora explícame por qué le dijiste a Tony que tenías dieciséis años, en lugar de diecisiete.

—No lo sé. Quería proteger a mi madre de que pareciese alocada e impulsiva cuando se casó con mi padre, al que hacía sólo unas horas que conocía cuando respondió afirmativamente a su propuesta de matrimonio. La abuelita siempre decía que fue un flechazo. Yo no entendía lo que

148

quería decir, y sigo sin poder comprender cómo ella, perteneciente a una familia rica y distinguida y de tan alto nivel cultural, pudo enamorarse de un hombre como mi padre.

Sus oscuros ojos tenían esa fascinante profundidad de los charcos del bosque. Podría ahogarme en ellos.

El reloj de pared empezó a dar las ocho, y la ventisca continuaba con toda su intensidad. Una caja de música que también debía de ser un reloj comenzó a tocar una melodía dulce y obsesionante, mientras diminutas figurillas iban emergiendo una tras otra por una puertecita.

—Nunca había visto un reloj así —dije sin pensar.

—Tengo una colección de relojes antiguos —murmuró Troy con aire ausente, apoyándose sobre el costado para observarme—. Cuando se es tan rico como un Tatterton, no se sabe cómo gastar el dinero... ¡Y pensar en todo el tiempo que estuviste en los Willies necesitando lo que yo te habría podido dar con tanta facilidad...! Ahora, parece una obscenidad saber que yo tengo tanto mientras otros tienen tan poco. Me sorprende darme cuenta de que nunca pensé antes en la pobreza, quizá porque siempre he vivido en mi propio mundo y las personas a las que conocía tenían tanto como yo.

Bajé aún más la cabeza, comprendiendo lo diferente que la vida de Troy había sido de la mía. Troy continuó mirándome fijamente, hasta que me sentí turbada y me levanté.

—Ya te he robado demasiado tiempo. Tengo que irme a casa, para que Tony no haga demasiadas preguntas.

En realidad, esperaba que él se opusiera, que me dijese de nuevo que no podía irme, pero esta vez se puso en pie y me dirigió una sonrisa.

—Está bien. Hay un camino que no quería que conocieses. El clima es frío aquí, y cuando *Farthy* fue construida, mis antepasados previeron, con gran sentido práctico, las intensas nevadas. Hicieron excavar túneles hasta los graneros y los establos circundantes, para que los caballos y demás animales pudieran ser cuidados y alimentados. Donde ahora se alza esta casa, había, hace mucho tiempo, un granero con un profundo sótano. Y, naturalmente, eso la hace muy accesible a la casa principal durante lo más crudo del invierno. Podía habértelo dicho antes, pero quería que te quedases y me hicieses compañía.

Sus ojos se apartaron de mi rostro y se tornaron ligeramente brillantes.

—Es extraño lo a gusto que me siento contigo, una simple niña. —Sus penetrantes ojos se posaron de nuevo en mí—. Si entras en el sótano de *Farthy* y utilizas la puerta occidental que está pintada de verde, el túnel te llevará hasta el sótano de esta casa. Las otras puertas, pintadas de azul, rojo y amarillo, no te conducirán a ninguna parte, pues Tony hizo tapiar esos túneles. Pensaba que demasiados pasadizos, por secretos que fueran, hacían a *Farthy* vulnerable a los ladrones.

Trajo mis cosas del armario de invitados. Cuando me hube calzado las botas, sostuvo el abrigo mientras yo introducía los brazos en las mangas. Después me lo colocó bien sobre los hombros. Sus manos se demoraron allí unos instantes. Estaba detrás de mí, así que no podía ver su expresión. Cuando me volví, sonrió antes de cogerme la mano y llevarme hasta una puerta de la cocina que nos condujo por unos empinados escalones de madera hasta el gran sótano, húmedo y frío. Me mostró luego la puerta verde de arqueado dintel.

—Iré contigo hasta la casa —dijo, precediéndome y cogiéndome todavía de la mano—. De niño, estos túneles siempre me asustaban. A cada recodo del pasadizo, esperaba que apareciesen monstruos o fantasmas.

Aun con él caminando delante y confiriéndome seguridad con el calor de su mano, lo comprendí perfectamente. Me recordaba al túnel de una mina de carbón en el que Tom y yo habíamos entrado una vez, pese a los letreros que decían: «Peligro. Prohibido el paso.»

Troy solamente me soltó la mano cuando llegamos al final del gélido túnel, de donde partían hacia arriba unos altos y estrechos peldaños.

—Saldrás al pasillo posterior de la cocina —susurró—. Escucha con atención antes de abrir la puerta que ves arriba. Rye Whiskey suele trabajar hasta tarde.

Me acarició la mejilla y preguntó:

—¿Qué explicación le vas a dar a Tony?

—No te preocupes. Soy una buena mentirosa, ¿no?

Y, diciendo estas palabras, le eché los brazos al cuello, pero no le besé. Apreté sólo mi fría mejilla contra la suya.

—No sé lo que haría sin ti.

Me sujetó con fuerza contra él durante un breve y excitante momento.

—Recuerda siempre que es a Logan a quien amas y necesitas, no a mí.

150

Eché a correr escaleras arriba, dolida porque él hubiera considerado necesario advertirme que me mantuviera a distancia. ¿Qué había de malo en mí? Yo necesitaba a alguien como Troy. Necesitaba desesperadamente su sensibilidad y su comprensión. Había veces en que miraba a Tony y, luego, me forzaba rápidamente a mí misma a olvidar su encanto y su atractivo aspecto. Él también era dominante, como papá.

Empezando ya a jadear, entré en el angosto pasillo situado tras la enorme cocina de «Farthinggale Manor». Incluso a aquella hora de la noche, Rye Whiskey se hallaba allí, preparando la comida que sería servida al día siguiente. Estaba cantando, al ritmo de su rodillo de amasar. Un poco más allá, un muchacho negro al que estaba enseñando, utilizaba unas cucharas para marcar el compás. Pasé de puntillas ante la puerta de la cocina, y entonces aceleré mis pasos.

Una hora después, me hallaba tendido en la cama, mirando por las ventanas, oyendo el rugido del viento y los latidos de mi corazón. Me costaba conciliar el sueño, aunque estaba profundamente dormida cuando la puerta de mi habitación se abrió de golpe y la voz de Tony me despertó bruscamente.

—¿Cuándo has entrado en la casa sin que yo te viera?

Desorientada y asustada por su voz, me incorporé con un sobresalto, apretándome la colcha y las mantas contra el pecho. Las mentiras, que a veces podían acudir fácilmente a mi lengua, me fallaron esta vez, así que no pude hacer más que echarme a temblar. Y sospechaba que ni siquiera Troy podría protegerme de la ira de Tony una vez que la hubiese provocado.

Tony entró a grandes zancadas en mi dormitorio y encendió la lámpara de mi mesilla de noche. Desde su altura me miró larga y fijamente a la cara.

—¿Dónde has estado y cómo te las has arreglado para volver de Boston? ¡Desde las tres de la tarde no ha habido una sola carretera abierta al norte de la ciudad!

Mientras titubeaba, tratando de que no advirtiera cuánto me aterraban su ira y su desaprobación, se me hizo un nudo en la garganta al pensar en lo que era probable que sucediese. Me dejé caer sobre las almohadas y miré a Tony con ojos desencajados por el terror. Tenía un aire helado e intimidante mientras me taladraba con la mirada.

Su voz sonó baja y cortante:

—No me mientas y esperes salir con bien de ello. Tú y yo hemos hecho un pacto, y espero que cumplas tu parte.

—Yo... yo... no me marché —tartamudeé, eligiendo las palabras de mi embuste—. Cuando el taxi cruzó la verja, perdí de pronto el valor. Me daba vergüenza que supieras que no me agradaban realmente esas chicas de Winterhaven, y me sentía demasiado insegura como para fingir lo contrario. Así que entré furtivamente por la puerta lateral y me introduje en mi dormitorio, y luego...

—Luego ¿qué? —preguntó fríamente, entornando con suspicacia sus azules ojos.

—Temía que vinieras a revisar mi habitación, así que me escondí en una de las estancias que no se utilizan.

—¿Perdiste el valor? —preguntó en tono despreciativo—. ¿Te escondiste? Eso es interesante. ¿En qué habitación te escondiste?

¡Oh, Dios! ¡Con qué facilidad podía atraparme!

—Era la segunda habitación del ala Norte, ya sabes, la habitación que Jillian quiere cambiar de decoración. La que está pintada de color melocotón claro. Esa que ella considera anticuada.

Su ceño se hizo más profundo.

—¿Y a qué hora decidiste abandonar esa habitación y volver a casa?

Ahora estaba poniendo cebo en su trampa. Podía haber venido al dormitorio en cualquier momento a lo largo de la tarde... Un par de horas antes podría haber visto la cama vacía.

—No recuerdo, Tony, de veras. Me quedé dormida en el otro cuarto y, cuando vine a éste tambaleándome, no miré la hora. No hice más que desnudarme y meterme en la cama.

—¿Y no pensaste en mí, en lo preocupado que podría estar?

—Lo siento —murmuré—; pero yo estaba atrapada y no sabía cómo decirte la verdad sin quedar en evidencia.

—Ya estás en evidencia —replicó él con tono áspero y fulminándome con la mirada—. No sé si creer tu historia. Jillian y yo hemos tenido una discusión terrible esta tarde. Le aterra pensar que sus amigos acaben sospechando que tú eres su nieta y empiecen a hacer preguntas sobre Leigh.

Jugueteé nerviosa con la estrecha cinta que bordeaba el cuello de mi camisón rosa.

En el umbral, su figura casi no permitía que entrase la luz del pasillo.

—Heaven —dijo con la espalda vuelta—, yo no admiro a los cobardes. Espero que jamás vuelvas a hacer lo que has hecho hoy.

Cerró la puerta.

XI.   DÍAS FESTIVOS, DÍAS SOLITARIOS

Con una semana de antelación, empezaron a hacerse maravillosos preparativos para el día de Acción de Gracias. Desde el viernes hasta el lunes tenía una semana entera de vacaciones. Arriba, donde imperaban Jillian y Tony, todo parecía igual que de costumbre; pero abajo, en la cocina, empezó a llegar tal cantidad de comestibles que se me cortó el aliento. Nada menos que tres calabazas frescas, y sólo había seis invitados a cenar. Pero con Jillian, Tony, Troy y yo, éramos diez. ¡Oh, al fin iba a ser incluido Troy como un verdadero miembro de la familia!

—Háblame de los otros que van a venir —pregunté ávidamente a Rye.

Yo estaba encaramada en un alto taburete a su lado, cortando afanosamentes verduras o cualquier otra cosa que él considerase oportuno encomendarme. Era un patrón difícil de complacer. Por su expresión ceñuda y sonriente, yo sabía cuándo no ponía suficiente «inclinación» en el corte de las hortalizas o si, por el contrario, lo estaba haciendo bien.

—Amigos de la señora y de su marido —dijo—. Amigos importantes que van a coger el avión sólo para asistir a una comida en «Farthinggale Manor». Me halaga el hecho de que yo contribuyo a atraerlos aquí con los excelentes platos que voy a preparar. Pero no es ésa la única razón por la que acuden. Mr. Tatterton es muy agradable en su trato con las personas, y todas le adoran. Y también vienen para ver a la señora Tatterton y observar cuánto ha envejecido desde la última vez que la contemplaron. Y ahora se sienten interesados además por el joven Mr. Tatterton, que sólo aparece en funciones muy importantes. Representa un misterio para ellos, como lo es para todos nosotros. No espere hallar a nadie menor de veinte años. La señora detesta que haya niños en sus fiestas.

El día de Acción de Gracias amaneció radiante y soleado, pero muy frío. Me sentía tan emocionada por el hecho de que iba a venir Troy que, de vez en cuando, me sorprendía a mí misma cantando. Yo llevaba un vestido muy especial, de terciopelo color vino que Tony había elegido, y me favorecía tanto que constantemente me estaba mirando al espejo.

Troy fue el primer invitado en llegar. Y como había estado vigilando el laberinto, fui yo quien corrió a abrir la puerta, en lugar de Curtis.

—Buenas tardes, Mr. Tatterton. Es un placer que por fin se digne usted honrar nuestra mesa con su presencia.

Él me estaba mirando como si no me hubiera visto jamás. ¿Tanto hacía un vestido?

—Nunca te he visto tan atractiva como hoy —dijo, mientras yo le ayudaba a depojarse de su abrigo.

Curtis, desde el fondo del amplio vestíbulo, nos miró con cierto sarcasmo. Pero no me importaba; él era solamente una presencia, rara vez una voz.

Colgué cuidadosamente su abrigo en un armario, cerciorándome de que las costuras de los hombros quedaban bien colocadas; y luego giré en redondo para coger sus dos manos entre las mías.

—Me alegra tanto que estés aquí que no quepo en mí de gozo. Ahora no tendré que sentarme a una mesa con seis invitados a los que no he visto nunca.

—No todos serán desconocidos. A algunos los has encontrado en otras fiestas... Y hay uno en especial que ha venido en avión desde Texas sólo para verte.

—¿Quién? —pregunté, abriendo mucho los ojos.

—La madre de Jillian, que tiene ochenta y seis años. Parece ser que su hija quería cubrir las historias que había contado acerca de ti, y tu bisabuela se sintió tan intrigada que telefoneó para decir que venía; pese a que sufre una fractura de cadera.

Sonrió y me llevó hacia un sofá del más suntuoso de los salones.

—No pongas esa cara de preocupación. Es un pajarraco duro de pelar, y la única que no contará una mentira tras otra.

Me impresionó desde el principio, cuando franqueó la puerta principal ayudada por dos hombres que la sostenían, uno a cada lado. Medía poco más de metro y medio; era una diminuta ancianita cuyos cabellos conservaban aún su tonalidad de plateado oro. En sus delgados dedos llevaba cuatro enormes anillos: rubí, esmeralda, zafiro y diamante. Todas sus joyas estaban orladas de brillantes. El vestido azul claro le colgaba, flojo, de los hombros, y un pesado collar de zafiros adornaba su cuello.

—Detesto los vestidos ajustados —dijo mientras me miraba, y se acercó un poco más a Troy.

También detestaba las muletas, en las que no se podía confiar. Las sillas de ruedas eran una abominación. Del coche parado ante la casa fueron traídos almohadones, chales y mantas de viaje. Al cabo de treinta minutos quedó cómodamente instalada, y sólo entonces volvió hacia mí sus penetrantes ojillos.

—Hola, Troy, es agradable verte por fin aquí —dijo, sin mirarlo siquiera—. Pero no he volado hasta tan lejos para hablar sólo con familiares a los que ya conozco.

Sus ojos me escrutaron de pies a cabeza.

—Sí, Jillian tiene razón. Tiene que ser hija de Leigh. Es inconfundible el color de sus ojos... Como los míos hasta que los años me robaron lo mejor de mis facciones. Y esa figura es también de Leigh, cuando no la ocultaba debajo de algún informe vestido. Nunca pude comprender cómo podía llevar semejantes ropas en un tiempo invernal tan miserable como éste.

Sus ojillos, flanqueados de arrugas, se entornaron mientras preguntaba animadamente:

—¿Por qué murió mi nieta a una edad tan temprana?

Jillian bajó la escalera, extraordinariamente hermosa con un vestido color vino muy parecido al mío, salvo que el suyo tenía una ancha franja de joyas incrustadas alrededor del cuello.

—Oh, querida madre, qué maravilloso volver a verte.

¿Te das cuenta de que han pasado cinco años desde la última vez que viniste?

—Nunca tuve intención de volver —respondió Jana Jankins, de cuyo nombre me había informado amablemente Troy mientras estaba siendo acomodada en su asiento.

Al observarla junto a Jillian, casi pude percibir el humo de la animosidad que existía entre ellas.

—Madre, cuando supimos que venías, pese a tu pierna escayolada, Tony, siempre previsor, salió y te agenció una silla muy elegante que perteneció al presidente de «Sidney Forestry».

—¿Crees que yo me sentaría en una silla utilizada por un asesino de árboles? No vuelvas a mencionarme el asunto. Bien, quiero oír cosas acerca de esta chica.

Y empezó a acosarme a preguntas casi con más rapidez que con la que yo podía contestar. Cómo había conocido mi madre a mi padre. Dónde habíamos vivido. Si mi padre tenía dinero. Y si había otros miembros de la familia que ella pudiera conocer.

El tintineo de las campanillas de la puerta me salvó de tener que inventar más mentiras. Tony salió de su despacho hecho un brazo de mar, y la fiesta de Acción de Gracias comenzó a pesar de Jana Jankins, que no podía sobreponer su voz a la de todos los demás.

Y entonces, para mi consternación, Jillian se fijó en mí, que permanecía tan silenciosa y formal. Y todo lo cerca de Troy que podía. Abrió desmesuradamente los ojos.

—Heaven, lo menos que puedes hacer es preguntarme qué color voy a llevar cuando recibimos invitados.

—¡Me cambiaré en seguida de vestido! —ofrecí, disponiéndome a subir a toda prisa para sustituirlo lo más rápidamente posible; aunque me encantaba realmente aquel traje.

—Siéntate, Heaven —ordenó Tony—. Jillian se está portando de una manera ridícula. Tu vestido no está enjoyado ni es tan caro como el de mi mujer. Me gustó el modelo cuando te lo vi puesto, y quiero que lo lleves.

Fue una extraña cena de Acción de Gracias. En primer lugar, la madre de Jillian tuvo que ser transportada y colocada a la cabecera de la mesa (el extremo de la anfitriona, porque la silla de Tony estaba demasiado cerca de la pared), y una vez que asumió el papel protagonista, gobernó ella, y nadie más. Esa bisabuela mía era ruda, abrasiva y totalmente sincera. Me sorprendió que Tony y Troy parecieran tenerle tanto cariño.

Sin embargo, fue una cena fatigosa, una velada agotadora, durante la que me vi acosada por mil preguntas que no sabía cómo contestar si no era mintiendo. Cuando Jana quiso saber cuánto tiempo iba a permanecer en «Farthinggale Manor», no supe qué responderle. Miré esperanzada a Tony, y descubrí junto a él a una Jillian de expresión severa, que detuvo el tenedor a mitad de camino en su recorrido hacia la boca, y se volvió hacia su marido, en quien clavó una mirada feroz mientras empezaba a salvarme.

—Heaven ha venido para quedarse todo el tiempo que quiera —anunció, sonriéndome primero a mí y volviéndose luego hacia Jillian, a la que indicó con una mueca: «más vale que te calles»—. Ya ha empezado a asistir a clase en Winterhaven. Hizo tan bien sus exámenes de ingreso que ha sido asignada al último curso, un año por delante del grupo de su edad. Y hemos presentado la solicitud para Radcliffe y Williams, a fin de que no tenga que ir demasiado lejos para asistir a una Universidad de primera clase. Los dos nos sentimos muy felices al tener a Heaven aquí. Es un poco como si por fin hubiera regresado Leigh junto a nosotros, ¿verdad, Jill?

Durante todo este pequeño discurso, Jillian había estado metiéndose comida en la boca, como si quisiera obstruirla para impedir que salieran de ella indeseadas palabras delatoras. No dijo nada, simplemente se limitó a clavar en mí una mirada furiosa. Oh, cómo deseaba yo que pudiera aprender a amarme. Necesitaba desesperadamente una verdadera madre, alguien con quien hablar, alguien que me enseñara a ser la clase adecuada de mujer. Pero estaba empezando a comprender que Jillian nunca sería eso. Quizá si se pareciese más a Jana... Ruda y dominante, pero, al menos, interesada en llegar a descubrirme.

Por fortuna, Jana tenía pocas probabilidades de lograrlo. Permanecí durante toda la cena en estado de tensión, temerosa de que empezara de nuevo a interrogarme acerca de mi pasado; temerosa de que se me escapara alguna verdad y contradijera lo que le había contado a Tony. Pero el banquete terminó con una generalizada conversación intrascendente, y luego Jana se marchó para dirigirse a su elegante hotel de Boston.

—Siento no poder quedarme para conocerte mejor, Heaven; pero nunca me he sentido cómoda hospedándome aquí, en *Farthy* —lanzó una acusadora mirada a Jillian—, y debo regresar mañana a Texas. Quizá vengas tú a visitarme alguna vez.

Y, antes de marcharse, me dio un beso en cada mejilla, haciéndome sentir que por lo menos una mujer de la familia me había aceptado.

A la mañana siguiente, temprano, Tony me metió en su impresionante *limousine*, echó sobre mis piernas una confortable manta de viaje y emprendimos la marcha en dirección a la «Compañía de Juguetes Tatterton» para el día oficial de comienzo de la temporada de Navidad.

Quedé atónita al ver las dimensiones del establecimiento. ¡Seis pisos dedicados sólo a juguetes! Aún no habían dado las diez, y una multitud de personas vestidas con ropas de abrigo se agolpaban en el exterior, mirando los escaparates. Tony tenía una imperiosa forma de abrirse paso entre la gente hasta que él y yo llegamos junto al cristal, empañado por el vaho. Cada escaparate estaba dedicado a un tema diferente. De pronto la puerta se abrió, y allí estaba Scrooge.

Las vitrinas me impresionaron tanto que me quedé sin aliento, como un niño apresado en un sueño de riquezas. Las vendedoras iban vestidas con uniformes rojos, negros y blancos en los que brillaban abundantes adornos dorados. Para sorpresa mía, incluso personas que no tenían aspecto de ricas hacían también sus compras.

—Ya no se puede conocer la riqueza de una persona por las ropas que llevan —dijo Tony—. Además, hoy en día está muy generalizada la afición a coleccionar.

Sólo cuando llegamos al sexto piso vi el expositor especial de cristal y oro que contenía las muñecas retrato Tatterton.

Presté una atención sumamente crítica a cada una de las jóvenes allí representadas antes de preguntar a Tony:

—¿Quién hace estas muñecas?

—¡Oh! —respondió, con despreocupación—. ¿Verdad que son hermosas? Buscamos por todo el mundo muchachas dotadas de cualidades especiales, y luego nuestros mejores artesanos hacen una muñeca retrato. Se tarda muchos meses.

—¿Pertenecía mi madre al tipo del que se modelan las muñecas originales?

Tony sonrió antes de volver la cabeza hacia mí.

—Era la muchacha más hermosa que he visto jamás... aparte de ti. Pero era una chica modesta, tímida, que no quería posar, así que perdí mi oportunidad de inmortalizar a Leigh...

—¿Quieres decir que nunca hubo una muñeca retrato de mi madre?

Sentí el corazón agitado por violentas oleadas de temor. ¿Por qué no me estaba diciendo la verdad?

—No, que yo sepa —respondió con suavidad.

A continuación, me dirigió hacia las otras atracciones de juguetes que quería que viese.

Me cogió del brazo para enseñarme una serie de muñecas históricas ataviadas con trajes auténticos.

—¿Estás seguro de que no se hizo una muñeca retrato de mi madre, sin tu autorización?

—Nadie hace nada sin mi autorización. Y deja el tema, por favor, Heaven. Me resulta doloroso.

¿Por qué tenía aquel aspecto? Era como si lo que pasó o dejó de pasar ayer no tuviera absolutamente nada que ver con el hoy... ¡Y ya lo creo que tenía!

En mi opinión, los acontecimientos más importantes habían sucedido mucho antes de que yo naciese, para crear mi vida, para conformar mi mundo, para darme a formular continuas preguntas que nadie quería contestar.

Cuando Tony terminó de enseñarme el establecimiento, se fue a su despacho, y yo me quedé en Boston para hacer mis compras de Navidad. Resultaba excitante ir de tiendas, tener dinero para adquirir todos los regalos que quiera ofrecer a las personas que amaba. Me sentía emocionada al pasear entre la multitud ante las tiendas alegremente decoradas, sabiendo que podía entrar en ellas sin la menor vergüenza. Ya no tenía que mirar ávidamente los escaparates, soñando en posesiones que sabía jamás llegaría a alcanzar; ahora podía permitirme muchísimas cosas.

Semana a semana, me hacía cada vez más rica. Tony iba depositando dinero en una cuenta bancaria que había abierto a mi nombre. Y me daba una asignación muy generosa. Yo vivía frugalmente y guardaba lo que podía en una libreta de ahorros que producía intereses. En raras ocasiones, Jillian me daba billetes de veinte dólares como si fuesen centavos. «¡Oh, no te muestres tan agradecida! —exclamaba cuando yo les daba las gracias quizá demasiado efusiva—. ¡Sólo es dinero!»

La libreta de ahorro estaba destinada para el maravilloso día en que tuviese reunida de nuevo a mi familia. Gastaba muy poco en mí misma. Cuando iba de tiendas aquel año, compraba para todos nosotros, como si estuviéramos juntos de nuevo. Un bonito jersey blanco para Tom, junto con una estupenda cámara fotográfica y docenas de carretes para que un amigo le sacara fotos que luego pudiera enviarme a mí. Fue fácil encontrar una gruesa chaqueta de lana como la que tanto anhelaba cuando vivíamos en los Willies, e ir y volver a pie a la escuela había sido un auténtico sufrimiento cuando no se tenían calientes ni los pies ni ninguna otra parte del cuerpo. Un abrigo como el que solía llevar Logan, cuero auténtico con forro de pluma. Yo quería darle todo cuanto alguna vez hubiera deseado. Compré cosas para Fanny, aunque no sabía dónde enviar mis regalos. Los puse en el cajón inferior de la cómoda, al lado de todo lo que había comprado para Keith y Nuestra Jane, prometiéndome a mí misma que algún día tendría la alegría de verles abrir los paquetes de mis obsequios... Algún día.

La mañana de Navidad, Troy y yo nos reunimos temprano en su casa, mucho antes de que Jillian y Tony se hubieran levantado. Él tenía ya preparado su desayuno, el árbol que habíamos adornado juntos y, apilados debajo, los regalos que nos hacíamos mutuamente.

—¡Pasa, felices Pascuas! No estás guapa con rosas en las mejillas. Temía que te retrasaras. He preparado el pan sueco de Navidad más delicioso que puedes imaginar.

Luego, abrimos nuestros juguetes como dos chiquillos. Troy me dio un jersey de cachemira azul que armonizaba perfectamente con mis ojos. Yo le regalé un lujoso Diario con tapas grabadas en oro.

—¿Qué diablos es esto? ¿Un Diario para que yo anote mis palabras más ridículas o extraordinarias? —bromeó.

Pero yo estaba muy seria.

—Quiero que escribas en él, empezando por la primera vez que le oíste a Tony mencionar a Jillian, todo lo que te contaron sobre mi madre antes de que se casaran. Lo que ella sentía hacia su padre y respecto al divorcio. Describe la primera vez que la viste, qué te dijo y qué le dijiste tú a ella. Recuerda la ropa que llevaba, tus primeras impresiones.

Había una expresión extraña en su semblante mientras asentía con la cabeza y cogía el libro.

—Está bien, procuraré hacerlo lo mejor posible. Pero debes recordar que yo sólo contaba tres años... Escucha bien. Heaven, sólo tres años. Ella tenía doce.

Yo había preparado otros regalos para él que le agradaron más. Lo que él me dio fue para mí superior a todo lo que Jillian y Tony pusieron bajo uno de los enormes árboles colocados delante de cada ventana de «Farthinggale Manor».

Jillian, Tony y yo fuimos a una fiesta que se celebraba en casa de unos amigos suyos. Era la primera vez que me llevaban con ellos a alguna parte; pero eso no fue suficiente para impedir que me sintiera terriblemente sola aquel día, y el resto de la semana hasta el día de Año Nuevo y la semana siguiente, cuando volví al colegio. Tony se iba todos los días a su trabajo, y casi todas las noches salían juntos él y Jillian, la cual no se dejaba ver apenas durante el día; y cuando, ocasionalmente, la encontraba en la sala de música haciendo solitarios, ya no me invitaba a echar una partida de cartas con ella. Desde que Tony anunció públicamente el día de Acción de Gracias que yo iba a residir permanentemente en *Farthy*, se había apartado por completo de mí. Para ella, era una residente, no un miembro de la familia.

Parecía agradarle que yo estuviera tan ocupada que me quedase poco tiempo para compartir su estilo de vida, que incluía una reunión social o de caridad tras otra. Y toda la comunidad de acción y de sentimientos que yo había creído que compartiríamos se desvaneció con el convencimiento de que nunca estaríamos próximas. Ella no iba a amarme, evitaría ir tomándome afecto de tal modo que pudiera echarme de menos más adelante. Oh, ahora la conocía muy bien.

Yo iba a visitar a Troy con toda la frecuencia posible, que no era mucha, ya que tenía la sensación de que, aunque yo no la viese, Jillian sabía perfectamente dónde me encontraba. También iba a menudo a Boston para visitar la biblioteca y los museos. Varias veces pasé por «La Pluma Roja» y la Universidad de Boston, esperando encontrarme «casualmente» con Logan; pero no le vi nunca. Quizás había regresado a Winnerrow para pasar las vacaciones. Y entonces empezaban a brotar las lágrimas. Pues Logan no me había enviado ni siquiera una felicitación navideña, como tampoco lo había hecho nadie de mi familia. Sentía a veces la impresión de que «Farthinggale Manor» estaba tan empobrecida como los Willies... Sólo que de manera diferente. Pues había aquí una gran escasez de amor, de participación y de alegría. Aun en nuestra destartalada cabaña habíamos conocido nosotros esas cosas. Aquí, lo único que se daba era dinero, y, aunque yo sentía grandes ansias de poseerlo, estaba empezando a anhelar más aún un poco de amor y de afecto.

Llegó febrero, el mes de mi decimoctavo cumpleaños, que Tony y Jillian creían que era el decimoséptimo. Tony dispuso todo lo necesario para la fiesta dada en mi honor. «Invita a esas presuntuosas chicas de Winterhaven, y las dejaremos boquiabiertas.» Y, al fin, todas las alumnas de Winterhaven tuvieron oportunidad de extasiarse ante los esplendores de «Farthinggale Manor». La abundancia de comida desplegada sobre la mesa me dejó sin aliento. Y más aún me cortaron la respiración los regalos que tenía ese año, haciéndome sentir una extraña sensación de culpabilidad. Pues ¿cómo se estaba alimentando el resto de mi familia?

El éxito de la celebración impresionó tanto a aquellas estúpidas que acabé siendo aceptada como lo bastante buena para ser tratada como es debido.

A principios de marzo se desató una tormenta tan terrible que quedé bloqueada en casa el lunes en que debía ser llevada de nuevo a Winterhaven. Tony y Jillian estaban fuera de la ciudad, lo cual me brindaba una perfecta oportunidad para utilizar el túnel subterráneo que enlazaba «Farthinggale Manor» con la casa de Troy. Llegué jadeante, después de atravesar corriendo el oscuro pasadizo, procurando hacer mucho ruido al subir las escaleras de su sótano con objeto de anunciarle así mi llegada. Ocupado, como siempre, parecía estar esperando mi visita, ya que levantó la cabeza de su trabajo para dirigirme una sonrisa.

—Me alegra que hayas venido. Puedes vigilar el pan que tengo en el horno hasta que acabe lo que he empezado.

Más tarde, nos instalamos ante un fuego de troncos, y yo le di uno de sus propios libros de poemas.

—Léemelos, por favor.

Él no quería hacerlo y trató de apartarlo; pero seguí insistiendo. Hasta que cedió y empezó a leer. Percibía las emociones en su voz, notaba la tristeza, y sentí deseos de llorar. Yo no entendía gran cosa de poesía, pero él combinaba las palabras de forma extraordinariamente bella. Se lo dije así.

—Eso es lo malo de todos mis poemas —respondió, con tono de impaciencia, muy poco habitual en él, y apartó a un lado el delgado volumen—. Todo lo que escribo es demasiado dulce y bonito...

—Dulce, no —objeté, levantándome de un salto para recuperar el libro—. Pero no entiendo lo que tratas de decir. Yo percibo la existencia de una corriente subterránea de algo enfermizo y oscuro en todas tus palabras, aunque sabes combinarlas de forma muy hermosa. Si no quieres decirme lo que significan tus poemas, déjame tener este libro para leerlo una y otra vez hasta que entienda su significado.

—Sería más acertado que no intentases comprender.

Sus oscuros ojos parecieron atormentados por un instante. Luego, se iluminaron.

—Es maravilloso tenerte aquí, Heaven. Reconozco que oculto mi soledad en el trabajo. Ahora apenas si puedo esperar a que aparezcas.

Y, como estábamos sentados el uno al lado del otro, muy juntos, apoyé impulsivamente la cabeza sobre su hombro, al tiempo que volvía el rostro hacia él, con los labios más que dispuestos para recibir su primer beso. Se le dilataron las pupilas mientras yo esperaba con creciente tensión al ver que tardaban tanto. Después, se apartó bruscamente de mí dejándome aturdida.

Al sentirme rechazada, improvisé una fútil excusa respecto a la necesidad de hacer mis deberes del colegio. ¡Aquí estaba perdiendo otra vez! ¡No podía hacer nada adecuado para agradar lo suficiente a ningún hombre! Irritada con él, y más irritada aún conmigo misma, regresé a *Farthy* para nadar en el agua caliente de la piscina cubierta. Hice veinte largos; pero mi irritación subsistía. Me vestí y, con el pelo todavía mojado, me dispuse a leer delante de una enorme chimenea en la que ardía un fuego encendido expresamente para mí. Echada boca abajo en el suelo, me quedé mirando el abierto volumen encuadernado en piel, llena de una vaga sensación de infelicidad que no me permitía concentrarme en las palabras escritas.

A mi alrededor, fallecidos antepasados de los Tatterton observaban con vigilantes ojos todos mis movimientos. Me parecía oír sus pintados labios cuchicheando que aquél no era mi sitio y que por qué no me marchaba y dejaba de manchar su reputación con mi herencia Casteel. Era estúpido, lo sabía. Sin embargo, la biblioteca, con sus espléndidos sillones de cuero, parecía hostil. Y, antes de darme cuenta, ya me estaba levantando del suelo y dirigiéndome hacia la escalera y la acogedora intimidad de mis propias habitaciones.

A mitad de camino por el pasillo de mi ala del edificio, oí débilmente sonar mi teléfono. Se me aceleraron los latidos del corazón. Nadie me llamaba nunca. ¡Quizá fuese Troy! ¡Logan! Tal vez...

Cerrando de golpe la puerta a mi espalda, corrí a contestar antes de que el timbre dejase de sonar.

—Heaven, ¿eres tú? ¿Eres tú de veras? —preguntó una gangosa voz campesina que yo conocía muy bien, e hizo que me invadiera una sensación de alivio y felicidad—. ¡Soy yo, tu hermana Fanny! ¿Sabes una cosa? ¡Soy madre! ¡Acabo de tener un bebé hace sólo dos horas! Se ha adelantado unas tres semanas, y nunca pensé que algo tan normal pudiera doler tanto. Yo gritaba y gritaba, y las enfermeras trataban de sujetarme. Mrs. Wise me dijo que me callase o todo el mundo oiría mis gritos... Pero a ella le era muy fácil decir eso, porque era yo quien estaba teniendo su criatura...

—¡Oh, Fanny, gracias a Dios que te decidiste a llamarme! ¡He estado tan preocupada por ti...! ¿Por qué no lo has hecho antes?

—Pero si he telefoneado ya mil veces, de veras, y ahí nadie entiende lo que yo digo. Ni con quién quiero hablar. ¿Qué les pasa a esa gente? Hablan de una forma rara, igual que tú ahora. ¿Me has oído ya que he tenido una niña?

¿Qué era el acento que yo percibía en su voz? ¿Arrepentimiento? ¿Pesar por haber pactado con el reverendo y su mujer el tener un hijo por diez mil dólares?

—Fanny, dime, ¿te sientes bien? ¿Dónde estás?

—Claro que me encuentro bien; de primera. En cuanto acabó todo, la cosa ya fue de maravilla. Y es una niña preciosa, con un pelo negro rizado y todo. Tiene doble ración de todo lo que debe tener, y nada de lo que no debe. Seguro que el reverendo se pondrá contentísimo en cuanto la vea...

—Fanny, ¿dónde estás? ¡Dímelo, por favor! No es demasiado tarde para que cambies de idea. Puedes negarte a aceptar el dinero y quedarte con tu hija. Cuando seas mayor nunca tendrás el remordimiento de haberla vendido. ¡Hazme caso! Yo puedo mandarte el dinero que necesitas para tomar el avión a Boston. Mi abuelo no te aceptará aquí; pero yo podría instalarte en una buena casa de huéspedes y hacer cuanto estuviera a mi alcance para ayudaros a ti y a tu niña.

Estaba poniendo en peligro mi propia y precaria situación; pero lo hacía por puro instinto, aquejada de una alarmante nostalgia de ver de nuevo a Fanny.

Por unos instantes, su profundo silencio al otro extremo del hilo me hizo pensar que estaba reflexionando seriamente en mi alternativa. Luego, me hizo saber su decisión.

—Tom me contó dónde ibas a vivir. Y, aunque no nos invites a mí y a mi hija a ir ahí a quedarnos, tienes que dejarnos ver esa mansión en la que estás, tan grande como un palacio. ¡Con más habitaciones que las que pueden contarse! No vengas a insultarnos a mi hija y a mí con ninguna casa de huéspedes o el cuarto de un motel. Yo soy tan buena como tú...

—Sé razonable, Fanny. Le escribí a Tom diciéndole que mis abuelos tienen ideas excéntricas. ¡Pero si Jillian no quiere ni que nadie sepa que yo soy su nieta!

—¡Debe de estar loca! —llegó la sonora e instantánea decisión de Fanny—. Nadie tan viejo puede parecer tan joven, como le decías a Tom... ¡Así que invítame, Heaven! ¡Una chiflada como ella no se dará cuenta! Si no lo haces, venderé mi hija y me marcharé a Nashville o a Nueva York.

En ese momento oí la sonora y profunda voz del reverendo Wayland Wise al entrar en la habitación del hospital y saludar a Fanny. ¡Y así Dios me ampare como que Fanny colgó de golpe el aparato sin despedirse siquiera!

Me quedé oyendo el tono de llamada, dándome cuenta de que no me había dado su dirección. Ella, sin embargo, tenía la mía, y mi número de teléfono.

¡Fanny, oh, Fanny! Estaba haciendo lo mismo que había hecho papá... Vender a su propia hija. ¿Cómo podía hacerlo? Aunque mi hermana era capaz de ser una chica egoísta y despiadada, yo sabía que se arrepentiría de haber vendido a su niña. Lo sabía. Y también sabía que yo podía ayudarle. Ahora tenía dinero, y encontraría la forma de mantenerlas a las dos, de comprársela a mi vez a los Wise. Pero no podía invitar a Fanny a vivir aquí. Si lo hiciera, yo misma sería expulsada, y perdería todo lo que había ganado, pues había sido aceptada en Radcliffe, y Tony me había prometido ya que podía contar con él para proseguir mis estudios, y que podría permanecer en «Farthinggale Manor» o vivir en el campus, como prefiriese. ¿Debía renunciar a todo eso por Fanny? No, no era justo. Pues ella era una chica atolondrada, y tardaría algún tiempo en comprender que lo que hacía estaba mal. Cuando ese momento llegara, acudiría a mí en busca de ayuda. Lo sabía con tanta certeza como que estaba nevando. Y con una cierta sensación de alivio al saber que Fanny había salido bien de su primer parto, y que algún día acudiría a mí y yo le ayudaría a recuperar su hija, me quedé leyendo hasta la hora de acostarme.

Me costó conciliar el sueño aquella noche. ¡Era tía! Sentí deseos de llamar inmediatamente a Tom para contarle la noticia de Fanny. Pero podría ser papá quien cogiera el teléfono.

Al día siguiente, le telefoneé, arriesgándome a que contestara mi padre.

—Hola —dijo la voz de mi hermano, haciéndome lanzar un suspiro de alivio—. ¡Oh, santo Dios! —exclamó cuando oyó la noticia—. Es estupendo saber que Fanny está bien, y terrible pensar que va a vender a su hija. Es como si se repitiera la historia. Pero tú no puedes arriesgar tu futuro por ella, Heavenly. ¡No puedes! Mantén la boca cerrada respecto a Fanny y a todos nosotros. Volveremos a verte de nuevo, incluso Keith y Nuestra Jane, ahora que has puesto a esos abogados sobre su pista.

A finales de marzo, comenzó a suavizarse el duro y frío invierno. La nieve se fundió, y los asomos de primavera me hicieron sentir nostalgia de los Willies.

Tom me escribió para decirme que me olvidase de las montañas y de cómo eran las cosas allí antes.

Perdona a papá, Heavenly, por favor. Ahora es diferente, como si fuera otro hombre. Y su mujer le ha dado el hijo parecido a él y de pelo negro que mamá deseaba y no tuvo.

En abril pude por primera vez abrir una ventana y escuchar el sonido de las rompientes sin sentirme nerviosa.

Logan no había hecho el más mínimo esfuerzo por ponerse en contacto conmigo, y día a día se iba convirtiendo en un mero recuerdo. Y me dolía, cuando dedicaba a su indiferencia algo más que un fugaz pensamiento. Yo no tenía ningún deseo de encontrar un nuevo amigo y declinaba casi todas las invitaciones a salir que me hacían. De vez en cuando iba al cine o a cenar con un chico; pero, inevitablemente, en cuanto veía que no podía pasar de «la primera etapa», renunciaba a mí. Simplemente, yo no quería colocarme en situación de resultar de nuevo herida. Más adelante me ocuparía del amor; por ahora me conformaba con concentrarme en mis objetivos educacionales.

El único hombre al que veía mucho, y el que estaba sustituyendo a Logan en mi corazón era precisamente aquel del que debía mantenerme alejada, Troy Tatterton. Al menos una vez a la semana, cuando Tony y Jillian estaban fuera, yo me deslizaba hasta su casa y pasaba horas hablando con él. Era una alegría tener alguien con quien conversar, alguien que se preocupara realmente de mí y conociera de verdad quién era yo.

Deseaba ardientemente hablar con Tony acerca de su hermano; pero se trataba de un tema peligroso que inmediatamente hacía sonar una sombra de sospecha a los ojos de mi abuelo adoptivo.

—Espero que estés siguiendo mi consejo y te mantengas apartada de Troy. Él nunca hará feliz a una mujer.

—¿Por qué dices eso? ¿No lo quieres?

—¿Quererlo? Siempre ha sido mi mayor responsabilidad y la persona más importante de mi vida. Pero no es fácil de comprender. Tiene una conmovedora vulnerabilidad que atrae hacia él a las mujeres, como si se dieran cuenta de que su sensibilidad es poco frecuente en un joven tan atractivo e inteligente. Pero no es como los demás hombres, Heaven, recuérdalo. Toda su vida ha estado desasosegado, buscando algo que se halla fuera de su alcance.

—¿Qué es lo que busca?

Tony renunció a intentar leer su periódico matutino y frunció el ceño.

—Terminemos esta conversación que no conduce a ninguna parte. Cuando llegue el momento, yo me ocuparé de que encuentres al hombre adecuado.

Me molestó que dijera eso. ¡Yo encontraría al hombre adecuado para mí! Me molestaban las críticas que hacía de su hermano, cuando yo lo encontraba tan admirable.

¿Y qué mujer no se sentiría encantada de tener un hombre con tantas habilidades hogareñas? Afortunada, muy afortunada sería la mujer que se casase con Troy Tatterton. Lo asombroso era que ni siquiera tenía una amiga.

Un día de mayo, mientras me vestía después de la clase de gimnasia, y a mi alrededor las demás chicas se duchaban o se cambiaban de ropa, como yo, y hablaban sin cesar, una muchacha pelirroja llamada Clancey asomó la cabeza al cubículo en el que me estaba vistiendo.

—Oye, Heaven, ¿no era tu madre en realidad la hija de Jillian Tatterton y su primer marido? A la gente le choca que vayas por ahí diciendo que es tu tía, cuando todo Boston sabe que es imposible. Eso nos hace preguntarnos si no serán ciertos los rumores que se susurran.

—¿Qué rumores? —pregunté nerviosa.

—Pues mi madre oyó decir que Leigh van Voreen se casó con un bandido mexicano...

Le dio burlonamente un codazo a su mejor amiga, que se había reunido con ella.

Se hizo un silencio absoluto en la zona de vestuarios mientras todas las chicas cerraban las duchas y esperaban mi respuesta. Comprendí entonces que este ataque había sido planeado para cogerme por sorpresa. Me sentí acorralada y atrapada por su hostil silencio. ¡Y se habían mostrado tan amistosas después de mi fiesta de cumpleaños!

Sin embargo, había aprendido ya varios trucos por mis encuentros con Tony; la mejor defensa era el ataque, o mostrar una completa e indiferente displicencia.

—Sí, tu madre oyó bien —admití, ajustándome el lazo de mi blanca blusa antes de decir a todas lo que esperaba que fuese una seductora y confiada sonrisa—. Nací en medio del Río Grande. A menos de medio metro al otro lado de la línea de la frontera. —Levanté la voz deliberadamente, como para librarme de todas ellas al mismo tiempo—. A la edad de cinco años, mi padre me enseñó a quitarle uvas de los labios a balazos, y las pepitas de las yemas de los dedos. —Y con eso había utilizado una de las jactanciosas fanfarronadas favoritas de Tom.

Nadie dijo ni una sola palabra. Y, en el silencio que siguió, me puse los zapatos y salí, cerrando de golpe la puerta a mi espalda.

Muy pronto, los preparativos para la graduación adquirieron prioridad sobre todas las demás actividades de Winterhaven. Por fin, me encontraba adecuadamente encauzada hacia la Universidad y la propia estima. Deseaba ardientemente que Tony y Jillian asistieran a mi graduación, que oyeran mi nombre citado en la lista de honor.

Ella frunció el ceño cuando leyó la gruesa cartulina blanca de la invitación.

—Oh, deberías habérmelo dicho antes, Heaven. Le prometí a Tony ir con él a Londres esa semana.

La decepción hizo que casi se me saltaran las lágrimas. Ni una sola vez había hecho el menor esfuerzo por compartir mi vida. Volví la cabeza hacia Tony en gesto de muda súplica.

—Lo siento, querida —dijo con suavidad—; pero mi mujer tiene razón. Deberías habernos avisado con más tiempo de la fecha de tu graduación. Yo creía que era a mediados de junio, no en la primera semana.

—Han adelantado la celebración —murmuré con voz ahogada—. ¿No puedes aplazar tu salida?

—Se trata de un viaje de negocios muy importante. Pero ten la seguridad de que compensaré mi negligencia con algo más que regalos.

Desde luego, como yo había descubierto ya, ganar dinero se anteponía a las obligaciones familiares.

—Estarás bien —dijo Tony con tono confiado—. Eres una superviviente, como yo, y me encargaré de que tengas todo lo que necesites.

¡Yo necesitaba familia, alguien en el auditorio que me viera recibir el diploma! Pero me negué a suplicar más.

En la primera oportunidad que tuve después de saber que Jillian y Tony estarían ausentes en uno de los días más importantes de mi vida, me dirigí sigilosamente a la casita del otro lado del laberinto. Troy era mi consuelo, mi solaz, y, sin reservas, le hice partícipe de mi dolor.

—La mayoría de las que se van a graduar en Winterhaven esperan la asistencia no sólo de sus padres y abuelos, sino de tíos, primos y amigos.

Estábamos delante de su casa, de rodillas en el suelo, arrancando las malas hierbas de sus macizos de flores. Ya nos habíamos ocupado de su pequeña parcela de verduras. El trabajo que hacíamos juntos traía a mi memoria la época ya lejana en que la abuelita y yo habíamos estado arrodilladas así una al lado de la otra. Sólo que Troy tenía todo el material de jardinería necesario para que nuestra tarea fuese más fácil y agradable. Apoyábamos las rodillas en suaves cojines a prueba de manchas; llevábamos las manos protegidas por guantes, y él me había puesto en la cabeza un enorme sombrero de paja para que no echara a perder mi cutis con «demasiado bronceado».

Habíamos llegado a sentirnos tan compenetrados y a gusto el uno con el otro que a veces apenas necesitábamos hablar, y la simple comunicación mental hacía que el trabajo se desarrollara con doble rapidez. Cuando terminamos de escardar y plantar, dije:

—Eso no significa que no me sienta muy agradecida por todo lo que Tony y Jillian han hecho por mí, pues se lo agradezco con toda mi alma. Pero, siempre que sucede algo especial, me siento muy sola.

Troy me dirigió una comprensiva mirada, sin responder.

Podía haber dicho que le encantaría ocupar un asiento en el auditorio; pero no se ofreció a hacerlo. No le gustaban las ceremonias y lugares públicos.

Miles me llevó a Winterhaven el viernes de mi graduación, y las chicas se arracimaron para contemplar el nuevo «Rolls-Royce» que Tony le había regalado a Jillian por su sesenta y un cumpleaños. Era un bello modelo de color blanco, con el techo crema, al igual que el interior.

—¿Tuyo? —preguntó Pru Carraway, con sus claros ojos muy abiertos e impresionados.

—Para usarlo hasta que mi tía Jillian vuelva a casa.

Un auténtico frenesí reinaba aquella mañana por todas partes cuando entré en Winterhaven. Pasaban corriendo de un lado a otro chicas en diferentes fases de desnudez, algunas con la cabeza todavía llena de rulos; no eran muchas las que, como yo, vivían a poca distancia en coche. Experimenté una sensación de resentimiento y amargura al ver a otras alumnas recibir a sus familias. ¿Siempre iba a ser así, con la mía de las montañas a miles de kilómetros, presente sólo en mis pensamientos, y mis parientes de Boston encontrando una excusa para no hallarse presentes en mis pequeñas victorias? Era a Jillian, naturalmente, a quien yo culpaba de ello.

Mi abuela podía fácilmente inundarme con su generosidad; pero cuando se trataba de darme un poco de ella misma y de su tiempo, podía morirme de inanición. Y Troy se hallaba a veces completamente abstraído en sus asuntos después de dar comienzo a un nuevo proyecto que dominaba todos sus pensamientos. Oh, yo sentía compasión de mí misma aquel día mientras me ponía mi hermoso vestido blanco de seda, con anchas tiras de encaje ribeteando la amplia falda y las abombadas mangas. El mismo tipo de vestido que Miss Marianne Deale me había dicho en cierta ocasión que ella había llevado el día de su graduación en la escuela superior. Mientras me lo describía, yo retenía mentalmente todos los detalles, pensando que Logan estaría allí para admirarme.

Mientras las cuarenta chicas nos alineábamos en una antesala, ataviadas con nuestros negros birretes y togas, yo miraba, a través de la amplia puerta que se abría y cerraba constantemente, al abarrotado auditorio inundado por la radiante luz de junio. Era como un sueño haciéndose realidad, después de haber temido durante tanto tiempo que no llegara jamás, y las lágrimas me llenaban los ojos y me corrían por el rostro. ¡Oh, esperaba que Tom le hubiese hablado a papá de este día! Si, al menos, no estuviese sola...

Algunas de las chicas que se graduaban tenían diez parientes o más entre el público, los jóvenes prestos a patalear, aplaudir desenfrenadamente y silbar (considerado de mal gusto incluso en Winnerrow), y no habría nadie que me aplaudiese a mí. La comida se iba a servir en el césped, bajo sombrillas de brillantes franjas amarillas y blancas. ¿Quién se sentaría conmigo? Si tenía que comer completamente sola en mi mesa reservada, volvería a morirme de humillación... Me escabulliría sin que me viesen y lloraría a solas.

La coordinadora del acto dio su señal, y yo, como las demás, cuadré los hombros, erguí la cabeza y, con la mirada fija al frente, comencé la lenta y mesurada marcha que nos llevaría hasta nuestros asientos. Avanzábamos en fila india. Yo ocupaba el octavo lugar, ya que nos habíamos situado por orden alfabético. Veía sólo una borrosa masa de rostros, ninguno familiar, volviéndose todos en busca de su graduada. Y, si no hubiera estado medio levantado, quizá mis vidriados ojos habrían pasado de largo sobre Troy. Pero el corazón me dio un salto al ver que él *no* se había olvidado, que me dispensaba su atención.

Yo sabía que detestaba los actos sociales como éste. Quería que el mundo de Boston creyera que se hallaba en alguna remota zona del globo. Y, sin embargo, había venido. Cuando, finalmente, fue leído mi nombre y me levanté para dirigirme al podio, no fue solamente Troy quien se puso en pie, sino que toda una fila de hombres, mujeres y niños se alzaron para aplaudir.

Más tarde, cuando todas las graduadas nos hallábamos sentadas bajo los vistosos toldos en los que el sol y la sombra proporcionaban alternativas sensaciones de calor y de frío, sentí un arrebato de felicidad como jamás lo había conocido, porque Troy había venido y había pedido a varios empleados de la «Compañía de Juguetes Tatterton» que acudieran con sus familias y se presentasen como si fueran mía. Llevaban ropas tan «adecuadas» que las chicas se quedaron mirando boquiabiertas e incrédulas a mis «rústicos» parientes.

—Por favor, no me des las gracias otra vez —dijo Troy cuando me llevaba a casa en su coche ya bien entrada la noche, terminado el baile y después de que todas las chicas me hubieran envidiado con mi atractivo «hombre mayor», que también fue muy admirado y considerado como un excelente partido—. ¿Realmente creías que no vendría? —me reprendió—. Era lo menos que podía hacer —rió entre dientes antes de añadir—: Nunca he conocido una chica tan necesitada de familia como tú, así que quise darte una enorme. Y, a propósito, en cierto modo todos lo son, ¿no? Algunos de ellos han envejecido trabajando para los Tatterton. Estaban encantados de acompañarte. ¿No te diste cuenta?

Sí, habían estado encantados de conocerme. Súbitamente intimidada, permanecí en silencio, muy feliz y, sin embargo, profundamente turbada por lo que sentía. Debía reconocer que estaba enamorándome de Troy. ¿Era justo que bailar con él resultase diez veces más excitante de lo que había sido cuando Logan me enseñó los primeros pasos? Miré furtivamente su perfil y me pregunté qué estaría pensando.

—A propósito —dijo, todavía alerta y atento al tráfico—, la agencia de detectives que mis abogados han contratado para encontrar a tu hermano y tu hermana pequeños cree que tiene una pista. Han estado buscando a un abogado de Washington cuyo nombre de pila sea Lester. Hay por lo menos diez, y cuarenta iniciales L dentro de los límites del Distrito de Columbia, y veinte más en Baltimore. Están comprobando también la R que utiliza su mujer... Así que quizá no pase mucho tiempo antes de que podamos encontrarlos.

Se me aceleró la respiración. ¡Oh, coger de nuevo en brazos a Nuestra Jane! ¡Besar a Keith! Verlos antes de que se olvidaran por completo de su hermana «Hev-lee». Pero ¿era ésa la razón de que sintiera un hormigueo por todo el cuerpo? Aun a pesar de mí misma, me acerqué más a Troy, de tal modo que mi muslo se apretó contra el suyo y su hombro rozó el mío. Pareció ponerse rígido, antes de quedar en silencio, y, luego, salimos de la autopista para pasar a la carretera por la que había viajado por primera vez con Jillian y Tony. Semejaba una cinta de plata serpenteando sinuosa hacia las arqueadas puertas negras. Para mí, el hogar eran ahora esta carretera y la enorme casa que permanecía oculta a la vista hasta estar casi encima de ella.

Oía el rugido del mar, el golpeteo de las rompientes, aspiraba el salobre aroma del agua, y a cada minuto que pasaba se intensificaba la riqueza de la noche.

—Oh, no nos despidamos sólo porque sea más de la una —pedí a Troy cogiéndole la mano cuando bajamos del coche—. Vamos a pasear por los jardines y a charlar.

Quizá la cálida y aterciopelada noche ejercía también algún hechizo sobre él, pues puso afablemente mi mano sobre su brazo. Las estrellas se veían tan cercanas que parecía que se pudieran tocar con la mano. Un embriagador perfume llenó mi nariz, aturdiéndome.

—¿Qué es lo que huele tan bien?

—Las lilas. Estamos en verano, Heavenly, o casi.

Había vuelto a llamarme Heavenly, como hacía Tom. Nadie me había llamado así desde mi llegada aquí, hacía ya casi un año.

—¿Sabías que hoy, después de la comida, las chicas se han mostrado conmigo más amistosas que nunca? Naturalmente, querían ser presentadas a ti... y yo no estaba dispuesta a hacerlo. Pero me gustaría saber cómo te las has arreglado para mantenerte tan al margen del sexo opuesto.

Rió entre dientes y agachó tímidamente la cabeza.

—No soy homosexual, si es eso lo que quieres decir.

174

Enrojecí de turbación.

—¡Nunca pensé que lo fueras! Pero la mayoría de los hombres de tu edad salen con mujeres todo lo que pueden, si es que no están ya comprometidos o casados.

Rió de nuevo.

—Aún me faltan unos meses para cumplir veinticuatro años —dijo alegremente—, y Tony siempre me ha aconsejado que no me precipite a ningún compromiso antes de los treinta. Tengo cierta experiencia en dar esquinazo a las chicas que se me acercan pensando en el matrimonio.

—¿Qué tienes contra el matrimonio?

—Nada. Es una vieja y honorable institución destinada a otros hombres, no a mí.

La forma fría y abstracta en que lo dijo me hizo retirar la mano de su brazo. ¿Me estaba advirtiendo que siguiera siendo solamente una amiga, que no pasara de ahí? ¿Era posible que ningún hombre fuera a darme jamás la clase de amor que yo anhelaba?

Toda la magia de aquella perfecta noche de verano se evaporó; las estrellas parecieron alejarse, y oscuras nubes surgieron detrás de las plateadas y ocultado la luna.

—Parece que va a llover —dijo Troy, levantando la vista—. De niño, yo tenía la impresión de que todas mis expectativas de felicidad futura quedaban frustradas antes incluso de tener la oportunidad de florecer. Es muy difícil sentirse pisado una vez tras otra, hasta que finalmente tiene uno que aceptar lo que no se puede cambiar.

¿Qué quería decir? ¡Él había nacido con una cuchara de plata en la boca! ¿Qué sabía de la clase de desesperación que yo había conocido?

Giró sobre sus talones, haciendo crujir bajo sus zapatos la gravilla suelta sobre las losas del sendero. Con cierto esfuerzo para alejarse educadamente de mí, en aquella noche especial, me expresó de nuevo su felicitación desde tres metros de distancia, me dio las buenas noches. Echó a andar a grandes zancadas en dirección al laberinto y a la casita del otro lado.

—¡Troy! —llamé, medio corriendo detrás de él—. ¿Por qué te vas? Todavía es temprano, y no estoy en absoluto cansada.

—Porque tú eres joven, saludable y estás llena de sueños que yo no puedo compartir. Buenas noches otra vez, Heaven.

—Gracias por haber venido a mi graduación —dije, profundamente dolida y temblorosa, porque parecía que yo había hecho algo malo, y no sabía qué.

—Era lo menos que podía hacer.

Y, con estas palabras, desapareció en la oscuridad. Las nubes velaron ahora la luna, desaparecieron rápidamente las estrellas, y una gota de agua me cayó en la punta de la nariz. Y allí estaba yo, mucho después de la medianoche, sentada en un frío banco de piedra de un desierto jardín de rosas, dejando que la lluvia me empapase el pelo y echase a perder el vestido más bonito de mis armarios.

No importaba. Ya no necesitaba a Troy; como tampoco necesitaba a Logan. Saldría adelante por mí misma. ¡Por mí misma!

Tenía dieciocho años y creía que Logan se había ido para siempre. La necesidad de un idilio llenaba todos mis pensamientos; el amor tenía que florecer pronto, o nunca existiría para mí.

¿Por qué no yo, Troy? ¿Por qué no?

Sola en el jardín, temblando de pies a cabeza, con el corazón oprimido, el día de mi graduación no parecía, después de todo, un logro tan importante. Solamente era un paso en la dirección adecuada. Todavía tenía que demostrar mi valía en la Universidad. Aún debía conseguir mantener enamorado de mí a un hombre. Bajé la vista hacia las ruinas de mis blancos vestidos, que ninguna mujer de Winnerrow podría esperar tener nunca.

Compasión, eso era lo único que un hombre podría sentir hacia mí. ¡Sólo compasión! Cal se había compadecido de mí... y echado a perder mis posibilidades con Logan, el cual sólo buscaba el placer de llevar a mi frustrada y empobrecida existencia sus bendiciones materiales. Ahora que no estaba empobrecida ni frustrada, sus impulsos filantrópicos desaparecían. Y Troy... ¡Era a quien menos entendía! Muchas veces había creído vislumbrar algo más que amistad ardiendo en sus oscuros ojos.

¿Qué defectos había en mí que superaban a toda la belleza que yo veía reflejada en los espejos?

Cada vez me iba pareciendo más a mi difunta madre, y a Jillian; salvo en mi pelo, mi delator y negro pelo indio de los Casteel.

XII. PECADOS Y PECADORES

Una noche de primeros de junio, antes de que Jillian y Tony regresaran de Londres, escuché, procedentes de la sala de música, las saltarinas notas de Chopin interpretadas al piano. El tipo de melodía que yo solamente había oído en la clase de la señorita Deale, la composición romántica capaz de hechizarme, emocionarme y llenarme de tan inmenso anhelo que me sentí arastrada a la escalera y luego hasta el piso bajo, donde vi a Troy sentado ante el piano de cola. Sus largos y finos dedos ondulaban sobre el teclado con tal maestría que me maravilló el hecho de que pudiera mantener oculto al mundo tanto talento.

Su sola vista me conmovió. La postura de sus hombros, la forma en que su cabeza se inclinaba sobre las teclas, la pasión y la vehemencia que ponía en su interpretación, parecían revelar muchas cosas. Él estaba aquí, donde tenía que saber que yo le oiría. Me necesitaba, aunque no lo supiera. Y yo le necesitaba a él. Mientras permanecía temblorosa en el arco de la entrada, apoyada en la jamba y vestida con mi camisón y mi bata, dejé que la música me persuadiera de muchas cosas. Troy no era feliz, y tampoco yo lo era. Ambos teníamos mucho en común. Yo le había caído bien desde el principio. Él era como un hombre fantástico que yo hubiera imaginado hacía tiempo, antes incluso de que Logan apareciese en mi vida. Un hombre tan sensible nunca podría causarme daño. Yo le consideraba más grande que la vida. Mejor que la vida, demasiado bueno para ser verdad. Pero lo era.

En cierta vaga manera, parecía más joven que Logan, diez veces más sensible y vulnerable, como un adolescente que esperase ser amado inmediatamente, a primera vista, por lo que se recataba para no ser amado por su presencia, por su riqueza ni por su talento.

Mientras pensaba esto, Troy percibió mi presencia, y al instante dejó de tocar y se volvió hacia mí con una tímida sonrisa.

—Espero no haberte despertado.

—No te interrumpas, por favor.

—Estoy un poco torpe ahora que no toco todos los días.

—¿Por qué has dejado de tocar?

—No tengo piano en mi casa, como ya sabes.

—Pero Tony me dijo que este piano era tuyo.

Sonrió levemente.

—Mi hermano quiere mantenerme alejado de ti. Desde que tú viniste no lo he utilizado.

—¿Por qué prohíbe nuestra amistad, Troy? ¿Por qué?

—Oh, no hablemos de eso. Déjame terminar lo que he empezado, y luego charlaremos.

Continuó tocando hasta que me sentí tan débil que tuve que sentarme, y sólo entonces dejé de temblar. Mientras él tocaba, yo me sumí en una ensoñación romántica, imaginando que estábamos juntos, bailando como en la noche de mi graduación.

—¡Te has dormido! —exclamó cuando la música terminó—. ¿Tan mal lo hacía?

Abrí los ojos. Lo miré dulcemente, todavía ensimismada.

—Jamás he oído una música como la que tú interpretas. Me asusta. ¿Por qué no tocas profesionalmente?

Se encogió de hombros con indiferencia. A través de la seda de su fina camisa blanca, su piel brillaba con intenso color. Llevaba el cuello abierto, de tal modo que pude ver la leve sombra del vello de su pecho. Cerré de nuevo los ojos, turbada por todas las sensaciones que estaba experimentando.

—He echado de menos tus visitas. —Su voz me llegó suave y vacilante—. Sé que herí tus sentimientos la noche de tu graduación, y lo siento; pero sólo estoy tratando de protegerte.

—Y a ti mismo —murmuré con amargura—. Sabes que no soy más que una pobre campesina de las montañas y que tarde o temprano te pondría en situación difícil a ti y a tu familia. He estado pensando en irme. Tengo ahorrado ya dinero suficiente como para pagarme mi primer año en la Universidad. Y, si encuentro un empleo, podré trabajar para costearme los siguientes.

Alarmado, dijo algo que no pude entender muy bien, aunque entreabrí los párpados lo suficiente para ver su alarma y su preocupación.

—¡No puedes hacer eso! Tony, Jillian y yo te debemos mucho.

—¡No me debéis nada! —exclamé, poniéndome en pie de un salto—. ¡No te relaciones más conmigo, y no volveré a invadir tu intimidad!

Titubeó y se pasó los largos dedos por sus ondulados cabellos. Fulguró su desarmadora y juvenil sonrisa.

—Esa música era mi forma de decir que lamentaba haberte dejado sola en el jardín. Mi forma de confesar que te he tomado demasiado cariño como para no esforzarme por hacerte volver de nuevo. Cuando no estás en la casa, me parece notar tu presencia, y a menudo me vuelvo de pronto, esperando encontrarte, y siento una gran decepción al estar solo. Así que, por favor, empieza a venir de nuevo.

Así que regresé con Troy a su casa y cené allí con él. Pero estaba cansada de que permaneciéramos enjaulados. Sentía con tal intensidad el ímpetu de mis emociones que necesitaba estar fuera para no hacer alguna tontería. Me hallaba decidida a cerciorarme, antes de salir, de que le vería también al día siguiente. Pues él iba suavizando su postura respecto a mí, lo notaba. Y si pasábamos juntos días enteros, no podría vencer sus sentimientos. Yo era capaz de llevar luz y alegría a su melancólica existencia y estaba resuelta a forzarle a aceptar mi amor.

—Troy, ¿no podemos hacer algo fuera, al aire libre, para variar? En las cuadras hay hermosos caballos árabes a los que, cuando Jillian y Tony no están en casa, sólo los mozos obligan a hacer ejercicio. Enséñame a montar. O nada conmigo en la piscina. Hagamos una excursión por el bosque; pero no nos quedemos encerrados en tu casa cuando hace un tiempo tan bueno. Jillian y Tony no tardarán en volver, y ya no podremos seguir viéndonos. Hagamos ahora lo que luego no podremos hacer.

Nuestras pupilas se encontraron y se sostuvieron mutuamente la mirada. Un sonrosado rubor le cubrió el rostro, obligándole a volverse a medias y romper el lazo que unía nuestros ojos.

—Si eso es lo que quieres, mañana a las diez nos reuniremos en las cuadras. Puedes aprender con la yegua más mansa que haya allí.

Casi como si hubiese ingerido una poderosa droga, me sentía bajo el hechizo de algo que escapaba a mi control. A la mañana siguiente, poco antes de las diez, me reuní con Troy en las caballerizas. Me estaba esperando, vestido con cómodas ropas de montar. El viento le había revuelto el cabello, y el sol había prestado ya un saludable color a sus mejillas. La leve sombra de tristeza que siempre latía en las profundidades de sus ojos había desaparecido. Corrí hacia él, complacida por la inmediata reacción de su sonrisa.

—¡Vamos a pasar un día espléndido! —dije, dándole un rápido abrazo antes de mirar ansiosamente hacia las cuadras—. Espero que los mozos no se lo digan a Tony.

—Poseen suficiente buen sentido como para no andar con cuentos —respondió alegremente, con aire de sentirse encantado por mi excitación—. Tienes un aspecto estupendo, Heavenly.

Di una vuelta sobre mí misma para que me viera bien, extendiendo los brazos y alborotándome el pelo.

—Tony me regaló este traje de montar por Navidad. Es la primera vez que me lo pongo.

Durante una semana, Troy me estuvo dando lecciones de equitación todas las mañanas, y me enseñó la diferencia entre el estilo inglés y el del Oeste. Aunque todas las noches me sentía dolorida al sentarme, era más divertido de lo que esperaba aprender a cabalgar con el viento, agachar la cabeza para no chocar con las ramas bajas y apretar con los talones los flancos de mi montura cuando quería detenerme. Tardé muy poco tiempo en perder el miedo al caballo y a su impresionante altura.

Cada mañana volvíamos a su casa después de mis lecciones para almorzar allí y, luego, él me mandaba de nuevo a la casa grande diciendo que tenía que trabajar. Me daba cuenta de que se resistía a pasar demasiado tiempo conmigo, aunque yo notaba que realmente lo deseaba. Así pues, evitaba verle por la noche, esperando que me echase de menos y anhelase mi presencia. En efecto, cada mañana parecía tan feliz de verme que yo estaba segura de que algún día, no muy lejano, se daría cuenta de que me amaba.

Hasta ocho días después de que comenzaran mis clases no consideró Troy que me hallaba preparada para un paseo realmente largo por los bosques que rodeaban a «Farthinggale Manor». Él estaba levantando continuamente la vista hacia el cielo.

—El boletín meteorológico de esta mañana anunciaba fuertes tormentas, así que no debemos ir demasiado lejos.

Llevábamos con nosotros una cesta que Troy había llenado, en la que había también varios manjares especiales que Rye Whiskey había enviado desde la casa grande.

Eligió un pequeño montículo moteado de sol y situado bajo una de las hayas más hermosas que yo había visto jamás. Los pájaros revoloteaban entre las ramas superiores, que se balanceaban suavemente. Y muy cerca gorgoteaba un riachuelo. La maravillosa sensación del día estival ponía canciones en mi corazón y alegría en todos mis movimientos mientras Troy se arrodillaba para extender sobre la hierba el mantel de cuadros rojos y blancos. Nuestros caballos estaban atados a poca distancia y mordisqueaban satisfechos todo lo que podían encontrar para comer. Yo oía el zumbido de las abejas, aspiraba el aroma del trébol y me apartaba minúsculos mosquitos de la cara mientras me ocupaba en vaciar la cesta. La placidez del día y la belleza del paisaje iluminaban mis ojos siempre que miraba a Troy, que no podía apartar su fascinada mirada de cualquier movimiento que yo hiciese. Una leve turbación me invadía al sentirme observada mientras iba colocando platos y cubiertos de plástico. Por tres veces cambié de sitio la ensaladilla rusa, el pollo frito, los emparedados...

Cuando, finalmente, lo tuve todo dispuesto, me senté sobre los talones y le dirigí una sonrisa.

—Bueno, ¿no tiene un aspecto magnífico? Pero no empieces hasta que haya bendecido la mesa, como solía hacer mi abuelita siempre que papá no estaba en casa.

Me sentía tan feliz que tenía que dar gracias a alguien. Él parecía hechizado. Asintió, con aire aturdido, y, luego, inclinó levemente la cabeza mientras yo pronunciaba las familiares palabras.

—Te damos gracias, Señor, por los alimentos que tenemos ante nosotros. Te damos gracias por las manos cariñosas que nos atienden con generosidad. Te damos gracias por las muchas mercedes que hemos recibido hoy y por todas las que nos traerán los días venideros. Amén.

Bajé las manos, levanté la cabeza, alcé la vista y encontré a Troy mirándome de forma extraña.

—¿La acción de gracias de tu abuelita?

—Sí nosotros nunca recibimos generosidades ni mercedes; pero ella parecía ignorarlo. Siempre estaba esperando que algún día acabara apareciendo lo mejor. Supongo que, si no se está acostumbrado a nada, no se espera demasiado. Cuando ella decía su acción de gracias, yo solía rogar en silencio a Dios que le quitara sus penas y sus dolores.

Troy quedó en silencio, con expresión pensativa, mientras comíamos nuestro suculento almuerzo. Y yo misma había hecho en la cocina de Troy el amarillo pastel con escarchado de chocolate.

—¡Es el mejor pastel que he comido jamás! —declaró relamiéndose el chocolate de los dedos—. Otro trozo, por favor.

—¿No sería bonito que tú y yo estuviéramos siempre juntos así? Yo podría ir a la Universidad mientras vivíamos en tu casa.

Sus negros ojos se oscurecieron con una tan intensa expresión de sufrimiento que el soleado día pareció nublarse de pronto.

¡Él no me amaba! ¡No me necesitaba! Yo le estaba seduciendo, o intentando hacerlo, del mismo modo que Cal Dennison me había seducido con sus propias necesidades y deseos, sin tener en cuenta los míos. Le serví un segundo trozo de pastel, demasiado azorada hasta para mirarle. Con la cabeza baja para que no pudiese ver mi sufrimiento, retiré rápidamente todo lo que había sobre el mantel y, sin lavar los platos y cubiertos en el riachuelo, como había pensado hacer cuando vi el agua, volví a meter todo en la cesta, donde formó un gran montón que no me permitía cerrar la tapa. Encolerizada, la empujé hacia él.

—¡Aquí tienes tu cesta! —exclamé, con voz ahogada.

Su sorprendida expresión me forzó a ponerme en pie, y eché a correr hacia mi caballo.

—¡Me voy a casa! —exclamé infantilmente—. ¡Ya me

doy cuenta de que no necesitas que nadie como yo se introduzca permanentemente en tu vida! ¡Lo único que deseas es trabajo y más trabajo! Gracias por estos diez últimos días, y perdóname por ser tan impulsiva. ¡Prometo no hacerte perder más el tiempo!

—¡Heavenly! —llamó—. ¡Deténte! ¡Espera!

No esperé. Conseguí encaramarme a la silla, sin preocuparme de si lo hacía bien o mal. Clavé los talones en los flancos de mi montura, que saltó hacia delante, mientras yo me hallaba cegada por mis estúpidas lágrimas, más irritada conmigo misma que con él. Lo estaba haciendo todo mal. Mi yegua se sentía confusa y desorientada. Para corregir mis errores, tiré con fuerza de las riendas. Irguiéndose casi verticalmente, la yegua relinchó, manoteó en el aire y, luego, se lanzó de un salto hacia delante, emprendiendo una desenfrenada carrera por el bosque. Ramas bajas se abalanzaban una tras otra sobre mí, ramas que podrían arrebatarme de la silla, romperme el cuello, la espalda, las piernas. Con más suerte que habilidad, conseguía ir eludiéndolas todas. ¡Y cuanto más me movía en la silla, más erráticamente corría mi caballo! Mis gritos ondeaban tras de mí. Casi demasiado tarde, recordé el consejo de Troy sobre cómo agarrarse a un caballo desbocado. Me dejé caer hacia delante y me aferré a la espesa crin castaña de mi yegua. Fuera de todo control, mi cabalgadura corría salvando zanjas y hondonadas, saltando por encima de árboles muertos derribados por las tormentas. Cerrando con fuerza los ojos, empecé a decir su nombre una y otra vez, tratando de calmarla.

De la siguiente cosa que me di cuenta fue de que tropezó; fui arrojada directamente desde su lomo a una zanja poco profunda medio llena de verdosa agua de lluvia. Incorporándose, el animal lanzó un gemido, se sacudió, me dirigió una mirada de disgusto y dio media vuelta para volver a casa, dejándome aturdida, temblorosa y dolorida. Además, había perdido la bota izquierda. Me sentía como una absoluta estúpida mientras yacía tendida de espaldas en el agua fétida, levantando la vista hacia el sol que penetraba a través del dosel de hojas.

«Castigo de Dios», pensé con amargura, por presuntuosa. Hubiera debido tener más sentido común y no prendarme del primer hombre que me encendía la sangre y la hacía correr más rápida, especialmente después de Cal y del rechazo de Logan. ¡Ningún Casteel había ganado jamás ningún premio! ¿Por qué pensar que yo era mejor?

Otros pensamientos estúpidos llenaron mi cabeza antes de que tuviera el suficiente sentido como para incorporarme y sacudir el agua sucia de mis cabellos. Luego, utilicé la manga de mi camisa para quitarme el fango de la cara. Varias abejas habían acudido, atraídas quizá por mi perfume o por el brillante color amarillo de una blusa que antes fuera bonita.

—Heaven, ¿dónde estás? —oí a Troy gritar a lo lejos.

¡Llegas demasiado tarde, Troy Tatterton! ¡No te necesito ahora!

Sin embargo, empecé a temblar por el esfuerzo que debía realizar para no responder. No quería que me encontrase. Conseguiría de alguna manera regresar a aquella mansión enorme y solitaria y nunca volvería a desobedecer a Tony e ir a la casa de Troy.

Permanecí inmóvil, sentada en el agua, ahuyentando a manotazos a los insectos, que me encontraban atractiva. Al cabo de un tiempo que me pareció interminable, dejó de llamar y de recorrer el bosque. Se levantó viento, el cual comenzó a hacer susurrar las hojas que se extendían sobre mi cabeza. Grandes y oscuras nubes se aproximaban, como parecía ocurrir siempre que me hallaba a punto de encontrar algo valioso. ¡Puerca suerte la mía!

Oh, me compadecía tan terriblemente a mí misma, que antes de que empezara a lloviznar me fue imposible contener los sollozos.

Entonces oí a mi espalda un ruidito y una regocijada voz que dijo:

—Siempre he deseado salvar a una doncella en apuros.

Volví la cabeza y vi a Troy a unos tres metros de mí. Ignoraba cuánto tiempo llevaba observándome. Su traje de montar aparecía desgarrado en varios puntos y una manga presentaba un desgarrón que iba desde la costura del hombro hasta el codo.

—¿Por qué sigues ahí sentada? ¿Estás lastimada?

—¡Vete! —grité, volviendo la cabeza para que no pudiera verme la cara manchada de barro—. ¡No, no estoy lastimada! ¡No necesito ser rescatada! ¡No te necesito! ¡No necesito a nadie!

Sin responder, se metió en la inundada zanja y trató de palparme las piernas en busca de huesos rotos. Yo intenté apartarle a manotazos; pero él consiguió levantarme en brazos después de tres intentos.

—Vamos, Heaven, sé razonable. Dime si estás lesionada en algún sitio.

—¡No! ¡Déjame en el suelo!

—Tienes suerte de estar todavía viva. Si hubiera sido tierra dura, en lugar de agua y un blando fondo fangoso, podrías estar gravemente herida.

—Puedo andar. Déjame de pie, por favor.

—Está bien, si es eso lo que quieres.

Obedeciendo mi orden, me depositó con cuidado en el suelo. Yo lancé un grito al sentir una ardiente punzada de dolor en el tobillo izquierdo.

Troy volvió a cogerme inmediatamente en brazos.

—Tenemos que apresurarnos. No hay tiempo para andarse con juegos. He tenido que desmontar para seguir tu pista. Por el aspecto de ese tobillo hinchado, no hay ninguna duda de que te lo has dislocado.

—¡Eso no me convierte en una inválida! Todavía puedo andar. ¡He recorrido muchas veces andando los ocho kilómetros hasta Winnerrow con algo que dolía más que ese tobillo!

Revoloteó en sus labios otra regocijada sonrisa.

—Claro que sí, te dolía el estómago, no el tobillo.

—¿Qué sabes tú de eso?

—Lo que me has contado. Y ahora deja de forcejear y pórtate como es debido. Si no encuentro pronto mi caballo, acabará sorprendiéndonos la tormenta que se avecina.

Su atado caballo esperó pacientemente mientras Troy me levantaba y me sentaba delante de él sobre la silla. Yo me sentía avergonzada y resentida mientras él se colocaba detrás de mí, guiando hábilmente a su montura al tiempo que me rodeaba protector la cintura con su brazo libre.

—Ya está lloviendo.

—Lo sé.

—No conseguiremos volver a la casa antes de que la tormenta se desate con toda su intensidad.

—Sospecho que no. Por eso me estoy dirigiendo hacia un viejo cobertizo abandonado en el que los antiguos Tatterton almacenaban grano.

—¿Quieres decir que tus antepasados sabían hacer algo, además de fabricar juguetes?

—Sospecho que los antepasados de todo el mundo poseían más de una habilidad.

—Estoy segura de que los tuyos tenían criados para ocuparse de todas las labores agrícolas.

—Probablemente tienes razón. Sin embargo, se necesita cierto talento para ganar el dinero con que pagar a gente que te cultive la granja.

—Se necesita más que talento para sobrevivir en el páramo.

—*Touché*. Y ahora estáte callada y deja que me oriente.

Se apartó de la frente el húmedo mechón de pelo, miró a su alrededor y, luego, volvió su caballo hacia el Este.

Negros nubarrones avanzaban desde el Sudoeste. Tras ellos surgieron los chisporroteantes relámpagos, y, pese a mi deseo de escapar de él, me agradó hallarme rodeada por su brazo, que me confería sensación de seguridad mientras el granero aparecía finalmente ante nuestra vista.

Había un olor añejo y agrio en el ruinoso edificio, medio lleno de heno en putrefacción. En la penumbra del interior, la lluvia se filtraba a través de mil lugares para caer con sonoro chapoteo sobre el suelo de tierra, donde formaba pequeños charcos. Los agujeros del techo me permitían ver el oscuro cielo, lleno ahora de terribles y fulgurantes rayos que parecían converger sobre nuestras cabezas. Me dejé caer de rodillas, mientras Troy se ocupaba del caballo, desensillándolo y secándolo con la manta de la montura; luego, vino hacia mí, revolvió el heno con las manos hasta encontrar una parte que estuviese seca y no tan maloliente, y allí nos sentamos los dos en el húmedo y desvencijado granero.

Como si no hubiera habido ninguna interrupción, continué con tono irritado:

—Es extraño que gente rica como los Tatterton no mandaran derribar este granero hace años.

Él hizo caso omiso de mi observación, se recostó en el montón de heno que había formado y dijo suavemente:

—De niño, yo solía jugar aquí. Tenía un amigo imaginario al que llamaba Stu Johnson, y saltaba con él desde aquel sobrado. —Señaló el lugar con el dedo—. Me tiraba hasta este montón de heno en que estamos sentados.

—¡Qué cosa tan peligrosa y estúpida! —miré con incredulidad el sobrado y su gran altura—. Podrías haberte matado.

—Oh, yo no pensaba en eso. Tenía entonces cinco años y necesitaba mucho un amigo, aunque fuese imaginario. Tu madre se había marchado, dejándome solo. Jillian estaba continuamente llorando y llamando a Tony por teléfono para rogarle que viniera a casa, y cuando venía se pasaban días enteros peleando.

Sintiendo que se me cortaba el aliento ahora que rememoraba a mi madre, me volví hacia él.

—¿Por qué se marchó mi madre?

En vez de responder, se incorporó, sacó un pañuelo del bolsillo, lo sumergió en un cercano charco de agua de lluvia y, luego, empezó a limpiarme el barro de la cara.

—No lo sé —dijo, inclinándose para rozarme con los labios la punta de la nariz—. Yo era demasiado pequeño para entender lo que pasaba.

Me besó en la mejilla derecha y, luego, en la izquierda. Sentí en la cara su aliento, cálido y excitante, mientras me besaba y hablaba.

—Sólo puedo decir que, cuando se fue, prometió escribirme. Dijo que volvería algún día, cuando yo fuese mayor.

—¿Te dijo eso?

Sus suaves besos encontraron mis labios. Logan me había besado muchas veces, y ni una sola me había sentido yo tan excitada por sus desmañadas y juveniles aproximaciones como con este hombre, que, evidentemente, sabía con toda precisión lo que debía hacer para provocar una especie de hormigueo en mi piel. Aunque hubiera debido comportarme con más sentido, respondí demasiado rápidamente y, luego, me separé.

—No debes tener compasión de mí y contarme mentiras.

—Nunca te mentiría sobre algo tan importante.

Me cogió la cabeza con las manos para poder colocarla en un ángulo conveniente, y su siguiente beso en mis labios fue más intenso. Yo apenas podía respirar.

—Cuanto más pienso en ello, más recuerdo lo mucho que yo quería a tu madre.

Me deslizó suavemente sobre el montón de heno, apretándome con fuerza contra su pecho, mientras mis brazos se elevaban automáticamente para rodearle.

—Sigue. Cuéntame más.

—Ahora, no, Heaven. Ahora no. Sólo déjame tenerte así hasta que pase la tormenta. Déjame pensar más en lo que está sucediendo entre nosotros. He procurado no amarte. No quiero ser otro hombre que te cause daño.

—No tengo miedo.

—Tú sólo tienes dieciocho años. Yo, veintitrés.

No podía creer lo que dije después.

—Jessie Shackleton tenía setenta y cinco cuando se casó con Lettie Joyne, que vivía a ocho kilómetros de los Willies, y le dio tres hijos y dos hijas antes de morir a la edad de noventa años.

Lanzó un gemido y sepultó el rostro en mis húmedos cabellos.

—No digas nada más. Los dos necesitamos pensar antes de que sea demasiado tarde para detener lo que ya ha comenzado.

Me sentí pasmada. ¡Me amaba! Estaba en su voz, en la forma en que me retenía y trataba de advertirme.

Con la lluvia golpeando suavemente en el techo y chorros de agua deslizándose a través de las goteras, mientras retumbaba el trueno y crepitaba el rayo, permanecimos tendidos, el uno en brazos del otro, sin hablar, acariciándonos, uniendo de cuando en cuando nuestros labios, y era mucho más dulce de cuanto yo había conocido antes.

Él habría podido reclamarme allí y entonces, y yo no me habría resistido; pero se contuvo, haciendo que mi amor hacia él aumentase más aún.

La lluvia duró una hora. Luego, me puso sobre su caballo, y cabalgamos despacio hacia aquella enorme casa cuyas torres y chimeneas podíamos ver por encima de las copas de los árboles. En los escalones que llevaban a la puerta lateral, me atrajo de nuevo a sus brazos.

—Es extraño, Heavenly, cómo entraste en mi vida cuando no te necesitaba ni te deseaba, y ahora no puedo imaginar la existencia sin ti.

—Entonces, no lo hagas. Te quiero, Troy. No intentes apartarme de tu vida sólo porque creas que soy demasiado joven. No soy demasiado joven. Nadie de mi edad es considerado joven en las montañas.

—Esas montañas tuyas son impresionantes; pero no puedo casarme, ni contigo, ni con nadie.

Sus palabras me angustiaron.

—Entonces, ¿no me quieres?

—Yo no he dicho eso.

—No tienes que casarte conmigo si no deseas hacerlo. Sólo ámame el tiempo suficiente para que yo me sienta conforme conmigo misma.

Rápidamente, me puse de puntillas para apretar mis labios contra los suyos, al tiempo que mis dedos se enroscaban en sus mojados cabellos.

Los brazos de Troy se tensaron en torno a mi cuerpo,

mientras yo pensaba en todas las mujeres que debían de haberlos llenado antes de ahora. ¡Mujeres ricas, impetuosas, bellas, sofisticadas! Mujeres dotadas de encanto, de inteligencia, de cultura. Enjoyadas, elegantes, ingeniosas, seguras de sí mismas... ¿Qué posibilidades tenía una rústica Casteel de atrapar a un hombre como Troy, cuando ellas habían fracasado?

—Te veré mañana —dijo, separándose y descendiendo los escalones—. Es decir, si no vuelven Jillian y Tony. No sé qué es lo que les retiene fuera tanto tiempo.

Yo tampoco lo sabía; pero era agradable no verme obligada a actuar furtivamente para ver a Troy. Y cuanto más pensaba en ello después, ya en la cama, más desasosegada me sentía. Yo deseaba estar con Troy ahora, no quería esperar más. Ansié en silencio que viniese a mí y que lo hiciera en ese momento.

Durante horas interminables, permanecí al borde del sueño, sin llegar a encontrar el olvido que tan desesperadamente buscaba. Daba vueltas a un lado y a otro, probando también boca arriba y boca abajo. Y luego, de pronto, oí pronunciar mi nombre. Desperté por completo y miré el reloj eléctrico que tenía sobre la mesilla. Las dos... ¿Ése era todo el tiempo que había pasado? Me levanté, me puse un ligero peinador verde que hacía juego con mi camisón, recorrí el pasillo hasta la escalera y, sin habérmelo propuesto deliberadamente, me encontré en el laberinto, descalza. La hierba se hallaba húmeda y fría. Yo no quería analizar qué estaba haciendo allí.

La tormenta había lavado la atmósfera, que ahora resplandecía, iluminada por la luz de la luna. Los altos setos con sus millones de hojas arrancaban partículas de luz que centelleaban en la oscuridad. Y, luego, yo estaba allí, vacilando ante su cerrada puerta azul, deseando tener el valor de llamar, o de abrir la puerta y entrar. O la decisión de dar media vuelta y regresar adonde debía estar. Incliné la cabeza hasta tocar con la frente la madera; luego, cerré los ojos y me eché a llorar suavemente, mientras las fuerzas abandonaban mi cuerpo, que se desplomó fláccido. En ese instante, la puerta se abrió, haciéndome caer hacia delante. En los brazos de Troy.

No dijo nada al cogerme. Me levantó y me llevó a su dormitorio.

La luz de la luna le daba en el rostro mientras bajaba su cabeza hacia la mía, y esta vez sus labios eran más acuciantes. Sus besos y sus manos me inflamaron, por lo que todo sucedió entre nosotros tan natural y bellamente que no experimenté nada de la vergüenza ni la sensación de culpabilidad que me habían dominado al hacer el amor con Cal Dennison. Nos unimos como si debiéramos hacerlo o morir, y cuando todo terminó, yo permanecí tendida en el círculo de sus brazos, estremeciéndome a impulsos de los cada vez más débiles espasmos del primer orgasmo de mi vida.

Cuando despertamos, estaba amaneciendo, y a través de las abiertas ventanas penetraba, húmedo y frío, el viento de la mañana. Los gorjeos matutinos de los soñolientos pájaros hicieron asomar lágrimas a mis ojos, antes de que me incorporase para coger la manta doblada a los pies de la cama. Rápidamente, los brazos de Troy me hicieron tenderme de nuevo. Me cubrió la cara de tiernos besos, al tiempo que su mano libre me acariaba el pelo, antes de apretarme contra él.

—Anoche estaba tendido aquí, en la cama, pensando en ti.

—Yo no podía dormir...

—Ni yo tampoco.

—Y cuando estaba a punto de conciliar el sueño, desperté de pronto por completo y creí oír que me llamabas.

Troy emitió un profundo y gutural sonido, apretándome con más fuerza contra su cálido cuerpo.

—Me disponía a acudir a tu lado cuando caíste sobre mí al abrir la puerta, como la respuesta a una oración. Sin embargo, no debí haber permitido que esto sucediese. Temo que vayas a arrepentirte. No quiero causarte ningún daño.

—Nunca podrías causarme daño. ¡Nunca! ¡Jamás he conocido un hombre tan bueno y cariñoso!

Rió brevemente por lo bajo.

—¿Cuántos hombres has conocido a la tierna edad de dieciocho años?

—Sólo aquél de que te hablé —murmuré, ocultando el rostro cuando él quiso mirarme a los ojos.

—¿Quieres hablarme más de él?

Escuchó sin hacer preguntas, acariciándome durante todo tiempo con sus finas manos, y, cuando mis palabras cesaron, me besó los labios y, luego, cada una de las yemas de mis dedos.

—¿Has vuelto a tener noticias de ese Cal Dennison desde que viniste a vivir a *Farthy*?

—¡No quiero saber nada de él!

¡Con qué vehemencia lo dije!

Durante nuestra primera comida del día nos portamos como dos adolescentes que estuvieran descubriéndose el uno al otro. Yo no había comido nunca un emparedado de huevo frito con tocino, ni había sabido que la mermelada de fresa realzaba el sabor del huevo y el tocino.

—Fue pura casualidad la forma en que descubrí este placer gastronómico —explicó—. Yo tenía unos siete años y estaba convaleciente de una de esas enfermedades infantiles que solían acosarme. Jillian me estaba reprendiendo por mi poca pulcritud en la mesa, cuando se me cayó en el plato mi tostada con mermelada de fresa. «¡Pues ahora te la comes!», gritó, y cuando lo hice descubrí que me gustaban los huevos con tocino...

—¿Jillian solía gritarte?

Me sentía asombrada. Yo había creído que gran parte de su aspereza conmigo se debía a que le irritaba que hubiera una mujer joven cerca de ella.

—Nunca me ha tenido simpatía... Escucha... Está tronando otra vez. El hombre del tiempo pronosticó una semana de tormentas. ¿Recuerdas?

Oí el débil repiqueteo de la lluvia sobre el tejado. Al poco rato, Troy estaba haciendo una hoguera para ahuyentar el frío y la humedad de la mañana, y yo me hallaba echada en el suelo, mirándole. Me regocijaba la precisión con que apilaba la leña. Me complacía observarle cuando estaba relajado. ¡Qué maravilloso que el mal tiempo nos encerrase en su casa!

El fuego ardía. La franja de silencio que se extendía entre nosotros empezó a palpitar de sensualidad. El juego del anaranjado resplandor que las llamas proyectaban sobre los firmes planos de su rostro me hacía sentir una especie de cosquilleo por todo el cuerpo. Le vi observándome como yo le observaba a él, escrutando mi rostro cuando yo le estaba mirando las manos... Se incorporó, apoyado en el codo, y su rostro estaba muy cerca del mío. Iba a hacerme otra vez el amor. Se me aceleró el pulso.

En vez de besos me dio palabras.

En vez de rodearme con sus brazos, volvió a tenderse y entrelazó de nuevo las manos bajo la cabeza, su postura favorita.

—¿Sabes en qué pienso cuando es verano? Que pronto llegará el otoño, y los pájaros estivales más bellos y relucientes emigrarán, dejando que se queden nada más que los grises y anodinos. Detesto los días cuando van acortando. No duermo bien durante las largas noches de invierno. Parece como si el frío penetrara a través de las paredes y se me metiera en los huesos. Me agito y me revuelvo, acosado por pesadillas. Sueño demasiado en invierno. El verano es una época propicia para dulces ensoñaciones. Aun contigo aquí, a mi lado, siento la impresión de que eres un sueño.

—Troy... —protesté, volviéndome hacia él.

—No, por favor, déjame hablar. Rara vez tengo alguien que escuche tan atentamente como tú, y quiero que sepas más cosas acerca de mí. ¿Deseas escucharme?

Asentí con la cabeza, un poco asustada por el tono serio de su voz.

—Las noches de invierno son demasiado largas para mí. Dan tiempo a que nazcan demasiadas imágenes. Procuro evitar dormirme hasta poco antes del amanecer, y a veces lo consigo. Si no, me siento tan desasosegado que tengo que levantarme y vestirme. Luego, salgo fuera y dejo que el aire fresco disipe mis pensamientos tristes. Camino por los senderos entre los pinos y cuando se me ha despejado la cabeza, sólo entonces, vuelvo aquí. Y, trabajando, puedo olvidar la noche que se avecina y las pesadillas que me acosan.

Me quedé mirándolo.

—No es extraño que tuvieras ojeras el invierno pasado —dije, afligida por el hecho de que estuviera tan melancólico, pues ahora me tenía a mí—. Yo pensaba que eras un maníaco del trabajo.

Troy rodó de costado, de cara al fuego, extendiendo su largo brazo para coger una botella de champaña que había puesto a refrescar en un cubo de plata. Sirvió el burbujeante líquido.

—La última botella de lo mejor del vino —dijo, volviéndose hacia mí y levantando su copa para hacerla chocar suavemente con la mía.

Yo me había acostumbrado al champaña durante el pasado invierno, ya que aparecía con mucha frecuencia en las fiestas de Jillian; pero era todavía lo bastante niña como para sentirme aturdida después de una sola ronda. Lo tomé con cierta turbación, preguntándome por qué sus ojos evitaban encontrarse con los míos.

—¿Qué quieres decir con eso de la última botella? Debajo de esta casa tienes una bodega con champaña suficiente para el próximo medio siglo.

—Muy literal —dijo él—. Hablaba poéticamente. Intentaba decirte que el invierno y el frío sacan a la luz el lado morboso que trato de ocultar la mayor parte del tiempo. Te quiero demasiado como para dejar que te enredes en nuestra relación sin comprender quién soy y qué soy.

—¡Sé quién eres y qué eres!

—No. Solamente sabes lo que yo he permitido que veas.

Sus oscuros ojos se volvieron hacia mí, ordenándome que no hiciera preguntas.

—Escucha, Heaven. Estoy tratando de advertirte mientras todavía estás a tiempo de alejarte.

Abrí la boca para protestar; pero él me impuso silencio colocando sus dedos sobre mis labios.

—¿Por qué crees que Tony te ordenó que te mantuvieses alejada de mí? Me resulta muy difícil persistir en el lado mío alegre y optimista que sólo florece cuando alargan los días y vuelve el calor.

—¡Siempre podemos trasladarnos al Sur! —exclamé, odiando su seriedad, la sombría expresión de sus ojos.

—Lo he intentado. He pasado inviernos en Florida, en Nápoles, he viajado por todo el mundo tratando de encontrar lo que otros hallan con tanta facilidad; pero me llevo conmigo mis pensamientos invernales.

Sonrió, pero no me sentí consolada. Él no estaba bromeando, aunque su tono trataba de ser ligero. Detrás de sus pupilas había una oscuridad tan profunda como un pozo sin fondo.

—Pero siempre vuelve la primavera, seguida por el verano —me apresuré a replicar—, esto es lo que yo solía decirme a mí misma cuando teníamos frío y hambre, había dos metros de nieve y tenía que recorrer ocho kilómetros hasta Winnerrow.

Sus suaves y oscuros ojos me acariciaron y derramaron calidez sobre mi rostro. Sirvió más champaña en mi copa.

—Ojalá hubiera podido conocerte entonces a ti, y a Tom y a los otros. Habrías podido darme parte de la fuerza que tienes.

—¡Troy! ¡Deja de hablar así! —exclamé, asustada porque no entendía su estado de ánimo y enfadada porque debería estar ahora besándome y quitándome la ropa, no hablando—. ¿Qué tratas de decirme? ¿Que no me quieres?

¿Que lamentas haber hecho que yo te ame? Bien, pues yo no lamento nada. ¡Nunca lamenté que me dieras al menos una noche contigo! Y, si crees que puedes deshacerte de mí, te hallas completamente equivocado. Estoy en tu vida, Troy, profundamente metida en tu vida. No importa que el invierno te ponga triste y morboso. Seguiremos juntos al sol, y durante todas esas noches mis brazos te apretarán con tanta fuerza que nunca volverás a tener otra pesadilla.

Pero, mientras tendía apasionadamente mis brazos hacia él, mi corazón se balanceaba al borde de un precipicio, presto a desplomarse y morir si él me rechazaba.

—¡No quiero oír nada más! —exclamé, antes de que mis labios se apretaran contra los suyos—. ¡Ahora, no, por favor! ¡Ahora no!

SEGUNDA PARTE

XIII. ENERO A JULIO

En varias ocasiones intentó Troy contarme su triste historia de invierno, debilidad y muerte. Pero yo protegía nuestra alegría y nuestra pasión y le imponía silencio con mis besos una y otra vez. Durante tres noches y dos días fuimos ardorosos amantes que no podían soportar estar separados más de unos pocos minutos. No íbamos más allá de los jardines que rodeaban Farthy, ni siquiera volvimos a arriesgarnos a cabalgar por el bosque. Elegíamos los senderos seguros para nuestros caballos, sin ir nunca demasiado lejos, ansiosos por regresar a la casita y a la seguridad de hallarse el uno en brazos del otro. Y, luego, un atardecer en que la lluvia se había alejado hacia el mar, y el sol volvía a relucir por fin en el horizonte, Troy abordó de nuevo la cuestión, estando ambos sentados en el suelo, ante el fuego. Esta vez se mostró muy insistente.

—Tienes que escucharme. No trates de hacerme callar de nuevo. No quiero arruinar tu vida sólo porque hay una sombra que oscurece la mía.

—¿Arruinará tu historia lo que tenemos ahora?

—No lo sé. Eso será decisión tuya.

—¿Y estás dispuesto a correr el riesgo de perderme?

197

—No, espero no perderte nunca; pero, si tiene que ocurrir, lo aceptaré.

—¡No! —exclamé, levantándome de un salto y echando a correr hacia la puerta—. ¡Déjame tener todo este verano sin pensar en el invierno!

Salí de la casita y me adentré en el laberinto, atravesando la fría niebla vespertina que comenzaba a espesarse entre los setos. Con gran consternación por mi parte, casi me di de manos a boca con el pequeño grupo que se hallaba congregado ante la escalinata principal de «Farthinggale Manor», descargando el equipaje de la larga *limousine* negra de Tony.

¡Jillian y él habían vuelto! Rápidamente, me sumergí de nuevo en el laberinto. No quería que me viesen ahora, regresando de la casita de Troy.

Mientras el chófer llevaba adentro el equipaje, oí a Tony reprender a Jillian por no haberme avisado.

—¿Quieres decir que no llamaste ayer a Heaven como prometiste?

—Bueno, Tony, pensé varias veces hacerlo; pero hubo interrupciones, y ella se sentirá más sorprendida y emocionada si volvemos inesperadamente. A su edad, yo me habría quedado encantada de recibir todas las bellas cosas que le hemos traído de Londres.

Tan pronto como desaparecieron en el interior de la vivienda, corrí a la puerta lateral y subí a mis habitaciones por la escalera posterior. Una vez en mi cuarto, me arrojé sobre la cama y estallé en un torrente de lágrimas, las cuales me apresuré a enjugar cuando Tony llamó a mi puerta con los nudillos y pronunció mi nombre.

—Hemos llegado, Heaven. ¿Puedo entrar?

En cierto modo, me alegraba verle de nuevo. Él se mostró muy sonriente y animado mientras me acosaba a preguntas sobre qué había hecho y cómo me las había arreglado para mantenerme contenta, ocupada y entretenida.

Oh, las mentiras que conté debieron hacer que la abuelita se revolviera en su tumba. Mantuve los dedos cruzados a mi espalda. Me preguntó por mi ceremonia de graduación y volvió a decirme que lamentaba mucho haber tenido que perdérsela. Me interrogó sobre las fiestas a que había asistido, a quién había visto y si había conocido a algún joven. Y ni una sola vez pareció sospechar nada mientras las mentiras fluían de mi lengua. ¿Por qué no imaginaría que era a Troy a quien yo encontraría más adecuado? ¿Había olvidado todas las reglas que me impuso?

—Muy bien —dijo—, me alegro de que hayas disfrutado viendo la televisión. A mí me resulta aburrida; pero, al fin y al cabo, yo no me crié en los Willies —me dedicó una amplia y encantadora sonrisa, aunque había en ella un cierto deje burlón—. Espero que habrás tenido tiempo para leer unos cuantos buenos libros.

—Yo siempre encuentro tiempo para la lectura.

Sus azules ojos se entornaron al inclinarse para abrazarme brevemente antes de volverse de nuevo hacia la puerta.

—Antes de cenar, Jillian y yo queremos darte todos los regalos que hemos elegidos cuidadosamente para ti. Y ahora, ¿qué tal si te lavas las manchas de lágrimas de la cara antes de cambiarte de ropa para la velada?

No le había engañado; sólo me había inducido a mí misma a creer que él no era tan perspicaz como antes.

Pero luego, en la biblioteca, mientras Jillian, ataviada con un largo vestido, miraba sonriente cómo abría yo mis regalos de Londres, él no me preguntó qué era lo que me había hecho llorar.

—¿Te gusta todo? —preguntó ella, que me había dado vestidos y más vestidos—. Los jerseys te quedarán bien, ¿verdad?

—Cuanto has traído es precioso. Y sí, los jerseys me quedarán bien.

—¿Y mis regalos? —preguntó Tony, que me había entregado un extravagante conjunto de bisutería y una pesada caja forrada de terciopelo azul—. Hoy ya no hacen juegos de tocador como en la era victoriana. Esa cómoda que tienes es antigua y muy valiosa.

Coloqué cuidadosamente sobre mi regazo la tapizada caja, que contenía un espejito de mano con mango de plata, un cepillo de pelo, un peine, dos polveras de cristal con adornadas tapas de plata y dos frascos de perfume a juego con el conjunto. Mirando aquello, me pareció retroceder en el tiempo hasta el momento en que, por primera vez, abrí la maleta de mi madre, a la edad de diez años. Arriba, escondida en uno de mis armarios, estaba la vieja maleta que ella había llevado consigo a los Willies, dentro de la cual se hallaba otro juego de tocador de plata, aunque no tan completo como el que ahora tenía en mis manos.

Me sentí de pronto desvalida, atrapada en la red del tiempo. Sin duda, Tony se había fijado en el juego de tocador que Jillian ya me había regalado. Yo no necesitaba otro. Un singular pensamiento acudió entonces a mi mente, pues en aquel instante comprendí lo injusto que era por mi parte no escuchar lo que Toni tenía que decir. Injusto para él y para mí misma.

Esa misma noche, horas más tarde, mucho después de que hubiese terminado la cena y se retiraran mi abuela y su marido, volví a atravesar sigilosamente el laberinto y me dirigí a casa de Troy, al que encontré paseando ceñudamente de un lado a otro de la sala de estar. Su sonrisa de bienvenida resplandeció inmediatamente, levantándome muchísimo el ánimo.

—Han vuelto —informé jadeante, cerrando la puerta y apoyándome en ella—. Deberías ver todas las cosas que me han traído. Tengo vestidos suficientes para una docena de colegialas.

Él no parecía escuchar lo que le decía, sino oyendo lo que yo pasaba por alto.

—¿Por qué te encuentras tan alterada? —preguntó, extendiendo los brazos para que yo pudiese correr a ellos.

—Troy, estoy preparada para escuchar lo que tienes que decir, sea lo que sea.

—¿Qué te ha dicho Tony?

—Nada. Me ha hecho unas cuantas preguntas sobre cómo he pasado el tiempo mientras él y Jillian estaban fuera; pero no te ha mencionado. Me ha parecido extraño que no preguntara dónde estabas y si nos habíamos visto. Era casi como si no existieses, y eso me ha asustado.

Apretó brevemente su frente contra la mía y, luego, se separó, con expresión totalmente inescrutable. Ahora que yo estaba más que dispuesta a escucharle, él parecía reacio a empezar. Con dulzura, más que con pasión, me besó y me acarició el pelo. Pasó suavemente un dedo por mi mejilla y me apretó contra él. Se volvió hacia el amplio ventanal que daba sobre el mar. Su brazo se deslizó en torno a mi cintura para poder atraer firmemente mi espalda contra su pecho.

—No me hagas preguntas hasta que haya terminado. Escúchame con atención, pues hablo en serio.

Cuando empezó su discurso, noté que cada molécula de su ser se esforzaba por tenderse hacia mí y hacerme comprender lo que incluso él mismo debía de haber encontrado inexplicable.

—No es porque no te ame, Heavenly, por lo que he

seguido insistiendo en revelarte lo que tengo que decir. Te amo muchísimo. Tampoco estoy tratando de encontrar ua excusa para no casarme contigo, es sólo mi débil intento de ayudarte a encontrar una forma de salvarte.

Yo no entendía; pero sabía que debía ser paciente y darle su oportunidad de hacer lo que él consideraba «lo adecuado».

—Tú tienes el carácter y la fuerza que yo admiro y envidio a la vez. Eres una superviviente, y todo cuanto a mí me ha sucedido jamás me dice que yo lo sea. No tiembles. Los estilos de vida nos conforman y moldean cuando somos jóvenes, y tengo la certeza de que tú y tu hermano Tom demostraréis estar hechos de un material mucho más duro que yo.

Volviéndose hacia mí, me miró con sus ojos profundos, oscuros y desesperados.

Me mordí la lengua para evitar hacerle preguntas. Era todavía verano; el otoño ni siquiera había coloreado los árboles de un verde intenso. El invierno parecía a una eternidad de distancia. *«Yo estoy aquí. Nunca volverás a tener una noche solitaria si no quieres...»*, pensé; pero no dije nada de esto.

—Déjame que te hable de mi niñez —continuó—. Mi madre murió poco antes de que yo cumpliera mi primer año. No tenía todavía dos, cuando falleció mi padre; así que el único pariente que puedo recordar es mi hermano Tony. Él era mi mundo, mi todo. Lo adoraba. Para mí, el sol se ponía cuando Tony salía por la puerta y volvía a surgir cuando él aparecía de nuevo. Yo pensaba en él como en un dios dorado, capaz de darme cualquier cosa que yo deseara, si la deseaba con suficiente intensidad. Tenía diecisiete años más que yo. Y, antes incluso de morir mi padre, había asumido la reponsabilidad de procurar que yo fuese feliz. Fui desde el principio un niño enfermizo. Tony me ha dicho que mi madre tuvo conmigo un parto muy difícil. Siempre estaba a punto de morir de una cosa o de otra, y le daba a Tony tantos momentos de inquietud que solía entrar de noche en mi habitación sólo para ver si continuaba respirando. Cuando me hallaba en el hospital, me visitaba tres o cuatro veces al día, trayéndome golosinas, juguetes, caprichos y libros. Cuando cumplí los tres años, yo pensaba ya que le debía cada segundo de mi vida. Él era mío. No necesitábamos a nadie más. Y llegó entonces el horrible día en que conoció a Jillian van Voreen. En aquel momento, yo no sabía nada de ella. Lo mantuvo todo secreto para mí. Cuando finalmente me dijo que se iba a casar con ella, me dio a entender que lo hacía sólo para que yo tuviese una nueva y amorosa madre. Y también una hermana. Me sentí emocionado y furioso a la vez. Un niño de tres años puede sentirse muy posesivo respecto de la única persona que le demuestra cariño en su vida. Él me ha dicho que empecé a tener rabietas y accesos de ira. Pues yo no quería que Tony se casara con Jillian, especialmente después de que nos conociéramos. Yo estaba enfermo, en la cama, y él pensaba que ella se sentiría conmovida por un niño tan frágil y guapo que realmente la necesitaba. Mi hermano no vio lo que vi yo. Los niños parecen tener una especial capacidad de penetración en las mentes de los adultos. Comprendí que ella estaba aterrada ante la idea de cuidar de mí. Sin embargo, continuó adelante con su divorcio, se casó con Tony y se trasladó a *Farthy* con su hija de doce años. Puedo recordar la boda muy vagamente, sin detalles, sólo impresiones. Me sentía desgraciado, y también tu madre. Tengo otras impresiones de Leigh tratando de ser una hermana para mí y pasando gran parte de su tiempo libre junto a mi lecho, intentando entretenerme. Sin embargo, lo que más profundamente se grabó en mi cerebro fue el evidente resentimiento de Jillian por cada momento que Tony me dedicaba en lugar de consagrárselo a ella. Habló durante una hora, haciéndome verlo todo; la soledad de un niño y una niña reunidos por circunstancias que escapaban totalmente a su control, de tal modo que acabaron necesitándose el uno al otro. Luego, sucedió algo terrible que él nunca comprendió, y la nueva hermana, a la que había terminado amando, desapareció.

—Tony estaba en Europa cuando Leigh huyó de aquí. Regresó inmediatamente en respuesta a las desesperadas llamadas de Jillian. Sé que contrató agencias de detectives privados para que intentaran encontrarla, pero la muchacha desapareció como si se la hubiera tragado la tierra. Los dos esperaban que acabase yendo a Texas, donde vivían su abuela y sus tías. No fue nunca. Jillian no paraba de llorar, y ahora sé que Tony la culpaba de la desaparición de tu madre. Yo sabía que Leigh había muerto mucho antes de que vinieses tú aquí con la noticia. Lo supe el día mismo en que ocurrió, pues lo soñé, y tú no has hecho más que confirmar que mi sueño era verdad. Mis sueños siempre se hacen realidad.

»Cuando Leigh se marchó, caí enfermo de fiebre reumática y permanecí postrado en cama durante casi dos años. Tony ordenó a Jillian que renunciase a sus actividades sociales y consagrara todo su tiempo a cuidar de mí, aunque yo tenía un aya inglesa llamada Bertie, a la que adoraba, y habría preferido diez veces más quedarme a solas con ella que con Jillian, que me asustaba con sus largas uñas y sus movimientos bruscos y descuidados; notaba su impaciencia con un niño que no sabía estar bien.

»"Yo no he estado enferma ni un solo día en toda mi vida", solía decirme. Empecé a concebir la idea de que yo era realmente un niño deficiente e imperfecto, que estaba echando a perder las vidas de los demás... Entonces fue cuando empezaron los sueños. A veces eran maravillosos; pero más frecuentemente eran pesadillas aterradoras que me llevaban a creer que nunca sería feliz, que jamás estaría sano, no tendría en ningún momento nada de lo que a otros les resultaba tan fácil obtener... Cosas corrientes que todo el mundo espera que sucedan en sus vidas, como hacer amigos, salir con chicas, enamorarme, y vivir el tiempo suficiente para ver ya crecidos a mis hijos. Empecé a soñar en mi propia muerte... Mi propia muerte de joven. Y al hacerme mayor y empezar a ir al colegio, me apartaba de los que intentaban trabar amistad conmigo, temerosos de acabar sintiéndome herido si me hacía demasiado vulnerable. Solo y diferente, oía mi propio tambor, componía mi propia música, entregado a mi solitario paso por la vida hasta que todo hubiera terminado. Yo sabía que no tardaría muchos años en terminar. No estaba dispuesto a implicar a nadie en mi desventura para que resultara tan herido como me sentía yo al saber que el destino estaba contra mí.

Incapaz de contenerme por más tiempo, exclamé:

—¡Ciertamente, Troy, un hombre de tu inteligencia no puede creer que el destino lo rige todo!

—Yo creo lo que me he visto obligado a creer. Nada de lo que profetizo en mis pesadillas ha dejado de hacerse realidad.

El viento del océano soplaba, frío y húmedo, a través de sus ventanas abiertas. Gaviotas y plángas chillaban quejumbrosamente mientras las olas del mar rompían en la costa. Yo tenía la cabeza apoyada sobre su pecho, y a través de la chaqueta de su pijama percibía los latidos de su corazón.

—Eran solamente los sueños de un niño enfermo —murmuré, sabiendo mientras hablaba que él llevaba demasiado tiempo con aquellas creencias como para que yo pudiera cambiárselas ahora.

Pareció no oírme.

—Nadie podría haber tenido un hermano más dedicado que el que yo tenía; pero estaba Jillian, que utilizaba su dolor por la pérdida de su hija para apartarlo cada vez más de mí. Tenía que viajar para olvidar su pena. Tenía que ir de compras a París, Londres, Roma, y escapar a los recuerdos de Leigh. Tony me enviaba tarjetas postales y pequeños regalos de todo el mundo, haciendo nacer en mí la determinación de que, cuando fuese adulto, también yo vería el Sáhara, conocería las pirámides, etcétera. El colegio no constituía un verdadero desafío para mí. Las notas altas llegaban con demasiada facilidad, de tal modo que los amigos que habría podido hacer resultaban ahuyentados ante lo que los profesores consideraban un niño prodigio. Pasé por la Universidad sin ser aceptado por nadie. Era varios años más joven que los demás chicos y motivo de turbación para ellos. Las chicas se burlaban de mí por no ser más que un crío. Yo permanecía siempre al margen, y a los dieciocho años me gradué en Harvard con excelentes notas. Nada más graduarme, me dirigí a Tony y le manifesté que iba a ver el mundo, como había hecho él.

»No quería que fuese. Me rogó que esperase hasta que él pudiera acompañarme... Pero tenía sus negocios, de los que había de ocuparse, y el tiempo me apremiaba, diciéndome que me apresurase, pues pronto sería demasiado tarde. Así que al final monté, quizá, los mismos camellos por las mismas arenas del Sáhara por donde habían ido Tony y Jillian, y subí los mismos toscos escalones de las pirámides, y descubrí, con disgusto, que los exóticos viajes que yo realizaba con la imaginación mientras yacía tendido en mi cama pensando en cómo serían, resultaron ser, con mucho, los mejores viajes.

Su voz me tenía presa en un apretado círculo de temor. Cuando dejó de hablar, volví en mí con un sobresalto. Me sentía turbada por todo lo que él había dejado sin decir. Tenía todo al alcance de su mano, una enorme fortuna que compartir, inteligencia, buen aspecto físico, y estaba dejando que unos sueños infantiles le arrebataran la esperanza de un prolongado y feliz futuro. Era aquella casa, me dije a mí misma, aquella enorme casa, con sus irregulares pasillos y sus fantasmales y deshabitadas habitaciones. Era un niño solitario con demasiado tiempo en sus manos. Pero, ¿cómo podía ser eso, cuando los hermanos Casteel, que tenían tan poco, se habían aferrado siempre tenazmente a la creencia de que el futuro reservaba todo?

Levanté la cabeza y traté de decir con besos todo lo que no sabía cómo expresar con palabras.

—Oh, Troy, hay muchas cosas que no hemos experimentado. Todo lo que necesitabas era un compañero cuando viajabas, y habrías encontrado cada lugar tan excitante como lo imaginaste, estoy segura. Yo no creo que todos los sueños que Tom y yo concebíamos sobre explorar el mundo vayan a resultar decepcionantes cuando sean llevados a la práctica.

Sus ojos se convirtieron en oscuros charcos del bosque y en ellos parecía contenerse toda la infinidad de los tiempos.

—Tom y tú no estáis condenados como yo. Tenéis el mundo ante vosotros; mi mundo estuvo siempre ensombrecido por los sueños que he tenido, que siempre se han hecho realidad, y por mi conocimiento de los que están a punto de hacerse. Pues yo he soñado muchas veces mi muerte. He visto la lápida de mi propia tumba, aunque nunca puedo leer más que mi nombre completo grabado en ella. Nunca fui realmente hecho para este mundo, Heavenly. Siempre he sido enfermizo y melancólico. Tu madre era como yo. Por eso nos volvimos tan importantes el uno para el otro. Y cuando ella desapareció, cuando soñé con su muerte y supe que mi sueño decía la verdad, no pude comprender por qué seguía yo viviendo. Pues yo, como Leigh, anhelo cosas que nunca se pueden encontrar en este mundo. Como ella, yo moriré joven. Verdaderamente, Heaven, yo no tengo futuro. ¿Cómo puedo llevar a alguien tan joven, radiante y amoroso como tú a lo largo del oscuro sendero que es mío? ¿Cómo puedo casarme contigo, sólo para convertirte en viuda? ¿Cómo puedo engendrar un hijo al que pronto dejaré huérfano, del mismo modo que fui dejado huérfano yo? ¿Realmente quieres amar a un hombre que está condenado, Heaven?

¿Condenado? Me estremecí y me aferré a él, súbitamente invadida por la asombrosa comprensión de lo que constituía el tema de toda su poesía. ¡Muerte! ¡Inseguridad! ¡Deseo de un final temprano porque la vida era decepcionante!

¡Pero yo estaba aquí ahora!

Nunca más volvería él a sentirse necesitado, ni solitario ni decepcionado. Con desesperada pasión, empecé a desabrocharle la chaqueta, mientras mis labios se apretaban contra los suyos, hasta que ambos quedamos desnudos y húmedos, y se enseñoreó de nosotros la sensualidad. Aunque afuera hubiera estado nevando, en vez de simplemente lloviznando, sin duda alguna nuestra ardiente necesidad de poseernos una y otra vez le haría adentrarse en el futuro hasta que los dos fuéramos tan viejos que la muerte resultase bienvenida.

Esa noche, aunque Tony y Jillian habían vuelto, la pasé con Troy. No estaba dispuesta a dejar que se sumergiese en sus morbosas fantasías. Le gustara o no a Tony, me quedaría con su hermano y le convencería para que se casase conmigo. Mi tutor tendría que aceptarlo. A la mañana siguiente, me desperté tarde, sabiendo que Troy había decidido por fin confiar en mí, casarse conmigo. Podía oírle trajinar en la cocina. El aroma de pan casero recién hecho llegó hasta las trémulas aletas de mi nariz. Nunca me había sentido tan viva, tan bella, femenina y perfecta. Permanecí tendida, con los brazos cruzados sobre mis pechos, escuchando el sonido de los armarios de la cocina abriéndose y cerrándose como si estuviese oyendo la *Serenata* de Schubert. El portazo del frigorífico fue un címbalo resonando exactamente en el momento adecuado. Una música inexistente me erizaba los cabellos y todo el vello de mi piel. Había pasado mi vida buscando lo que sentía ahora, y se me saltaron las lágrimas por el alivio de saber que la búsqueda había terminado.

¡Él iba a casarse conmigo! Me estaba dando la oportunidad de cambiar el gris por el iris para todo el resto de su vida. Con movimientos lánguidos y ojos soñolientos, llena de una felicidad casi delirante, fui hasta la cocina. Troy se volvió desde el fogón para sonreírme.

—Tendremos que decirle a Tony que pensamos casarnos, y pronto.

Un acceso de pánico me paralizó por un instante el corazón; pero ya no necesitaba el apoyo de Tony. Una vez que Troy y yo fuésemos marido y mujer, todo iría bien. Para él y para mí.

Esa misma tarde, atravesamos el laberinto en dirección a «Farthinggale Manor» cogidos de la mano y entramos en la biblioteca, en la que Tony se hallaba sentado ante su

206

mesa. Los rayos del sol vespertino atravesaban las ventanas y formaban brillantes manchas de luz en la policroma alfombra. Troy había llamado por teléfono para decirle que nos dirigíamos allí, y quizás era cautelosa astucia lo que yo vi en su cara, y no una auténtica sonrisa de placer.

—Bien —dijo, al vernos cogidos de la mano—, no me habéis hecho caso, y ahora venís a mí con el aspecto de dos personas muy enamoradas.

Sus palabras me cogieron por sorpresa, aunque no a Troy, y solté nerviosamente mi mano de la de Troy.

—Simplemente, ha sucedido —murmuré con un hilo de voz.

—Vamos a casarnos el día de mi cumpleaños —dijo Troy, con tono desafiante—. El nueve de setiembre.

—¡Un momento! —rugió Tony, poniéndose en pie y apoyando las palmas de las manos sobre la mesa—. ¡Durante toda tu vida adulta me has dicho, Troy, que no te casarías nunca! ¡Y que no querías tener hijos!

Troy me cogió de la mano y me aproximó a él.

—No pensaba poder encontrar a alguien como Heaven. Ella me ha dado esperanza e inspiración para seguir, pese a lo que creo.

Mientras yo me apretaba contra el costado de Troy, su hermano sonrió de forma extraña.

—Supongo que no servirá de nada que objete que Heaven es demasiado joven y que su formación es muy distinta para hacer de ella una esposa adecuada.

—En efecto —respondió Troy, con firmeza—. Antes de que las hojas de otoño caigan al suelo, Heavenly y yo estaremos camino de Grecia.

De nuevo se me paralizó el corazón por un instante. Troy y yo sólo habíamos hablado vagamente acerca de una luna de miel. Yo había pensado en algún centro turístico local, donde pasaríamos unos días, para ir luego a Radcliffe, donde estudiaría inglés. Y al poco rato, con gran sorpresa por mi parte, los tres estábamos sentados en un largo sofá de cuero, haciendo planes para la boda. Ni por un momento creí yo que mi tutor fuera a dejar que esa boda se celebrase, especialmente cuando me sonreía de vez en cuando.

—A propósito, querida —me dijo Tony con tono afable—. Winterhaven te ha enviado varias cartas sin remite.

La única persona que me escribía era Tom.

—Debemos llamar a Jillian por tu buena noticia.

¿Era sarcasmo lo que había tras su sonrisa? No sabría decirlo, pues Tony no era persona que yo pudiese interpretar.

—Gracias por aceptar esto tan bien, Tony. Especialmente después de tus relatos de cómo me comporté yo cuando me hablaste de tu próxima boda con Jillian.

En ese momento, ella entró con pasos lánguidos en la estancia y se dejó caer airosamente en una silla.

—¿Qué es lo que oigo...? ¿Se va a casar alguien?

—Troy y Heaven —explicó Tony, mirando con fijeza a su mujer, como si le ordenase que no dijera nada que pudiese alarmar a ninguno de nosotros—. ¿No es una noticia maravillosa para el final de un día de verano perfecto?

Ella no dijo nada en absoluto. Volvió hacia mí sus pálidos ojos, y estaban inexpresivos, alarmantemente inexpresivos.

Aquella misma noche quedaron confeccionados los planes de boda y la lista de invitados, dejándome atónita la rapidez con que Tony y Jillian aceptaban una situación que yo había estado segura que ninguno de los dos permitiría que se produjese. Cuando Troy y yo nos despedimos con un beso en el saloncito delantero, estábamos los dos abrumados por el vertiginoso ritmo de los planes de Tony.

—¿No es maravilloso Tony? —preguntó—. Yo estaba convencido de que haría toda clase de objeciones, y no ha puesto ninguna. Durante toda mi vida se ha esforzado por darme cuanto yo quería.

Me desvestí, todavía aturdida, antes de acordarme de las dos cartas que Tony había dejado sobre mi mesita. Ambas eran de Tom, que había tenido noticias de Fanny.

Está viviendo en una casa de huéspedes barata de Nashville y quiere que yo te escriba pidiéndote dinero. Puedes apostar a que te llamaría ella misma; pero parece ser que ha perdido su libreta de direcciones y ya sabes que nunca ha tenido memoria para retener números. Además, se mantiene en contacto con papá, rogándole que le mande dinero. Yo no he querido darle otra vez tu dirección sin tu permiso. Podría echártelo todo a perder, Heavenly, sé que podría. Quiere parte de lo que tú tienes, y hará cualquier cosa por conseguirlo, pues parece ser que fundió en seguida los diez mil que le dieron los Wise.

Era exactamente lo que más había temido: Fanny no sabía manejar dinero.

Su siguiente carta me daba noticias más preocupantes todavía.

Creo que no voy a ir a la Universidad, Heavenly. Sin que estés tú a mi lado instándome a que siga, no tendré ni voluntad ni deseo de continuar estudiando. A papá le va bastante bien económicamente, y ni siquiera terminé la escuela elemental, así que he estado pensando en entrar en su negocio y casarme algún día, cuando encuentre a la chica adecuada. Eso de ser presidente de nuestro país era sólo una broma para complacerte. Nadie votaría jamás a un tipo como yo, con acento campesino.

Leí tres veces las dos misivas de Tom. A mí me estaban sucediendo todas las cosas maravillosas, y él estaba atrapado en una ciudad provinciana del sur de Georgia, renunciando a sus sueños de llegar a ser alguien importante... No era justo. Yo no podía creer que papá pudiera tener ningún éxito importante. Le había oído decir que nunca había leído un libro hasta el final, y había tardado horas en sumar una columna de cifras. ¿Qué clase de trabajo podía hacer por el que se le pagase bien? ¡Tom se estaba sacrificando para ayudarle! Ésa fue la conclusión a que llegué.

De nuevo corrí a través de los sinuosos senderos del laberinto, iluminados por la luna, y llamé a Troy, que despertó sobresaltado.

Emergió de sus sueños con aire juvenilmente confuso, antes de sonreír.

—Qué bien que hayas venido —dijo con tono soñoliento.

—Siento despertarte; pero no podía esperar hasta la mañana —encendí la lámpara de su mesilla de noche y le entregué las cartas de Tom—. Léelas, por favor, y dime luego qué te parecen.

Acabó las dos en pocos segundos.

—No veo nada tan alarmante como para que pongas esa expresión de desesperación. Todo lo que tenemos que hacer es enviar a tu hermana el dinero que necesita. Y a Tom podemos ayudarle también de esa manera.

—Tom no aceptará dinero de ti, ni de mí. Fanny, sí, por supuesto. Pero es Tom el que más me preocupa. No quiero que se quede allí haciendo lo que quiera que haga papá, renunciando a su vida para ayudarle a mantener a su nueva familia. Troy —dije, arriesgándome a decepcionarle con mi plan—, debo ir a los míos antes de nuestra boda —le cogí las manos y se las besé una y otra vez—. ¿Comprendes, querido? Soy tan feliz, mi vida es tan espléndida, que debo hacer algo por ellos antes de empezar mi maravillosa nueva vida contigo. Sé que puedo ayudarles a los dos, sólo con visitarlos, mostrándoles que todavía los quiero, que pueden contar siempre conmigo. Y pueden, ¿verdad, Troy? No te importará que mi familia venga a visitarnos después de que estemos casados, ¿verdad? Los recibirás en nuestra casa, ¿verdad?

Aguardé su respuesta con ojos suplicantes.

Troy tiró de mis manos, que agarraban las suyas, y me hizo caer encima de él, en la cama.

—He estado esperando varios días para revelarte mi noticia, Heaven. Confío en que me perdonarás por aplazarlo; pero no podía soportar la idea de que terminase nuestro idilio, y sabía que en cuanto te lo dijese te apresurarías a irte.

Volvió a besarme una y otra vez y, luego, sonriendo, continuó:

—He recibido informe de los abogados. Tengo buenas nuevas que darte, querida. Ahora podrás visitar a toda tu familia, pues hemos encontrado a Lester Rawlings. Vive en Checy Chase, Maryland, y es padre de dos hijos adoptivos llamados Keith y Jane.

La rapidez con que estaba sucediendo todo me dificultaba la respiración.

—Está bien, está bien —dijo tratando de calmarme mientras me echaba a llorar—. Hay tiempo de sobra antes de nuestra boda para que te ocupes de todo. Me encantará acompañarte a visitar a los Rawlings y ver a tus hermanos pequeños; entonces podemos decidir qué acción quieres emprender, si es que deseas emprender alguna.

—¡Son míos! —exclamé irrazonablemente—. ¡Tengo que volver a tenerlos bajo mi techo!

Me besó de nuevo.

—Decide más tarde las medidas a tomar. Y cuando hayamos encontrado a Keith y a Nuestra Jane continuaremos viaje para ver a tu hermano y a tu padre. Terminaremos la expedición visitando a Fanny. Mientras tanto, le mandaremos unos cuantos miles de dólares por giro telegráfico, como ayuda hasta que lleguemos.

Desgraciadamente, no iba a ser así.

Mientras yo dormía tranquila y protegida en mi cama de «Farthinggale Manor», pensando ahora que Troy y yo debíamos contener nuestra pasión hasta que estuviéramos casados, él caía en profundo sueño con todas las ventanas de su dormitorio abiertas. Se desató un terrible temporal del Nordeste, acompañado de lluvia, granizo y violentas ráfagas de viento. Pero, hasta las seis de la mañana, en que arreció al máximo, no me desperté. Al mirar por las ventanas de mi dormitorio vi la devastación de los perfectos céspedes, cubiertos ahora de árboles arrancados, ramas rotas y otros despojos. Y cuando corrí a casa de Troy, lo encontré febril y congestionado, sin poder apenas repirar.

Me sentía verdaderamente aterrada mientras llamaba a Tony y una ambulancia trasladaba apresuradamente a Troy al hospital. Justamente cuando se suponía que más feliz iba yo a ser, él había caído gravemente enfermo de pulmonía. ¿La había contraído deliberadamente, incapaz de aceptar el amor y la felicidad que merecía? No dejaría que esto volviese a suceder. Cuando estuviéramos casados, yo me hallaría siempre presente para protegerle de sus peores temores, que ahora parecían encontrar siempre la forma de hacerse realidad.

—Es lo que quiero —murmuró Troy, unos días después, en su lecho del hospital—. Ya ha pasado lo peor de mi pulmonía, y sé que estás ansiosa por ver de nuevo a Keith y a Nuestra Jane. No es necesario que permanezcas aquí mientras recupero las fuerzas. Cuando vuelvas estaré bien del todo.

Yo no quería dejarle, aunque estaba atendido de forma inmejorable, con enfermeras particulares pendientes de él las veinticuatro horas del día. Protesté una y otra vez; pero él seguía insistiendo en que debía tener lo que durante tanto tiempo había deseado, mi oportunidad de volver a ver a Keith y Nuestra Jane. Y, mientras me instaba a que fuese y me aseguraba que estaría perfectamente, algo en mi interior insistía en que me diera prisa, mucha prisa, antes de que fuese demasiado tarde.

—¿Vas a marcharte? —exclamó Tony, cuando le dije que estaba proyectando un pequeño viaje, pues no quería contarle la verdad acerca del lugar adonde iba, por miedo a que intentase impedírmelo—. ¿Ahora, cuando él te necesita, vas a ir a Nueva York a comprarte el ajuar? ¿Qué clase de estupidez es ésa? ¡Creía que amabas a mi hermano, Heaven! ¡Me prometiste que serías su salvación!

—Claro que le amo; pero Troy insiste en que continúe con nuestros preparativos de boda. Y ya se encuentra fuera de peligro, ¿no?

—¿Fuera de peligro? —repitió lentamente Tony—. No, nunca estará fuera de peligro hasta el día en que nazca su primer hijo, y quizás entonces pueda abandonar su creencia de que no vivirá lo suficiente para reproducirse.

—Tú le quieres —susurré, impresionada por el dolor que vi en sus azules ojos—, realmente le quieres.

—Sí, le quiero. Él ha sido mi responsabilidad y mi carga desde que yo tenía diecisiete años. He hecho todo cuanto he podido por dar a mi hermano la mejor vida posible. Me casé con Jillian, que me llevaba veinte años, aunque me mintió sobre su edad y dijo que tenía treinta, y no cuarenta. Yo creí con infantil ingenuidad que ella era lo que fingía ser entonces... La mujer más dulce, cariñosa y maravillosa del mundo. Sólo más tarde averigüé que había aborrecido a Troy desde el primer momento que lo vio. Pero entonces era demasiado tarde para cambiar de idea, pues me había enamorado estúpida, loca e insensatamente.

Sepultó la cabeza entre las manos.

—Adelante, Heaven, haz lo que creas que debes hacer, pues al final lo harás de todos modos. Pero recuerda que, si esperas casarte con Troy, debes regresar pronto y no traer contigo ni a un solo miembro de tu rústica familia.

Levantó el rostro para mostrarme la expresión de conocimiento de sus ojos.

—Sí, estúpida chiquilla, lo sé todo. No; no me lo ha dicho Troy. No soy crédulo ni necio —volvió a sonreírme, diabólicamente burlón—. Y, lo que es más, mi querida niña, he sabido, durante todo el tiempo, que te escabullías por el laberinto para visitar a mi hermano.

—Pero... pero... —tartamudeé, confusa, azorada y aturdida—. ¿Por qué no me lo impediste?

Una cínica sonrisa revoloteó en sus labios.

—El fruto prohibido es sumamente atractivo. Yo abrigaba la esperanza de que en ti, una persona totalmente diferente de cualquier chica o mujer que él hubiera conocido antes, una persona dulce, lozana y excepcionalmente hermosa, Troy encontraría, al fin, una buena razón para vivir.

—¿Tú planeaste que nos enamorásemos? —pregunté, atónita.

—Tenía esperanzas, eso es todo —respondió, y, por primera vez, me pareció totalmente franco y sincero—. Troy es como el hijo que nunca podré tener. Es mi heredero, el que recibirá la fortuna de los Tatterton y continuará la tradición familiar. A través de él y de sus hijos espero tener la familia que Jillian no podría darme.

—¡Pero tú no eres tan viejo! —exclamé.

Se sobresaltó.

—¿Estás sugiriendo que me divorcie de tu abuela y me case con una mujer más joven? Lo haría si pudiese, créeme, lo haría. Pero hay veces en que uno queda tan profundamente atrapado que no hay salida. Yo soy el custodio de una mujer obsesionada por su deseo de mantenerse joven, y tengo la suficiente sensibilidad como para no arrojarla al mundo, donde no sobreviviría dos semanas sin mi apoyo —suspiró profundamente—. Así que adelante, muchacha. Pero no dejes de volver; pues, si no lo haces, lo que le suceda a Troy supondrá para ti una culpa terrible con la que habrás de cargar durante todo el resto de tu vida, y hará tal vez que nunca seas ya feliz.

XIV. GANADORES Y PERDEDORES

El segundo vuelo de mi vida me llevó desde el aeropuerto Logan de Boston hasta Nueva York, y allí transbordé de avión rumbo a Washington. Mi barniz de sofisticación era lastimosamente delgado. Quería parecer fría y serena, mientras que por debajo de la superficie me sentía llena de ansiedad, aterrada ante la idea de hacerlo todo mal. La bulliciosa actividad del aeropuerto de «La Guardia» me aturdió. Apenas si había llegado a mi puerta de embarque cuando los pasajeros estaban ya subiendo a bordo. Yo quería un asiento junto a la ventana, y me sentí agradecida cuando un joven hombre de negocios se apresuró a levantarse para ofrecerme el suyo. Pronto descubrí que había que pagar un precio por el asiento, pues me acosó a preguntas, expresándome su deseo de que me reuniera con él después, le acompañara a tomar una copa y le evitara sentirse solo.

—Voy a reunirme con mi marido —dije, con voz fría y seca— y, además, no bebo.

Poco después, abandonó su asiento y encontró otra mujer joven y sola junto a la que sentarse. Yo me sentía mucho mayor que cuando había volado desde Virginia Occidental el pasado setiembre.

214

Estábamos en agosto. Había transcurrido menos de un año, y yo me había graduado en la escuela superior, había sido admitida en la Universidad y había encontrado un hombre al que amar, y que me amaba realmente, que no me compadecía, como había hecho Logan. Miré a mi alrededor a los otros pasajeros, la mayoría de los cuales vestían más despreocupadamente que yo, con mi traje veraniego color azul claro que había costado más de lo que los Casteel solían gastar en comida en todo un año.

Allí, a gran altura, viendo solamente las blancas y onduladas nubes, experimenté la extraña sensación de despertar de un mágico sueño que había empezado el día en que llegué a «Farthinggale Manor». Éste era el mundo real, donde las mujeres de sesenta y un años no aparentaban tener treinta. Nadie parecía remilgado e impecablemente elegante, ni siquiera los que iban sentados conmigo en la sección de primera clase. Atrás, en la clase turista, se oían llantos de niños. Y, de pronto, comprendí que ni una sola vez desde que entrara en «Farthinggale Manor» había quedado yo libre de su influencia. Incluso en Winterhaven sus tentáculos se habían extendido para hacerme saber que yo ostentaba el pleno control de mi vida. Cerré los ojos y pensé en Troy, rogando en silencio por su rápida recuperación. ¿Había pasado demasiado tiempo en aquella enorme casa, en la que prevalecían la ficción y la simulación? Pues, ahora que me encontraba lejos de la influencia de *Farthy*, su casita del otro lado del laberinto semejaba una simple prolongación de lo que a algunos podría parecerles un fingido castillo.

Cuando llegué a Baltimore, me sentí agradecida a Tony, que había llamado ya para reservarme habitación en un hotel.

Así, pues, no se trataba de una búsqueda desprovista de plan previo. En manera alguna, cuando me estaba esperando una *limousine* con conductor. Incluso en este viaje para encontrar a mis hermanos perdidos hacía tiempo, el control y la influencia de «Farthinggale Manor» continuaban accionando los hilos que dirigían a Heaven Leigh Casteel.

—Tendrás que tomar tus propias disposiciones para visitar a los Rawlings —me había advertido Tony esa misma mañana—, y prever que te vas a encontrar con mucho resentimiento por parte de unos padres que no querrán devolver a su pasado a unos niños que tal vez se hayan acomodado perfectamente a su nuevo estilo de vida. No debes olvidar que ya no eres una Casteel, sino una de nosotros.

Yo siempre sería una Casteel; lo sabía mientras contenía el aliento, me levantaba de la mesa en que había almorzado y me dirigía hacia una cabina telefónica. Me representaba mentalmente lo que sucedería. Keith y Nuestra Jane se emocionarían al verme de nuevo.

Hev-lee, Hev-lee, gritaría Nuestra Jane, con su bella carita radiante de felicidad. Luego, echaría a correr hacia mis abiertos brazos y lloraría de alivio al saber que yo seguía queriéndola.

Detrás de ella vendría Keith, mucho más lento y tímido; pero me conocería. Él también se sentiría emocionado y feliz.

Más allá de eso me resultaba imposible hacer conjeturas. La batalla legal para arrebatarles mis hermanos a aquellos padres sustitutos llevaría quizás años, según habían dicho los abogados de los Tatterton. Y Tony no quería que ganase yo. «No sería justo cargar a Troy con dos chiquillos que podrían luego mostrarle resentimiento, y ya sabes lo sensible que es. Cuando seas su mujer, conságrate a él y a los niños que él engendre.»

Con el auricular pegado al oído, empecé a ponerme nerviosa y a sentirme inquieta mientras el teléfono sonaba y sonaba. ¿Se habrían ido de vacaciones? Llena de incertidumbre dejé que el timbre siguiese sonando, en espera de que contestara alguien. Aguardaba la dulce voz de Nuestra Jane. No contaba con que Keith contestara a un teléfono, si continuaba siendo el mismo muchachito reticente que tan bien conocía yo antes.

Marqué tres veces el número que me había dado Troy. No había nadie en casa. Pedí otro trozo de tarta de moras, recordando las que solía preparar la abuelita en ocasiones especiales, y tomé mi tercera taza de café.

A las tres, salí del restaurante. Un ascensor me llevó hasta el piso quince del suntuoso hotel, que era como el que Tom y yo solíamos soñar en las montañas cuando planeábamos nuestros excepcionales futuros.

Aunque yo había pensado quedarme en Baltimore solamente el fin de semana, Tony consideró de todo punto necesario que tuviese una suite completa, en lugar de sólo una habitación. Había un bonito cuarto de estar y, contiguo a él, una pequeña cocina en la que todo era blanco y negro, y muy brillante.

Pasaron las horas. Eran las diez cuando desistí de localizar a los Rawlings y llamé a Troy.

—Vamos, vamos —me consoló—, puede que se hayan llevado a los niños a una excursión para todo el día, y mañana estarán en casa. Claro que tengo razón. De hecho, por primera vez me siento realmente excitado por el futuro y por todo lo que nos reserva a los dos. He sido un necio. ¿Verdad, querida? Era absurdo creer que, cuando aún no había yo nacido, el destino se proponía ya matarme antes de que llegase a los veinticinco años. Gracias a Dios que entraste en mi vida justo a tiempo para salvarme de mí mismo.

Tuve un sueño agitado. Soñé con Troy. Una y otra vez, se encogía hasta el tamaño de un niño y gritaba, como solía hacer Keith: «¡Hev-lee, Hev-lee!»

Al día siguiente me levanté temprano y esperé con impaciencia a que dieran las ocho de la mañana. Y esta vez, cuando llamé, contestó una voz de mujer:

—Mrs. Rawlings, por favor.

—¿Quién llama?

Le di mi nombre y le dije que quería visitar a mis hermanos, Keith y Jane Casteel. Su contenida exclamación comunicó su sorpresa.

—¡Oh, no! —musitó.

Oí el clic del teléfono al ser colgado y, luego, el tono de línea. Volví a llamar inmediatamente.

El teléfono sonó y sonó largo tiempo, hasta que, al fin, contestó Rit Rawlings.

—Por favor —rogó, con voz llorosa—, no turbes la paz de dos niños maravillosamente felices que se han adaptado a la perfección a una nueva familia y una nueva vida.

—¡Son hermanos de mi misma sangre, Mrs. Rawlings! ¡Eran míos mucho antes de que lo fuesen de usted!

—Por favor, por favor —suplicó—. Sé que los quieres. Recuerdo muy bien la expresión que tenías el día en que nos los llevamos, y comprendo lo que debes de sentir. Cuando vinieron a vivir con nosotros estaban siempre llorando y llamándote. Pero hace más de dos años que no piden estar contigo. Ahora me llaman madre o mamá; y a mi marido, papá. Están de maravilla, física y mentalmente... Te mandaré fotografías, informes sanitarios y escolares; pero, por favor te lo pido, no vengas a recordarles todas las penalidades que tuvieron que soportar cuando vivían en aquella mísera cabaña de los Willies.

Ahora me tocó a mí suplicar.

—¡Pero no entiende, señora Rawlings! ¡Tengo que volver a verlos! Tengo que cerciorarme de que son felices y tienen buena salud, o jamás podré encontrar yo misma la felicidad. Todos los días de mi vida juro encontrar a Keith y Nuestra Jane. Odio a mi padre por lo que hizo, es algo que me devora día y noche. Tiene usted que dejarme verlos, aunque ellos no me vean a mí.

La renuencia expresada en su tardanza en responder podría haber disuadido a alguien menos obstinado que yo.

—Está bien. Pero debes prometer mantenerte oculta a mis hijos. Y, si después de verlos, no te parecen sanos, felices y seguros, entonces mi marido y yo haremos todo cuanto esté a nuestro alcance para remediar esa situación.

Comprendí en el acto que aquélla era una mujer de fuerte voluntad, resuelta a mantener intacta a su familia, y que lucharía con uñas y dientes para que siguieran siendo suyos y no míos.

Me pasé todo aquel sábado recorriendo tiendas, buscando los regalos adecuados para Fanny, Tom y el abuelo. Incluso compré cosas para Keith y Nuestra Jane, a fin de añadirlas a las que estaba reservando para el día en que volviéramos a ser una familia.

El domingo por la mañana desperté llena de esperanzas y presa de gran excitación. A las diez, la *limousine* y el conductor puestos a mi disposición se detenían lenta y majestuosamente ante una iglesia de estilo casi medieval. Yo sabía dónde estarían los niños que anhelaba ver, en su clase de la escuela dominical. Rita Rawlings me había dado detalladas instrucciones para localizarla y acerca de lo que tenía que hacer cuando estuviese allí.

—Si los amas, Heaven, cumple tu promesa. Piensa en sus necesidades y no en las tuyas, y mantente fuera de su vista.

El interior de la iglesia era frío y oscuro; los numerosos pasillos, largos y sinuosos. Gentes bien vestidas me sonreían. En determinado punto de un pasillo trasero me quedé aturdida, sin saber a qué lado ir. Y entonces oí cantar a unos niños. Por encima de todas las demás voces, me pareció percibir la melodiosa y aguda de Nuestra Jane, esforzándose por imitar los tonos de soprano de la señorita

Marianne Deal cuando cantaba himnos con nosotros en la única iglesia protestante de Kinnerrow.

La dulce melodía me llevó hasta ellos.

Entreabrí la puerta y me detuve para escuchar el canto de adoración tan jubilosamente entonado por muchos niños, con el solo acompañamiento de un piano. Al cabo de unos momentos entré en la amplia sala, donde por lo menos quince niños, de edades comprendidas entre los diez y los doce años, se hallaban de pie, sosteniendo libros de himnos y cantando ruidosamente.

Los chicos de Winnerrow se habrían sentido avergonzados ante este grupo con sus bellos trajes de colores suaves.

Los dos que yo buscaba, Keith y Nuestra Jane, estaban uno al lado del otro, sosteniendo el mismo libro de himnos, cantando con extasiada expresión, más por el puro placer de expresarse que por santo fervor. Pensé, mientras lloraba en silencio, complacida por su evidente prosperidad y buena salud: «¡Oh, gracias a Dios que había vivido lo bastante como para volver a verlos!»

Brazos y piernas antes esqueléticos estaban ahora fuertes y bronceados. Los caritas pálidas se habían convertido en radiantes rostros de sonrosados labios que ahora sabían sonreír en vez de adoptar gestos enfurruñados y tristes. Sus ojos ya no estaban acosados por el hambre ni el frío. Al verlos tal como eran ahora se disiparon todas las sombras que yo me había esforzado por mantener en mi mente.

El canto terminó. Me dirigí en silencio hasta la gruesa columna junto a la que debía sentarme para permanecer oculta a su vista.

Los niños se sentaron. Dejaron sus libros de himnos en la bolsa del respaldo de la silla que tenían delante, en las cuales no se sentaba nadie. Mis lágrimas fueron ahuyentadas por una sonrisa cuando vi a Nuestra Jane maniobrar afanosamente con su bello vestido blanco y rosa. Cada pliegue del plisado debía ser dispuesto cuidadosamente, de modo que no se arrugase luego y quedara fuera de su sitio. Se tomaban gran trabajo para lograr que su corta faldita le cubriese las bronceadas rodillas, que mantenía juntas en correcta postura femenina. Sus brillantes cabellos estaban hábilmente peinados, de tal modo que caían hasta rozarle apenas los hombros antes de ondularse hacia arriba en airosos rizos. Y cuando volvió la cabeza, ofreciéndome su perfil, pude ver el flequillo que le caía sobre la frente. Su pelo conocía ahora los cuidados profesionales que los míos y los de Fanny no habían tenido jamás a la edad de diez años. ¡Oh, qué guapa estaba! Tan llena de salud y de vitalidad que parecía resplandecer.

Sentado junto a ella, Keith miraba solemnemente a la maestra, quien empezó a contar la historia del pequeño David, que había matado a un gigante con una piedra lanzada con una honda. Aquella piedra había volado directamente hasta su blanco porque el poder del Señor estaba con David, y no con Goliat. Siempre había sido una de mis historias favoritas de la Biblia. Pero olvidé escucharla mientras mis ojos escrutaban a Keith, que lucía una flamante chaqueta veraniega de color azul con pantalones largos blancos. Llevaba camisa blanca y corbata azul. Varias veces tuve que levantarme y moverme para poder verlos mejor. Keith irradiaba la misma vitalidad y buena salud que Nuestra Jane.

Los años transcurridos desde que les viera por última vez les habían añadido varios centímetros de estatura y dado más madurez y carácter a sus rostros. Sin embargo, los habría conocido en cualquier parte, pues existían varias cosas que el tiempo no logró cambiar. Keith miraba repetidamente a su hermana pequeña para cerciorarse de que se encontraba cómoda y a gusto, manifestando un notable nivel de masculina preocupación por su bienestar, mientras que Nuestra Jane continuaba con sus infantiles modales que tanta atención le habían deparado en el pasado. No era probable que fuese a abandonarlos.

Oh, la abuelita se sentiría feliz al saber que su belleza no había quedado permanentemente sacrificada en las montañas, pues Annie Brandywine vivía de nuevo en Nuestra Jane. Y junto a ella Keith tenía que parecerse al abuelo más que a ninguno de los corpulentos y huesudos familiares de Sarah. En otro tiempo, yo había pensado que jamás desaparecerían las oscuras concavidades que ambos tenían bajo los ojos y que sus pálidas caritas nunca presentarían el aspecto que ofrecían ahora, felices de estar vivos.

Varios niños que había delante de mí se volvieron para mirar inquisitivamente en mi dirección. Contuve el aliento hasta que sus miradas quedaron satisfechas y giraron de nuevo dispuestos a escuchar a su maestra. Si alguno de mis hermanos giraba la cabeza hacia mí, tenía pensado esconderme rápidamente. Rogué que no viniese nadie a preguntar por qué estaba yo allí.

Finalizó la historia de David. Escuché el turno de preguntas y respuestas que siguió y oí la dulce y débil voz de Keith rspondiendo con tono vacilante cuando fue preguntado. Nuestra Jane, en cambio, estaba agitando constantemente su manita, ansiosa por plantear su pregunta o dar una respuesta.

—¿Cómo puede una piedra pequeña matar a un gigante enorme? —inquirió.

No presté atención a la contestación de la maestra.

Al poco rato, se pusieron todos en pie, y las niñas se ajustaron esmeradamente los vestidos. Nuestra Jane agarró con más firmeza su bolso blanco.

El excitado parloteo de los chicos que salían podría haber ahogado lo que Nuestra Jane dijo luego, pero agucé el oído y pude entender:

—¡Aprisa, Keith! Esta tarde vamos a ir a la fiesta de Susan, y no queremos llegar con retraso.

Seguí a distancia a los dos pequeños con los que soñaba y observé celosamente cómo Nuestra Jane se arrojaba en los brazos abiertos de Rita Rawlings. Lester se mantenía ligeramente detrás de su mujer, tan gordo y tan calvo como siempre. Apoyó con aire posesivo una mano sobre el hombro de Keith antes de volver la cabeza y mirarme directamente. Habían pasado más de tres años desde que me había visto, acurrucada contra la pared de aquella choza de la montaña, con un vestido sucio y andrajoso y los pies descalzos. Sin embargo, pareció reconocerme. Yo había cambiado mucho, pero me identificó. Tal vez me delataran las lágrimas que corrían por mis mejillas. Dijo algo a su mujer, la cual hizo subir a los niños a un «Cadillac». Luego, me dirigió una sonrisa sinceramente afectuosa.

—Gracias —dijo, simplemente.

Por segunda vez en mi vida vi a aquel abogado y a su mujer alejarse en el coche, llevándose dos partes de mí misma. Me quedé mirando hacia donde habían desaparecido, hasta que las gotitas de lluvia se convirtieron en vapor y el sol salió, ardiente y brillante. Se dibujó el arco iris en el cielo, y sólo entonces eché a andar hacia mi propio coche. Todavía no, todavía no, advertía una vocecilla en mi interior. Puedes reclamarlos más adelante.

Sin embargo, ordené al chófer que siguiese al «Cadillac» azul oscuro; pues quería ver la casa en que vivían los Rawlings. Al cabo de diez minutos, su automóvil torció por una tranquila calle flanqueada de árboles y, luego, enfiló un largo y curvo paseo de coches particular.

—Pare al otro lado de la calle —dije al conductor, pensando que la densa sombra y los numerosos y gruesos troncos ocultarían la *limousine* si los Rawlings trataban de averiguar si les habían seguido. Al parecer, no lo intentaron.

Poseían una hermosa casa de estilo colonial, grande; pero no enorme como «Farthinggale Manor». Los rojos ladrillos eran viejos y se hallaban parcialmente cubiertos de hiedra, los prados de césped eran amplios y estaban bien cuidados, con flores y arbustos en plena floración estival. Realmente era un palacio en comparación con aquella choza encaramada en la ladera de una montaña. No había razón para que me afligiese. Estaban mejor aquí, mucho mejor. No me necesitaban. Ya no. Hacía mucho que habían dejado de pronunciar mi nombre y que no tenían pasadillas. ¡Oh, los gritos de hambre en la noche que yo solía oír procedentes del jergón puesto en el suelo en que dormían los dos niños que en otro tiempo había considerado míos!

«Hev-lee, Hev-lee, ¿te vas a ir a alguna parte?», habían preguntado después de que su propia madre les abandonase, suplicando sus entristecidos ojos que no los abandonase jamás.

—¿Quiere volver ahora al hotel, señorita? —preguntó el conductor al cabo de media hora.

No podía marcharme de allí. Movida por un súbito impulso, abrí la portezuela y bajé a la umbrosa acera.

—Espéreme aquí. Vuelvo dentro de unos minutos.

Me era imposible irme sin ver y saber más, después de toda la congoja que había sufrido desde aquel horrible día en que papá vendió a sus dos hijos menores.

Me deslicé furtivamente en un patio lateral, donde un resistente gimnasio parecía esperar que los chicos lo utilizasen. Pasé luego sigilosamente a un amplio patio interior de suelo enlosado, en el que varias sillas y una mesa con una sombrilla de franjas de colores pugnaban por ocultar el lugar más próximo a la ovalada piscina. Manteniéndome muy cerca de la casa, quedaba bajo el nivel de las numerosas ventanas traseras, y no tardé en verme recompensada por el sonido de voces infantiles que llegaban a través de una de ellas, que estaba abierta.

Al cabo de unos momentos, me encontraba agazapada detrás de unos enormes maceteros de cemento que contenían arbustos, mirando a través de los cristales de las puertas que daban a lo que tenía que ser un porche cerrado.

La hermosa habitación estaba llena de luz del sol, y varias sillas y un sofá lucían gruesos cojines cubiertos de floreada cretona. Plantas interiores en soportes de macramé colgaban del techo en exuberante despliegue, y el suelo se hallaba cubierto por suntuosas alfombras color azul marino. Sobre la más grande de ellas estaban sentados Keith y Nuestra Jane, jugando con unas canicas que habían colocado en el interior del óvalo central. Se habían cambiado la ropa que llevaban en la iglesia por un atuendo más elegante. Por la forma meticulosa en que se movían, era evidente que intentaban mantenerse pulcros y limpios para la fiesta en la que iban a participar.

Yo no podía dejar de mirar.

La falda de volantes del blanco vestido de organza de Nuestra Jane caía desde un alto y fruncido corpiño, y del costado derecho cintas de raso color verde claro descendían hasta el borde del traje. Pequeñas escarapelas de seda rosa formaban un ramillete del que brotaban las cintas. La niña había puesto mucho cuidado en disponerse la falda alrededor, formando círculo. Sus dorados cabellos habían sido recogidos hacia atrás y sujetos sobre la coronilla con otra cinta de raso verde; los extremos de la lazada se hallaban rematados con las mismas pequeñas escarapelas de seda. Nunca había visto yo un vestido infantil tan bonito ni que sentase mejor a su portadora que el que ahora llevaba Nuestra Jane.

Enfrente de Nuestra Jane, que estaba sentada con las piernas cruzadas y lucía relucientes zapatos blancos, se hallaba Keith, cuyo traje de lino blanco y su corbata de lazo armonizaban perfectamente con la tonalidad de pálido jade de las cintas que adornaban el modelo y los cabellos de Nuestra Jane. Era evidente que se había prestado una gran atención a sus ropas.

Cuando finalmente pude apartar los ojos de ellos durante el tiempo suficiente para contemplar el mobiliario de la sala, vi una larga mesa que sostenía un pequeño ordenador. Cerca, había otra mesa con una impresora. Estaba sonando un aparato de radio. En un rincón, aparecía un caballete de pintor, y una mesa y un taburete. Yo sabía para quién era el caballete... ¡Para Keith, que había heredado el talento artístico de su abuelo! Toda gota de pintura que Keith dejara caer iría a parar a un suelo de baldosas que se podía limpiar con facilidad. Y por todas partes había muñecas, como si Nuestra Jane no estuviese madurando tan rápidamente como otras niñas de diez años.

Luego, para mi consternación, sobre el panel inferior de la puerta que tenía delante, aparecieron dos pequeñas patas y el amistoso rostro de un perrillo. Su rabo se agitó furiosamente al verme de rodillas, con las manos apoyadas en el suelo y la nariz casi aplastada contra el cristal. Gruñó, abrió la boca para ladrar varias veces... Y los niños, que yo no había esperado que volviesen la cabeza, clavaron en mí sus ojos, grandes y sorprendidos.

¡Yo no sabía qué hacer!

El perrillo empezó a ladrar más fuerte, y, temiendo que los Rawlings se alarmasen, me puse rápidamente en pie y franqueé la puerta, que no estaba cerrada.

Ni Keith ni Nuestra Jane dijeron nada.

Parecían petrificados, sentados en el suelo ante el policromo círculo de canicas.

Era demasiado tarde ya para marcharme sin ser vista. Traté de sonreír para infundirles serenidad.

—Tranquilos —dije con tono suave—. No voy a hacer nada que altere vuestras vidas. Sólo quiero veros de nuevo a los dos.

Ellos continuaron mirándome, con los sonrosados labios entreabiertos, desorbitados los ojos, que se iban oscureciend progresivamente a medida que densas sombras nublaban la claridad de las pupilas turquesa de Nuestra Jane e intensificaban el ámbar de los de Keith. El perrillo jugueteó en torno a mis pies, me olfateó los tobillos y, luego, se irguió sobre las patas traseras para tocarme la falda. Mis hermanos parecían aterrados. Me dolió ver sus expresiones.

Con mucha dulzura, para no asustarles más, dije:

—Keith, Nuestra Jane, miradme. ¿No habréis olvidado quién soy?

Sonreí, anticipando sus gritos de alegría cuando me reconociesen, como muchas veces en mis sueños les había oído decir: «¡Hev-lee! ¡Has venido! ¡Nos has salvado!»

Pero ninguno de los dos dijo eso. Con cierta torpeza Keith se puso lentamente en pie. Sus pupilas ambarinas se iban dilatando con cada latido de su corazón. Miró con aire preocupado a Nuestra Jane, se estiró de la verde corbata de lazo, apretó los entreabiertos labios, volvió a mirarme y, luego, se pasó una mano por la cara. Toda su vida había hecho eso cuando se sentía confuso o desconcertado.

Nuestra Jane no se mostró tan reservada. Se levantó de un salto, esparciendo las canicas.

—¡Vete! —exclamó, echándole los brazos al cuello a

Keith y apretándole con fuerza—. ¡No te necesitamos!

Abrió la boca para gritar.

Yo no podía dar crédito al miedo que ambos mostraban. No podía admitir que ninguno de los dos supiera quién era yo. Me tomaban por una desconocida, quizás una vendedora a domicilio, y se les había advertido que no dejaran entrar a nadie.

Sorprendida, empecé a hablar y a decirles mi nombre. El nudo que tenía en la garganta me estranguló la voz, de tal modo que me sonó ronco, extraño, ininteligible.

El bello rostro de Nuestra Jane se tornó alarmantemente pálido. En su blanco y asustado semblante se dibujó una expresión de histeria. Por un terrible momento, pensé que iba a vomitar, como con tanta frecuencia solía hacer en el pasado. Al mirar a la cara de Keith, el chico palideció aún más.

Clavó la vista en mí, con ojos en los que chispeaba la ira. ¿Me conocía? ¿Estaba tratando de recordar?

—¡Mamá! —gimió Nuestra Jane con voz aguda, apretándose contra su hermano—. ¡Papá...!

—¡Chist! —advertí, llevándome un dedo a los labios—. No tengáis miedo, no soy una desconocida, y no os haré ningún daño. Me conocíais muy bien cuando vivíais en las montañas. ¿Os acordáis de las montañas llamadas los Willies?

Juro que Nuestra Jane palideció todavía más. Parecía estar a punto de desmayarse.

Mi mente era un torbellino de emociones. Titubeé, indecisa. No era ésta la forma en que yo había previsto que reaccionarían. ¡Tenían que estar encantados de verme!

—Hace mucho tiempo, teníais una familia montañesa, y todos los días laborables íbamos de casa a la escuela y de la escuela a casa caminando a través del bosque. Teníamos gallinas, patos, gansos y, a veces, una vaca. Y siempre montones de perros y gatos. ¡Soy yo, vuestra hermana, a la que solíais llamar Hev-lee! Sólo quiero veros y oíros decir que sois felices.

¡El llanto de Nuestra Jane arreció, lleno de mayor pánico todavía!

Antes de adelantarse, Keith empujó protectoramente a su hermana detrás de él.

—No te conocemos —dijo con voz hosca y temblorosa.

Ahora fui yo quien palideció. Sentí sus palabras como bofetadas.

—¡Haz que se vaya! —gritó con estridencia Nuestra Jane. Fue el peor momento de mi vida.

Haber suspirado por ellos durante años y años, haber soñado con encontrarlos y salvarlos... ¡Y ahora me rechazaban!

—Me voy —dije rápidamente, retrocediendo hacia la puerta abierta—. He cometido un terrible error, y lo siento. ¡Nunca os he visto antes a ninguno de los dos!

Y eché a correr a toda la velocidad que me permitían mis tacones. Me dirigí a la *limousine* que esperaba y, una vez que me hube derrumbado en el asiento posterior, rompí a llorar. Nuestra Jane y Keith no habían salido perdiendo el día en que papá les vendió. Eran ganadores en aquel juego de azar.

XV. APOYO FAMILIAR

No podía soportar pasar una hora más en aquella ciudad, así que recogí mis cosas del hotel, y la *limousine* me llevó al aeropuerto, donde tomé el primer avión que partía para Atlanta. Sentía una desesperada necesidad de aferrarme al pasado del que siempre había tenido tanta prisa por escapar... No quería empezar mi nueva vida con Troy para descubrir que había perdido a mi familia. Iría a ver a Tom, y allí encontraría la bienvenida que anhelaba y el amante hermano que siempre había prometido ser.

El teléfono sonó tres, cuatro, cinco veces antes de que contestara una voz profunda y familiar. Durante unos terribles momentos me pareció que papá podía verme a través de las líneas telefónicas. Quedé petrificada en la cabina.

—Quisiera hablar con Tom Casteel —conseguí por fin murmurar roncamente, y mis palabras surgieron en un tono tan extraño que me atreví a confiar en que el hombre a quien odiaba no reconociera a su primogénita, del mismo modo que jamás había reconocido con el más mínimo cariño mi presencia en su vida. Casi podía ver su rostro indio mientras vacilaba, y por un angustioso instante pensé que podría preguntar: «¿Eres tú, Heaven?»

Pero no lo hizo.

—¿Puedo decirle a Tom quién le llama?

¡Vaya! Alguien le estaba enseñando a papá gramática y buenos morales. Tragué saliva y casi me atraganté.

—Una amiga.

—Un momento, por favor —dijo, como si hiciera esto cien veces al día para Tom.

Le oí dejar el auricular, sentí sus pasos sobre una superficie dura y, luego, su voz rugió con característica entonación campesina:

—Tom, tienes al teléfono otra de esas anónimas amigas tuyas. Me gustaría que les dijeses que dejaran de llamar. Y no te pases más de cinco minutos hablando. Tenemos que poner la función en marcha.

El golpeteo de los pies de Tom mientras corría llegó con toda claridad a través de los muchos kilómetros que nos separaban.

—¡Hola! —saludó, jadeante.

Me desconcertó lo que había cambiado su voz; se parecía mucho a la de papá. Me resultaba difícil hablar, y, mientras vacilaba, Tom debió de impacientarse.

—Quienquiera que seas, responde. No tengo ni un minuto que perder...

—Soy yo, Heaven... Por favor, no pronuncies mi nombre, que no se entere papá.

Contuvo el aliento, sorprendido.

—¡Oye, esto es estupendo! ¡Formidable! ¡Cristo, cuánto me alegro! Papá ha salido al patio para estar con Stacie y el niño, así que no tengo que hablar en voz baja.

Yo no sabía qué decir.

Tom cubrió la embarazosa pausa:

—Es un crío precioso, Heavenly. Tiene el pelo negro y ojos de color castaño oscuro. Ya sabes, la clase de hijo que mamá quería darle a papá...

Se interrumpió bruscamente, y comprendí que estaba a punto de añadir: «Es el vivo retrato de papá.» En lugar de ello, preguntó:

—¿Por qué no dices nada?

—Qué bien; papá consigue siempre lo que quiere —comenté con tono amargo—. Hay personas que tienen esa suerte.

—¡Vamos, Heaven, olvida eso! Sé justa. El niño no es culpable de ningún crimen. Es una monada, y hasta tú tendrías que admitirlo.

—¿Qué nombre le ha puesto a su tercer hijo? —pregunté, con espíritu vengativo.

—No me gusta la frialdad de tu voz. ¿Por qué no puedes dejar morir en paz el pasado, como he hecho yo? Papá y Stacie dejaron que yo eligiera nombre para el niño. ¿Recuerdas quiénes eran hace mucho nuestros exploradores favoritos? ¿Walter Raleigh y Frances Drake? Bien, pues tenemos a Walter Drake. Le llamamos Drake.

—Lo recuerdo —repuse con voz helada.

—Me parece un nombre estupendo. Drake Casteel.

Más mercancía que vender para papá, fue lo que pensé antes de cambiar bruscamente de tema.

—Estoy en Atlanta, Tom. Había pensado alquilar un coche e ir a tu casa; pero no quiero encontrarme con papá.

—¡Es maravilloso, Heavenly! —exclamó con entusiasmo.

—No quiero ver a papá cuando llegue. ¿Puedes arreglar las cosas para que esté fuera de la casa?

Había un cierto acento de tristeza en la voz de Tom cuando me prometió hacer todo lo que pudiera para impedir que papá y yo nos encontrásemos. Luego, me dio detalladas instrucciones de cómo llegar hasta la pequeña ciudad en que vivía, a unos dieciséis kilómetros de donde me dejaría un avión de línea regional en el sur de Georgia.

—¡Tom! —rugió papá a lo lejos—. ¡He dicho cinco minutos, no diez!

—Tengo que irme ahora —dijo mi hermano, con tono apresurado—. Me alegra que hayas venido; pero tengo que decirte que cometiste un gran error cuando echaste de tu vida a Logan y dejaste que entrase en ella ese Troy. Él no es de tu clase. Ese Troy Tatterton del que me has hablado en tus cartas no te comprenderá como te comprende Logan, ni te querrá ni la mitad que él.

Había vuelto a utilizar su dialecto campesino, como hacía siempre que se apasionaba. Le corregí en seguida. No era yo quien había rechazado a Logan; sino Logan quien había cambiado de idea.

—Adiós, Heavenly... Hasta mañana por la mañana, a eso de las once —y colgó sin más.

Permanecí esa noche en Atlanta y a la mañana siguiente temprano alquilé un coche y me puse en marcha hacia el sur, recordando todo lo que en las cartas de Tom hubiera debido servirme de aviso. *Yo pensaba que nunca pasaría nada entre tú y Logan. Es por vivir en esa casa rica. Sé que es eso. ¡Te estás cambiando, Heavenly! ¿Por qué no escribes ni hablas como tú misma?*

Una vez había escrito:

Tú no eres Fanny. Las chicas como tú se enamoran solamente una vez, y no cambian de idea.

¿Qué se figuraba que era yo? ¿Un ángel? ¿Una santa sin defectos? Yo no era ni una cosa ni otra; tenía un color de pelo inconveniente. Era un ángel negro, una Casteel rústica e inútil. ¡La hija de papá! Él me había hecho lo que era. Fuera eso lo que fuese.

Había hablado con Troy la noche anterior. Me pidió que resolviera rápidamente todos mis asuntos familiares y que regresara pronto a su lado.

—Y si, pese a lo que dijo Tony, puedes convencer a Tom para que venga a nuestra boda, no sentirás que todos los invitados lo son por mi lado. Y quizá Fanny quiera venir también.

¡Oh, Troy no sabía lo que hacía al invitar a mi hermana Fanny! Yo me sentía asediada por toda clase de ominosos pensamientos mientras conducía por la mañana temprano en dirección a una pequeña ciudad que había marcado con un círculo rojo en un mapa local. Miré la roja tierra que se extendía a lo largo de la carretera, rememorando el tiempo que había pasado con Kitty y Cal Dennison. Por primera vez desde que me había marchado de Virginia Occidental, mis pensamientos se demoraron en recuerdos de Cal y en imaginar qué habría sido de él. ¿Continuaba viviendo en Candlewick? ¿Había vendido la casa que perteneció a Kitty? ¿Se había vuelto a casar? Sin duda, hizo lo más adecuado cuando me puso a bordo del avión para Boston, permitiéndome creer que Kitty viviría pese a su enorme tumor.

Moví la cabeza, rechazando pensar en Cal cuando tenía que concentrarme en mi encuentro con Tom. Tenía que persuadirle de alguna manera para que dejase a papá y continuara sus estudios. Troy pagaría los gastos académicos y le compraría la ropa y todo cuanto necesitase. Mientras pensaba esto, tenía que contar con el obstinado orgullo de Tom, semejante al que yo tenía.

Luego, de pronto, me encontré perdida en las carreteras secundarias de la región. Me detuve en una ruinosa estación de servicio con dos depósitos de gasolina, y pregunté al flaco y rubicundo encargado. El hombre se me quedó mirando como si pensara que estaba loca por ir tan peripuesta en un día tan sofocante como aquél. Yo llevaba un traje de verano, y tenía calor, desde luego; pero no me hallaba dispuesta a presentarme con un vestido corriente veraniego. Mis manos llevaban excesivas sortijas, y de mi cuello colgaban demasiados collares. Yo iba a impresionar a alguien, aunque me considerasen tonta. Mi coche era el más caro que había podido alquilar.

Tuve que retroceder y dar media vuelta para encontrar la carretera que me llevaría a Tom y a la casa en que vivía papá con su nueva familia. Un poco de Florida se había filtrado en Georgia, dando al paisaje un aspecto semitropical. Al acercarme más a mi destino, detuve el coche a un lado de la carretera para retocarme el maquillaje; y diez minutos después, mi alargado «Lincoln» azul oscuro se detenía ante un moderno edificio de rancho, achaparrado y extendido.

Cierta sensación de entumecimiento en el pecho me hizo experimentar una impresión de irrealidad. Haber recorrido toda aquella distancia y haberme puesto de nuevo al alcance de la crueldad de papá... ¿Qué clase de estúpida era yo? Meneé la cabeza, me miré de nuevo en el espejo retrovisor para comprobar mi aspecto y volví otra vez la vista hacia la moderna casa. Estaba construida con rojas tablas de cedro. El bajo tejado se prolongaba, para dar sombra, por encima de las numerosas y amplias ventanas. Muchos árboles protegían el tejado del fuerte sol; y la casa se hallaba flanqueada de recortados arbustos, ante los cuales se extendían macizos de flores que creaban zonas llenas de color en las que no crecía ni una sola mala hierba. Oh, sin duda, papá estaba demostrando algo al mundo con esta casa que debía tener cuatro o cinco dormitorios. Y ni una sola vez había insinuado siquiera Tom qué era lo que hacía para ganar el dinero suficiente con que pagar una casa así.

¿Dónde estaba Tom? ¿Por qué no salía a recibirme? Finalmente, dominada por la impaciencia, bajé del coche y caminé por el sendero que conducía a la retranqueada puerta. Temía que fuera el propio papá quien respondiera a mi llamada; pese a la promesa de Tom de mantenernos separados. Pero no me importaba. Mi traje, que había costado más de mil dólares, era tan bueno como una armadura. Mis costosas joyas representaban mi escudo y mi espada. Vestida como iba, yo podría matar dragones. Así lo creía al menos.

Pulsé impaciente el timbre de la puerta. Oí un breve

y musical repique de campanillas en el interior. El corazón me palpitaba con fuerza. Pequeñas mariposas batían alas de pánico en mi estómago. Luego, escuché unos pasos que se acercaban. Tenía el nombre de Tom en los labios cuando se abrió la puerta.

Pero no era él, como yo había esperado y rogado que fuese; ni tampoco la temida aparición de mi padre. Una mujer joven y muy atractiva, de pelo rubio y brillantes ojos azules, abrió la puerta y me sonrió como si jamás hubiera conocido el miedo a los desconocidos ni la aversión a nadie.

Me cortó la respiración con su aire de sana inocencia mientras estaba detrás de la puerta de celosía, con las frescas habitaciones al fondo, umbrosas y oliendo a limpio, sonriente y esperando a que me identificase. Llevaba pantalones cortos blancos y un jersey azul. Sostenía en un brazo un niño que parecía soñoliento. Oh, tenía que ser Drake, el hijo parecido a papá..., su tercer hijo.

—¿Sí...? —me instó al ver que yo permanecía en silencio.

Permanecí allí perpleja, mirando a una mujer y un niño cuyas vidas podía yo destruir fácilmente si quisiera.

Y ahora que estaba aquí, comprendía por mi mismo desconcierto que, en el fondo, no había venido solamente a salvar a Tom. Tenía otro motivo: arruinar la felicidad que papá hubiera podido encontrar. Todo lo que podría haber gritado para hacer que ella odiase a mi padre se me quedó atascado en la garganta, de tal modo que tuve dificultades incluso para murmurar mi nombre.

—¿Heaven? —preguntó con aire complacido—. ¿Tú eres Heaven? —Su sonrisa de bienvenida se hizo más amplia—. ¿Tú eres la Heavenly de la que siempre está hablando Tom? Oh, es maravilloso conocerte por fin. ¡Pasa, pasa!

Abrió la puerta de rejilla y, luego, dejó al niño sobre el sofá y se estiró el jersey azul. Sus ojos se volvieron hacia el espejo más cercano para comprobar su aspecto, haciéndome comprender que quizá no le había dicho Tom que yo iba a llegar a las once. Al trazar mis planes, no había pensado en absoluto en esta mujer.

—Desgraciadamente, surgió una emergencia, y Tom tuvo que salir con su padre —se apresuró a explicar.

Miró a su alrededor para cerciorarse de que su casa estaba en orden y me precedió desde el vestíbulo hasta una amplia y elegante sala de estar.

—Me he dado cuenta esta mañana de que Tom parecía varias veces a punto de confiarme algo; pero su padre le apremiaba a que se diese prisa, así que no tuvo tiempo. Estoy segura de que su secreto era tu visita.

Mientras hablaba, ordenó un montón de revistas de decoración y dobló rápidamente el periódico de la mañana que debía de haber estado leyendo.

—Siéntate, por favor, Heaven, y considérate en tu casa. ¿Quieres tomar algo? Dentro de poco voy a preparar la comida para Drake y para mí. Naturalmente, debes quedarte. Pero puedo traerte algo fresco ahora. Hoy hace mucho calor.

—Un refresco de cola me vendría bien —admití, pues sentía la garganta seca a consecuencia de mi extrema ansiedad tanto como de la sed.

No podía creer que Tom no me hubiese esperado. ¿Tampoco para él yo era ya importante? Parecía que nadie de mi familia deseaba verme tanto como yo deseaba verles a ellos. Al poco rato, volvió de la cocina trayendo dos vasos. El niño, de aproximadamente un año, me miraba con sus grandes ojos castaños orlados de largas pestañas negras. Oh, sí, era exactamente el pequeño que Sarah había rogado tener cuando su quinto hijo nació deforme y muerto.

Pobre Sarah. Me pregunté una vez más dónde se encontraría ahora y qué estaría haciendo.

Me quité la chaqueta, que daba demasiado calor. Ahora me sentía ridícula, y deseaba haber tenido suficiente sentido común como para no haberme vestido de modo tan ostentoso.

Stacia Casteel me dedicó una de las sonrisas más dulces que yo había visto jamás.

—Eres muy hermosa, Heaven, exactamente como Tom te ha descrito tantas veces. Puedes considerarte afortunada al tener un hermano que te admira tanto. Yo siempre deseé tener hermanos y hermanas; pero mis padres pensaban que un hijo era suficiente. Viven a unas dos manzanas de aquí, así que los veo con frecuencia, y suelen cuidar de Drake si tengo que salir. Tu abuelo ha salido ahora con mi padre a pescar en un lago próximo.

El abuelo. Me había olvidado del abuelo.

Ella continuó, como si necesitara alguien con quien poder hablar de su familia.

—A Luke le gustaría que nos fuésemos a Florida, para poder estar más cerca de donde trabaja; pero yo no puedo alejarme tanto de mis padres. Sé que ellos no introducirán cambios en sus vidas, ahora que son tan viejos. Están plenamente dedicados a Drake.

Se hallaba sentada frente a mí, dejando que su hijo tomara uno o dos sorbos de su refresco. La criatura apenas si podía tragar, tan intimidada estaba por mi silenciosa presencia. Su madre le empujó ligeramente hacia mí.

—Drake, querido, ésta es tu hermanastra Heaven. ¿No es un nombre apropiado para una jovencita tan encantadora?

Los grandes y oscuros ojos del hijo menor de papá parpadearon mientras trataba de decidir si yo era simpática o no. Luego, agachó la cabeza y se volvió como si tratara de esconderse. Cuando se sintió a salvo, me atisbó desde su posición junto a las piernas de su madre, con el pulgar metido en la boca. Y sentí una punzada al recordar que así era como Keith se solía comportar, sólo que en los viejos tiempos era detrás de mis piernas donde se escondía, nunca junto a las de Sarah, la cual siempre se encontraba demasiado ocupada y cansada para «entretenerse» con niños tímidos que necesitaban atención especial... Hasta que llegó Nuestra Jane.

Pese a la decisión que había tomado de no encariñarme con este pequeñín, me encontré arrodillándome para estar a la misma altura que él. Sonreí.

—Hola, Drake. Tu tío Tom me ha hablado de ti. Me ha dicho que te gustan los trenes, los barcos y los aviones. Algún día, dentro de muy poco, te voy a mandar una caja enorme llena de trenes, barcos y aviones —miré a Stacie con cierta turbación—. Los Tatterton han sido durante siglos fabricantes de juguetes. Fabrican los que no se pueden encontrar en las jugueterías corrientes. Cuando vuelva, le enviaré a Drake todos con los que él pueda jugar.

—Sería muy amable por tu parte —dijo, con otra de sus devastadoras y dulces sonrisas que se me clavó como un dardo en el corazón, pues hacía tiempo que yo podría haberle enviado muchos juguetes a Drake, y ni una sola vez había pensado en hacerlo.

Mientras transcurrían los minutos y ella continuaba charlando al tiempo que preparaba la comida, no tardé en descubrir que amaba mucho al hombre que yo odiaba; lo amaba muchísimo.

—Es el marido más bueno y maravilloso —se entusiasmó—; siempre tratando de hacer cuanto esté en su mano para que tengamos todo lo que necesitamos —me dirigió una suplicante mirada—. Comprendo, Heaven, que quizá tú no le veas así; pero tu padre ha tenido una vida muy difícil y para encontrarse a sí mismo tuvo que alejarse de aquellas montañas y de la herencia Casteel. No es un hombre holgazán ni perezoso. Sólo estaba resentido por hallarse atrapado en lo que parecía un inexorable círculo de pobreza.

Nada de lo que ella decía indicaba que supiera cuánto me había odiado papá, y probablemente me seguía odiando. No mencionó a mi madre ni a Sarah, y por eso empecé a pensar en ella como otra crédula e inocente Leigh Tatterton. Cruzó por mi mente la idea de que mi padre tenía predilección por amar a un tipo de mujer delicada. Del mismo modo que prefería las pelirrojas, como Sarah y Kitty, para variaciones más tempestuosas.

Y si alguna vez se había llevado morenas a la cama, yo estaba aún por saberlo.

Volvimos a la sala de estar después de nuestra comida compuesta por ensalada de atún sobre crujientes hojas de lechuga, con cubitos de queso y bollos calientes servidos con té helado. Nuestro postre fue budín de chocolate, con el que Drake se las arregló para embadurnarse toda la carita.

«No caldo con galletas», pensé con tristeza.

Mi amargura se acentuó cuando regresamos a la radiante y alegre sala de estar. Miré las amplias ventanas que estaban sobre un jardín trasero lleno de flores, y traté de imaginarme a Luke Casteel viviendo en esta moderna y acogedora casa, sentado en aquel largo sofá ante una mesita de café libre de polvo y de huellas de dedos. Plantas frondosas aliviaban la monotonía de los tonos marrones, tostados y crema acentuados con toques turquesa. Una habitación muy masculina, con sólo el cesto de costura para indicar que allí vivía alguien además de un hombre y un niño.

—Ésta es la habitación favorita de tu padre —dijo, como si advirtiera lo ensimismada que yo estaba en mis pensamientos; había un tono de orgullo en su voz—. Luke me dijo que podía decorarla como quisiera, pero yo quería una habitación en la que él pudiera descansar a gusto, y un sofá en el que se echara sin tener que preocuparse por estropear los cojines. A Tom y a tu abuelo también les gusta esta habitación.

Pareció como si fuera a decir algo más; pues enrojeció

y dio la impresión de sentirse culpable y confusa unos momentos, antes de tocarme el brazo y dirigirme una cálida sonrisa.

—Es verdaderamente maravilloso tenerle por fin bajo nuestro techo, Heaven. Luke no habla mucho de su «familia de las montañas», pues dice que le resulta demasiado doloroso.

¡Oh, sí podía imaginarme lo doloroso que le resultaba!

—¿Te ha hablado de mi madre, que sólo tenía catorce años cuando se casó?

—Sí, me contó cómo se conocieron en Atlanta, y me dijo que la quería mucho. Pero no —añadió reflexivamente—, nunca habla realmente de ella de modo que yo pueda imaginar su vida en común en aquella choza de la montaña. Sé que su muerte prematura le dejó marcado de una forma de la que nunca se recuperará. También sé que se casó conmigo porque le recuerdo a ella, y cuando me arrodillo por la noche para rezar mis oraciones ruego por que algún día deje de pensar en tu madre. Sé que me ama, y le he hecho más feliz de lo que era cuando nos conocimos; pero hasta que tú puedas perdonarle y él aprenda a aceptar la prematura muerte de su primera mujer, no podrá disfrutar plenamente de su vida y del moderado éxito que se ha labrado.

—¿Te ha contado lo que hizo? —casi grité—. ¿Crees que obró bien al vender a sus cinco hijos a quinientos dólares cada uno?

—No, claro que no creo que hizo bien —respondió serenamente, neutralizando mi ataque—. Me lo contó. Fue una decisión terrible que se vio obligado a tomar. Vosotros cinco podríais haber muerto de inanición mientras él recobraba su salud. Sólo puedo justificar sus actos diciendo que obró pensando que era lo mejor en ese momento. Y ninguno de vosotros habéis sufrido un daño permanente, ¿verdad? ¿Verdad?

Su pregunta quedó flotando en el aire mientras permanecía con la cabeza inclinada, esperando en silencio a que yo dijera que perdonaba a papá. ¿Creía ella que lo peor que nos había hecho era su traición de Navidad? ¡No, eso había sido sólo la culminación! Y yo no podía decir nada que compensara su crueldad. La esperanza que por un instante había fulgurado en su rostro se desvaneció. Bajó los ojos hacia su hijo, y una profunda tristeza ensombreció su semblante.

—No importa que no puedas perdonarle hoy. Espero que lo hagas algún día en un próximo futuro. Piensa en ello, Heaven. La vida no nos da muchas ocasiones de perdonar. La oportunidad llega, revolotea ante nosotros, pasa el tiempo, y es demasiado tarde.

Me puse en pie de un salto.

—Creía que Tom estaría aquí para recibirme. ¿Dónde puedo encontrarle?

—Me pidió que te retuviera hasta su regreso, a eso de las cuatro y media. Tu padre no vendrá a casa hasta mucho más tarde.

—No tengo tiempo para esperar hasta las cuatro y media —me daba miedo quedarme, temía que ella me convenciera para que perdonase a un hombre a quien odiaba—. Cuando me vaya de aquí tengo que ir hasta Nashville para ver a mi hermana Fanny. Así que, por favor, dime dónde puedo encontrar a Tom.

De mala gana, me dio una dirección, suplicando todavía con sus azules ojos que fuera benévola y comprensiva aunque no pudiese perdonar. Y yo me despedí cortésmente, di un beso a Drake en la mejilla y me alejé apresurada de la joven esposa que llevaba anteojeras.

Me daba pena aquella mujer tan ingenua que hubiera debido mirar bajo la superficie de un hombre guapo y casi analfabeto que utilizaba a las mujeres y finalmente las destruía. Había detrás de él toda una lista de cándidas desechadas que yo conocía, Leigh Tatterton, Kitty Dennison, y Dios sabe qué había sido de Sarah después de abandonar a sus cuatro hijos y a mí. Sólo cuando estaba ya en el coche alquilado, dirigiéndome a toda velocidad hacia la frontera de Florida, recordé que hubiera debido dar un rodeo para ir a saludar al abuelo.

Una hora después, llegué a la pequeña ciudad rural en que Tom trabajaba todos los días durante sus vacaciones de verano, según me había dicho Stacie. Miré con desaprobación las pequeñas casas, el insuficiente centro comercial con su zona de aparcamiento en la que se veían unos cuantos coches de último modelo. ¿Qué clase de lugar era éste para Tom y sus elevadas ambiciones? Y, como un ángel vengador, resuelta a hacer cuanto pudiera para desbaratar los planes que Luke Casteel tenía para su hijo mayor, conduje mi lujoso automóvil hasta las afueras de aquella anodina ciudad y encontré el alto muro de que me había hablado Stacie.

Había cosas para las que ella no me había preparado, como la larga fila de banderas de colores que ondeaban a impulsos del cálido viento. Se movía tanto que no pude leer el mensaje que comunicaban. Una nube de insectos zumbaba en torno a mi cabeza mientras me dirigía hacia una puerta que estaba abierta. Nadie trató de impedirme el paso a una amplia extensión cubierta de hierba atravesada por numerosos caminos de tierra aplastada. «Qué clase de lugar era éste», pensé, mientras el corazón me latía aceleradamente, decepcionada al pensar que mi hermano Tom aceptase... Y entonces comprendí qué futuro se había fijado Tom para complacer a papá.

Se me llenaron los ojos de lágrimas. ¡Un circo! Un circo pequeño, barato, tosco, insignificante, esforzándose por sobrevivir. El llanto empezó a correrme por las mejillas. ¡Tom, pobre Tom!

Mientras permanecía al otro lado de la puerta, bajo el ardiente sol de la tarde, y escuchaba los sonido de mucha gente trabajando, unos cantando y silbando, otros gritando órdenes o respondiendo con irritadas voces, oí también risas y vi niños que corrían, persiguiéndose unos a otros. Me miraban con curiosidad, y supongo que debía de parecerles muy rara con mi atuendo de principios de otoño de Boston, que estaba por completo fuera de lugar en Florida. Personas de aspecto extraño y ropas estrafalarias paseaban de un lado a otro, haraganeando. Mujeres con pantalón corto se lavaban el pelo en palanganas. Otras hacían de peluqueras. Había ropa puesta a secar al ardiente sol. Varias palmeras proporcionaban un poco de sombra. Si yo hubiese tenido menos prejuicio, habría encontrado esta escena pintoresca y encantadora. Pero no estaba dispuesta a dejarme fascinar. Llegaban hasta mí fuertes olores animales. Varios hombres, parcamente vestidos, de piel bronceada y abultados músculos, se movían con aire decidido de un lado a otro, instalando barracas y puestos con letreros que decían «Perritos calientes», «Hamburguesas», etcétera. Reparaban cartels de colores que anunciaban un individuo mitad hombre y mitad mujer; bailarinas, la señora más gorda del mundo; el caballero más alto del mundo, el matrimonio más pequeño del mundo y una serpiente que era medio caimán y medio boa. Ni un solo hombre dejó de mirarme.

238

Tom había insinuado muchas veces en sus cartas que papá estaba haciendo algo fascinante con lo que había soñado toda su vida. ¿Trabajando para un circo? ¿Un pequeño circo de segunda categoría?

Llena de desesperación, avancé mirando las jaulas en que leones, leopardos, tigres y otros grandes felinos salvajes se hallaban encerrados, esperando, al parecer, ser transportados a otra zona. Me detuve delante de las antiguas carretas de animales, mirando el cartel de un tigre pegado en su costado, en el lugar en que se estaba levantando la pintura roja.

Un bucle de tiempo me llevó a la cabaña. Podría haber sido el original del cartel del tigre que la abuelita me había descrito tantas veces, el que su hijo menor, Luke, había robado de una pared de Atlanta la vez que fue allí a la edad de doce años a ver a su tío y éste olvidó cumplir la promesa de llevar al circo a su rústico sobrino.

Y Luke Casteel, a la edad de doce años, había recorrido a pie los diez kilómetros que le separaban del circo, instalado a las afueras de la ciudad, y se había introducido en la carpa sin pagar.

Casi cegada ya por las lágrimas, agaché la cabeza y me sequé la cara con mi pañuelo de hilo. Cuando levanté la vista, lo primero que vi fue a un joven alto que venía hacia mí, llevando en la mano algo que parecía una horca y, sujeta bajo el brazo izquierdo, una enorme bandeja de carne cruda. Era la hora de comer para los grandes felinos, y, como si lo supieran, leones y tigres empezaron a agitar sus grandes y peludas cabezas, enseñando largos, afilados y amarillentos dientes, olfateando, royendo, triturando huesos, desgarrando la sanguinolenta carne cruda que el joven introducía con la horca entre los barrotes de la jaula. Emitían sordos y profundos sonidos guturales que tenían que ser de satisfacción.

¡Oh, Dios mío! ¡Dios mío! Era mi propio hermano Tom quien introducía cuidadosamente la carnada para que las salvajes garras se la acercaran más antes de que los dientes comenzaran a trabajar.

—¡Tom! —exclamé, echando a correr hacia él—. ¡Soy yo! ¡Heavenly!

Por un momento, volví a ser una niña de las montañas. Las elegantes ropas que llevaba se convirtieron en un harapiento, gastado e informe vestido que había acabado adquiriendo una indefinida tonalidad gris a consecuencia de repetidos lavados con jabón y lejía en una tabla de lavar metálica. Estaba descalza y hambrienta mientras Tom se volvía lentamente hacia mí, abriendo desmesuradamente sus profundos ojos color esmeralda, que resplandecieron de alegría.

—¡Heavenly! ¿Eres tú de veras? ¡Has recorrido todo este camino para venir a verme! —como siempre que se excitaba, olvidó su buena dicción para retornar al dialecto campesino—. ¡Día glorioso entre los gloriosos! ¡Ha ocurrido lo que siempre he rogado que llegara!

Dejó caer la bandeja, que estaba ya vacía, soltó la horca y abrió los brazos.

—Thomas Luke Casteel —exclamé—, harías bien en cuidar tu pronunciación. ¿Perdimos el tiempo Mrs. Deale y yo enseñándote buena gramática?

Y corrí hacia su abrazo de bienvenida, echándole los brazos al cuello, aferrando con fuerza a este hermano, que era cuatro meses más joven, y todo el tiempo transcurrido desde que le viera por última vez se desvaneció.

—Oh, santo Cristo crucificado —murmuró con voz ronca y emocionada—, todavía riñéndome y corrigiéndome como en los viejos tiempos —me separó al extremo de sus brazos y me miró con respetuosa admiración—. Nunca pensé que pudieras ponerte más guapa; pero lo estás.

Paseó la vista por mis costosas ropas, deteniéndose en el reloj de oro, en las esmaltadas uñas, en los costosos zapatos y en el lujoso bolso.

—¡Cristo! Pareces una de esas chicas de las portadas de las revistas.

—Te dije que venía. ¿Por qué te sorprende tanto que esté aquí?

—Supongo que pensaba que era demasiado bueno para ser verdad —tartamudeó—; y, por otro lado, no quería que vinieses a estropear lo que papá está intentando conseguir. Él no es más que un hombre sin instrucción, Heavenly, que trata de hacer todo lo que puede para mantener a su familia, y sé que lo que hace no es mucho para alguien como eres tú ahora; pero formar parte de la vida del circo siempre ha sido la meta de nuestro padre.

Yo no deseaba hablar de papá. No podía creer que Tom se hubiera puesto de su parte. Hasta parecía como si se preocupara más por él que por mí. Pero yo no quería distanciarme de Tom, que se convirtiera en un extraño para mí.

—Pareces..., pareces, bueno, estás más alto, claro —dije, tratando de no mencionar que se parecía más aún a papá, cuando él sabía lo que yo odiaba el atractivo rostro de aquel hombre.

La delgadez había desaparecido de la huesuda estructura de Tom. Las oscuras y profundas sombras habían huido de sus ojos. Parecía bien alimentado, feliz, satisfecho. Me daba cuenta sin preguntarlo.

—Tom, vengo de visitar a la nueva esposa y al último hijo de papá. Ella me ha indicado la dirección de este lugar. ¿Por qué no me lo dijiste tú? —volví a pasear la vista por el recinto, en el que las carpas se mezclaban con edificios permanentes—. ¿Qué hace papá exactamente?

Una amplia sonrisa se extendió por su rostro. Se le iluminaron los ojos de orgullo.

—Es el presentador. El que anuncia el espectáculo. ¡Y es formidable, Heavelyn! Larga un discurso tan estupendo que atrae a los espectadores. Ya ves lo desanimado que parece esto hoy; bueno, pues pásate esta noche por aquí, y aparecerá gente desde ochocientos kilómetros a la redonda; todo el mundo dispuesto a aflojar la mosca para ver los números de animales, las actuaciones de chicas y los monstruos que hacen el número del carnaval. Y también tenemos viajes —añadió orgullosamente, señalando una noria en la que yo no había reparado aún—. Este año esperamos añadir un carrusel; ya sabes, de esos en los que nosotros siempre queríamos montar. Heavenly —continuó entusiasmado mientras me cogía del brazo y me llevaba en una nueva dirección—, el circo es el mundo de papá ahora. Tú no sabías, como tampoco lo sabía yo, que fue siempre su sueño cuando era niño. Mil veces bajó de las montañas para colarse bajo la carpa. Supongo que era su forma de escapar de la fealdad y la pobreza de aquella choza de la montaña en que creció. Recuerda cómo odiaba las minas de carbón y que por eso se dedicó a pasar licor de contrabando. También huía del desprecio que todo el mundo sentía hacia los Casteel, que parecían no saber hacer nada más que acabar en la cárcel, apresados por pequeños delitos. Cuando los hijos Casteel habrían sido admirados si les encarcelaba por delitos más audaces e importantes, siempre que no fuese el asesinato.

—¡Pero ése no es tu sueño, Tom! ¡Es el suyo! ¡Tú no puedes renunciar a tu educación universitaria sólo para ayudarle!

—Finalmente, quiere comprárselo al propietario, Heavenly, y entonces este circo será suyo. Cuando supe lo que papá se proponía estoy seguro de que se me puso la misma expresión de sorpresa que tú tienes ahora. Yo deseaba decírtelo, de veras; pero no acababa de atreverme, seguro de que no sentirías ni mostrarías más que desprecio hacia sus ambiciones. Yo le comprendo mejor que antes, y quiero que triunfe por una vez en su vida. No le odio como tú. No sé odiarle. Él está tratando de conseguir su propia estima, Heavenly, y aunque lo que hace te parezca a ti algo indigno y sin valor, es la cosa más grande que ha intentado en toda su vida. Cuando le veas, no le hagas sentirse insignificante.

Volví a mirar a mi alrededor. Varias mujeres acababan de asearse en las pequeñas duchas de sus remolques y, envueltas en toallas, formaban pequeños grupos mirando hacia donde nos encontrábamos Tom y yo. Nunca me había sentido tan observada. Otras mujeres trabajaban con rasgados vestidos. Todo el mundo parloteaba animadamente, y bellas muchachas nacidas en la vida del circo nos dirigían curiosas sonrisas a Tom y a mí. Acróbatas de recio aspecto se ejercitaban en sucios trozos de lona, y más de una docena de enanos corrían de un lado a otro haciendo pequeños trabajos. Supongo que para alguien como papá éste podría ser el lugar en que le sería posible esconderse, pues a nadie aquí le importaría de dónde venía ni lo innoble de su procedencia. Sin embargo, yo sabía exactamente lo que sentiría Tony si pudiera ver lo que yo estaba viendo, o quizás incluso él lo sabía ya, y por eso era por lo que me había prohibido que me llevara conmigo ni a un solo Casteel.

—Oh, Tom, esto está muy bien para papá. Es más seguro y mejor que traficar con licores. ¡Pero no es adecuado para ti!

Le llevé hacia un pequeño banco situado a la sombra de un grupo de árboles de aspecto tropical. Había trozos de comida en el suelo, y los pájaros los picoteaban, atreviéndose a detenerse y comer incluso junto a nuestros pies. El calor y los olores me habían hecho sentir como si fuera a desmayarme. Las joyas que llevaba parecían una carga viscosa y pesada.

—Troy me ha dado dinero más que suficiente para costearte cuatro años de universidad —empecé a decir jadeante—. No tienes que renunciar a tus sueños sólo para que papá pueda realizar el suyo.

El delgado rostro de Tom enrojeció intensamente antes de que inclinara la cabeza.

—No lo entiendes. Ya lo he intentado y he fracasado. Siempre supe que mis sueños nunca se realizarían. Sólo quería complacerte. Tú sigue, saca tu título universitario y olvídate de mí. Me gusta mi vida. Y me gustará más aún cuando papá y yo ganemos dinero suficiente para comprar este circo. Algún día incluso puede que montemos el espectáculo carretera adelante, más allá de Georgia y Florida.

Yo no podía hacer más que mirarle, sorprendida de que se rindiera con tanta facilidad. Y cuanto más le miraba, con más intensidad enrojecía su rostro.

—Por favor, Heavenly, no me hagas avergonzarme. Yo nunca tuve tu inteligencia. Te convenciste a ti misma de que la tenía; pero no poseo ningún talento especial, y soy aquí todo lo feliz que aspiro a ser jamás.

—Espera —exclamé—. Coge el dinero y haz lo que quieras con él. ¡Cualquier cosa que te libere de esta ratonera! ¡Abandona a papá y deja que él cuide de sí mismo!

—Calla, por favor —murmuró—. Él podría oírte. Está ahí mismo, junto a la carpa de la cocina.

Mis ojos habían resbalado varias veces sobre un hombre alto y fuerte que llevaba el pelo elegantemente cortado y modelado, aunque sus pantalones vaqueros estaban descoloridos y muy ajustados, y la blanca camisa que llevaba era más o menos de la misma clase de flojas prendas que tanto gustaban a Troy. ¡Era papá!

Con un aspecto más limpio, fresco y saludable, como yo no le había visto nunca, y desde los quince metros de distancia que nos separaban me era imposible decir si había envejecido un solo día. Estaba hablando con un hombre rechoncho, de pelo blanco y aire jocundo que llevaba una camisa roja, dándole órdenes al parecer. Incluso miró hacia Tom como para ver por qué no estaba su hijo dando de comer a los animales. Sus oscuros e intensos ojos se deslizaron sobre mí sin volverse luego a contemplarme con detenimiento como hacían la mayoría de los hombres cuando yo entraba por primera vez en su campo visual. Ese simple hecho me indicó que papá no estaba interesado en recoger chicas jóvenes. Su indiferencia me indicó también que no me había reconocido. Dirigió a Tom una sonrisa de paternal felicitación y, luego, se volvió de nuevo para continuar hablando con el hombre de la camisa roja.

—Ése es el señor Windenbarron —susurró Tom—. El

actual propietario. Antes era payaso con los Hermanos Ringling. Todo el mundo dice que no hay sitio en este país para dos grandes circos, pero Guy Windenbarron piensa que, con la ayuda de papá, los dos pueden prosperar realmente. Ya es viejo, y no puede vivir mucho. Además, necesita diez mil dólares para dejárselos a su mujer. Tenemos ya ahorrados siete mil, así que la cosa no puede tardar mucho, y Mr. Windenbarron se quedará para ayudarnos todo el tiempo que le sea posible. Ha sido un verdadero amigo para papá y para mí.

El entusiasmo de Tom me turbó. Sólo entonces comprendí que su vida había continuado, como había continuado la mía, y que él había encontrado nuevos amigos y nuevas aspiraciones.

—Vuelve por la noche —invitó Tom, como urgiéndome a que me situara fuera del alcance de nuestro padre—, escucha el discurso de papá y contempla el circo. Cuando se apaguen las luces y empiece la música, quizá sientas algo de la fiebre por el espectáculo que tantísimas personas experimentan.

Compasión hacia él era lo que sentía. Una gran pena hacia alguien resuelto a destruirse a sí mismo.

Pasé las restantes horas de la tarde en la habitación de un motel, tratando de descansar y de disipar mis dudas. No parecía haber nada que yo pudiera hacer para que Tom cambiara de idea. Sin embargo, tenía que intentarlo otra vez.

Al anochecer, a eso de las siete, me puse un cómodo vestido veraniego y me dirigí de nuevo hacia los cercados terrenos del circo. Se había producido una metamorfosis sorprendente. La noria giraba despacio, deslumbrando los ojos con sus triples filas de luces de colores. Todos los edificios, tiendas y remolques estaban brillantemente iluminados. Las luminarias, la música, la masa de gente, creaban una especie de magia que yo nunca había esperado. Edificios destartalados y mal pintados parecían flamantes y bellos. Las desaseadas carretas, con sus rozaduras y sus desconchones en la pintura roja, daban la impresión de nuevas. Sonaban músicas procedentes de una docena de lugares distintos. Con gran sorpresa por mi parte, aquellos centenares de personas desenfadadamente vestidas que afluían por las abiertas puertas creaban un ambiente de excitación con sus ilusionadas expectativas de pasar un rato maravilloso. Yo les seguí, como una gota más de agua en la corriente. Veía chicas de mi edad abrazadas a sus novios y vestidas con prendas tan mínimas que habrían provocado severos fruncimientos de cejas en el rostro de Tony. Congestionados padres agarraban fuertemente de la mano a niños que querían marcharse a explorar por su cuenta. A bastante distancia por detrás de los grupos, se movían con pasos lentos y vacilantes los abuelos, evidentemente más acostumbrado a pasar sus veladas en las mecedoras de los porches.

En los dieciocho años de mi vida, no había presenciado ni una sola función de circo. Mi experiencia en este aspecto no había pasado de contemplar el espectáculo en un receptor de televisión, y eso no había asaltado mis sentidos con el sonido, la vista y los olores de animales, humanos, heno, estiércol, sudor y, sobre todo, desde docenas de puntos distintos, la dominante fragancia de perritos calientes, hamburguesas, helados y palomitas de maíz.

Mientras vagaba por los terrenos del circo, contemplando las casetas de atracciones secundarias, en las que muchachas semidesnudas y muy maquilladas ondulaban provocativamente las caderas, y los monstruos exhibían sus deformidades con sorprendente indiferencia, empecé a comprender qué era lo que había atraído a un rústico chiquillo llegado directamente de los Willies... Lo atrajo de forma tan intensa que había vuelto a las montañas hipnóticamente convencido de que aquél era el mejor de todos los mundos posibles. No podía compararse con las oscuras y sombrías minas de carbón, ni con destilar y distribuir clandestinamente licores y desafiar a los federales. Era superior en todo a la siniestra choza de la montaña y las otras como ella, donde las famas nunca se extinguían y los errores cometidos le acompañaban a uno eternamente. Podía casi sentir compasión de aquel ignorante muchacho.

Todo esto estaba muy bien para papá, ahora que era demasiado viejo para apuntar más alto. Pero no para Tom, una vez que se había saturado de los gustos y sabores que algún día acabarían resultándole fatigosos. Yo no había venido para dejarme seducir.

Necesitaba primero sacar una entrada. Para adquirirla, tenía que avanzar en la cola que se dirigía hacia donde un hombre encaramado en un alto pedestal relataba las virtudes del espectáculo que se daba en el interior. Supe quién era antes incluso de oír su voz. Desde la cola, levanté la vista hacia él, hacia sus pies embutidos en negras botas de charol que le llegaban casi hasta las rodillas. Venían luego sus largas y fuertes piernas, cubiertas por unos ajustadísimo pantalones blancos. Su masculinidad resultaba evidente, y me hizo volver a los viejos tiempos de la escuela elemental, cuando los chicos contemplaban entre risitas las imágenes de duques, generales y otros notables que tan ostensiblemente se exhibían con pantalones ajustados como los que llevaba papá. Su chaqueta escarlata, cruzada en el pecho, estaba adornada con charreteras, botones y galones de oro. Sobre la límpida blancura de su corbata estaba el mismo atractivo rostro que yo recordaba, exactamente el mismo. Sus pecados no se hallaban escritos en su cara, ni el tiempo le había arrebatado lo que le arrebató al abuelo. No, papá se erguía fuerte y poderoso, en la plenitud de su vigor, con aspecto más saludable que el que yo le había visto nunca, más acicalado, con la cara tan bien afeitada que no presentaba ni una sombra de barba. Sus negros ojos centelleaban, confiriéndole una capacidad magnética, carismática. Vi mujeres que lo miraban como si fuera un dios.

De vez en cuando, se quitaba la negra chistera para hacer con ella ampulosos ademanes.

—Cinco dólares, señoras y caballeros, eso es lo que cuesta entrar en otro mundo, un mundo como el que quizá no tengan ustedes nunca oportunidad de volver a ver otra vez..., un mundo en el que el hombre y la bestia rivalizan entre sí, en el que hermosas damas y hombres audaces ponen en peligro sus vidas para entretenerles a ustedes. Dos dólares y cincuenta centavos los niños menores de doce años. ¡Los niños de pecho, gratis! Vengan a ver a Lady Godiva montada en su caballo y cómo salta en el aire desde el lomo hasta quince metros de altura... ¡Y el pelo se le mueve, caballeros, se le mueve!

Continuó hablando y hablando engatusando al auditorio, mientras la caja registradora tintineaba a un metro de sus pies. Le oí disertar sobre los peligros de los reyes de la selva que no tardarían en bailar bajo el chasquido del látigo.

Yo me iba aproximando poco a poco a él. Hasta el momento, no me había visto. No tenía intención de dejar que me viese. Llevaba un sombrero de paja de ala ancha sujeto por un pañuelo de seda azul que me había anudado bajo la barbilla. Había traído gafas de sol; pero era de noche y se me había olvidado ponérmelas.

Llegué a estar a la cabeza de la cola, y papá me miró.

—Vaya, una jovencita como usted no debe ocultar su luz bajo un celemín —exclamó, e, inclinándose, tiró de mi pañuelo de seda azul, y me quitó el sombrero. Nuestras caras estaban a sólo unos centímetros una de otra.

Oí su contenida exclamación.

Vi su sorpresa. Por un momento pareció mudo, paralizado. Y luego sonrió. Me entregó mi sombrero, con su colgante pañuelo azul.

—Bien —dijo con voz retumbante para que le oyese todo el mundo—, esta carita tan hermosa es de las que nunca deben quedar a la sombra...

Y con eso pareció olvidarse de mí.

¡Qué rápidamente podía disimular la sorpresa! ¿Por qué no era capaz de hacerlo yo? Se me doblaban las rodillas y me temblaban las piernas; sentía deseos de gritar e increparle, de hacer que aquellas confiadas gentes supieran la clase de monstruo que era. En lugar de ello, fui empujada hacia delante, se me ordenó que me diera prisa; y, antes de darme cuenta de lo que ocurría, me encontré sentada en una grada y mi hermano Tom se hallaba sentado a mi lado, sonriendo.

—Bueno, ha sido tremendo cómo te ha quitado el sombrero. Sin él, no habrías llamado tanto su atención... ¡Por favor, Heavenly, no pongas esa cara! No tienes por qué temblar. No puede hacerte ningún daño. Él no te haría daño.

Me apretó brevemente contra su pecho, como solía hacer cuando estaba asustada.

—Tienes detrás de ti alguien que está deseando saludarte —susurró.

Me volví lentamente y me llevé a la garganta las manos, cargadas con todos los anillos que había llevado para impresionar a papá. Mis ojos se habían encontrado con las azuladas pupilas de un arrugado anciano. ¡El abuelo!

Iba vestido como nunca le había visto, con ropa deportiva de verano y zapatos blancos. Sus claros y aturdidos ojos estaban llenos de lágrimas. Evidentemente, por la forma en que me miraba, estaba tratando de situarme en sus pensamientos, y, mientras lo hacía, observé que había engordado. Sus mejillas presentaban un saludable color sonrosado.

—¡Oh! —exclamó finalmente, habiendo pulsado los botones adecuados—. ¡Es la pequeña Heaven! ¡Ha vuelto con nosotros! ¡Justo como te dije que haría, Annie! —susurró, dando un codazo al aire, junto a él—. No tiene muy buen aspecto, ¿verdad, Annie?

Extendió el brazo como para estrechar a la mujer que durante tantos años había estado junto a su costado derecho, y entristecía realmente pensar que él no podía vivir sin su fantasía de que ella estaba todavía viva. Me colgué de su cuello y apreté los labios contra su mejilla.

—¡Oh, abuelo, cuánto me alegro de volver a verte!

—Debes abrazar primero a tu abuelita, pequeña —me amonestó.

Obedientemente, di un abrazo a la sombra de mi difunta abuela y besé el aire donde podría haber estado su mejilla. Sollocé por todo lo que se había perdido, por lo que había que ganar. ¿Cómo agarrar el aire y convencer a una obstinación y orgullo como el que tenían todos los Casteel, y hacer que Tom se comportara con sentido común?

El circo no era lugar para él, habida cuenta, en especial, de que yo tenía a mi disposición dinero suficiente para que fuera a la Universidad. Mientras miraba a mi abuelo, creí percibir un punto débil en la coraza de campesino orgullo de Tom.

—¿Sigues suspirando por las montañas, abuelo?

No debía haberlo preguntado.

El viejo y patético rostro perdió todo su resplandor. Una sombra de tristeza oscureció su saludable aspecto. Pareció encogerse.

—No tengo mejor sitio en que estar que allí, donde pertenecemos. Annie me lo dice continuamente: llévame a mi casa, adonde pertenecemos.

XVI. CAZADORES DE SUEÑOS

Me separé de Tom y del abuelo sintiéndome frustrada, irritada y decidida ahora a salvar a Fanny de lo peor de sí misma, ya que no podía salvar a nadie más. Descuidadamente metidos en el bolsillo del pantalón del abuelo, había un fajo de billetes que ni siquiera se había molestado en contar.

—Dale esto a Tom cuando me haya ido —le había indicado—. Haz que lo coja y lo utilice para su futuro.

Pero sólo Dios sabía exactamente qué haría con tanto dinero un anciano senil.

Una vez más, tomé el avión para dirigirme hacia el Oeste, a Nashville, adonde ella se había trasladado al día siguente de vender su hija al reverendo Wise y a su mujer. Al llegar a la ciudad, di a un taxista la dirección de Fanny. Luego, me recosté y cerré los ojos. Me hallaba dominada por una sensación de derrota, y parecía no haber nada que pudiera hacer bien. Troy era el púnico refugio seguro en perspectiva, y ansiaba desesperadamente tener su fuerza junto a mí. Pero esto era algo que tenía que hacer sola. Nunca podía dejar que Fanny entrase en mi vida privada, nunca.

Hacía un calor bochornoso en Nashville, que parecía

extraña y muy bonita. Se cernían en lo alto oscuros nubarrones de tormenta mientras mi taxi atravesaba hermosas calles flanqueadas de árboles y pasaba ante anticuadas y recargadas casas victorianas, así como ante algunas mansiones modernas de extraordinaria belleza. Sin embargo, cuando el coche se detuvo ante la dirección que había dado, el edificio de cuatro pisos que en otro tiempo tal vez fuera elegante aparecía ahora destartalado, con la pintura desconchada y las persianas caídas, igual que todas las casas de lo que debía de ser una de las peores zonas de esta famosa ciudad.

Mis tacones resonaron en los hundidos peldaños, haciendo que varios jóvenes tendidos en hamacas y mecedoras volvieran perezosamente la cabeza para mirar en mi dirección.

—Por todos los diablos —exclamó un atractivo muchacho que vestía pantalones vaqueros y llevaba al aire el sudoroso busto, poniéndose en pie de un salto y dedicándome una burlona reverencia—. ¡Mirad qué visita tenemos! ¡Alta sociedad!

—Soy Heaven Casteel —empecé, tratando de no sentirme intimidada por los siete pares de ojos que me miraban con lo que parecía hostilidad—. Fanny Louisa es mi hermana.

—Sí —dijo el joven que se había levantado—. Te reconozco por las fotos que siempre nos está enseñando de su hermana rica que nunca le manda dinero.

Palidecí. ¡Fanny no me había escrito nunca! Si poseía fotografías, tenían que ser las que yo le había mandado a Tom. Y por primera vez pensé que quizá mi hermano me había estado privando deliberadamente de una correspondencia que le parecía innecesaria.

—¿Se encuentra Fanny aquí?

—No —respondió lánguidamente una rubia ataviada con pantalones cortos y una blusa de tirantes; de sus gruesos y rojos labios colgaba un cigarrillo—. Fanny se figura que ha encontrado un filón que debía haber sido mío... Pero no lo conseguirá. No tiene ni idea de cantar, bailar ni actuar. No me preocupa en absoluto que mañana me toque a mí hacer la prueba.

Era muy propio de Fanny intentar quitarle a alguien un trabajo; pero no lo dije. Yo la había llamado previamente para decirle a qué hora llegaba. Sin embargo, ella no había tenido la cortesía de esperar. Se me debió de traslucir la decepción en la cara.

250

—Estaba tan excitada que supongo que se olvidó de que venías —explicó otro atractivo chico, que ya había dicho que por mi forma de hablar no parecía hermana de Fanny.

Se habían congregado ya muchos jóvenes a mi alrededor, mirándome con la boca abierta; y experimenté una sensación de alivio cuando por fin pude escapar al sonar un súbito trueno que me hizo refugiarme en el interior.

—Habitación 404 —gritó una muchacha llamada Rosemary.

La lluvia que había estado amenazando comenzó a caer en el momento en que yo franqueaba la puerta de Fanny, que no estaba cerrada con llave. Era una habitación pequeña, pero bastante bonita. O podría haber sido bonita si mi hermana se hubiera molestado en recoger sus ropas, limpiar el polvo y pasar la aspiradora de vez en cuando. Rápidamente, me dispuse a hacerle la cama con las sábanas limpias que encontré en un cajón. Cuando hube ordenado un poco la estancia, me senté junto a la ventana en la única silla que había, mirando sin ver el exterior, y pensé en Troy, en Tom, en Keith y Nuestra Jane, y eso fue suficiente para que se me llenaran los ojos de lágrimas. Qué joven y estúpida era yo para vivir y alimentarme de las emociones del pasado, dejando que la riqueza y lo bello de la vida pasaran de largo ante mí porque no podía controlar el destino y las vidas de los demás. A partir de ahora, tomaría lo que se me ofrecía y olvidaría el pasado. Nadie estaba sufriendo más que yo, ni siquiera Fanny.

Me palpitaban con fuerza las sienes, y apoyé la cabeza en las manos. El arrullo de la lluvia, los truenos y los relámpagos a través de la abierta ventana me hicieron caer en un sueño poco profundo. Troy y yo corríamos uno al lado del otro en las nubes, sorteando columnas de vapor, y cinco ancianos nos perseguían. «Tú sigue corriendo —ordenó Troy, empujándome hacia delante—, y yo los despistaré yendo en otra dirección.» «¡No! ¡No!», grité con mi muda voz soñada. Y aquellos cinco ancianos no se desorientaron. Continuaron persiguiéndole a él, no a mí.

Desperté de pronto.

La lluvia había refrescado la habitación, en la que el ambiente era antes sofocante. Las sombras del anochecer realzaban el paisaje, dando un aire levemente romántico a las viejas casas, con sus porches y sus verandas. Me sentí desconcertada al pasear la vista por la pequeña habitación con sus baratos muebles. ¿Dónde estaba?

Antes de que pudiera decirlo, se abrió de golpe la puerta. Chorreando y lamentándose en voz alta del tiempo y de la pérdida de sus últimas monedas, mi hermana Fanny, de dieciséis años, atravesó corriendo el corto espacio que nos separaba y se arrojó en mis brazos.

—¡Heaven, eres tú! ¡Has venido de veras! ¡Me recuerdas!

Un rápido abrazo, un fugaz beso en la mejilla y se separó para mirarse.

—¡Esta puñetera lluvia me ha hecho cisco mi mejor ropa! —se volvió para despojarse del empapado vestido rojo antes de dejarse caer en una silla y quitarse las negras katiuskas, cubiertas de brillantes gotas de agua—. Maldito si no me duelen los pies hasta la cintura.

Quedé petrificada. La imagen de Kitty fulguró ante mis ojos. Ella había utilizado con frecuencia esas palabras; pero todos los habitantes de la montaña y del valle en los Willies utilizaban más o menos las mismas expresiones.

—El maldito agente venga a meterme prisa para que saliera, cuando yo quería quedarme aquí a esperarte, y luego llegó acá, y todo lo que quieren que haga es leer. Ya les dije que no leo muy bien. ¡Lo que yo hacía era formar parte del grupo de baile de un número de canto! Pero no me dan casi nada más que pequeños papeles sin hablar... ¡Y llevo casi medio año pateando estas aceras!

Fanny siempre había sido capaz de desprenderse de sus frustraciones como de una prenda usada, y así lo hizo ahora. Dirigiéndome una resplandeciente sonrisa que dejó al descubierto sus dientes blancos, menudos e iguales, recurrió a todo su encanto. ¡Oh, los afortunados niños Casteel nacidos con sus sanas dentaduras!

—¿Me has traído algo? ¿Sí? Tom escribió diciéndome que tenías toneladas de dinero para derrochar y que le habías mandado montones de regalos de Navidad, y también para el abuelo. ¡Pero si al abuelo no le hacen falta dinero ni regalos! ¡Soy yo quien necesita todo lo que te pueda sobrar!

Estaba más delgada y más guapa que la última vez que la vi; y parecía más alta, aunque quizás era sólo que su estatura resultaba realzada por la ajustada prenda interior negra que llevaba y que hacía que pareciera un lápiz. Sus largos cabellos se aplastaban en largas hebras húmedas sobre su cabeza, pero aun mojada y desgreñada continuaba conservando atractivo suficiente como para hacer volver la cabeza a muchos hombres.

Yo me hallaba desconcertada en mis sentimientos hacia ella... La amaba porque era de mi misma sangre; tenía que amarla y ocuparme de ella.

La ávida codicia que reflejaban sus oscuros ojos producía en mí una sensación de repulsa mientras sacaba de la gran maleta de cuero los regalos que le había traído. Antes de que sacara la última caja, ella estaba ya abriendo el primer regalo que había cogido, sin cuidarse de las costosas envolturas y cintas, preocupándose sólo por lo que había dentro. Lanzó un grito al ver el vestido escarlata.

—¡Oh, oh! ¡Me has traído justo lo que necesito para la fiesta que voy a dar la semana que viene! ¡Un traje de baile rojo!

Echando a un lado la prenda, se apresuró a abrir su segundo obsequio. Sus grititos se elevaban y descendían por la excitación que le producía descubrir el bolso de noche, también color escarlata adornado con anchas bandas de diamantes de imitación. Las rojas zapatillas de raso le estaban un poco pequeñas; pero consiguió introducir en ellas los pies, y su bello y exótico rostro adoptó una expresión de profundo éxtasis cuando finalmente sacó la estola de zorro blanco.

—¿Has comprado todo esto para mí? ¡Oh, Heaven, nunca creí que me quisieras, y resulta que sí! Tienes que quererme para darme tantas cosas.

Entonces, supongo que por primera vez, ella me vio realmente. Sus negros ojos se entornaron hasta que las pupilas quedaron convertidas en meros destellos entre las dos tupidas filas de pestañas. Yo había cambiado mucho, me lo decían mis espejos. La leve belleza de cuando vivía en las montañas se había intensificado, y una experta peluquera había hecho milagros que realzaron mi rostro. Mi costoso vestido se adaptaba perfectamente a las leves curvas de mi cuerpo. Mientras ella me miraba de arriba abajo, me di cuenta de que me había ataviado con especial esmero para esta entrevista con mi hermana.

Sus pupilas se pasearon a lo largo de mi cuerpo hasta los zapatos y volvieron de nuevo a mi rostro. Contuvo el aliento con un silbido.

—Vaya, vaya, mi hermana solterona se ha puesto hecha un bombón.

Sentí que se me encendía el rostro.

—Ya no estamos en las montañas. En Boston las chicas

no se casan a los doce o catorce años. Difícilmente podrías llamarme solterona.

—Qué cosas tan raras dices —declaró, ahora con una expresión de abierta hostilidad—. ¡No me has traído más que cosas! ¡Cuando al abuelo le mandaste dinero, y él no tiene en qué gastarlo!

—Mira dentro de tu bolso, Fanny.

Lanzando de nuevo gritos de placer, abrió el elegante bolsito que había costado doscientos dólares y miró los diez billetes de cien como si esperase más.

—Oh, Cristo crucificado —suspiró, contando apresuradamente—, me has salvado la vida. Estaba arruinada... Me quedaba lo justo para acabar la semana.

Levantó hacia mí sus oscuros ojos, en los que chispeaban reflejos rojos del vestido.

—Gracias, Heaven.

Sonrió, y cuando Fanny sonreía sus blancos dientes fulguraban en contraste con el color indio de su piel.

—Sigue, cuéntame qué has estado haciendo en la ciudad, donde tengo entendido que todas las damas llevan medias azules y los hombres están más apasionados por la política que por joder.

Me porté como una estúpida aquel día... Estuve irreflexiva, sin tener en cuenta la clase de chica que era Fanny.

Quizá fuera porque, por primera vez en su vida, ella me estaba escuchando con verdadera atención. Y sólo cuando ya era demasiado tarde me interrumpí y me maldije a mí misma por revelar tantas cosas que hubiera debido mantener en secreto, especialmente para mi hermana.

Cuando recobré el sentido común, ella estaba sentada en la cama con las piernas recogidas, vestida solamente con sus bragas negras y su sostén de cierre delantero, que abrochaba y desabrochaba con gesto automático.

—Bueno, aclárame bien eso... ¿Tu abuela Jillian tiene sesenta y un años y parece todavía joven? ¿Pues qué clase de aire disfrutan por allá?

Su penetrante mirada me devolvió la cordura y me puso en guardia.

—Cuéntame qué has hecho tú —me apresuré a decir—. ¿Qué sabes de tu hija?

Al parecer, había elegido el tema adecuado para cambiar de conversación, pues se lanzó a hablar de él con toda el alma.

—Mrs. Wise me manda continuamente fotos de la niña.

Se llama Darcy... ¿Verdad que es un nombre bonito? Tiene el pelo negro... ¡Oh, es una preciosidad!

Se puso en pie de un salto, rebuscó en un cajón lleno de ropa y de un gran sobre marrón sacó más de veinte instantáneas que mostraban a una niña en diversas fases de desarrollo.

—Se nota quién es su madre, ¿verdad? —preguntó orgullosa—. Desde luego, también tiene algo de Waysie. No mucho, pero algo sí.

¿Waysie? Sonreí al pensar en el bueno del reverendo llamado así. Pero Fanny no exageraba. La pequeña que yo estaba viendo en las fotos era preciosa. Me sorprendía que una criatura nacida de tan impía unión hubiera resultado tan bien.

—Es guapísima, Fanny, realmente guapísima; y, como tú has dicho, ha heredado lo mejor de tus rasgos y de los de su padre.

El rostro de Fanny se contorsionó dramáticamente. Se arrojó sobre la cama que había arrugado, aplastando su nuevo vestido rojo, los zapatos y el bolso, que había dejado allí, y empezó a gimotear y a llorar, golpeando los baratos almohadones con ambos puños.

—¡Las cosas no marchan bien aquí, Heaven! ¡No marchan en absoluto como yo creía que iban a ir cuando era una chiquilla en las montañas! ¡A esos directores y productores del Opry les gusta mi aspecto y aborrecen mi voz! Me recomiendan que acuda a recibir lecciones de vocalización y que vuelva a la escuela y aprenda a hablar; o me aconsejan que estudie baile para que no tenga que decir nada. Un día fui a tomar una lección para aprender gracia, como dicen ellos que debo tener, y acabé con los músculos tan doloridos que no volví más. Yo creía que todo lo que había que hacer era levantar la pierna muy alta, y ya sabes que toda mi vida he estado haciendo eso. Y, cuando canto, mi voz les hace torcer el gesto, como si les dañara los oídos. ¡Dicen que tengo demasiado gangueo! Yo creía que las cantantes campesinas no podían tener demasiado de nada. Heaven, aseguran que tengo una cara y un cuerpo extraordinarios; pero que sólo soy un talento mediocre... ¿Qué significa eso? ¡Si soy medio mala, es que soy también medio buena, y puedo mejorar! ¡Pero ya estoy harta! Me duele oírles reírse de mí. Y me he quedado ya sin dinero. Todo iba tan rápido antes que me acostumbré a gastarlo. Solía dormir encima de él por miedo a que alguien me lo quitase.

Si tú no hubieras venido, no tendría más que quince dólares para acabar la semana. Ya estaba pensando en salir a vender mis enseres.

Me miró de reojo para ver mi reacción. Al no ver ninguna, se incorporó y se frotó los ojos con los puños para secarse las lágrimas. Como si hubiera sido accionado un conmutador, sus lágrimas desaparecieron y se desvaneció su expresión depresiva. Volvió a sonreír, con una sonrisa maligna y rencorosa.

—Tú hueles a rica ahora, Heaven, ya lo creo. Apuesto a que el perfume que llevas te ha costado un montón de dinero. Y nunca vi un cuero de aspecto tan suave como el de ese bolso y esos zapatos. ¡Estoy segura de que tiene diez abrigos de piel, centenares de vestidos, miles de zapatos y millones de dólares para gastar! Y vienes trayéndome regalos que cuestan mucha pasta. No me quieres realmente, no como quieres a Tom. Estás ahí sentada compadeciéndome sólo porque no tengo ni lo indispensable cuando a ti te sobra de todo. Mira mi habitación y compárala con el sitio donde tú vives. Oh, le he oído a Tom todas las cosas que no me estás contando. Tú tienes de todo en esa mansión, con sus cincuenta salones y sus dieciocho baños, y Dios sabe qué haces con ello. Posees tres habitaciones para ti sola, con cuatro armarios llenos de vestidos, bolsos, zapatos, joyas y pieles. Y, además, vas a ir a la Universidad. Yo no tengo nada más que los pies doloridos y un tremendo resentimiento contra esta ciudad que no sabe ser amable.

Se frotó de nuevo los ojos con los puños hasta hacer enrojecer la piel de alrededor.

—¡Y encima tienes a Logan Stonewall! Supongo que nunca pasó por tu estúpido cerebro la idea de que yo podría haber querido que fuera para mí. ¡Tú me lo quitaste, y te odio por eso! ¡Cada vez que pienso en lo que me hiciste, te odio! ¡Incluso cuando te echo de menos te odio! ¡Y ya es hora de que hagas por mí algo más que darme un puñado de piojosos billetes que no significan nada para ti! ¡Puedes dar diez billetes de cien dólares porque tienes muchos más en el lugar de donde vienes!

Y, antes de que pudiera pestañear, se había puesto en pie ¡y me estaba pegando!

Por primera vez en mi vida, repliqué con una bofetada. La sorpresa del dolor que mi mano le produjo en la cara le hizo retroceder y lanzar un gemido.

—Nunca me habías pegado —sollozó—. ¡Te has vuelto mala, Heaven Casteel, mala!

—Vístete —dije ásperamente—. Tengo hambre y quiero comer.

Contemplé cómo se ponía apresuradamente una falda corta roja que parecía de cuero, y sobre ella un jersey de algodón blanco que le estaba demasiado pequeño. De sus perforadas orejas colgaban aretes de oro. Los rojos zapatos de plástico, de suela fina y desgastada, que se había calzado tenían tacones de diez centímetros, y el contenido de su bolso encarnado de piel sintética se había desparramado por el suelo cuando lo dejó caer al verme. Un arrugado paquete de cigarrillos yacía junto a cinco cajitas rectangulares de preservativos. Aparté la vista.

—Siento haber venido, Fanny. Después de cenar, nos despediremos.

Guardó silencio durante toda nuestra cena en un restaurante italiano situado enfrente de su casa. Fanny devoró todo lo que tenía en el plato y, luego, rebañó lo que yo dejé, aunque le habría pagado otro cubierto. De vez en cuando, me miraba con expresión calculadora, y comprendí que estaba planeando la táctica que iba a seguir. Aunque estaba ansiosa por regresar junto a Troy, me dejé convencer para acompañarla de nuevo a su pequeña habitación.

—Por favor, Heaven, por favor, en recuerdo de los viejos tiempos, porque tú eres mi hermana y no puedes abandonarme y dejar que me las ingenie yo sola para ganarme la vida.

Cuando llegamos a su apartamento, giró en redondo y se enfrentó a mí.

—¡Espera un momento! —gritó, poniéndose los puños en las caderas y separando las piernas—. ¿Quién te figuras que eres? ¡No puedes largarte por las buenas sin hacer algo más que darme una cena gratis, un par de trapos y un poco de dinero!

Me enfurecí. Ella no me había dado una palabra amable en su vida, y mucho menos algo material.

—¿Por qué no me preguntas por Tom, o por Keith y Nuestra Jane?

—¡Yo no me preocupa de nadie más que de mí misma! —gritó, poniéndose delante de mí, de tal modo que no podía llegar a la puerta sin apartarla a un lado—. ¡Me lo debes, Heaven, me lo debes! ¡Cuándo mamá murió, tú tenías que haber hecho por mí todo lo que pudieras, y no hiciste! ¡Dejaste que papá me vendiera a ese reverendo y a su mujer, y ahora ellos tienen a mi hija! ¡Y tú sabías que no debía haberla vendido! ¡Podías habérmelo evitado, pero no insististe lo suficiente!

Me quedé boquiabierta. Yo había hecho todo lo que estuvo en mi mano para que ella se volviera atrás de su decisión de entregar a su hija por diez mil dólares.

—Lo intenté, Fanny, lo intenté —dije con fatigada impaciencia—. Ahora es demasiado tarde.

—¡Nunca es demasiado tarde! ¡Y no lo intentaste con suficiente energía! ¡Debiste encontrar las palabras adecuadas y yo me lo habría pensado mejor! ¡Ahora no tengo nada! ¡Ni dinero ni hija! ¡Y quiero a mi hija! ¡La quiero tanto que se me rompe el alma! No puedo dormir pensando que está con ellos y que yo nunca la tendré... Yo la quiero, la necesito. No la he tenido en brazos más que una sola vez, pues en seguida se la llevaron y se la dieron a la señora Wise.

Estupefacta ante el comportamiento de Fanny y sus irracionales cambios de humor, traté de expresarle mi simpatía; pero no era eso lo que ella deseaba.

—No intentes decirme que hubiera debido tener más sentido. No lo tuve, y ahora lo siento. Así que lo que puedes hacer con toda esa pasta que tienes guardada en alguna parte es lo siguiente: te vuelves a Winnerrow y le das al reverendo y a su mujer los diez mil que ellos me pagaron. ¡O les das el doble! ¡Pero recupera a mi hija!

Yo no podía hablar. Lo que pedía era imposible.

Sus oscuros ojos clavaron una ardiente mirada en los míos.

—¿Me oyes? ¡Tienes que recuperar a mi hija!

—¡No sabes lo que dices! ¡No existe forma alguna en la que yo pueda recuperar a tu hija! ¡Me dijiste que al ingresar en aquel hospital firmaste documentos de cesión...

—¡No! Sólo firmé unos papeles que decían que la señora Wise podía quedarse con mi hija hasta que yo fuese lo bastante mayor como para ocuparme de ella.

Me era imposible saber si estaba mintiendo o no; nunca había podido interpretar a Fanny como había interpretado a Tom. Sin embargo, traté de razonar.

—No puedo ir allá y quitar una niña a unos padres que la adoran y la cuidan bien. Me has enseñado las fotos, Fanny. Me doy cuenta de que la quieren tanto que le dan todo. ¿Y qué le darás tú? No puedo entregarte una niña a ti y a tu clase de vida. —Abrí los brazos, señalando la lastimosa habitación, en la que no encajaría una cuna—. ¿Qué harías con una criatura tan pequeña y tan necesitada de atenciones? ¿Dónde la tendrías mientras salías a ganarte la vida? ¿Me lo puedes decir?

—¡Yo no tengo que decirte nada! —gritó, con ojos llameantes que en seguida se le arrasaron de lágrimas—. ¡Haz lo que te digo, o utilizaré estos mil pavos para irme a Boston! Y cuando esté con tu abuela Jillian, que parece una jovencita, le hablaré de su angelito que se escapó de Boston. Lo sacaré todo a relucir, aquella choza de la montaña sin agua corriente, y papá y su contrabando de licor, y sus cinco hermanos en la cárcel. Cuando lo sepa todo acerca de cómo vivió su hija antes de morir, ya no volverá a parecer joven. Y le contaré cómo visitaba papá la casa de Shirley incluso cuando estaba casado con tu madre... Le hablaré de los aduaneros, de la letrina, de los olores y del hambre que pasó su rica hijita. Le contaré el fin que tuvo, tal y como fue, dando a luz sin médico, sólo con la ayuda de la abuelita. Y cuando le haya contado toda clase de cosas desagradables acerca de ti, acabará odiándote... Si es que no pierde la poca razón que pueda quedarle.

De nuevo estupefacta, no pude hacer más que quedarme mirando a Fanny, abrumada por el hecho de que pudiera odiarme tanto, cuando toda mi vida había hecho por ella cuanto había podido. Yo no sabía cómo enfrentarme a alguien tan obsesionado. Me pasé nerviosamente las manos por el pelo y, luego, me dirigí hacia la puerta.

—¡No te vayas todavía, Heaven Leigh Casteel!

Su vibrante sarcasmo hizo que, en mis oídos, sonaran familiares ecos de vergüenza. Oh, ella conocía todas las formas de herirme más profundamente, recordándome quién era yo y poniendo de manifiesto mis orígenes.

Sentí más frío del que había sentido jamás, y era pleno verano. La tormenta estival no había hecho más que aminorar un poco el calor del día, pero sin refrescarlo realmente.

—Haré todo lo que se me ocurra para herirte..., a menos que cojas a mi hija y me la traigas.

—Sabes que no puedo hacerlo —volví a decir, tan cansada de Fanny y de su estridente voz que deseé no haber ido jamás allí.

—Entonces, ¿qué puedes hacer por mí? ¿Eh? ¿Me darás todo lo que has conseguido para ti? ¿Una habitación en esa casa tan grande, para que yo pueda disfrutar de lo que tú tienes? Si me quisieras, como siempre estabas diciendo, querrías tenerme donde pudieras verme todos los días.

El frío que sentía se iba haciendo cada vez más intenso. La última persona que necesitaba ver a diario era a mi hermana Fanny.

—Lo siento —empecé con voz gélida—, no quiero tenerte en mi vida. Te mandaré dinero una vez al mes, lo suficiente para que puedas vivir de modo confortable; pero nunca serás invitada a residir junto a mí. El marido de mi abuela me hizo prometer que jamás permitiría que ninguno de mis parientes Casteel echase a perder la perfección de sus días, y si tienes intención de chantajearme amenazando con decirle que he estado con Tom y contigo, olvídalo. Pues él me arrojaría de su vida sin un centavo con la misma facilidad con que tú puedes pestañear, y entonces no habría ni un céntimo para ti... No dispondría de dinero con el que volver a comprar a tu hija.

Sus ojos se entornaron aún más.

—¿Cuánto me vas a mandar al mes?

—¡Lo suficiente! —repliqué.

—Entonces, envíame el doble, pues cuando tenga conmigo a mi hija necesitaré hasta el último centavo que pueda ahorrar. Y si me engañas, Heaven Casteel, me introduciré en tu vida, y me importará un bledo que lo pierdas todo. ¡No te lo mereces!

El viento de los Willies llegaba hasta mí, enfriándome más aún. Me pareció oír el lejano aullido de los lobos; creí ver el muro de nieve en torno a la choza de la montaña, encerrándome. Hice un esfuerzo por tratar de decidir lo que debía hacer y decir, mientras los segundos se arrastraban lentamente hacia la eternidad y las sucias y andrajosas cortinas ondulaban en la ventana como fantasmales espectros.

Ni por un momento dudé que Fanny haría exactamente lo que decía, sólo como represalia por haber nacido primero y tener lo que ella consideraba como una especie de invisible ventaja, cuando nada ventajoso me había sucedido jamás hasta que Logan me eligió a mí en vez de a ella.

Y sólo entonces se me impuso esta verdad con la violencia de una bofetada. Yo no la había creído cuando lo dijo. ¡Logan era la razón de que me odiase! Durante todo el tiempo, ella lo había deseado, y él nunca la miró realmente, pese a cuanto había hecho para atraerle. Me llevé las manos a las ardientes mejillas, preguntándome qué les pasaba a las chicas de las montañas que maduraban demasiado pronto..., y decidían, mucho antes de que les llegara su tiempo, qué hombre era adecuado para ellas, cuando no era posible que ninguna de nosotras lo supiese.

Sarah y su desgraciada elección. Amar a un hombre como Luke Casteel. Kitty Setterton y su insensato amor a quien sólo la había utilizado para rascar su picor. Y Fanny, fulminándome con sus oscuros ojos destellantes de odio, cuando Logan ya no era mío... ¡Pero que me ahorcasen si yo se lo iba a entregar para que lo destruyera!

—Está bien, Fanny, cálmate —dije con la mayor energía posible—. Iré a Winnerrow. Propondré a los Wise comprarle la hija que tú les vendiste. Pero, mientras estoy fuera, tú reflexiona bien acerca de lo que vas a hacer para cuidar a esa niña y conseguir que tenga una vida sana y feliz. Se necesita algo más que dinero para ser una buena madre. Se necesita entrega absoluta y preocuparte más de tu hija que de ti misma. Tendrás que renunciar a tus aspiraciones artísticas y quedarte en casa para atender a Darcy.

—Yo no poseo lo que hace falta para triunfar en el «Opry», como siempre creí —gimió lastimosamente, y, por un momento, me dio pena—. Así que puedo muy bien renunciar. Hay aquí un tipo que me ha pedido que me case con él, y podría aceptar. Tiene cincuenta y dos años. No le quiero realmente; pero tiene un buen empleo y puede mantenernos a mi hija y a mí..., con tu ayuda, claro. Esperaré aquí a que vuelvas. Para entonces, estaremos ya unidos para siempre. Y no gastaré más que lo que necesite de este dinero que me has dado.

Quizá dije entonces algo estúpido, o algo inteligente, pero lo dije por pura desesperación.

—No cometas la idiotez de casarte con un hombre tan viejo. Busca uno joven, más de tu edad, cásate y estáte callada. Cuando vuelvas con tu hija, yo cuidaré de ti hasta que ya no me necesites.

Resplandeció su brillante y complacida sonrisa.

—Desde luego, me quedaré. No diré una palabra. Ni siquiera a Mallory. Es el hombre que me quiere. Tú sigue y haz lo que puedas... Lo conseguirás. Siempre consigues todo, ¿verdad, Heaven?

Y una vez más paseó sus codiciosos ojos por mis vestidos y por las joyas a las que yo me había acostumbrado de tal manera que me olvidaba de ellas.

Pero cuando dejé a Fanny acostada en su cama en Nashville no me dirigí a Winnerrow, sino que llamé a Tom.

—Fanny quiere que yo vuelva a comprar su hija, Tom. Coge parte del dinero que le di al abuelo, corre a Winnerrow y acompáñame cuando me enfrente a los Wise.

—¡Sabes que no puedo hacer eso, Heavenly! Fuiste una tonta dando al abuelo tanto dinero, pues ahora ni siquiera es capaz de encontrarlo. Ya sabes que nunca ha tenido más de un pavo en el bolsillo... ¿Cómo se te ocurrió dárselo?

—¡Porque tú no querías cogerlo! —exclamé, a punto casi de echarme a llorar por su testarudez.

—Deseo ganarme yo mismo la vida; no me apetece que nadie me la compre —dijo obstinadamente Tom—. Y si eres lista, te olvidarás de la promesa que le has hecho a Fanny y dejarás que los Wise tengan la niña que todo el mundo cree que es de ellos. Fanny no sería una buena madre, ni aunque le des un millón al mes... Y tú lo sabes.

—Adiós, Tom —murmuré con la sensación de que se trataba de una despedida definitiva.

El tiempo y las circunstancias me habían arrebatado el hermano que en otro tiempo había sido mi protector. Ahora solamente tenía a Troy, que no se sentía demasiado bien cuando llamé.

—Quisiera que te dieses prisa en volver, Heaven —pidió con voz extraña—. A veces, cuando me despierto por la noche, pienso que tú has sido solamente un sueño y que no te volveré a ver nunca.

—¡Te quiero, Troy! ¡No soy un sueño! Una vez que haya estado con los Wise, regresaré inmediatamente para ser tu esposa.

—Pareces distante y diferente.

—Es el viento en las líneas telefónicas. Yo siempre lo digo. Me alegra que alguien más lo perciba también.

—Heaven... —hizo una pausa y, luego dijo—: No importa, no quiero suplicar.

Me dispuse a tomar un vuelo que me llevara a Virginia occidental, a Winnerrow, a la calle Mayor, donde Logan vivía en el apartamento situado sobre la farmacia de Stonewall.

Oh, estaba tentando al destino; pero entonces lo ignoraba. Sólo sabía que quería ganar en el único juego de azar al que apostaba... Y quizás el dinero pudiera recuperar a una niña que tal vez lo agradeciese en el futuro...

XVII. CONTRA TODA PROBABILIDAD

Cuando entré en la iglesia estaban cantando, con los piadosos rostros alzados, los gloriosos y espirituales cánticos que me recordaban mi juventud, cuando Sarah había sido mi madre, cuando mi hogar era la cabaña de los Willies y las cosas más dulces de mi vida fueron mi amor por Logan Stonewall y las horas que ambos pasábamos juntos los domingos en esta iglesia.

Las voces, elevadas en conmemoración de la mejor parte de sus vidas que tenía lugar los domingos, sonaban increíblemente límpidas en esta tórrida tarde de verano. Los relámpagos iluminaban de vez en cuando el cielo.

Entré en la iglesia tras el último de los rezagados. Los abanicos agitaban el aire. Me sentí de nuevo transportada a la época en que yo era sólo una indeseable Casteel.

Oh, aquellas dulces y angélicas voces eran las mismas que luego despotricaban, bramaban y maldecían; pero, ¿quién podía creer eso ahora? Nadie que no les conociera íntimamente, como se conocían unos a otros todos los habitantes del valle y las montañas. Me senté silenciosa en el último banco de la última fila, y me sorprendió ver que había muchos montañeses en la iglesia, cuando de ordinario no solían asistir en gran número a los servicios vespertinos, especialmente en una noche tan calurosa como ésta. Los habitantes de la ciudad vestían sus más nuevas y mejores ropas. No se molestaron en volver la cabeza, sólo sus ojos miraron fijamente en mi dirección. Escrutando mi vestido, se unieron en su combinada hipocresía para formar insensatos juicios rara vez basados en hechos, sólo en sospechas y en instinto gregario.

Me conocían, incluso con mis refinadas prendas.

Pese a mis ropas, no me querían en su medio. No necesitaban pronunciar una sola palabra; su animosidad era aguda y cortante. Si yo no hubiera estado tan decidida, me habría marchado de allí, consciente de que, por rica o famosa que llegara a ser, jamás lograría su respeto o su admiración, ni siquiera lo que más deseaba: su envidia. Nada había cambiado en el orden de lo que consideraban bueno, malo y conveniente..., para personas como yo.

Los habitantes de las montañas continuaban ocupando los bancos traseros, los del valle seguían reinando supremos en el centro, y los tenidos por más dignos se sentaban más cerca de Dios, en las primeras filas de la nave central; los de los bancos delanteros eran también los que con más dinero contribuían a cualquier acción caritativa o fondo para viviendas que en cada momento se desarrollase. Allí, recatada y decorosa, estaba Rosalynn Wise, mirando con inexpresivos ojos a su marido mientras subía a su podio. El terso negro hecho a medida le sentaba tan bien que parecía tan delgado como la primera vez que le vi, cuando yo tenía diez años. Y todo el mundo sabía que el reverendo Wayland Wise era tan glotón que engordaba por lo menos cinco kilos anuales.

Al entrar, yo había tenido intención de quedarme, como siempre, en mi sitio; pero allí era donde más calor hacía, a consecuencia de las ráfagas de aire caliente que entraban al abrirse y cerrarse la puerta casi constantemente. Para mi propia sorpresa, no permanecí sentada. No tardé en encontrarme de pie, en la tercera fila de la nave central. Mientras todos los ojos me taladraban por mi audacia, encontré un banco vacío y cogí un libro de himnos de la redecilla del asiento que tenía delante. Automáticamente, busqué la página doscientos dieciséis y empecé a cantar en voz alta y sonora. Pues todos los Casteel sabían cantar, aunque no tenían estímulos para hacerlo.

Yo había atraído ya su atención, la había atraído traumáticamente. Me estaban mirando, boquiabiertos, con los ojos desorbitados, sorprendidos y alarmados por el hecho de que yo, una Casteel, me atreviera a tanto. Yo no trataba de ignorarlos. Sostenía todas las acusadoras miradas, y ni una sola vez falló mi voz mientras cantaba el viejo y familiar himno que tanto le había gustado a Nuestra Jane. «Recogiendo las gavillas, recogiendo las gavillas, nos regocijaremos, recogiendo las gavillas.»

Mientras cantaba, podía casi aprehender sus pensamientos en el aire. *¡Otra piojosa Casteel había vuelto a entrar en su sacrosanto medio!* Sus hostiles ojos recorrieron nuevamente mi rostro, mis ropas, mofándose de las joyas que yo llevaba en ostentosa cantidad sólo para demostrarles lo que tenía ahora... ¡Todo!

Un murmullo de desaprobación recorrió la multitud; pero no me importaba. Les había dado una buena oportunidad de escrutar mis alhajas y mis costosas ropas.

Pero aquellos ojos no estaban impresionados. Y, si lo estaban, no se desorbitaban de admiración ni se entornaban por la sorpresa. Para ellos, una tripa de cerdo tenía más probabilidades de convertirse en diez mil millones de barras de oro que yo de hacerme respetable.

Tan bruscamente como se habían vuelto para verme avanzar hacia la parte delantera, todas y cada una de las cabezas se apartaron de mí, como las hojas de un abanico al plegarse. Los montañeses que se hallaban a los lados y detrás de mí hicieron lo mismo que los del valle. Yo cuadré los hombros, me senté y esperé. Aguardé cualquier pista que pudiera contener el sermón que el bueno y santo reverendo eligiera para esta noche de domingo. Había expectación en el aire, un silencio preñado de mala voluntad. Incómodamente sentada en el banco, pensé en Logan y en sus padres, preguntándome si habrían venido hoy a la iglesia. Paseé la vista en derredor lo mejor que pude sin volver la cabeza, esperando y temiendo descubrir a los Stonewall.

De pronto, las cabezas se estaban volviendo de nuevo para mirar a un anciano que avanzaba por el pasillo central, cojeando a causa de la rigidez de una rodilla. Yo mantuve los ojos fijos al frente; sin embargo, en mi visión periférica, lo vi venir y sentarse a mi lado.

¡Era el abuelo!

¡Mi propio abuelo, a quien había visto hacía solamente dos días! El abuelo, que se había embolsado los billetes de cien dólares, prometiendo vagamente darle el dinero a Tom. Y aquí estaba, lejos de Florida y de Georgia, sonriéndome con timidez, mostrando el lamentable estado de su desdentada boca. Luego, murmuró:

—Me alegra verte, Heaven.

—Abuelo —susurré—. ¿Qué estás haciendo aquí?

Le pasé el brazo por la cintura y le estreché lo mejor que pude.

—¿Entregaste a Tom el dinero que te di?

—No me gustan los sitios llanos —murmuró a manera de explicación, bajando sus pálidos ojos, que parecían derramar lágrimas, aunque yo sabía que solían rezumar humedad.

—¿Y el dinero?

—Tom no lo quiere.

Fruncí el ceño, sin saber cómo indagar algo en el cerebro de un anciano que no podía separar la realidad de la fantasía.

—¿Te pidió papá que te marchases?

—Luke es un buen chico. Nunca haría eso.

Me hacía sentirme bien tenerle a mi lado, prestándome apoyo con su sola presencia. Él no se había apartado como Keith y Nuestra Jane. Tom debía de haberle dicho que yo venía a Winnerrow, y se las había arreglado para acudir a darme su apoyo moral. Sin duda, papá tenía el dinero que yo había destinado a Tom.

Los asistentes se agitaron en sus bancos para lanzarnos furiosas miradas, llevándose admonitorios dedos a los fruncidos labios, haciendo que el abuelo se derrumbase en el banco, terminando sentado en el extremo de su columna vertebral debido a sus esfuerzos por desaparecer obedientemente.

—Siéntate derecho —susurré, dándole un codazo—. No dejes que te intimiden.

Pero permaneció como estaba, agarrando su viejo y raído sombrero de paja como si fuese un escudo.

El reverendo Wise se erguía en silencio, alto e impresionante, detrás del podio, mirándome directamente. La distancia que nos separaba era de unos siete metros; sin embargo, creía ver en sus ojos algo parecido a una advertencia.

Evidentemente, había iniciado antes el servicio, pues no empezó con una de sus complicadas oraciones que parecían no acabar nunca. Comenzó en tono suave y coloquial, con voz profunda y al mismo tiempo convincente:

—El invierno ha terminado. La primavera ha llegado y se ha ido. Nos encontramos en otro verano. Pronto el otoño bruñirá nuestros árboles y luego volverá a caer la nieve... ¿Y qué hemos conseguido? ¿Hemos ganado terreno, o lo hemos perdido? Sé que hemos sufrido y que hemos pecado desde el día en que nacimos. Sin embargo, nuestro Señor, en su infinita misericordia, ha considerado oportuno mantenernos vivos.

»Hemos reído y hemos llorado, hemos caído enfermos y nos hemos recuperado. Hay entre nosotros quienes han dado a luz y quienes han perdido seres queridos, pues nuestro Señor acostumbra a dar, tomar, intercambiar pérdidas con dones; restaurar para destruir con los caprichos de la Naturaleza.

»Y siempre, por grande que sea nuestro trabajo, el torrente de su amor nos arrastra, para que podamos reunirnos en lugares de culto como éste, y celebrar la vida incluso cuando la muerte está a nuestro alrededor, y la tragedia es la certeza del mañana; del mismo modo que hoy, en esta hora y en este minuto, es nuestro momento de gozo. Todos somos bendecidos de ocultas maneras, y maldecidos en otras. Odiar y guardar rencor; emitir juicio sin conocer las circunstancias no es un mal comparable al asesinato. Y, aunque puede que nadie conozca el secreto de nuestro corazón, no hay secreto para el Altísimo.

Bueno, era como la Biblia —ambiguo—, y sus palabras podían ser interpretadas en cualquier sentido. Continuó hablando con tono de salmodia, sin apartar ni un momento los ojos de mí; pero yo tuve que desviar la mirada para no quedar paralizada de puro temor, pues él poseía un poder hipnótico.

Luego, entre la mezcla de muchas miradas furtivas, encontré la llameante furia de dos ojos verdes bajo la estrecha ala de un sombrero verde de paja... ¡Mirándome despreciativa, estaba Reva Setterton, la madre de Kitty Dennison!

Un escalofrío me recorrió la espina dorsal. ¿Cómo podía yo haber vuelto a Winnerrow sin haberme parado a pensar ni por un momento en la familia de Kitty? Entonces, miré abiertamente alrededor de mí para ver si descubría a Logan o a sus padres. No estaban allí, gracias a Dios. Me llevé la mano a la frente, en la que estaba empezando a sentir alarmante calor, dolor y palpitaciones. Una oleada de sensaciones desconocidas estaba haciendo que me sintiera aturdida, irreal.

El abuelo se irguió de pronto y, luego, se puso en pie, vacilantemente, tendiendo su mano hacia la mía para levantarme.

—Tienes mala cara —murmuró—, y éste no es nuestro sitio.

Yo estaba débil para dejarle que frustrara así mi propósito; sin embargo, su mano agarraba la mía con una fuerza sorprendente para un anciano, una fuerza tal que los anillos que llevaba se me hundieron en la carne. Le seguí hasta el fondo de la iglesia, y allí volvimos a sentarnos. Me invadió un irresistible recuerdo de cómo eran antes las cosas. Yo era de nuevo una niña, atemorizada ante las personas ricas ataviadas con vestidos nuevos, impresionada por la iglesia con sus altas vidrieras de colores, anonadada por el Dios que ignoraba necesidades y abastecía a los que echaban dólares en vez de calderilla.

El palpitante dolor atravesaba mi cabeza con agudas punzadas. ¿Qué estaba haciendo aquí? Yo, una nulidad, un ser insignificante, había venido a batirme con el hombre que tenía que ser el gladiador campeón en el coliseo dominical de Winnerrow. Con abatimiento, paseé la vista por la abarrotada iglesia, esperando encontrar más ojos amigos... ¿Y qué había dicho el reverendo para hacer que todos se volviesen a mirarme?

Los rostros se fundieron en una gigantesca burbuja de ojos enormes y hostiles. Toda la seguridad que el amor de Troy me había otorgado se desprendió de mí como pintura fresca aplicada sobre madera mojada. Temblorosa y débil por el odio que veía en todas partes, sentí deseos de levantarme, echar a correr y sacar de allí al abuelo antes de que los leones salieran de sus jaulas.

Como una bella durmiente despertando en un campamento enemigo, perdí el encantamiento que había comenzado el día en que entré en «Farthinggale Manor». Y que se había intensificado el día en que encontré a Troy.

Ahora parecían distantes e irreales, meras ficciones de mi hiperactiva imaginación. Me contemplé las manos mientras empezaba a darle vueltas al anillo de compromiso con su diamante de nueve quilates, que Troy había insistido que llevase aunque nunca nos casáramos. Luego, estaba jugueteando con mis perlas, de las que colgaba un medallón de diamantes y zafiros, un regalo especial de compromiso de Troy. Era curioso cómo tenía que aferrarme a la dureza de aquellas joyas para convencerme a mí misma de que, hacía sólo unos días, estaba viviendo en uno de los hogares más fabulosos y ricos del mundo.

El tiempo desapareció aquel domingo por la noche en la iglesia.

Envejecí y rejuvenecí. Enfebrecida y desventurada, ansiaba desesperadamente acostarme.

—Inclinemos la cabeza y oremos —aleccionó el reverendo, desviando por fin su taladradora mirada, y pude respirar más libremente—. Pidamos perdón con humildad, para que podamos entrar en este nuevo capítulo de nuestras vidas sin llevar a él viejos pecados, antiguos agravios, y lejanas promesas incumplidas. Cada nuevo día, tratemos de sentir respeto hacia quienes consideremos que nos han causado daño, y comprometámonos con nosotros mismos.

»Somos mortales puestos en esta tierra para vivir con humildad, sin resentimientos, sin albergar ningún rencor...

Continuó hablando y hablando. Aparentemente sus palabras iban dirigidas a mí.

El sermón terminó al fin, y no había dicho nada que yo no hubiese oído ya muchas veces; así que, ¿por qué seguía pensando que me estaba advirtiendo que no crease problemas? ¿Estaba él enterado de que yo sabía que había prohijado a aquella hermosa niña que había sido sacada de un cuarto interior y, todavía dormida, puesta en brazos de su mujer? Me levanté, ayudando al abuelo a que también lo hiciera, y me dirigí hacia la puerta, sin quedarme esperando allí, como se suponía que debían hacer los humildes montañeses para ser los últimos en marcharse y estrechar la piadosa mano del reverendo.

No bien salimos a la calle, llena del vapor de la humedad condensada, un hombre se aproximó rápidamente a mí, llamándome por mi nombre. Al principio pensé que era Logan..., y luego se me cayó el alma a los pies. Se trataba de Cal Dennison, que me tendía la mano, con radiante y alegre sonrisa.

—Heaven, mi querida Heaven —exclamó—. ¡Es estupendo volver a verte! Estás preciosa, eres una verdadera maravilla... Bueno, cuéntame cosas. Dime lo que has estado haciendo y qué te parece Boston.

En Winnerrow, cuando hacía calor en las calles, y más aún el interior de las casas, los habitantes del pueblo no mostraban inclinación a entrar en los dormitorios, cuando los porches se les ofrecían tan invitadores. Yo oía el tintineo del hielo en las jarras de limonada mientras permanecía allí en pie, titubeando y preguntándome cómo debía hablar a Cal Dennison, que en otro tiempo había sido mi amigo y mi seductor.

—Boston me gusta mucho —dije, mientras cogía del brazo al abuelo y echaba a andar hacia el hotel en que me había inscrito.

Pasar por la calle Mayor era como caminar por entre dos filas de enemigos. Todo el mundo nos miraba. ¡Y yo no necesitaba ni quería ser vista en compañía de Cal Dennison!

—Heaven, ¿estás tratando de despacharme? —preguntó Cal, en cuyo atractivo rostro brillaba el sudor—. Por favor, ¿no podemos ir a alguna parte, sentarnos a tomar algo y charlar?

—Me duele muchísimo la cabeza, y estoy deseando tomar un baño frío antes de acostarme —respondí con toda sinceridad.

Todo su aplomo pareció derrumbarse al oír mi excusa.

—Hablas como Kitty —murmuró, inclinando la cabeza. Y al instante me asaltó una sensación de culpabilidad.

Recordé entonces que el abuelo continuaba a mi lado.

—¿Dónde te vas a alojar, abuelo? —pregunté, cuando estábamos delante del único hotel de Winnerrow.

—Luke preparó la cabaña para Annie y para mí. Me alojaré allí, claro.

—Quédate conmigo en el hotel. Puedo tomar otra habitación para ti, una con televisión en color.

—Tengo que volver junto a Annie... Me está esperando.

Me resigné.

—¿Pero cómo vas a llegar hasta allá, abuelo?

Su aturdimiento le hacía tambalearse incluso mientras estaba quieto esperándome.

—Me llevará Skeeter Burl. Ahora es mi amigo.

¿Skeeter Burl? Se trataba del peor enemigo que papá había tenido jamás en las montañas... ¿Y ahora era amigo del abuelo? Eso era como creer que los que adoraban el sol de julio se regocijaban con las nieves de enero. Y, como la maldita estúpida que solía ser, cogí de modo totalmente espontáneo, el brazo del anciano, y nos volvimos juntos hacia el hotel.

—Abuelo, me parece que vas a tener que pasar la noche aquí, a pesar de todo.

Se alarmó. Él nunca había dormido en una cama «alquilada». No quería hacerlo. ¡Annie le necesitaba! Tenía en casa animales que sufrirían si él no regresaba. Sus pálidos y llorosos ojos me miraban con expresión suplicante.

—Vete tú al hotel, Heaven. No te preocupes por mí.

La desesperación le dio la fuerza que necesitaba. Se desasió y, moviéndose con más rapidez de la que yo hubiera creído posible, empezó a bajar cojeando por la calle Mayor.

—¡Tú sigue atendiendo tus asuntos. ¡No me gustan las camas que no son mías!

—Me alegro de que se haya ido —dijo Cal, agarrándome del brazo y guiándome al vestíbulo del hotel y hacia un pequeño café—. Yo también me alojo aquí. He venido a Winnerrow para resolver ciertas cuestiones legales con los padres de Kitty, que me han combatido con uñas y dientes, pretendiendo que yo no aporté nada a los bienes de su hija y que, por lo tanto, no merezco tener ni siquiera lo que ella me dejó.

—¿Pueden impugnar su testamento? —pregunté cansada, deseando no haber tenido la mala suerte de haberme encontrado con él.

Nos sentamos ante una mesita redonda, y al poco tiempo Cal estaba encargando la cena. Se comportaba conmigo como si nada hubiera alterado nuestra relación; y muy bien podría esperar terminar teniéndome en su cama. Yo permanecía sentada rígida e incómoda, sabiendo que iba a desilusionarle en cuanto hiciera la más mínima insinuación.

Mordisqueando mi emparedado de tocino con lechuga y tomate, apenas escuché a Cal mientras me explicaba las dificultades que estaba teniendo con sus parientes políticos Setterton.

—Y me siento solo, Heaven, muy solo. La vida no parece estimable sin una mujer cerca. Legalmente, tengo derecho a todo lo que Kitty me dejó; pero, como su familia se opone, me veo obligado a contratar abogados, y eso impide todo arreglo. Perderé la mitad de la herencia en honorarios de letrados y costas judiciales... Pero a ellos no les importa. Están tomando su venganza.

Yo sentía ya una gran pesadez en los párpados.

—Pero sus parientes no te odian, Cal. ¿Por qué están haciendo eso?

Él suspiró y apoyó la cabeza en las manos.

—Es a Kitty a quien odian porque no les dejó nada más que sus buenos deseos —levantó los ojos brillantes de lágrimas—. ¿Existe la posibilidad de que una joven hermosa vuelva de nuevo conmigo? Esta vez podríamos casarnos, Heaven, y tener una familia. Yo terminaría mis estudios, y tú los tuyos. Seríamos profesores los dos.

Yo estaba entumecida por la fatiga, y fui incapaz de oponer resistencia cuando Cay me cogió la mano y se la llevó a los labios. Luego, apretó mi palma contra su mejilla. En ese preciso instante, Logan Stonewall, acompañado por una linda muchacha, entró en la cafetería y separó una silla para ella, a quien reconocí como la hermana de Kitty, Maisie.

¡Oh, Dios mío! Yo había esperado no encontrarme con Logan. Tenía un aspecto maravillosamente saludable; pero parecía un poco más viejo que la última vez que le había visto. Cierto aire juvenil había sido sustituido por el cinismo que retorcía malignamente su sonrisa. ¿Yo le había hecho eso? Sus oscuras pupilas de zafiro se encontraron brevemente con las mías antes de levantar la mano en gesto de saludo. Luego, sus ojos se movieron para mirar a Cal con sorpresa y disgusto. A partir de ese momento, hizo un estudiado esfuerzo por no mirar en nuestra dirección. Maisie, sin embargo, no fue tan discreta.

—Hola, Logan, ¿no es ésa tu antigua amiguita Heaven Casteel?

Él ni siquiera se molestó en contestar. Me puse en pie rápidamente.

—No me encuentro bien, Cal. Discúlpame. Me voy a mi habitación a acostarme.

Se pintó la decepción en el rostro de Dennison.

—No sabes cuánto lo siento —dijo, levantándose y cogiendo la cuenta—. Por favor, permíteme que te acompañe.

No era necesario, y yo no quería que viniese; pero sentía punzadas de dolor detrás de los ojos, y tenía la fatiga metida hasta la médula. ¿Qué había de malo en mí? Pese a todas mis objeciones, que fueron muchas, Cal me siguió al vestíbulo del hotel y entró en el ascensor, que nos llevó hasta el sexto piso. Luego, insistió en abrir mi puerta. Entré rápidamente en la habitación y traté de cerrar detrás de mí; pero él se me adelantó. Antes de que pudiera darme cuenta de lo que sucedía, Cal estaba abrazándome y cubriéndome la cara de besos ardientes y apasionados.

Forcejeé para soltarme.

—¡Basta! ¡No! ¡No es esto lo que quiero! ¡Déjame en paz, Cal! ¡No te quiero! ¡No creo que te haya querido nunca! ¡Suéltame!

Le asesté un puñetazo en la cara que estuvo a punto de darle en un ojo.

La furia de mi ataque le cogió desprevenido. Sus brazos cayeron a los costados, y retrocedió, aparentemente al borde de las lágrimas.

—Nunca creí que olvidaras todas las cosas buenas que he hecho por ti, Heaven —dijo con tristeza—. Desde que llegué a Winnerrow, hace tres días, he esperado, rogado y soñado verte de nuevo. La gente de aquí ha oído hablar de tu buena suerte; pero no lo quieren creer. Y sé que Logan Stonewall está saliendo con una docena de chicas, incluida Maisie.

—¡No me importa con quién salga! —sollocé, empujando a Cal y tratando de hacerle salir de la alcoba—. Lo único que deseo es darme un baño y acostarme... ¡Sal de aquí y déjame en paz!

Salió. Se detuvo en el pasillo, al otro lado de la abierta puerta de mi habitación y me miró con expresión de enorme tristeza.

—Mi cuarto es el trescientos diez, por si cambias de idea. Necesito alguien como tú. Date a ti misma la oportunidad de amarme otra vez.

Fulguraron en mi mente imágenes de Cal y Kitti, rechazando ella sus propuestas nocturnas. Su voz suplicante atravesando las paredes hasta mi habitación... ¡Oh, sí, él me necesitó! Necesitaba a alguien lo bastante joven, cándido y estúpido como para creer que era un auténtico amigo... Sin embargo, viéndole allí, con los ojos llenos de lágrimas, sentí compasión hacia él.

—Buenas noches y adiós, Sal —dije con voz suave, situándome donde pudiera cerrarle lentamente la puerta—. Todo ha terminado entre nosotros. Busca alguna otra.

El chasquido de la puerta al cerrarse casi ahogó mi sollozo. Hice girar la llave, eché el cerrojo y corrí al cuarto de baño. Mi cabeza era un torbellino de pensamientos... ¿Por qué había tenido que volver a Winnerrow? ¿Para recuperar la hija de Fanny? ¡Qué idea tan ridícula! Me llevé la mano a la cabeza. Cuando la bañera se llenó, me introduje en ella y me senté cuidadosamente. El agua estaba un poco más caliente de lo deseado. A Kitty le gustaba bañarse en agua muy caliente. ¿A dónde había ido el abuelo? ¿Era posible que volviese a aquella miserable cabaña?

Cuando terminé de bañarme, no podía apartar al abuelo de mis pensamientos. ¿Qué había hecho con el dinero que yo le había dado? Tenía que encontrar al abuelo. No podría dormir hasta saber que se encontraba a salvo en la cabaña. Sentía dolorosas punzadas en la cabeza cuando salí del hotel.

La calle Mayor estaba humeante de vapor a consecuencia de la humedad. Apenas si se percibía una leve brisa. Arriba, en los Willies, el viento cantaría entre las hojas de los árboles después de haber pasado sobre las montañas, de modo que a veces podía refrescar incluso las minúsculas y abarrotadas habitaciones de aquella miserable cabaña.

Subí en mi coche alquilado y atravesé en él la ciudad. Eran las diez de la noche. Todos los comercios menos la farmacia de Stonewall cerraban a las diez.

No bien había llegado a las afueras de Winnerrow y comenzado a ascender por la sinuosa carretera, cuando el motor de mi coche empezó a toser y carraspear y, luego, se paró. Sin saber muy bien qué hacer, me apeé y levanté el capó. ¿A quién quería engañar? Yo no entendía nada de mecánica. Paseé la vista en derredor, por un territorio familiar que había adquirido proporciones de pesadilla. Debía regresar andando al hotel y acostarme, me dije a mí misma, y olvidarme del abuelo y del dinero. Tom nunca aceptaría mi ayuda. El abuelo no me necesitaba realmente. Me hallaba temblando de pies a cabeza.

Traté una y otra vez de poner en marcha el automóvil. En vano. El viento cobró fuerza y trajo consigo el aroma de la lluvia que no tardaría en caer. Y no iba a ser una tormenta de verano corriente. Tenía fuertes vientos, de los que traen granizo y, luego, un torrente de agua. El aire soplaba cada vez con más violencia en mi rostro. No tenía otra opción que sentarme dentro del vehículo y esperar que algún automovilista pasara por allí y se detuviera a ayudarme. Me dolía todo el cuerpo, y empecé a preguntarme si no habría empezado a coger la enfermedad de Troy.

Al cabo de media hora de permanecer allí sentada, apareció un coche que frenó inesperadamente, se detuvo a mi lado y salió de él su conductor. Bajó el cristal de la ventanilla, y quedé sorprendida al reconocer la familiar figura.

—¿Qué estás haciendo aquí sola a medianoche? —preguntó Logan Stonewall.

Traté de explicar lo que me había sucedido, mientras él me miraba recelosamente.

—Vamos, te llevaré allá arriba —dijo finalmente, con aire imperativo, mientras me conducía a su coche.

Sintiéndome una completa estúpida, me senté junto a él en el asiento delantero, y no supe qué decir.

—Yo mismo iba a comprobar cómo se encontraba tu abuelo —dijo, a modo de explicación, mientras ponía en marcha el motor y arrancaba.

—¡Él no está a tu cuidado! —exclamé como una niña, con voz extraña y confusa.

—Haría lo mismo por cualquier persona de su edad que se hallara sola allá arriba.

Un silencio más espeso que la niebla se instaló entre Logan y yo. El viento azotaba sin piedad los árboles que flaqueaban la carretera. Luego, empezó a granizar con fuerza, y Logan se vio obligado a detener el auto en la cuneta para esperar a que pasara lo peor. La cosa duró unos diez minutos, y durante ese tiempo ninguno de los dos habló.

Al fin volvió a poner el coche en marcha, conduciéndolo por un familiar camino de tierra apisonada que no tardaría en bifurcarse. Fijando la mirada al frente, traté de dominar mi temblor.

Hacía mucho, ya había considerado extraordinariamente magnífico y suntuoso el único hotel de Winnerrow. Ahora sabía que no era más que un destartalado caserón. ¡Pero seguía siendo mucho mejor que la cabaña a la que me dirigía! Me dieron ganas de llorar. Yo necesitaba una cama confortable, sábanas limpias, buenas mantas y calor para combatir el súbito frío que me helaba los huesos. Y ahora no tendría más que la cabaña con su letrina exterior, y muy poco calor. Experimenté una trágica sensación de pérdida mientras la civilización iba quedando atrás, en Winnerrow.

En vez de llorar, me volví hacia Logan.

—Y así haces de buen samaritano para mi abuelo, ¿verdad? Supongo que necesitas siempre que haya alguien en tu vida a quien puedas compadecer y demostrar tu generosidad.

Me lanzó otra de sus despreciativas miradas, y yo le miré durante el tiempo suficiente para ver que no quedaba ni una chispa del amor que en otro tiempo brilló en sus ojos. Dolía saber que mi mejor amigo se había convertido en un enemigo capaz de matarme con frías miradas y palabras crueles. Los cuchillos dejaría que los lanzasen otros.

Apreté con fuerza la espalda contra el asiento y me separé de él lo más posible, jurándome a mí misma no volver a mirarle; aunque, de todos modos, en la oscuridad no podía verle muy bien. Se me estaba nublando la vista. La irrealidad me había estrujado con puño firme. El dolor de los huesos se extendía al pecho y detrás de los ojos; la cara me ardía también, además de dolerme. Me costaba mucho moverme.

—Llevo a tu abuelo a Winnerrow cuando quiere ir allá —dijo secamente Logan; dirigiéndome una fugaz mirada—. Viene con frecuencia desde Georgia y Florida para comprobar cómo sigue su cabaña.

—Dijo que le llevaría Skeeter Burl...

—Skeeter Burl le llevó y le trajo varias veces de la iglesia; pero murió en accidente de caza hará cosa de unos dos meses.

¿Por qué habría de mentirme el abuelo? A menos que lo hubiese olvidado. Y, desde luego, estaba fuera de la realidad desde el día en que murió su Annie...

Logan y yo nos sumimos de nuevo en un prolongado silencio. El mundo se había librado de un hombre ruin con la muerte de Skeeter Burl, aunque hubiera llevado una o dos veces en su coche al abuelo.

Utilizando todos los atajos, había diez kilómetros desde Winnerrow hasta nuestra cabaña. La carretera multiplicaba por tres esa distancia. Mi nebulosa mente trató de ordenar datos.

—¿Por qué no estás en Boston? ¿No empiezan tus clases a finales de agosto?

—¿Por qué no estás tú?

—Tengo intención de coger el avión mañana por la tarde... —respondí vagamente.

—Si deja de llover —dijo él, con voz inexpresiva.

La lluvia caía a torrentes. Nunca había yo visto llover de tal manera, salvo a principios de primavera. Esta impetuosa lluvia era de la que convertía pequeños arroyos en turbulentos ríos, derribaban puentes, arrancaban árboles e inundaban las orillas. A veces, en los Willies había estado lloviendo una semana seguida, y más; y al terminar se habían formado lagos que nos impedían ir a cualquier parte, incluso a la escuela.

Y Troy esperaba que volviese al atardecer del día siguiente. Tendría que llamarle en cuanto regresara a Winnerrow. Corrimos varios kilómetros más.

—¿Cómo están tus padres? —pregunté.

—Muy bien —respondió lacónicamente, disuadiéndome de hacer más preguntas.

—Me alegro.

En este momento se desvió de la carretera principal, siguiendo lo que apenas era poco más que un sendero surcado de profundas rodadas llenas de agua. La lluvia continuaba cayendo intensamente, golpeando oblicuamente el parabrisas y las ventanillas. Logan puso en funcionamiento los limpiaparabrisas y se inclinó hacia delante para escrutar el camino. Yo nunca le había visto mirar con tanta frialdad y dureza. Luego, se movió de pronto, me cogió la mano derecha y contempló durante unos segundos el enorme diamante que llevaba en el dedo anular.

—Comprendo —dijo, soltando mi mano como si no quisiera volver a tocarme nunca más.

Apreté los labios, cerré mi mente y traté de pensar en algo que no fuera la forma en que Nuestra Jane y Keith me habían rechazado. Aquella horrible sensación de pérdida se adhería a mí como musgo en putrefacción.

Con la atención fija en el camino, Logan no dijo nada más, y experimentó una sensación de alivio cuando llegó al espacio que representaba el patio de la choza de la montaña que yo había esperado no volver a ver.

Esta vez, yo llegaba a la cabaña en la que había nacido con una perspectiva bostoniana, con la sensibilidad adiestrada para apreciar la belleza y la buena construcción; el gusto cultivado, capaz de valorar lo mejor que la vida tenía que ofrecer. Así, pues, permanecí sentada, pronta a sentirme horrorizada y disgustada, presta a preguntarme cómo podía nadie querer volver... ¡a «aquello»! Podía verlo todo mentalmente, la ladeada y destartalada choza con el semihundido porche delantero, la vieja madera brillante y surcada por las manchas procedentes del tejado de hojalata. El patio lleno de zarzas y malas hierbas, aunque los charcos ocultarían lo peor, y no miraría hacia la letrina exterior para no pensar en cómo se las arreglaría el abuelo para ir y volver hasta allí. Tenía que ver al reverendo por la mañana. Luego, volvería junto a Troy.

Logan estaba aparcando el coche, y yo tenía que mirar, tenía que enfrentarme al horror del abuelo allí solo bajo la lluvia, apenas protegido por un tejado lleno de grietas, con el fantasma de su mujer en una noche en que el viento soplaba con fuerza, lo que siempre producía en la chabola numerosas corrientes de aire.

Me quedé mirando, sin dar apenas crédito a lo que veía. ¡La destartalada cabaña había desaparecido!

En su lugar había una casita de troncos, de aspecto recio y bien construida, del tipo que los hombres de la ciudad llamaban «albergue de caza».

La sorpresa casi me había paralizado.

—¿Cómo? —pregunté—. ¿Quién?

Logan agarró con fuerza el volante, dando la impresión de que deseaba contener sus deseos de hacerme entrar en razón a sacudidas. Siguió sin mirarme mientras permanecíamos sentados en el coche. Dentro de la cabaña brillaban luces. ¡Electricidad! Experimentaba una sensación de incredulidad, dominada por la impresión de que todo era un sueño.

—Por lo que he oído, tu abuelo no era feliz viviendo en Georgia, donde la tierra es llana y el calor sofocante —explicó Logan—, y no conocía a nadie allí. Añoraba las montañas. Echaba de menos Winnerrow. Y, según me contó Tom en una carta, tú le mandaste varios cientos de dólares el pasado octubre. Él quería volver adonde pudiese ver a su Annie. Y tenía ese dinero que le habías enviado. Así que volvió. Tom ha aportado también su parte; trabaja día y noche. La vieja cabaña fue derribada y se levantó ésta. No se tardó más que doce semanas, y, sin embargo, está muy bien por dentro. ¿Quieres entrar a ver? ¿O piensas dejar al viejo a solas con el fantasma que comparte su hogar?

¿Cómo explicar a Logan que no importaba que me quedase o me fuese, que el abuelo continuaría de todos modos viviendo con su amado fantasma? Pero no podía decirlo. En lugar de ello, contemplé la cabaña de dos pisos. Desde fuera, se percibía ya que el interior era agradable y acogedor. Había dos grupos de ventanas triples en la fachada delantera que dejarían pasar raudales de luz. Recordé las dos pequeñas habitaciones que siempre habían estado oscuras y llenas de humo, sin iluminación ni aire suficientes. ¡Qué diferencia podían hacer seis ventanas!

Y sí que quería ver el interior, claro que quería. Pero estaba experimentando sensaciones extrañas, tan pronto temblando de frío, como acalorada y congestionada. Las articulaciones empezaban a dolerme con más intensidad; hasta mi estómago se rebelaba.

Abrí la puerta del coche y dije:

—Mañana por la mañana puede volver andando a la ciudad, Logan. No hace falta que me esperes.

Cerré de golpe la portezuela, incómoda con los viejos tiempos ahora que me había acomodado a los nuevos. Corriendo bajo la fría lluvia, entré en la cabaña de troncos. Para mi asombro, la rústica edificación, que había parecido pequeña desde fuera, tenía una amplia sala de estar en la que el abuelo se hallaba arrodillado en el suelo, maniobrando con los leños que esperaba quemar en la chimenea de piedra que llegaba hasta el techo y ocupaba todo un lado de la estancia. Había unos hermosos y pesados morillos de bronce, una elegante mampara y una recia parrilla. Antes de encender siquiera una cerilla, la casa ya estaba caliente, Muy cerca del hogar, sobre una alfombra que en otro tiempo hiciera la abuela con medias viejas que le daban las señoras del bazar de la iglesia, estaban las dos vetustas mecedoras que los abuelos habían utilizado en el porche de la antigua vivienda. Y en invierno las llevaban adentro. Eran los únicos muebles que quedaban del hogar original.

Estaban ruinosas, deslucidas, gastadas; y, sin embargo, me conmovían como no lo hacía ninguno de los muebles nuevos.

—Annie... ¿no te he dicho que ella estaba aquí? —dijo excitado el abuelo, apoyando la mano en el brazo de la mejor mecedora, en la que solía sentarse su mujer—. Ha venido a quedarse, Annie. Nuestra Heaven ha venido a cuidar de nosotros ahora que la necesitamos.

¡Oh, Dios mío, yo no podía quedarme!

¡Troy me estaba esperando!

Logan me había seguido al interior de la casa y me miraba desde la puerta. Traté de hacer acopio de fuerzas para luchar contra lo que me estaba haciendo sentirme enferma, fuera lo que fuese. Recorrí las cuatro habitaciones de la planta baja, que estaban empaneladas en madera. En la cocina, contemplé, maravillada, los modernos aparatos eléctricos. Había una fregadera doble de acero inoxidable y, junto a ella, ¡un lavavajillas! Unas puertas plegables revelaron un compartimiento para lavandería, ¡con una lavadora y una secadora! ¡Un amplio frigorífico de dos puertas! Más armarios de los que incluso Kitty había tenido en su cocina. En las ventanas, cortinas campesinas de guinga azul, con una cenefa de margaritas amarillas rematando el borde y blancas borlas de algodón orlando los costados. Había una mesa camilla cubierta por un mantel a juego. Las baldosas del suelo eran de color azul brillante, los cojines, sujetos a las sillas, de una alegre tonalidad amarilla. Jamás había visto yo una cocina tan bonita y hogareña.

Era el tipo de cocina con que yo salía soñar cuando era pequeña. Se me llenaron los ojos de lágrimas mientras alargaba la mano para acariciar la suave madera de los armarios, cuando antes habíamos tenido un solo anaquel descubierto en el que apilar nuestros platos, lastimosamente escasos. Y unos clavos habían servido para sostener los pocos pucheros y sartenes que poseíamos. Estaba sollozando ya abiertamente, viendo todas las comodidades con las que tanto habrían disfrutado Sarah y la abuelita, por no decir nada de los demás. Y, como la chicuela campesina que antes era, abrí los grifos de agua caliente y fría y puse la mano debajo... ¿Agua corriente aquí, en las montañas? Accioné conmutadores eléctricos. Meneé la cabeza. Un sueño, eso era todo. Otro sueño.

Continuando mi recorrido, intimidada, encontré un pequeño comedorcito con un amplio mirador desde el que, durante el día, se divisaría una espectacular panorámica del valle, de no ser por los árboles. Mi sueño de talar algunos para que las luces de Winnerrow centellearan en la oscuridad como luciérnagas. Esta noche, no podía ver nada más que lluvia.

Al otro lado del comedor, un pasillito conducía a un cuarto de baño y a un dormitorio contiguo que tenía que ser el del abuelo. Vi sus «criaturas» ordenadamente colocadas en estantes abiertos, con unos espejos detrás; y unas luces indirectas dramatizaban el despliegue de diminutos animales y extravagantes pero inteligentes habitantes de las montañas.

Sobre la amplia cama de latón del abuelo (no la vieja) estaba una de las colchas hechas a mano por la abuelita. Había una mesita de noche con una lámpara, dos butacas, un escritorio, una cómoda. Giré en círculos, volví a la cocina y en el centro de la estancia empecé a gemir.

—¿Por qué lloras? —preguntó Logan a mi espalda, con voz suave y extraña—. Yo pensaba que ahora te gustaría. ¿O es que te has acabado acostumbrando tanto a las grandes mansiones que una acogedora cabaña de las montañas te parece demasiado pobre?

—Es preciosa, y me gusta —dije, tratando de contener las lágrimas.

—Deja de llorar, por favor —exclamó, con voz ronca—. No lo has visto todo. Hay más habitaciones arriba. Reserva algunas lágrimas para ellas.

Y, cogiéndome por el codo, me llevó hacia delante mientras yo buscaba en el bolso mis pañuelos de papel. Me sequé las lágrimas y, luego, me soné.

—Tu abuelo tiene ciertos problemas con los escalones... No es que no pueda subirlos; pero considera que no debería haber escaleras en su casa.

Alguien había pensado en todo. Pero yo estaba cansada, necesitaba acostarme y traté de desasirme. Logan me apretó con más fuerza, casi empujándome escaleras arriba.

—¿No es ésta la cabaña que siempre deseaste cuando eras pequeña y te sentías privada de todo lo bello? Bien, pues aquí la tienes. ¡Mírala! Y, si llega demasiado tarde para que aprecies todo el trabajo que se necesitó para hacerla así, lo siento..., pero observa a tu alrededor y aprécialo «ahora», ya que nunca volverás a verlo.

Había allí arriba dos dormitorios de tamaño medio y un gran baño doble.

Logan se apoyó contra la puerta del armario.

—Según me ha dicho Tom por carta, tu padre ha puesto dinero también en esta casa. Quizá tiene intención de traer algún día aquí a su familia.

Algo que sonaba en lo más profundo de su voz me hizo volverme a mirarle a los ojos, y esta vez le vi realmente. Iba vestido desenfadadamente, como si ya no fuese a la iglesia los domingos. Al parecer, no se había afeitado, y la barba le hacía parecer diferente, más viejo, menos guapo y perfecto.

—Ya estoy lista para irme —manifesté dirigiéndome hacia la escalera—. Es una casa muy bonita, y me alegro de que el abuelo tenga un buen sitio en que estar, con abundancia de alimentos en la despensa.

No me respondió; se limitó a seguirme a la planta baja, donde me despedí del abuelo dándole un beso en su pálida y hundida mejilla.

—Buenas noches, abuelo, buenas noches, abuelita. Volveré mañana para veros otra vez. Después de que me haya ocupado de varias cosas.

Él asintió con aire ausente, mientras sus ojos se tornaban inexpresivos y sus dedos empezaban a acariciar nerviosamente el borde del chal que se había echado sobre los hombros. ¡El chal de la abuelita!

—Ha sido estupendo haberte visto, Heaven, realmente estupendo.

No iba a suplicarme.

—Cuídate, abuelo, ¿me oyes? —lo dije con el acento campesino que resurgía con facilidad—. ¿Hay algo que necesites, o que pueda traerte de la ciudad?

—Tengo de todo ahora —murmuró, mirando a su alrededor con sus llorosos ojos—. Una señora viene y nos prepara la comida. Lo hace todos los días. Annie dice que es muy amable por su parte; pero ella podría cocinar si tuviera mejor la vista.

Toqué el brazo de la mecedora de la abuelita, terso y brillante por el roce de sus manos. Inclinándome, fingí besarla, lo cual hizo que le brillaran los ojos al abuelo.

En el porche, tropecé dos veces. El viento y la lluvia parecían un animal sediento de destrucción. El frío era tan penetrante que me cortó el aliento, y la lluvia me cegó. Logan me agarró rápidamente para impedir que cayese por los escalones.

Me gritó algo en el oído. El viento aullaba más sonoramente que su voz. En los escalones, mis rodillas cedieron, y me desplomé. Luego, Logan me sostenía en brazos, llevándome de nuevo a la cabaña.

XVIII.   ENTRÉGUENMELA

El tiempo me jugaba malas pasadas. Veía una vieja que me recordaba a la abuelita. Ella me bañaba, me daba de comer y hablaba continuamente de la suerte que era que su casa estuviese a un paso, ahora que todos los puentes se habían derrumbado y no podía venir un médico del pueblo. Logan aparecía una y otra vez ante mí; cuando abría los ojos durante el día, cuando me despertaba de noche, siempre estaba allí. En mi delirio, se me aparecía el rostro de Troy, que repetía mi nombre y me decía sin cesar: «Vuelve, vuelve. Sálvame, sálvame..., sálvame.»

Las torrenciales lluvias continuaban cayendo, violentas e incesantes, haciéndome pensar, incluso cuando tenía los ojos abiertos y me encontraba en un estado más o menos racional, que me hallaba atrapada en algún lugar del purgatorio, si no casi en el infierno. Hasta que, al fin, mi mente dejó de hallarse ofuscada por la fiebre, y se perfilaron los contornos de la habitación. Quedé sorprendida al ver dónde me encontraba. Yacía tendida en una amplia cama en aquella casita de troncos de la montaña, débil y extenuada y comprendiendo que acababa de pasar la peor enfermedad de mi vida. En cuestiones de salud yo había tenido más suerte que Nuestra Jane; pues no me había visto obligada a guardar cama casi ni un solo día.

Yacer desvalida y tan débil que no podía alzar la mano ni volver la cabeza era una experiencia desalentadora. Tanto que cerré los ojos y volví a quedarme dormida. La siguiente vez que desperté era de noche y vi borrosamente a Logan inclinado sobre mí. Estaba sin afeitar; parecía fatigado, preocupado y sumamente inquieto. Cuando ya había amanecido desperté de nuevo y lo encontré lavándome la cara. Humillada, traté de apartar sus solícitas manos.

—No —intenté susurrar; pero estallé en un acceso de toses que me arrebataron incluso los susurros.

—Lo siento, pero Shellie Burl resbaló y se torció el tobillo y no puede venir hoy. Tendrás que arreglártelas conmigo —dijo Logan con expresión solemne y voz áspera y profunda. .

Me quedé mirándole, horrorizada.

—Pero necesito ir al baño —murmuré, enrojeciendo de turbación—. Por favor, llama al abuelo, para que pueda apoyarme en él.

—Tu abuelo no puede subir la escalera sin jadear, y ya tiene bastante con mantenerse él mismo en pie.

Y, sin más, Logan me ayudó suavemente a bajar de la cama. Me daba vueltas la cabeza, así que habría caído al suelo de no haberme rodeado con sus brazos. Pasito a paso, sosteniéndome como si fuese una niña pequeña, me ayudó a llegar al cuarto de baño. Me agarré del toallero hasta que él cerró la puerta, y me dejé caer sobre la taza, casi desmayada.

Adquirí grandes dosis de humildad durante los días siguientes, en los que Logan tuvo que ayudarme a ir y volver del cuarto de baño. Aprendí a tragarme mi orgullo y a tolerar la forma que él tenía de bañarme con la esponja tan discretamente como le era posible, manteniéndome tapada bajo una mantita de franela a excepción de la región de piel que estaba limpiando. A veces, yo gemía y lloriqueaba infantilmente y trataba nuevamente de rechazarle; pero el esfuerzo de hacerlo me causaba tanta fatiga que no tenía más remedio que someterme. Luego, comprendí la inutilidad de mi resistencia. Yo necesitaba sus cuidados. Y a partir de ese momento permanecí sin protestar ni quejarme.

Sabía que en mi febril delirio estuve llamando a Troy. Había suplicado a Logan una y otra vez que le telefonease y le explicara por qué no había regresado para llevar a cabo nuestros planes de boda. Veía a mi cuidador asentir, le oía decir algo para asegurarme que estaba tratando de ponerse en contacto con Troy. Pero yo no le creía. Nunca le creí. Cuando puede encontrar la fuerza necesaria, le golpeé las manos en el momento en que intentaba hacerme tomar una cucharada de medicina. Por dos veces me levanté de la cama en un desfalleciente esfuerzo de telefonear yo misma... Pero, al ponerme en pie, me sentí tan débil que me desplomé casi inmediatamente al suelo, obligando a Logan a que saltase del jergón instalado a los pies de mi cama, me recogiese y acostara de nuevo.

—¿Por qué no puedes confiar en mí? —preguntó con voz dulce cuando me creyó dormida, mientras sus manos suaves echaban hacia atrás el húmedo mechón de pelo que caía sobre mi frente—. Te vi con ese Cal Dennison y me dieron ganas de estrellarle contra la pared. También te vi una vez con ese Troy al que no dejas de llamar, y le odié. He sido un estúpido, Heaven, un maldito estúpido, y ahora te he perdido. Pero ¿por qué tienes que ir siempre a otra parte para encontrar lo que yo estaba tan dispuesto a darte? Nunca me brindaste la oportunidad de ser algo más que un amigo. Me rechazaste, resististe mis besos y mis esfuerzos por ser tu amante.

Entreabrí los párpados y le vi sentado al borde de mi cama, con la cabeza inclinada en actitud de fatiga.

—Ahora sé que fui un necio al mostrarme tan considerado... Pues tú me amas. ¡Sé que me amas!

—Troy —gemí suavemente, viendo de forma borrosa a Logan, con Troy tras él en la oscuridad, envuelto su rostro en las sombras—. Tengo que salvar a Troy...

Se separó de mí, levantando la cabeza antes de murmurar:

—Vuelve a dormirte y deja de preocuparte por ese hombre. No le pasará nada. Has hablado mucho de él, y yo sé que en la vida real la gente no muere de amor.

—Pero... tú no conoces a Troy... No le conoces... como le conozco yo.

Logan giró en redondo, al límite casi de su paciencia.

—¡Heaven, por favor! No puedes recuperarte si no dejas de oponer resistencia a lo que trato de hacer por ti. No soy médico, pero sé mucho sobre medicaciones. Estoy intentando hacer cuanto puedo por ti. Hace unas semanas, le traje a tu abuelo una buena provisión de medicinas para el resfriado, sin sospechar que serías tú quien las necesitase. Todas las carreteras que llevan a la ciudad están inundadas. Ha estado lloviendo cinco días seguidos. Yo no puedo sacar el coche del patio porque los caminos se encuentran totalmente cubiertos de fango. Tres veces he tenido que sacar el coche de una masa de barro que le llegaba hasta los tapacubos.

Me sometí a sus cuidados, sin saber qué otra cosa hacer. Mis agitados sueños me llevaban a Troy. Él estaba siempre montando un caballo lejos de mí. Y, cuando le llamaba, cabalgaba más rápidamente aún. Yo le seguía en la oscuridad de la noche.

El abuelo pasó varias veces por mi borroso campo visual, jadeando convulsivamente, inclinando ansioso sobre mí su arrugado rostro y extendiendo las manos para echar hacia atrás, con débiles dedos, mis largos y húmedos cabellos.

—Pareces enferma, Heaven. Muy enferma. Annie te va a preparar algo para curarte... Su infusión de hierbas. Y te ha hecho un poco de sopa. Tómatela ahora...

Llegó finalmente el día en que la fiebre desapareció. Mis pensamientos se aclararon. Por primera vez comprendí plenamente el horror de mi situación. Me encontraba de nuevo en los Willies, donde estaba antes la cabaña. Lejos de Troy, que tenía que estar frenético de preocupación.

Miré débilmente a Logan. Estaba sacando unas sábanas limpias del armario ropero y, luego, se dirigió hacia mí, sonriendo. Su barba le hacía parecer más viejo, y tenía aspecto de hallarse muy cansado.

De pequeña, yo había deseado con frecuencia caer enferma, sólo para poner a prueba a papá y ver si me cuidaba a mí tan amorosamente como le había visto una vez cuidar a Fanny. Pero, naturalmente, él no se habría molestado ni siquiera en darme un poco de agua.

—¡Vete! —sollocé, cuando Logan me dio otra cápsula y otro vaso—. ¡Es demasiado embarazoso lo que haces! —me estremecí al contacto de sus manos—. ¿Por qué no telefoneaste pidiendo una enfermera cuando la señora Burl se lesionó el tobillo? ¡No tenías derecho a esto!

Como si estuviera sordo y mudo, hizo caso omiso de mis palabras. Me volvió sobre un costado y cubrió el colchón debajo de mí con una sabanilla de franela, antes de desaparecer para regresar al poco rato con una palangana de agua caliente y varias toallas, además de una esponja y un plato con jabón. Yo agarré las sábanas y me las subí hasta la barbilla.

¡No!

Él sumergió la esponja en el agua, la enjabonó y luego me la dio.

—Entonces, lávate tú misma la cara. Las líneas telefónicas fueron lo primero en estropearse. Ocurrió apenas llegamos. Acabo de oír el informe meteorológico en una radio de pilas. La lluvia cesará esta noche. El agua tardará unos días en retirarse de las carreteras, y para entonces tú estarás ya en condiciones de viajar.

Cogí de sus manos la esponja, y me quedé mirándolo fijamente hasta que salió de la habitación.

Cerró de golpe la puerta a su espalda, y yo me froté la piel con implacable determinación. Me puse ropa limpia, utilicé una de las muchas camisas que le había mandado al abuelo, esta vez sin la ayuda de Logan.

Me obligué a mí misma a comer cuando Logan me trajo una bandeja con sopa y emparedados. No me miraba a los ojos, ni yo tampoco a él.

—¿Las carreteras...? —logré preguntar, justo en el momento en que él salía por la puerta con la bandeja.

—Despejándose. Ha salido el sol. Los obreros no tardarán en restablecer la electricidad y el servicio telefónico. En cuanto pueda traerte una enfermera, me marcharé. Estoy seguro de que eso te hará muy feliz. No tendrás que volver a verme nunca más.

—Me estás compadeciendo, ¿verdad? —grité con las escasas fuerzas que tenía—. Puedo gustarte ahora, que estoy enferma y necesitada de ayuda; pero no te gusto en absoluto cuando no me hallo necesitada. ¡No me hacen ninguna falta tu piedad y compasión, Logan Stonewall! Estoy prometida a uno de los hombres más maravillosos del mundo. ¡Nunca más volveré a ser pobre! ¡Y lo amo! ¡Lo amo tanto que siento dolor en lo más íntimo de mi ser porque no estoy con él en lugar de contigo!

Lo había dicho de la forma más cruel posible. Mi antiguo amor permaneció en pie, bajo un casual y débil rayo de sol, y palideció intensamente antes de dar media vuelta y marcharse de modo brusco.

Cuando hubo salido, lloré durante largo rato. Lloré por todas las cosas que habían sido, por todos los sueños incumplidos. Sin embargo, la realidad era buena. Tenía a Troy.

Él no me compadecía. Él me amaba, me necesitaba, se moriría sin mí.

Aquella tarde me esforcé para ir sola hasta el cuarto de baño. Me bañé, me lavé el pelo. Dentro de uno o dos días, abandonaría este lugar y jamás volvería.

Tardé más tiempo de lo que había esperado en recuperar las fuerzas. Así como las carreteras tardaron más tiempo en quedar libres de agua de lo que Logan había predicho. No se marchó en cuanto el barro empezó a secarse. Esperó pacientemente en la planta baja, hasta que un día apareció el cartero y le dijo que todos los caminos que bajaban a Winnerrow estaban ya transitables si no le importaba pedalear de vez en cuando el barro. Hacia las cuatro de la tarde de ese día, mientras Logan dormitaba en el sofá del cuarto de estar, logré bajar sola la escalera, y preparé una comida sencilla. El abuelo parecía muy contento. Logan no dijo nada cuando le llamé a la mesa de la cocina, aunque sentía sus ojos siguiendo todos mis movimientos.

Estaba todavía débil, pálida y temblorosa cuando Logan me dejó delante del hotel de Winnerrow. Me cambié de ropa antes de hacer mi llamada telefónica a Troy. No cogía el teléfono de su casa. Me sentía nerviosa y débil mientras esperaba que contestase. Colgué y marqué otro número. Esta vez respondió uno de los criados de «Farthinggale Manor».

—Sí, Miss Casteel. Diré a Mr. Troy Tatterton que ha llamado usted. Ha salido para todo el día.

Turbada y desconcertada al pensar que Troy no estaba donde debería estar, volví a coger el ascensor y encontré a Logan esperándome en el vestíbulo del hotel. Se puso cortésmente en pie al avanzar yo; pero no sonrió.

—¿Qué puedo hacer por ti ahora?

Me llevé las manos a la frente. Disponía de cuatro horas hasta la salida de mi vuelo para Boston.

—Tengo que ver al reverendo Wise. Pero puedo ir sola.

Bajé la vista hacia mis manos mientras empezaba a excusarme.

—Siento haberme portado de forma tan desagradable. Gracias por tu ayuda, Logan. Te deseo toda clase de felicidad. No necesitas hacer nada más por mí. A partir de ahora, cuidaré de mí misma.

Sentí, durante largo rato, sus ojos fijos en mi rostro,

como si tratara de leer mi mente. Luego, sin responder con palabras, me cogió del brazo y me llevó hacia su coche aparcado. Mientras el coche avanzaba despacio, trató de responder a mis preguntas.

—¿Viene con frecuencia papá a visitar al abuelo?

—Creo que viene cuando puede.

Logan no volvió a pronunciar una palabra hasta dejarme en la calle Mayor, frente a la rectoría, donde el reverendo Wayland Wise vivía con su mujer y su hija.

—Gracias otra vez —dije un tanto envarada—. Pero no hace falta que esperes.

—¿Quién va a llevar tus maletas y ponerlas en tu coche alquilado... si es que todavía tienes un coche alquilado? —preguntó con ironía.

Así que se quedó esperando, insistiendo en hacerlo. Traté de no tropezar ni tambalearme mientras avanzaba por el camino, del que acababan de quitar los despojos de la tormenta. Cuando llegué al alto porche, me volví y vi a Logan que esperaba con paciencia, con la cabeza ligeramente inclinada, como si se hubiera quedado dormido tras el volante a consecuencia de la fatiga de atenderme día y noche.

Mientras estaba allí, aguardando a que alguien respondiera a mi llamada a la puerta, me sentí invadida de una terrible cólera que desvaneció mi debilidad y me inyectó súbita fuerza.

¡El reverendo y su mujer no tenían ningún derecho a robar la hija de Fanny! ¡Él la había seducido cuando no era más que una niña, una menor! Catorce años. ¡Delito de estupro!

Sí, yo estaba aquí para devolver al seno de la familia por lo menos a un niño de los que había perdido. Aunque dudaba mucho que Fanny fuese la más indicada para criar a su hija.

Fue la propia Rosalynn Wise quien acudió en respuesta a mis secos golpes en su puerta. Frunció el ceño al verme, aunque sus ojos no denotaron ninguna sorpresa. Era como si, desde mi visita a la iglesia hacía ocho días, hubiera sabido que yo acabaría presentándome tarde o temprano. Como de costumbre, llevaba un vestido oscuro y nada favorecedor, que conseguía admirablemente hacerla parecer una escoba con faldas.

—No tenemos nada que decirte —fue su saludo—. Haz el favor de marcharte de nuestro porche y no volver más.

290

Y, como había hecho Fanny en el pasado, se dispuso a darme con la puerta en las narices; pero yo estaba preparada esta vez. Dando un paso hacia delante, la aparté a un lado y entré en la casa.

—Tienen muchas cosas que explicar —dije con mi tono más frío y acerado (en Boston había aprendido mucho sobre cómo actuar imperiosamente)—. Lléveme hasta su marido.

—No está en casa.

Se adelantó para impedirme que continuara avanzando.

—¡Fuera! Tú y tu hermana ya habéis causado bastantes problemas.

Su flaco y alargado rostro asumió la piadosa expresión de los que establecen contacto con la inmundicia.

—Oh, de modo que ahora admite que Fanny es mi hermana. Qué interesante. ¿Qué fue de Louisa Wise?

—¿Quién era? —preguntó el reverendo, con el tono normal que debía de reservar para uso doméstico.

Su voz me condujo hasta su estudio, cuya puerta estaba entreabierta; y entré, pese a cuanto su mujer hizo por impedírmelo. Ahora que estaba ante el hombre más influyente de Winnerrow anhelaba encontrarme mejor de salud y recordar todas las palabras que había preparado para decir en este momento antes de que la fiebre llegase y las borrara de mi mente.

Levantándose a medias de su silla, «Waysie» Wise sonrió afable, lo cual me desconcertó. Yo había venido esperando coger desprevenidos a los dos. Aún no habían dado las diez; pero ambos estaban ya formalmente vestidos. La única concesión del reverendo a la comodidad hogareña eran unas zapatillas negras de terciopelo forradas de raso rojo. Por alguna extraña razón, aquellas exóticas y elegantes zapatillas me aturdieron.

—¡Ajá! —exclamó, frotándose las secas palmas de las manos y adoptando una expresión de placidez—. Creo que es una de mis ovejas que vuelve, por fin, al redil.

No hubiera podido elegir mejores palabras para devolverme todo mi espíritu combativo. Como si hubiera nacido para este día, experimenté una creciente satisfacción por tener al fin una buena razón para expresarle la opinión que me merecía. Volvió a sentarse en su confortable sillón de alto respaldo ante la chimenea, donde unas flores artificiales ocupaban el lugar de la parrilla. De una caja metálica revestida de cedro rojo que estaba junto a él eligió cuidadosamente un cigarro puro, le cortó la punta, lo examinó con detenimiento y se decidió a encenderlo. Durante todo este tiempo yo continué de pie.

Evidentemente, no tenían intención de invitarme a que me sentara. Avancé unos pasos, elegí el sillón gemelo al suyo y lo ocupé. Crucé las piernas y observé cómo sus ojos las recorrían pausadamente. Troy me había dicho muchas veces que tenía las piernas muy bien formadas. Y estaba muy bien calzada.

Perezosamente, los negros ojos del reverendo me examinaron de arriba abajo. En lo más profundo de aquellas pupilas latía un vivo interés que fue ascendiendo poco a poco a la superficie y le forzó a sonreír seductoramente. Su sonrisa era tan dulce que no me pareció extraño que alguien tan ingenuo como Fanny se hubiera dejado engañar por ella. Incluso de cerca, era un hombre de muy buen aspecto. Tenía facciones agradables, tez clara y una salud excelente que confería un brillo radiante a su sonrosada piel. Sus kilos de más estaban empezando a revelar su edad madura, aunque yo sospechaba que más adelante pasaría decididamente a la obesidad.

—Sí, creo que te he visto antes —dijo con voz gutural y acariciadora—, aunque no es propio de mí olvidar el nombre de una muchacha tan encantadora. No lo es en absoluto.

Al entrar en la casa, yo no tenía ni la más remota idea de cómo abordarle; pero sus mismas palabras me habían dado el impulso que necesitaba. Él tenía miedo, y quería ocultarlo bajo una máscara de inocencia.

—Usted no ha olvidado mi nombre —dije apaciblemente, balanceando el pie y haciendo de mi alto tacón una arma amenazadora—. Nadie olvida jamás mi nombre. Heaven Leigh tiene su propia distinción, ¿no le parece?

Todas aquellas toses le habían hecho algo a mi garganta, algo que la tornaba diferente, ligeramente ronca, y mi estancia en Boston había conferido a mi voz un cierto y sofisticado matiz sensual que incluso a mí me sorprendía.

—Fanny está muy bien, gracias por preguntarlo, reverendo Wise. Fanny le envía sus mejores recuerdos.

Le dirigí una sonrisa, sintiendo nacer en mí una especie de poder porque me daba cuenta de que se hallaba prendado de mi juventud y mi belleza. Sospechaba que había sido fácil presa de la seducción de Fanny, aunque era un miembro del clero.

—Mi hermana les está muy agradecida a usted y a su

esposa por haber cuidado tan bien de su hija; pero ahora que ha renunciado a su carrera artística y que pronto adoptará el estado matrimonial, quiere recuperarla.

No se inmutó ni parpadeó, aunque detrás de mí oí a su mujer contener una exclamación y, luego, sollozar.

—¿Por qué no está aquí Louisa para hablar por sí misma? —preguntó él, con suave ronroneo.

Traté de encontrar las palabras adecuadas.

—Fanny confía en que yo diga lo que ella no puede decir sin echarse a llorar. Lamenta su precipitada decisión de vender a su hija antes de nacer. Ahora, sabe que una mujer nunca puede ser la misma después de haber dado a luz. Sus brazos ansían sostener a su pequeña. Y no pide que ustedes soporten una gran pérdida, pues he venido preparada para devolverles los diez mil dólares.

Su sonrisa permanecía inmóvil en sus labios. Incluso se las arregló para hablar sin dejar de sonreír.

—Realmente, no comprendo lo que quieres decir. ¿Qué diez mil? ¿Qué tenemos que ver mi mujer y yo con la hija de Fanny? Sabemos, desde luego, que la buena de Louisa era generosa con sus favores sexuales, ya que había nacido y se había criado en las montañas, y desenfrenada como una zorra en celo. Si vendió a su hija y ahora lo lamenta, nosotros lo sentimos de veras.

Me levanté, fui hasta su mesa y cogí de ella una fotografía con marco de plata de una niña de unos cuatro meses, que sonreía a la cámara con los negros ojos de Fanny, auténticos ojos indios de Casteel. Su pelo no era rígido y áspero como el de mi hermana, sino suave y rizado, como debía de haber sido el del reverendo a su edad. Y, oh, era preciosa esta niña que tan atolondradamente había vendido Fanny. Manitas gordezuelas, con un anillito. Encantador vestidito blanco con encajes y bordados. Una hija exquisitamente cuidada y mimada.

De pronto, el retrato me fue arrebatado violentamente de la mano.

—¡Fuera de aquí! —gritó Rosalynn Wise—. Wayland, ¿por qué te estás ahí sentado, hablando con ella? ¡Échala!

—He venido dispuesta a pagar por la hija de Fanny —declaré fríamente—. Pueden aceptar veinte mil dólares. Diez mil por los cuidados que han dispensado a la niña. Si no lo hacen, iré a la Policía y explicaré lo que hicieron ustedes cuando subieron a nuestra cabaña y le pagaron a mi padre quinientos dólares por Fanny. Contaré a las autoridades de la ciudad que la utilizaron como esclava para realizar las faenas caseras. Les contaré que su buen pastor persiguió y abusó sexualmente de una niña de catorce años y la forzó a tener un hijo suyo porque su mujer era estéril...

El reverendo se puso en pie.

Me miró desde su elevada estatura con ojos que se habían convertido en oscuros y crueles guijarros.

—Hay amenaza en tu voz, muchacha. Eso no me gusta. Una Casteel, escoria de las montañas, no puede amenazarme. Y menos con ese tono, con tan fogosa mirada y tus necias palabras. Te conocemos a ti y a las de tu clase. —Recobró su segura sonrisa, como si tratara de intimidarme—. Louisa no nos ha llamado ni escrito, después de todo lo que hicimos para que se sintiera cómoda y feliz. Sin embargo, ése es con frecuencia el destino de los elegidos del Señor... Tratar de ser el buen samaritano y recibir a cambio solamente la malignidad de los que deberían estar agradecidos.

Salmodió otras palabras, citas de la Biblia que venían a cuento, como si ni en un millón de años pudiera yo alterar su equilibrio.

—¡Basta! —grité—. Usted le compró mi hermana a mi padre —cité el día y el año—. Y mi hermano Tom y yo estábamos allí como testigos para jurar que eso sucedió en nuestra cabaña.

Hice una pausa, contemplando cómo sacaba sus grandes pies de las zapatillas de terciopelo y los introducía en unas amplias babuchas antes de ir a sentarse tras su inmenso escritorio, excepcionalmente pulcro y ordenado. Cuando se instaló en su sillón giratorio, lo inclinó hacia atrás y, luego, entrecruzó los dedos bajo la barbilla. Levantó las manos así entrecruzadas hasta taparse con ellas la boca. Entonces descubrí que los labios, combinados con los ojos, constituían los mejores instrumentos de lectura del pensamiento. Ahora yo sólo disponía de sus ojos, y los tenía entornados.

—Tú no puedes venir aquí con exigencias, muchacha. Aunque tengas diamantes y vestidos caros, sigues siendo una Casteel. Y entre tu palabra y la mía..., ¿a quién piensas que creerán las autoridades?

Encontré mi propia confiada sonrisa.

—Darcy se parece a Fanny.

Su expresión se tornó untuosa y maligna.

—No discutamos un hecho probado. Tenemos documentos que demuestran que mi esposa dio a luz una niña el tres de febrero de este año. ¿Qué prueba legal tienes tú que indique que Fanny ha tenido jamás un hijo?

Mi sonrisa titubeó y luego se afianzó.

—Estrías. ¿Tiene estrías su esposa? Huellas dactilares. Huellas de los pies. Los Casteel no somos tan estúpidos como usted imagina. Fanny robó una copia del certificado de nacimiento de su hija. En este certificado figura con el apellido de su madre, no con el de su esposa. Usted mandó hacer una falsificación... ¿Cómo cree que les sentará eso a las autoridades?

Detrás de mí, Rosalynn Wise lanzó un gemido.

El reverendo parpadeó un par de veces. Comprendí entonces que los tenía dominados. ¡Y yo había mentido! Que yo supiera, Fanny no tenía ninguna prueba. Absolutamente ninguna.

—¡Ningún hombre necesitaría nunca tomarse la molestia de seducir a una zorra como tu hermana! —gritó Rosalynn Wise, con el rostro blanco como el papel mientras retrocedía hacia la puerta.

Erguí más la cabeza.

—Eso es ajeno al caso. La cuestión es que el reverendo Wise se aprovechó de una niña de catorce años. ¡Él, un hombre consagrado al servicio de Dios, engendró a la hija de Fanny cuando ésta era una menor! ¡Una hija que este honorable clérigo dice ahora a todo el mundo que fue concebida en el vientre de su propia esposa! Mediante un reconocimiento físico se puede demostrar fácilmente que su esposa no ha dado nunca a luz. Fanny quiere tener a su hijita consigo, y yo deseo que la tenga. He venido aquí para llevar a Darcy junto a su madre.

Rosalynn Wise gemía como un perro apaleado.

Pero el reverendo no había terminado su lucha. Sus ojos se tornaron más duros y fríos.

—Sé quién eres. Tu abuela materna entró por matrimonio a formar parte del clan de «Juguetes Tatterton», lo que te hace estar respaldada por millones de dólares, y crees que eso te da poder sobre mí. Darcy es mi hija, y yo lucharé con uñas y dientes para conseguir que esté aquí, en mi hogar, y no en casa de una ramera. Así que, ¡fuera de aquí y no vuelvas!

—¡Iré a la Policía! —grité, sintiendo crecer la ira dentro de mí.

—Adelante. Haz cuanto dices. A ver si te cree alguien.

No hay nadie en esta ciudad que no sepa lo que Fanny Casteel es, ha sido y será siempre. Mi congregración simpatizará conmigo. Sabiendo que, en mi propia casa, esa muchacha pecadora y perversa se introdujo en mi cama y, apretando contra mí su cuerpo lascivo y desnudo, me sedujo, pues yo soy solamente un hombre; soy humano..., lastimosa y vergonzosamente humano.

Fue su sonrisa desdeñosa y triunfal lo que me hizo replicar sin vacilar, pese a su inteligente argumentación:

—O me entrega a Darcy para que yo pueda llevársela a Fanny, o entro esta noche en su iglesia y allí, delante de todos los feligreses, explico qué fue exactamente lo que sucedió el día en que usted compró a Fanny para su propia gratificación sexual. Y creo que se sentirán horrorizados y furiosos. ¡Usted podía haberla dejado donde estaba! Acaba de reconocer que sabía lo que Fanny era antes de llevársela a su casa... ¡Y, no obstante, se la llevó! ¡Usted introdujo deliberadamente la tentación en su casa, y no resistió a esa tentación! En el caso del Demonio contra Wayland Wise, venció el Demonio. Y yo conozco a sus feligreses. ¡No le perdonarán!

El reverendo me miró pensativamente, como si yo no fuese más que un peón blanco en su tablero de ajedrez y a él le bastara mover su reina negra para encontrar la forma de derrotarme.

—He oído que has estado enferma —dijo con voz suave y tono afable—. No tienes buena cara, muchacha, en absoluto. Y, a propósito, ¿qué te parece la casa en que está viviendo tu abuelo? ¿Crees que tus miserables regalos podrían construir una cabaña de troncos tan magnífica? Llevado por mi bondad de corazón, puse de mi propio bolsillo el dinero adicional necesario para que la cabaña fuera terminada, una vez colocados los cimientos, a fin de que el bisabuelo de mi hija tuviera dinero suficiente para vivir. Pues hoy humano..., lastimosa y vergonzosamente humano.

Pasaron varios minutos, y el reverendo no apartaba sus ojos de mi rostro.

Oí a la niña llorar en el piso de arriba, como si hubiera despertado bruscamente de su sueño. Me volví y vi a Rosalynn Wise llevando en brazos a la hija de Fanny. Cuando contemplé sus ojos llorosos, su enfurruñada boquita, su pelo negro y rizado y su blanca piel, me sentí más que conmovida por su belleza. Y también me conmovió su manita, que aferraba con fuerza los dedos de la única madre que conocía. Y entonces comenzó a apagarse la ira que sentía. Comprendí que Fanny estaba utilizando a Darcy como un instrumento de venganza. ¿Qué hacía yo aquí, perturbando a esta niña y a su madre? Durante todo el tiempo, el reverendo continuaba hablando y hablando, llenándome los oídos precisamente con aquello en lo que yo no quería pensar.

—Tenía la impresión de que algún día vendrías por mí, Heaven Casteel. Solías sentarte en un banco del fondo y mirarme fijamente con tus claros ojos azules, y cuestionabas cada palabra que salía de mis labios. Por tu rostro, me daba cuenta de que querías crecer, lo necesitabas y estabas esforzándote en ello. Sin embargo, yo nunca podía poner las palabras en el orden adecuado para convencerte de que existe un Dios bueno y amoroso. Así, pues, empecé a juzgar todos mis sermones según la forma en que tú reaccionabas a ellos... Pero sólo muy de tarde en tarde parecía que conseguía llegar hasta ti. El día en que murió tu abuela, y yo recé las oraciones sobre su tumba, y sobre la diminuta sepultura de aquel hijo de tu madrastra que nació muerto, sentí que había fracasado por completo. Comprendí que nunca llegaría al fondo de tu alma, pues no lo deseas. Tratas de controlar tu propio destino, cuando eso es totalmente imposible. No quieres ayuda de ningún hombre, ni tampoco de Dios.

—No he venido a oír un sermón sobre lo que usted cree que soy —dije secamente—. Usted no me conoce.

Se puso en pie para continuar estando frente a mí. Entornó los párpados hasta formar unas rendijas por entre las que fulguraban sus ojos a la sombra de sus pestañas.

—Te equivocas, Heaven Leigh Casteel. Te conozco muy bien. Eres de la más peligrosa clase de mujer que el mundo puede conocer jamás. Llevas en ti la semilla de tu propia destrucción, y la destrucción de todo aquel que te ame. Y te amarán muchos por tu hermoso rostro, por tu seductor cuerpo; pero los abandonarás a todos, porque creerás que ellos te abandonan a ti primero. Eres una idealista de la especie más trágica y devastadora..., la idealista romántica. ¡Nacida para anularte a ti misma y a los demás!

Sus ojos solemnes, malévolos y compasivos me miraban fijamente, pareciendo traspasarme y leer mis pensamientos.

—Ha llegado el momento de que hable de mi hija Darcy. Yo no traje a tu hermana a mi casa sino con las mejores intenciones, esperando quitarle a tu padre una boca que alimentar en aquellos momentos tan difíciles para él. No quieres creerlo, lo noto en tu expresión. Wise y yo hicimos lo que creíamos que Dios quería que hiciésemos. Hemos adoptado legalmente, y tenemos documentos firmados por tu hermana, a la hija que ella dio a luz. Y, para que sepas ahora la verdad, si tu padre no hubiera insistido tanto en entregarnos a su segunda hija, yo te habría elegido a ti. ¿Lo oyes? ¡A ti! Pregúntame ahora por qué.

Como yo me limitara a mirarle con sorpresa, se respondió a sí mismo.

—Quería explorar de cerca tu resistencia a Dios...

Mientras me contemplaba con ojos graves, compasivos, expertos en ocultar la doblez, comprendí que yo no podía competir con alguien tan inteligente como el reverendo Wayland Wise, y que no era extraño que se las hubiera arreglado para convertirse en el hombre más rico de nuestra parte del Estado. A pesar de conocer todas las tretas a que recurría para ganarse el respeto de los que eran demasiado ignorantes para advertirlo, estaba sintiéndome atrapada en su red como una estúpida mosca.

—¡Basta, por favor, cállese!

Abrumada por una sensación de culpabilidad, comprendí que lo había perdido todo. Tom estaba ya encaminado hacia su objetivo, y no me necesitaba. Keith y Nuestra Jane, pese a su poca edad, eran lo bastante sensatos como para apartarse de una hermana destructiva. El abuelo, que vivía donde más deseaba estar, junto a su Annie, en una cabaña diez veces mejor que la que había podido esperar, perdería su hogar. Yo estaba estrellando el mundo contra la cabeza de todos.

Mi fiebre parecía haber vuelto. Me dejé caer en una silla. Una violenta corriente nerviosa se elevó desde mi cintura y me provocó un intenso hormigueo detrás de las orejas. Fanny no necesitaba a esta niña. Fanny no había querido hacer nada en absoluto por Keith y Nuestra Jane, así que ¿por qué había pensado yo que sería una buena madre para Darcy? Fuertes punzadas me atravesaban la cabeza. ¿Quién era yo para tratar de apartar esta niña de la única madre que había conocido jamás? Era evidente que la pequeña debía estar aquí, con los Wise, que la amaban y se hallaban en situación de darle lo mejor de todo. ¿Qué podía una Casteel ofrecer a esta niña, en comparación con este hogar feliz? Deseaba alejarme de allí lo antes posible. Temblorosamente, me puse en pie y miré a Rosalynn Wise.

—No ayudaré a Fanny a quitarle la niña, señora —dije—. Siento haber venido. No les volveré a molestar.

Y, mientras comenzaban a brotarme las lágrimas, di media vuelta y corrí hacia la puerta, al tiempo que oía al reverendo decir detrás de mí:

—Dios te bendiga por esto.

XIX. VIENTOS CRECIENTES

Logan me llevó al aeropuerto más próximo y permaneció conmigo en la terminal hasta que fue anunciado mi vuelo. Me miró solemnemente a los ojos y volvió a decirme que había estado acertada al dejar a la hija de Fanny en los brazos de Rosalynn Wise.

—Has hecho bien —repitió por tercera vez, cuando yo le expresé mis dudas sobre la lógica de mis razonamientos—. Fanny no sirve para madre; tú lo sabes tan bien como yo.

En el fondo de mi mente había anidado quizá la idea de llevarme la niña conmigo a «Farthinggale Manor», ansiando contra toda esperanza que su dulce inocencia y su belleza se ganaran la voluntad de Troy y él quisiera criarla como hija suya. Una idea absurda, estúpida. Qué idiota había sido por haberlo imaginado. Fanny no se merecía una niña como Darcy. Quizá yo tampoco.

—Adiós —dijo Logan, poniéndose en pie y mirando por encima de mi cabeza—. Te deseo toda clase de buena suerte y de felicidad.

Y, dando media vuelta, se alejó, antes de que yo pudiera darle de nuevo las gracias por haber cuidado de mí.

Miró hacia atrás y me dirigió una forzada sonrisa. Nos contemplamos el uno al otro desde los veinte metros que ahora nos separaban, antes de que yo me volviera y subiese apresuradamente al avión.

Horas después, llegaba a Boston. Exhausta, medio mareada y deseando meterme en la cama. Tomé un taxi y murmuré roncamente la dirección. Me sentía débil y aturdida. Cerré los ojos y pensé en la forma en que había sonreído Logan cuando le conté cómo había dejado las cosas con los Wise. «Comprendo por qué has hecho lo que has hecho. Y no olvides que si Fanny hubiera querido realmente tener consigo a esa niña, habría encontrado un modo de conservarla. Tú lo habrías hallado.»

Todo era irreal, terriblemente irreal. La sonrisa del mayordomo Curtis cuando abrió la puerta porque yo no podía encontrar mi llave, se me antojó impropia de él. Lo mismo que, sus palabras de bienvenida.

—Es un placer verla de nuevo, señorita Heaven.

Sorprendida ante el hecho de que me hablara y de que se dirigiese a mí por mi nombre de pila, le vi desaparecer con mis maletas antes de volverme a mirar el vasto salón que había sido formado abriendo las amplias puertas que comunicaban la sala principal con la que había al lado. Una fiesta. ¿Y qué se celebraba?, me pregunté vagamente. Pero cuando Tony estaba en casa siempre había alguna razón para festejar algo.

Fui de habitación en habitación, mirando los grandes ramos de flores recién cortadas que lucían por todas partes. Brillaban el bronce, la plata, el oro y el cristal. Y en la cocina principal, donde se preparaban los primeros platos, Rye Whiskey sonrió como si no hubiera reparado siquiera en mi ausencia. Salí de la cocina, sintiendo que se me revolvía el estómago al ver toda aquella comida, y me dirigí hacia la escalera.

—¡De modo que has vuelto! —exclamó una voz fuerte y autoritaria.

Tony salió de su despacho, con una expresión sombría en el semblante.

—¿Cómo te has atrevido a portarte así? No has cumplido tu palabra. ¿Sabes lo que le has hecho a Troy? ¿Lo sabes?

Me sentí palidecer. Empezaron a temblarme las rodillas.

—Se encontrará bien, ¿no? Yo he estado enferma. Quería volver.

Tony se acercó más, apretados los labios hasta formar una línea larga y fina.

—Me has decepcionado. Y, lo que es más importante, has decepcionado a Troy. Está en su casa, presa de una depresión tan grande que se niega a contestar al teléfono. No se levanta de la cama, ni siquiera para terminar el trabajo que tiene empezado.

Se me doblaron las piernas, y tuve que sentarme en un peldaño.

—He estado con gripe —dije débilmente—. La fiebre me subió hasta treinta y nueve. El médico no podía venir porque llovía continuamente. Los puentes se derrumbaron y las carreteras estaban inundadas.

Me escuchó pacientemente. Se hallaba de pie, con la mano apoyada en el remate de la barandilla, mirando hacia donde yo permanecía acurrucada en los escalones, y vi en sus ojos algo que no había visto nunca. Algo que me asustó. Mis excusas se prolongaban demasiado. Levantó la mano, desechando cualquier otra cosa que yo tuviese que decir.

—Ve a tus habitaciones, haz lo que tengas que hacer y ven luego a mi despacho. Jillian da una fiesta en honor de una de sus amigas, que se va a casar dentro de poco. Tú y yo hemos de arreglar varias cosas.

—¡Tengo que ver a Troy! —exclamé, mientras me ponía fatigosamente en pie—. Él comprenderá, aunque tú no comprendas.

—Troy ha esperado todo este tiempo. Puede esperar una hora más.

Subí corriendo el resto de las escaleras. Sentí que sus ojos me seguían hasta que desaparecí. La doncella Percy estaba en mi dormitorio, deshaciendo maletas que había traído. Me dirigió una leve sonrisa.

—Me alegra que haya vuelto a casa, señorita Heaven.

Volví hacia ella una mirada de aturdimiento. ¿A casa? ¿Me sentiría alguna vez en casa en esta enorme mansión?

Rápidamente, me lavé la cara, me cambié de ropa e hice lo que puede con mi pelo, que no había sido arreglado desde que me lo lavé en la reconstruida cabaña. El espejo de mi tocador me mostraba que tenía ojeras y que había una cierta debilidad en mi expresión; pero existía fuerza en la línea de mis labios.

Mientras bajaba la escalera, con la cara ligeramente empolvada como único maquillaje, empezaron a sonar las campanillas de la puerta. Curtis se apresuró a abrir, dando paso a varias mujeres que llevaban regalos de bellas envolturas. Quedaron tan entusiasmadas por la decoración preparada para la fiesta que no parecieron reparar en mí, gracias a Dios. Yo no quería ser vista por ninguna de las amigas de Jillian, que siempre hacían demasiadas preguntas.

Golpeé suavemente con los nudillos en la puerta del despacho de Tony.

—Pasa, Heaven —dijo.

Se hallaba sentado a su mesa. A través de la fila de ventanas que se extendía tras él, las sombras de la noche difuminaban los suaves colores violáceos del crepúsculo. Como la planta baja de *Farthy* estaba por lo menos a cinco metros de altura sobre el suelo, sus ventanas ofrecían una vista perfecta del laberinto, que tan aislado y solitario parecia cuando se estaba dentro de él. Para mí, representaba el misterio y el romance de Troy, el amor que habíamos encontrado. Yo no podía apartar la vista de los setos de tres metros de altura.

—Siéntate —ordenó, con el rostro sólo borrosamente visible en la penumbra que se iba espesando—. Háblame ahora de tu viaje de compras a Nueva York. Háblame otra vez de los días de lluvias torrenciales, de los puentes derrumbados, de las carreteras cortadas y del médico que no podía acudir.

Gracias a Dios, Logan me había hablado mucho acerca del tiempo cuando me lavaba la cara y me cepillaba el pelo, así que pude disertar fácilmente acerca del terrible temporal de lluvias que había llevado el desastre a toda la Costa Este, llegando incluso hasta Maine, al Norte. Y Tony escuchó sin hacer una sola pregunta hasta que me hube comprometido por completo.

—Desprecio a las personas que mienten —dijo cuando se desvaneció mi voz, y yo no pude hacer más que permanecer sentada con las manos entrelazadas, tratando de no retorcerlas, e intentando también no mover nerviosamente los pies—. Han sucedido muchas cosas desde que te marchaste. Sé que no viajaste a Nueva York a comprarte el ajuar. Sé que fuiste en avión a Georgia para visitar a tu hermanastro Tom. Marchaste en coche a Florida para ver a tu padre. Más tarde, volaste a Nashville para visitar a tu hermana Fanny, cuyo nombre artístico es Fanny Louisa.

No podía ver su expresión, pues la estancia se hallaba ya sumida en profundas sombras, y no hizo ademán de encender ni una de sus numerosas lámparas. A través de las paredes se oían muy débilmente las voces de muchas mujeres que se iban reuniendo. No se entendía nada de lo que decían. Deseé profundamente estar allí fuera con ellas, en lugar de aquí dentro, con él. Suspiré y empecé a levantarme.

—Siéntate —su voz era fría, imperativa—. No he terminado. Hay varias preguntas a las que debes responder, y has de hacerlo con sinceridad. En primer lugar, debes decirme tu verdadera edad.

—Tengo dieciocho años —repuse sin vacilar—. No sé por qué te mentí acerca de esto cuando llegué y dije que tenía dieciséis; salvo que siempre me ha resultado un poco embarazoso el modo en que mi madre se precipitó a casarse con mi padre, cuando no lo había visto jamás hasta el día en que se conocieron en Atlanta.

Su silencio pareció quedar flotando en el aire. Yo anhelaba desesperadamente un poco de luz.

—¿Y qué importancia tiene un año? —pregunté, intimidada por la forma en que él permanecía inmóvil en la oscuridad, sin hablar—. A Troy le dije desde el principio que tenía diecisiete años, y no dieciséis, pues él no parecía tan crítico como tú. Por favor, Tony, deja que me vaya ya. Él me necesita. Yo puedo sacarle de su depresión. Es verdad que he estado muy enferma. Habría vuelto a rastras para reunirme con Troy si hubiera podido.

Se movió en su silla para apoyar los codos sobre la mesa, y dejó descansar la cabeza sobre las manos. La luz que penetraba por la ventana, detrás de él, formaba un marco de oscura tonalidad púrpura, y la luna menguante aparecía y desaparecía tras las movedizas nubes. Parpadeaban minúsculas estrellas. Pasaba el tiempo. Un tiempo que podía ser mejor utilizado en compañía de Troy.

—Déjame ir ahora con Troy. Por favor, Tony.

—No, todavía no —decidió con voz ronca—. Quédate ahí y dime lo que sepas acerca de cómo conoció tu madre a tu padre... El día, el mes y el año. Quiero saber la fecha de su boda. Repíteme cuanto tus abuelos decían de tu madre, y cuando hayas contestado a todas mis preguntas, entonces podrás irte junto a Troy.

Perdí la noción del tiempo mientras permanecía sentada en la oscuridad, hablando a un hombre al que sólo veía en silueta, contando la historia de los Casteel y de su pobreza: Leigh van Voreen y lo que sabía de ella, que era lastimosamente poco, y cuando hube terminado Tony tenía mil preguntas que hacer.

—Cinco hermanos en la cárcel... —repitió—. Y ella le amaba lo bastante como para casarse con él. ¿Y tu padre te odió desde el principio? ¿Te dio alguna vez alguna pista de por qué te odiaba?

—Mi nacimiento causó la muerte de mi madre —respondí.

Toda la seguridad que mis ropas nuevas me daban se había desvanecido. En el frío y la oscuridad de la incipiente noche, con los invitados a la fiesta ahora ya tan lejos que ni siquiera sus risas más altas podían oírse, las montañas me rodearon de nuevo, y yo volvía a ser una rústica y zafia Casteel. Oh, Dios, ¿por qué me miraba de aquella manera? Todas mis dudas se petrificaron para formar una montaña delante de mí. Yo no era lo bastante buena para los Stonewall; yo no podía ser digna de un Tatterton. Permanecí allí quieta, esperando, esperando...

Parecía que habían pasado treinta minutos desde que respondiera a su última pregunta, y él continuaba sentado de espaldas a la ventana, mientras la luz de la luna caía sobre mi rostro y daba una tonalidad cenicienta a mi vestido rosa. Cuando habló, su voz era tranquila, quizá demasiado tranquila.

—Cuando llegaste aquí, pensé que eras la respuesta a mis oraciones, que habías venido a salvar a Troy de sí mismo. Creí que eras buena para él. Es un joven retraído, difícil de conocer para la mayoría de las muchachas, sospecho que por miedo a resultar herido. Es muy vulnerable... y tiene esas extrañas ideas acerca de morir joven.

Asentí, sintiéndome ciega en un mundo en que sólo él podía ver claramente. ¿Por qué hablaba con tanta cautela? ¿No nos había animado a casarnos al no decirnos nada que nos impidiera trazar planes? ¿Y por qué por primera vez, desde que le conocía, se hallaba desprovisto de humor y de alegría?

—¿Te explicó lo de sus sueños? —preguntó.

—Sí, me lo dijo.

—¿Crees tú también lo mismo que él?

—No sé. Quiero creer, porque él lo cree, que los sueños predicen con frecuencia la verdad. Pero no quiero creer su sueño sobre su muerte temprana.

—¿Te ha dicho... cuánto tiempo piensa que vivirá?

Su voz sonaba turbada, como la de un niño que hubiese llorado en la noche y estuviera convencido parcialmente... cuando debería haber tenido más sentido.

Encendió por fin la lámpara de su mesa. Yo nunca había visto sus ojos tan azules, tan profundamente azules.

—Crees que no hice todo lo que pude por Troy, ¿verdad? Yo no tenía más de veinte años cuando me apresuré a casarme, sólo para darle a él una madre, una verdadera madre, y no una simple muchacha que no querría molestarse con un niño necesitado de atenciones, frágil y con frecuencia enfermo. Y estaba Leigh para ser su hermana. Yo estaba intentando hacer lo mejor para él.

—Quizá cuando le explicaste la muerte de su madre hiciste que el paraíso pareciese mejor que nada de cuanto él pudiera encontrar en la vida.

—Quizá —dijo él con voz triste, encogiéndose de hombros y echándose hacia atrás, mirando a su alrededor como si buscara un cenicero, y, al no encontrar ninguno, volvió a guardarse en el bolsillo la rutilante pitillera (yo nunca le había visto sacar un cigarrillo)—. Yo también lo he pensado; pero ¿qué debía hacer con un niño que se recreaba en la aflicción? Cuando me casé con Jillian, Troy le tomó mucho apego a Leigh, de modo que, cuando ella abandonó esta casa, se pasaba las noches llorando, culpándose a sí mismo de ser la causa de su marcha. Permaneció postrado en cama durante tres meses después de haberse ido ella. Yo solía acudir a su lado cuando gritaba por la noche y le decía que ella volvería algún día. Él se aferraba a esa idea como una sanguijuela. Sospecho que empezó a soñar despierto con el momento en que regresara a casa; y ella tendría sólo nueve años más, no tantos como para no poder amarla del modo que él necesitaba... Así que, durante todos estos años, hasta que llamó tu padre, Troy ha estado esperando que tu madre regresara y fuese la mujer que él parecía no poder encontrar en ninguna parte. Y apareciste tú, no Leigh.

Estupefacta, sentí que todo me daba vueltas. Palidecí.

—¿Estás tratando de decirme que yo soy solamente un sucedáneo de mi propia madre? —exclamé con creciente histeria—. ¡Troy me ama por mí misma! ¡Lo sé! ¡Un niño de tres, cuatro o cinco años, no puede enamorarse y permanecer enamorado durante diecisiete! ¡Es demasiado ridículo hasta para insinuarlo!

—Supongo que tienes razón.

Entornó los ojos, suspiró y volvió a llevarse la mano al bolsillo interior de la chaqueta para sacar la pitillera. Y de nuevo paseó abstraídamente la vista en derredor, buscando un cenicero.

—He pensado que quizá Troy había colocado a Leigh sobre un pedestal y comparaba con ella a todas las demás mujeres. Al parecer, sólo tú resistías la comparación.

Enrojecí. Me llevé las manos a la garganta.

—Estás diciendo tonterías. Troy amaba a mi madre, sí, me lo ha dicho. Pero no como un hombre ama a una mujer; sino como un niño solitario que necesita tener alguien por sí mismo. Y yo me alegro de ser ese alguien. Seré una buena esposa para Troy. —Por mucho que intentaba eliminar de mi voz el tono suplicante, estaba suplicando—. A él le hace falta alguien como yo, que no haya vivido en el interior de una concha como una perla cultivada. Yo he estado en la miseria, hambrienta, he sido apaleada, humillada y deshonrada. A pesar de ello, todavía considero que la vida merece ser vivida, y en ninguna circunstancia renunciaría yo a hacerlo. Le inculcaré lo mismo a él.

—Ssssí —dijo lentamente—. Sospecho que serías buena para él, y «has sido» buena para él. Hasta que te fuiste y le abandonaste. Nunca le he visto con mejor aspecto ni más contento, y te lo agradezco. Pero no puedes casarte con él, Heaven. Yo no puedo permitirlo.

¡Lo que había temido!

—¡Dijiste que te agradaba! —exclamé, estupefacta de nuevo—. ¿Qué has averiguado? Si estás pensando en la parte Casteel que tengo, recuerda que también tengo genes Van Voreen!

Sus ojos se llenaron de compasión, y pareció envejecer un poco mientras permanecía allí sentado, mirándome con lástima.

—Estás hermosa en tu trágica ira, bella y atrayente. Comprendo por qué Troy te quiere y te necesita. Ambos tenéis muchas cosas en común, aunque tú no conoces la relación, y yo no quiero decírtela. Dime solamente que te dirigirás a él y, tan dulcemente como te sea posible, con sensibilidad hacia sus sentimientos, romperás tu compromiso. Naturalmente, no puedes continuar viviendo aquí, tan accesible; pero yo me ocuparé de tu bienestar material. Te prometo que nunca te faltará nada.

—¿Quieres que rompa mi compromiso con Troy? —repetí con incredulidad—. ¡Bonito concepto tienes de su bienestar! ¿No sabes que lo último que necesita es que yo le decepcione? ¡Él siente que ha encontrado a la única mujer del mundo que puede comprenderle! ¡La única que permanecerá a su lado y le amará hasta el día en que muera!

Se puso en pie y miró a su alrededor, rehuyendo mi mirada.

—Estoy tratando de hacer lo que creo que es lo mejor —su calma hacía más ostensible la pasión que yo había manifestado—. Troy es el único heredero que tengo. Cuando yo muera, la «Compañía de Juguetes Tatterton» pasará a sus manos, o al control de su hijo. Así ha sido durante trescientos cincuenta años, de padre a hijo, o de hermano a hermano... Y así es como tiene que ser. Troy debe casarse y engendrar un hijo... pues yo tengo una esposa demasiado vieja para tener descendencia.

—¡No hay ninguna insuficiencia física en mí! ¡Yo puedo tener hijos! Troy y yo hemos hablado ya de ello y hemos decidido tener dos.

Su aire de abstracción se hizo más intenso. Permanecía de pie, apoyado pesadamente contra su mesa.

—Esperaba poder evitarme un trance embarazoso. Rogaba para que tú te retirases cortésmente. Ahora veo que no es posible. Pero voy a intentarlo una vez más. Créeme cuando te digo que no puedes casarte con Troy. ¿Por qué no dejas las cosas así?

—¿Cómo voy a poder hacerlo? Dame una buena razón por la que no pueda casarme. Tengo dieciocho años. Soy mayor de edad. Nadie puede impedirme que me case con él.

Se sentó de nuevo, como si el cuerpo le pesase. Apartó la silla de la mesa, cruzó las piernas y balanceó el pie a un lado y otro. Y, por mi vida, que me costaba comprender cómo podía todavía admirar sus bruñidos zapatos y los oscuros calcetines que llevaba. Su voz sonó distinta cuando volvió a hablar.

—Es tu edad la causante de todo esto. Yo creía que eras más joven de lo que eres. No supe tu verdadera edad hasta el día en que, mientras tú estabas fuera, Troy la mencionó casualmente. Hasta entonces, ninguna sospecha cruzó mi mente ni una sola vez. Te miraba, y eras idéntica a Leigh, a excepción de tu pelo. Tus gestos son muy parecidos a los de ella cuando eres feliz y cuando te sientes a gusto en tu entorno; pero hay veces en que me recuerdas a otra persona.

Volvió a mirarme el pelo, que durante el verano había

adquirido una tonalidad castaña en algunas zonas, con reflejos rojizos.

—¿Siempre has llevado el pelo corto? —preguntó, sin venir en absoluto a cuento.

—¿Qué tiene que ver eso? —casi grité.

—Sospecho que el peso de tu pelo alisa el rizado natural, y por eso es por lo que se te «encrespa», como tú dices, cuando llueve.

—¿Qué tiene que ver eso? —volví a gritar—. ¡Siento que mi pelo no sea rubio platino como el de mi madre y el de Jillian! Pero a Troy le gusta. Me lo ha dicho muchas veces. Él me ama, Tony, y tardó mucho tiempo en decírmelo. Había renunciado a la vida hasta que aparecí yo, también me lo dijo. Le he convencido de que la precognición de su propia muerte no tiene por qué hacerse realidad.

Por segunda vez, se levantó, ondulando y estirándose como un gato hasta que se inclinó para marcarse la raya del pantalón entre los dedos índice y pulgar.

—Confieso que no soy aficionado a confesiones dramática como ésta. Preferiría que todos los dramas quedasen relegados al escenario o a la pantalla cinematográfica. Yo soy una persona ecuánime y no puedo por menos de admirar a alguien como tú, que puede encenderse y estallar tan fácilmente. Quizá no lo sepas; pero Troy tiene la misma clase de genio vivo, sólo que en él la combustión es lenta, y, cuando estalla, la violencia se vuelve hacia el interior de sí mismo. Por eso procuro tener cuidado. Vuelvo a decir que amo a mi hermano más que a mí mismo. Es como un hijo para mí, y confieso que ha sido por él por lo que nunca he deseado realmente tener un hijo propio, que lo desheredaría. Supongo que ya te has dado cuenta de que Troy es el genio que sostiene a «Juguetes Tatterton». Él es quien crea, diseña e inventa, mientras que yo vuelo por el mundo como un distinguido agente de ventas. Yo soy un dirigente puramente nominal. Ni en diez años podría concebir una idea original para crear un nuevo juguete o juego de mesa, y eso es algo que Troy hace sin ningún esfuerzo; él sugiere temas para juegos, de salón o al aire libre, como inventa esos eternos emparedados que le encantan.

Yo no podía hacer nada más que mirarle. ¿Por qué me estaba contando todo esto ahora? ¿Por qué ahora?

—Es Troy quien merece ser presidente, no ningún hijo que yo pudiera tener. Así que, por favor, desaparece sin ruido de su vida. Quedaré yo para cuidar de él. Puedes irte con tu amigo Logan no sé cuántos, y yo pondré en vuestra cuenta bancaria dos... millones... de dólares. Piensa en ello. Dos millones. Muchos matarían por ese dinero.

Me sonrió seductor, persuasivo, suplicante.

—Hazlo por Troy. Hazlo por ti misma y por la carrera que deseas. Hazlo por mí. Hazlo por tu madre. Tu hermosa y difunta madre.

¡Odiaba lo que me estaba haciendo!

—¿Qué tiene ella que ver con esto? —grité, furiosamente irritada por el hecho de que hubiera tenido el mal gusto de sacarla a colación en un momento así.

—Todo... —Y su voz se fue tornando más alta, más encolerizada, como si mi pasión estuviera consumiendo el aire y poniendo fuego bajo sus pies.

XX. MI MADRE, MI PADRE

—¡Sea lo que sea, quiero saberlo! —exclamé, retorciéndome en mi silla e inclinándome hacia delante.

La voz de Tony se hizo dura.

—Esto no es fácil para mí, muchacha; no lo es en absoluto. Estoy tratando de hacerte un favor; pero, con ello no me presto ningún servicio a mí mismo. Bien, guarda silencio hasta que haya terminado... Y, luego, puedes odiarme como me merezco.

La fría mirada de sus ojos azules me paralizaba la lengua. Permanecí inmóvil.

—Desde el principio mismo de mi matrimonio con Jill, Leigh pareció odiarme. Nunca pudo perdonarme que hubiera apartado a su madre de su padre, a quien adoraba. Yo traté de ganarme su afecto. Ella no lo admitía. Yo no hacía nada que pudiera perjudicarla en lo más mínimo. Pero llegó un momento en que dejé de intentar ganármela. Sabía que me culpaba a mí de la desesperada infelicidad de su padre.

»Volví desilusionado de mi larga luna de miel con Jill. Horriblemente desilusionado, aunque procuré que nadie se diera cuenta. Jill no es capaz de amar a ninguna persona

311

más de lo que se ama a sí misma y a su eterna imagen juvenil. ¡Dios mío, cuánto le gusta a esa mujer mirarse en los espejos!

»Me irritaba la forma que tenía de colocarse continuamente en orden cada cabello, siempre atenta al brillo de la nariz y al carmín de los labios.

Sonrió con amargura.

—Y, demasiado tarde, acabé comprendiendo que, pese a toda su belleza, ningún hombre podía amar a Jill por nada que no fuese su fachada. No hay nada en el fondo. Es sólo una cáscara de mujer. Toda la dulzura, la generosidad y el cariño fueron a parar a su hija. Empecé a percibir más la presencia de Leigh en una habitación en que estuviese con su madre. Al poco tiempo me encontré fijándome en una hermosa adolescente que rara vez se miraba en un espejo. Una muchacha que gustaba de llevar prendas flojas y sencillas que ondulaban cuando ella se movía, y sus cabellos eran largos y lisos. Leigh cuidaba a Troy, con satisfacción y alegría. Yo la amaba y admiraba por eso.

»Leigh era sensual sin saber que lo era. Irradiaba una salud que exudaba sexo. Ondulaban sus caderas al andar, y sus pequeños pechos oscilaban libremente bajo sus flojas prendas. Y siempre estaba enfadada con su madre, mostrándome a mí su resentimiento, hasta que, un día, descubrió finalmente que Jill estaba muy celosa. Y fue entonces cuando Leigh empezó a coquetear conmigo. No creo que actuara con malicia, era sólo su venganza contra una madre que ella consideraba que había arruinado la vida de su padre.

¡Sabía lo que iba a decir!

¡Lo sabía! Me eché hacia atrás y levanté las manos para detener sus palabras, deseando gritar y decir ¡no, no!

—Leigh empezó a flirtear conmigo. Se atrevía a burlarse de mí y a provocarme. Muchas veces, bailaba a mi alrededor, tirándome de las manos, dirigiéndome palabras que resultaban con frecuencia hirientes, pues solían dar en el blanco. «Te has casado con una muñeca de papel —me cantaba una y otra vez—. Deja que mi madre se vuelva con mi padre —rogaba—. Si lo haces, ¡me quedaré yo! Yo no estoy enamorada de mí misma, como ella.» Y, así Dios me ayude, yo la deseaba. Tenía solamente trece años y poseía más sexualidad en un dedo meñique que su madre en todo el cuerpo.

—¡Basta! —grité—. ¡No quiero oír más!

Él continuó implacable, como un río de nieve derretida que tuviese que inundar y destruir.

—Y un día en que Leigh me había importunado y provocado cruelmente, pues su juego era castigarme a mí tanto como castigaba a su madre, la agarré del brazo, la llevé a mi estudio y cerré la puerta con llave detrás de mí. Mi intención era sólo asustarla un poco y hacerle comprender que no podía practicar juegos de mujer con un hombre. Yo tenía entonces veinte años, y me sentía frustrado e irritado, disgustado conmigo mismo por haber caído tan neciamente en la trampa tendida por Jill. Antes de casarnos, ella había hecho que su abogado redactara unos documentos que ponían la mitad de mi fortuna en sus manos si alguna vez pedía yo el divorcio. Y eso significaba que yo no podría divorciarme nunca y esperar salvar algo para Troy. Así, pues, cuando cerré aquella puerta y eché la llave, yo estaba castigando a Jill por engañarme, y castigando a Leigh por hacerme tan consciente de mis estúpidos errores.

—¿Tú violaste a mi madre... a mi madre de trece años? —pregunté en ronco susurro—. ¿Tú, con tus antecedentes y tu educación, te comportaste como un zafio patán de las montañas?

—No entiendes —dijo él, con tono de desesperación—. Yo había pensado solamente gastarle una broma, asustarla, creyendo que ella sería más sofisticada, se echaría a reír y me llamaría idiota. Entonces, yo no habría sido capaz de hacer nada. Pero me excitó con su terror, con su pánico, con su inocencia que se hallaba tan horrorizada ante la idea de lo que yo me proponía hacer. Me dije a mí mismo que ella estaba fingiendo, pues las chicas de Winterhaven son notoriamente liberales en lo que se refiere al sexo. Sí, violé a tu madre. A tu madre de trece años.

—¡Salvaje! ¡Hombre horrible! —grité, levantándome de un salto, abalanzándome sobre él, golpeándole el pecho, y tratando de arañarle la cara; pero él fue rápido en evitarlo—. ¡No es extraño que huyera! ¡Y tú la arrojaste en brazos de mi padre para que las montañas, el frío y el hambre pudiesen matarla!

Le di patadas en las espinillas, de tal modo que él me soltó las manos para retroceder, y yo corrí tras él para golpearle de nuevo en la cara.

—¡Te odio! ¡Tú la mataste! ¡Tú la echaste de aquí a otra clase de infierno!

Agarró mis puños sin dificultad y me mantuvo a raya

mientras su cínica sonrisa se iba haciendo más irónica.

—Ella no huyó después de la primera vez. Ni tampoco después de la segunda o la tercera. ¿Sabes? Tu madre descubrió que disfrutaba con nuestro prohibido amor. Era excitante, emocionante. Para ella y para mí. Venía a buscarme, se detenía en la puerta y esperaba. Y cuando yo avanzaba, ella empezaba a temblar y a estremecerse. A veces, le corrían las lágrimas por la cara. Cuando yo la tocaba, se resistía y gritaba; pero sabía que nadie podía oír sus gritos y, al final, sucumbía a mis requerimientos como la promiscua muchacha que era por debajo de toda aquella angélica dulzura.

¡Esta vez la palma de mi mano encontró su rostro!

En su mejilla apareció una mancha roja. ¡Encorvé los dedos y traté de arrancarle los ojos!

—¡Basta! —ordenó, dándome un empujón que me hizo retroceder tambaleándome— ¡No te lo consiento! ¡Tenía intención de no decírtelo nunca!

Me abalancé de nuevo contra él, tratando de golpearle en la cara. Me sujetó por los hombros con firmeza y me sacudió desordenándome los cabellos.

—Hasta que supe tu fecha de nacimiento, no conté los meses. Ahora lo he hecho. Leigh se marchó de esta casa el 18 de junio. Y tú naciste el 22 de febrero. Es decir, ocho meses. Ella llevaba por lo menos dos meses acostándose esporádicamente conmigo. Debo presumir que existe una gran probabilidad de que tú seas mi hija.

Dejé de agitar los brazos en mis infructuosos esfuerzos por golpearle. La sangre huyó de mi rostro. Sentí un hormigueo detrás de las orejas, y me flaquearon las rodillas.

—No te creo —declaré con voz quebrada, pues me sentía magullada, apaleada—. No puede ser verdad. Yo no soy sobrina de Troy. ¡No puedo serlo!

—Lo siento, Heaven, lo siento mucho. Pues tú habrías sido perfecta, la mujer adecuada para salvarle de sí mismo. Pero esta tarde he oído tu relato de cómo se conocieron Leigh y Luke Casteel, y he oído la fecha de su matrimonio, y es imposible que tú seas hija de su marido, a menos que nacieras prematuramente. ¿Insinuó alguna vez tu abuela algo en ese sentido?

Separándome de él, meneé la cabeza aturdida. Yo no era hija de papá. Papá. Un patán Casteel.

—Has dicho que tu padre te odiaba. Te odiaba desde el día mismo en que naciste. Heaven, es perfectamente posible que, dada su forma de ser, Leigh dijera a su padre que estaba embarazada antes de casarse con él. Y ahora estoy seguro de quién eres. Es tu pelo, Heaven, y son tus manos. Tu pelo es del mismo color y consistencia que el de Troy, y tus manos y tus dedos tienen la misma forma que los suyos. Como los míos. Los dos tenemos dedos Tatterton.

Extendió las manos, mostrando sus largos y delgados dedos, antes de que yo bajase la vista hacia los míos. Eran las mismas manos que había visto toda mi vida, pequeñas, de largos dedos y uñas largas y ovaladas... Y la mitad de las mujeres del mundo tenían el pelo del mismo color que el mío. Nada excepcional. Y yo siempre había creído que las manos de la abuelita habrían tenido el mismo aspecto que las mías si no hubiera trabajado tan duramente con ellas durante la mayor parte de su vida.

Aturdida y consternada, sintiéndome casi a punto de vomitar, me volví y salí de su despacho. Subí la escalera tambaleándome, entré en mi habitación, me dejé caer sobre la cama y rompí a llorar.

¿No era una Casteel? ¿No era una zafia, rústica e inútil Casteel con cinco tíos condenados a cadena perpetua?

Tony entró en mi habitación sin llamar, se sentó a los pies de mi cama, y esta vez su voz era suave y bondadosa:

—No lo pongas tan difícil, querida. Lamento mucho echar a perder tu idilio con mi hermano. Aunque me complace sobremanera que seas mi hija. Todo se resolverá. Sé que te he horrorizado y te he causado dolor. Pese a todo lo que te he dicho, yo amaba a tu madre. No era más que una niña, y, sin embargo, no puedo olvidarla. Y, a mi propia manera, te amo. Te admiro, y admiro lo que has hecho por mi hermano. Seré más que generoso, así que tenlo presente cuando veas luego a Troy. Dile cualquier cosa que suene plausible. No le depares un dolor que le llevaría a poner fin a su vida. ¿No sabes el porqué de sus sueños? ¡Él nació autodestructivo! Se siente decepcionado del mundo, de todos los que murieron o se marcharon y le defraudaron, y por eso trata de escapar.

Se movió para apoyar brevemente la mano sobre mi hombro, antes de levantarse y volverse a medias hacia la puerta.

—Sé buena con él, pues es frágil; no es como tú, como yo o como Jillian —dijo con voz ahogada—. Es un inocente en un mundo de buitres. No sabe odiar. Sólo sabe amar, por lo que más tarde puede sufrir y sentirse imperfecto.

Así que dale lo mejor que hay en ti, Heavenly, lo mejor que tienes para dar. Por favor.

—¡Ya lo he hecho! —grité, incorporándome para lanzar una almohada contra la puerta, donde él estaba—. ¿Lo sabe él? ¿Le has dicho que podrías ser mi padre?

Vi el estremecimiento que recorrió el cuerpo de Tony.

—No he podido decidirme a decírselo. Él me respeta, me admira, me quiere. Siempre ha sido lo mejor que había en mi vida, pese a todo el trabajo que me daba. Te estoy suplicando, de rodillas, que encuentres otra razón para romper tu compromiso. Él me odiará si conoce la verdad. ¿Y podré yo censurárselo? Tú habrías podido salvarle... Y yo soy el responsable de que te alejes de él. Sólo puedo esperar y rogar por que sepas encontrar las palabras adecuadas, pues a mí me es imposible.

Pasó una hora durante la cual mis lágrimas se evaporaron. Una hora en la que me lavé la cara y los ojos con agua helada y me maquillé cuidadosamente. Luego, sin tener nada preparado en mi mente para ayudarle a sobrevivir sin mí, crucé el laberinto. Llamé con los nudillos a la puerta azul de Troy. No hubo respuesta, como ya me había advertido Tony que sucedería.

Era tarde ya, cerca de las diez. Jamás había visto una noche más espléndida. Los pájaros piaban y gorjeaban soñolientos. Cientos de rosales exhalaban un dulce perfume que me cosquilleaba en la nariz. Prímulas y pensamientos relucían junto a la puerta azul. Brillaban macizos de gardenias bajo la luz de la luna, y sus grandes flores ofrecían una tonalidad azulada. El aire era tan suave como el beso de un amante, y él estaba dentro.

—Troy —llamé, mientras abría la puerta y me detenía, vacilante, en el umbral—. Soy Heaven. He vuelto. Siento mucho haber caído enferma y no poder regresar el día que prometí...

No hubo respuesta. No había olor a pan cociéndose en el horno, ni a pan recién cocido. La casa estaba demasiado silenciosa, demasiado ordenada, aterradora.

Corrí a su dormitorio y abrí la puerta. Yacía tendido en la cama, con la cabeza vuelta hacia la abierta ventana. Una suave brisa agitaba las cortinas, que casi rozaban un jarrón de rosas que estaba sobre la mesa.

—Troy —repetí, acercándome a la cama—. Mírame, por favor. Di que me perdonas que no haya cumplido mi palabra; deseaba hacerlo, lo deseaba desesperadamente.

Continuó sin mirarme. Me acerqué más y, luego, me incliné sobre la cama y le volví suavemente la cabeza hacia mí. La luz de la luna que penetraba por las ventanas me mostró sus ojos vidriosos, su mirada ausente. Estaba a un millón de kilómetros de distancia, atrapado en algún horrible sueño. Yo lo sabía. ¡Lo sabía!

Apreté suavemente mis labios contra los suyos. Murmuré su nombre una y otra vez.

—Vuelve a mí, Troy, por favor. ¡Por favor! No estás solo. Te quiero. Te querré siempre.

Continué llamándole una y otra vez, hasta que, al fin, desapareció el aspecto vidrioso de sus ojos y éstos volvieron a cobrar vida. Su rostro adquirió una expresión de delirante felicidad mientras extendía la mano para pasarme los dedos por la cara.

—Has vuelto... Oh, Heaven. Me aterraba la posibilidad de que no vinieras más. Tenía la extraña impresión de que habías ido a reunirte otra vez con ese Logan Stonewall y habías descubierto que le amabas a él y no a mí.

—¡A ti, sólo a ti! —exclamé apasionadamente, derramando una lluvia de besos sobre su pálido y frío rostro—. He estado con gripe, querido. Durante días y días he tenido fiebre muy alta. Las líneas telefónicas se hallaban cortadas; los puentes, hundidos y las carreteras inundadas. He vuelto tan pronto como he podido.

Sonrió débilmente.

—Sabía que estaba siendo un estúpido al hundirme de esa manera en la depresión. Sabía que volverías. En el fondo, lo sabía...

Me acurruqué entre sus brazos y sentí que sus manos me acariciaban el pelo. Apreté la cara contra su mejilla. Oía su corazón latir muy despacio... ¿Con qué ritmo debía latir un corazón normal?

—No quiero una boda fastuosa, Troy. He cambiado de idea a ese respecto. Nos escabulliremos de «Farthinggale Manor» y tendremos una pequeña ceremonia privada.

Me apretó fuertemente contra él, acariciándome el pelo, besándome suavemente la cabeza.

—Estoy muy cansado, Heaven, muy cansado. Yo creía que querías una boda por todo lo alto.

—No, sólo te quiero a ti.

—Tony tiene que venir a la boda —susurró, rozándome la frente con los labios—. No sería completa sin él. Ha sido como mi padre...

—Como tú quieras —murmuré, acercando más a mí su frágil cuerpo. Había adelgazado mucho—. Estás totalmente restablecido de tu pulmonía, ¿verdad?

—Tan restablecido como lo he estado siempre de cualquier enfermedad.

—¡Nunca volverás a estar enfermo! ¡Ahora me tienes a mí para cuidarte!

Pasamos toda la noche abrazados. Hablamos de nuestros sueños, de nuetra vida en común, y me parecía como si todo aquello fuese humo que ascendiese en espiral hacia las ventanas y se desvaneciera en la noche. ¿Cómo podría casarme con él ahora? ¿Cómo podría no casarme, cualquiera que fuese nuestra relación?

Hacia el amanecer, volví a evocar la cuestión de la muñeca retrato de mi madre. ¿Sabía él si Tony había hecho el modelo? ¿En algún momento había sentido Tony hacia ella algo más de lo que podría sentir un padrastro?

Se nublaron sus oscuros ojos.

—¡No! ¡Ni en un millón de años! ¡Tony podía tener cualquier mujer que quisiera, Heaven! ¡Él estaba locamente enamorado de Jillian! No había ni una sola mujer en los alrededores que no tratara de conquistarle... Bueno, desde que le empezó a salir barba, nunca tuvo que perseguir a ninguna mujer. Ellas le perseguían a él.

Mientras yacía en el círculo de sus brazos, comprendí que nunca reconocería que Tony utilizaba a las mujeres, y que había utilizado a Jillian a su propia irreflexiva manera, para proporcionar a su hermano menor una madre y una hermana, mientras él se divertía persiguiendo faldas por la ciudad y por toda Europa. Mis ojos estaban llenos de lágrimas cuando me volví para abrazarle antes de regresar a la casa grande.

—Siento ser tan suspicaz. Te quiero, te quiero, te quiero..., y volveré en cuanto haya dormido un poco. No te vayas. ¿Lo prometes?

Se incorporó, cogiéndome las manos.

—Ven a almorzar conmigo, querida, a eso de la una.

Creía que podía volver a mi cama y dormir profundamente; pero permanecí dando vueltas y vueltas, hasta que acabé bajando a la mesa del comedor, en la planta baja, donde Tony estaba ya instalado, comiendo una raja de melón tras otra. Inmediatamente, empezó a asediarme a preguntas. ¿Había visto a Troy? ¿Había roto nuestro compromiso? ¿Cuál había sido su reacción? ¿Qué le había yo explicado? Yo me había mostrado amable, considerada y cariñosa, ¿verdad?

—Le he hablado lo menos posible de ti —mi voz era fría, hostil, pues le odiaba tanto como a papá—. Por consideración a Troy, te he encubierto; aunque, si no fuese tan sensible, le habría hecho saber qué clase de hombre es su amado hermano.

—¿Qué razón le has dado?

—Ninguna. Seguimos prometidos. No sé cómo destruirle, Tony. ¡No puedo hacerlo!

—Me doy cuenta de que estás construyendo una torre de odio para mí. Quizás hagas bien en esperar unas semanas antes de decirle que has comprendido que continúas enamorada de ese amigo tuyo. Logan. ¿No se llama así? Troy se repondrá. Yo estaré aquí para ayudarle. Me ocuparé de que se recupere. Y la mejor forma de hacerlo es por medio del trabajo. Una vez que Troy acepte el hecho de que amas a otro y de que no te vas a casar con él, encontrará sustitutivos a tu amor. Yo haré lo que pueda para que encuentre otra chica con la que desee casarse.

Me dolía tanto oírle decir esas cosas que me dieron ganas de aullar al sol, igual que un lobo aullaba a la luna, como había hecho en otro tiempo Sarah cuando murió su último hijo. Sentía un penetrante dolor en el pecho. Y a mi lado estaba el hombre que lo había empezado todo.

—¡Eres una persona detestable, Tony Tatterton! ¡Por Dios que, si supiera que eso no hería a Troy, le diría exactamente lo que le hiciste a mi madre! ¡Y él te odiaría! ¡Perderías a la persona más valiosa para ti!

Me dirigió una mirada de temor.

—Por favor, recuerda que..., le destruirías. Troy vive sobre una base de fe, de confianza. No es igual que tú y yo, capaces de sobrevivir cualesquiera que sean las circunstancias.

—¡No vuelvas a compararme a mí contigo! —grité.

No respondió; se limitó a coger otro melón para partirlo.

—Prométeme no decirle a Jill nada de todo esto, Heaven.

Me levanté y pasé de largo junto a la silla de Tony sin prometer nada.

—¡Está bien! —gritó, perdiendo de repente la paciencia y poniéndose en pie de un salto; luego, me agarró del brazo y me hizo girar para que yo viera su rostro, habitualmente afable y atractivo, convertido en algo monstruoso a consecuencia de la ira—. ¡Vuelve con Troy! ¡Adelante! ¡Destrúyele! ¡Y cuando hayas terminado con él, ve a Jill y destrúyela a ella! ¡Una vez que hayas acabado con todos los habitantes de *Farthy*, corre junto a tu padre y destroza su vida! ¡Destroza también la de Tom y la de Fanny, y no te olvides de Nuestra Jane y Keith! ¡Tú quieres venganza, Heaven Leigh Casteel! ¡Lo veo en tus ojos, esos increíbles ojos azules que revelan la existencia en tu interior de un demonio, más que de un ángel!

Lancé ciegamente mi puño contra él, sin lograr golpearle. Me soltó tan de repente que perdí el equilibrio y caí al suelo. Me levanté en seguida y eché a correr de tal modo que, antes de que pudiera pronunciar otra palabra, ya estaba subiendo a toda velocidad la escalera, dirigiéndome de nuevo a la seguridad de mi cama. Mi lugar para llorar.

A la una, estaba otra vez en la casita, y esta vez Troy se encontraba levantado y con mejor aspecto. Me sonrió.

—Ven —dijo, haciéndome señas de que me acercara—, quiero que veas este tren que acabo de terminar, y luego comeremos.

Lo que tenía que enseñarme llenaba todo un rincón de su taller. Era un pequeño decorado en el que brillaban luces suaves que se proyectaban desde lugares ocultos, y trenes en miniatura recogían pasajeros, los dejaban y luego los volvían a recoger, llevándolos repetidamente en torno a escarpadas y peligrosas montañas.

Mientras contemplaba el diminuto «Orient Express» moverse con espasmódicos resoplidos, arrancando lentamente al principio, ganando luego velocidad, siempre subiendo, siempre afrontando peligros, arriesgándolo todo para llegar a la cumbre y descendiendo luego mucho más rápidamente, tuve la impresión de que Troy estaba tratando de decirme algo por medio de sus minúsculos trenes.

¿Qué era lo que intentaba comunicarme con estos trenecillos que trenzaban tan intrincados caminos a través de diferentes territorios y, sin embargo, llegaban siempre al mismo destino? ¿No viajaba en trenes, durante su vida, la especie humana, alcanzando cumbres, hundiéndose en abismos, recorriendo la meseta entre dos prominencias, más frecuentemente que ascendiendo o descendiendo? Me mordí pensativamente el labio inferior, me oprimí la frente con las yemas de los dedos..., y miré a una niña que había sido añadida a los pasajeros. Una niña de pelo negro que llevaba un abrigo azul con zapatos a juego. Se parecía lo bastante a mí como para hacerme sonreír. Pues los trenes que aparentemente no llevaban a ninguna parte proporcionaban, no obstante, emociones a los pasajeros. En el punto de destino la niña no se apeó del tren; sólo lo hizo una vieja que llevaba también abrigo azul con zapatos a juego. Volví ávidamente a la estación ferroviaria, y vi de nuevo a la niña del abrigo azul que subía a otro tren...

Oh, Troy era excelente fabricando juguetes, dándoles sentido, comunicando sin palabras sus ideas. Y, mientras me separaba de los trenes, me sentí envuelta en la familiar fascinación.

—¡Troy, Troy! —llamé—. ¿Dónde estás? ¡Tenemos que hacer un montón de planes!

Estaba sentado otra vez en una de las sillas que había junto a los ventanales, con las largas piernas recogidas y sus diestras y gráciles manos entrelazadas bajo las rodillas... ¡Todas las ventanas estaban abiertas, y el viento húmedo y frío penetraba en su dormitorio!

Alarmada, corrí para tirarle del brazo, tratando de hacerle salir de la abstracción en que se había sumido.

—¡Troy! ¡Troy! —grité, sacudiéndole, y él continuó con la vista perdida ante sí, sin parpadear.

Mientras le sacudía, penetró por las ventanas una ráfaga de viento tan fuerte que tiró al suelo una lámpara de mesa. Tuve que utilizar toda mi fuerza para cerrar las ventanas y, luego, me apresuré a coger varias mantas que le eché a Troy sobre los hombros y las piernas; él no se había movido ni había hablado todavía.

Tenía el rostro pálido y frío cuando le toqué; pero blando, y eso me hizo llorar de alivio. No estaba muerto. Le tomé el pulso, y lo tenía tan débil que corrí a su teléfono y marqué el número de *Farthy*. ¡El timbre sonó una y otra vez, sin que nadie contestara! Yo no sabía a qué médico podía llamar directamente. Con dedos temblorosos, cogí el tomo de las Páginas Amarillas de la Guía de Troy, y estaba hojeándolo cuando le oí estornudar.

—¡Troy! —exclamé, corriendo a su lado—. ¿Qué estás haciendo, intentando matarte?

Tenía la mirada extraviada, y su voz sonó débil cuando pronunció mi nombre.

Cuando pudo verme, se agarró a mí como se agarra a cualquier cosa un hombre que está a punto de ahogarse, y fui atraída fuertemente contra él, de tal modo que sepultó su rostro en mis cabellos.

—Has vuelto. ¡Oh, Dios, creí que no volverías nunca!

—Claro que he vuelto —le cubrí la cara de besos—. Troy, he estado aquí contigo esta noche. ¿No te acuerdas? —más besos, en la cara, en las manos—. ¿No te dije que volvería para que pudiéramos casarnos —le acaricié los brazos, la espalda, le alisé los revueltos cabellos—. Siento haber tardado; pero ya estoy aquí. Nos casaremos y crearemos nuestras propias tradiciones, haremos de cada día una fiesta...

Dejé de hablar, porque él no me estaba escuchando.

El frío de la habitación provocó nuevos estornudos, en los dos, y le llevé hacia la cama para acurrucarnos allí bajo montones de ropa y esperar a que desaparecieran nuestros estremecimientos. Mientras yacíamos, el uno en brazos del otro, los numerosos relojes de la estancia iniciaron todos los sutiles chirridos y movimientos que harían sonar las campanas.

Alguna errante ráfaga de viento consiguió entrar e hizo tintinear los prismas de cristal de su candelabro.

—No es nada, querido —canturreé, alisándole los oscuros y revueltos cabellos—. Te he sorprendido durante uno de tus... ¿Cómo se llaman? ¿Trances? ¿Es ésa la palabra adecuada?

Sus brazos se tensaron tanto que empecé a sentir un sordo dolor en las costillas.

—Heaven —suspiró—, gracias a Dios que estás aquí —se le quebró la voz y sollozó, apartándome suavemente de él—. Pero, por muy agradecido que te esté, no puedo fingir por más tiempo que puedo vivir a tu lado. Ni casarme contigo. Tu ausencia me ha dado la oportunidad de reflexionar en lo que estábamos haciendo; tu presencia me hace creer que soy un hombre normal, con expectativas normales. Pero no es así. ¡No lo soy! ¡Nunca lo seré! Estoy deformado, y no puedo cambiar. Creía que no volverías en cuanto salieras al mundo real y descubrieras que habías estado dormida. Ésta no es una casa auténtica, Heaven. No es una casa habitada por personas de verdad. Todos somos ficciones, Heaven, Tony, Jillian, yo..., hasta los criados aprenden las reglas y siguen el juego.

El dolor que había comenzado a sentir al entrar se intensificó.

—¿Qué reglas, Troy? ¿Qué juego?

Riendo de una forma que me heló la sangre, rodó de

costado, todavía agarrándome. Continuó rodando hasta que caímos al suelo, y me arrancó violentamente las ropas. Sus cálidos besos se tornaron ardientes.

—Espero que hayamos hecho un hijo —exclamó cuando todo hubo terminado; luego, se apartó y empezó a recoger los trozos de mis desgarradas prendas—. Espero no haberte hecho daño. Nunca quiero hacerte daño. Pero quisiera dejar tras de mí algo real, algo hecho de mi misma carne y sangre.

Apretándome contra él, rompió a sollozar..., con unos sollozos ásperos, profundos, terribles.

Le abracé, le acaricié, le besé mil veces antes de que volviéramos a caer ambos en la cama y nos tapásemos para protegernos del intenso frío.

Mientras yacía a su lado y le oía tragarse los sollozos y la angustia que le oprimía, comprendí que Troy era demasiado complicado para que yo llegara a entenderle jamás. Le amaría tal como era, y quizás algún día en que despertase sin haber tenido sueños sonreiría ante el amanecer y olvidaría durante el resto del día sus ideas de muerte temprana.

Y me dormí. De vez en cuando despertaba ligeramente, lo suficiente para percibir el aire moviéndose a mi alrededor y sentirme rodeada por unos cálidos brazos.

Y luego era otro día. Yo estaba en mi habitación, y, sobre mi mesilla de noche, había una breve nota de Troy.

No me gustaban las notas. Todavía no había conocido una sola que hubiera llegado sin pasar por el correo y que no hubiera traído malas noticias.

Amor mío:

Anoche me encontraste sentado bajo las ráfagas de viento, tratando de averiguar el sentido en mi vida.

No podemos casarnos. Sin embargo, te tomé e hice todo lo posible por hacerte concebir. Perdóname por mi egoísmo. Ve a Jillian. Ella te dirá la verdad. Oblígale a que te la diga. Lo hará si la presionas lo suficiente, y si le llamas abuela y la fuerzas a abandonar su disfraz.

El amor que siento hacia ti es lo mejor que jamás me ha sucedido. Gracias por amarme y darme tanto, aun conociendo todos mis defectos. Y el mayor de ellos ha sido mi enorme amor y devoción a mi hermano. He estado ciego, deliberadamente ciego.

Jillian vino y me lo contó todo. Para salvarte, tengo que aceptar lo que podría haber salvado a tu madre. Pues Jillian tuvo que admitir que Tony se mostró desenfrenado en su apasionamiento por poseerla. Ahora sé, después de haberme hecho tú meditar en el pasado, que ella le odiaba, y que fue de él de quien huyó. ¡Heaven, tú eres hija de Tony y sobrina mía!

Voy a marcharme hasta que pueda aprender a vivir sin ti. Aunque no fueras hija de Tony, y sobrina mía, yo arruinaría tu vida. No sé vivir complacientemente y aceptar los días tal como vienen. Tengo que hacer que cada jornada sea importante y trascendental, pues cada día que vivo parece siempre el último.

Firmaba la nota con un enorme TLT.

Esa mañana trajo bruscamente a mi mente el horrible día en que yo, después de haber dado un mordisco a una manzana, entré en el cuarto en que Sarah le había dejado a papá una nota diciendo que se iba y que no volvería jamás. Al abandonar a papá, nos dejaba a todos que nos las arregláramos solos. Y aquí estaba yo de nuevo teniendo que arreglármelas sola en una casa que ya no me quería.

El insoportable dolor de mi amor destrozado se convirtió en una furia que dio alas a mis pies. Corrí a las habitaciones de Jillian y aporreé su puerta, gritando su nombre, exigiendo que me dejara entrar, cuando no eran más que las nueve de la mañana y ella siempre dormía hasta mediodía o más tarde.

Pero estaba levantada, exquisitamente vestida, como si se hallara lista para salir con sólo añadir la chaqueta a su elegante vestido de color claro. Llevaba el pelo recogido hacia atrás, y yo nunca se lo había visto así. Parecía más vieja y, al mismo tiempo, más hermosa, o, más exactamente, menos parecida a una muñeca de tamaño natural.

—Troy se ha ido —dije acusadoramente, mirándola con fijeza—. ¿Qué le dijiste para que decidiera marcharse?

Ella no respondió, sólo se volvió a recoger su chaqueta y se la puso. Luego, giró despacio y me contempló. Lo que vi en su rostro me hizo abrir desmesuradamente los ojos, alarmada. Sus azules y sorprendidos ojos parpadearon como buscando refugio en los brazos de Tony. Una desconcertante y radiante felicidad los iluminó de nuevo.

—¡Troy se ha ido! ¿Se ha ido de veras? —susurró, con una alegría tan grande que me dio náuseas.

Inesperadamente, Tony entró sin llamar en las habitaciones de Jillian. Ignorándola a ella, se dirigió a mí.

—¿Cómo está Troy esta mañana? ¿Qué le dijiste?

—¿Yo? ¡No le dije nada! ¡Fue tu mujer quien consideró que debía conocer la verdad, la horrible verdad!

La alegría de Jillian se esfumó. Sus ojos se tornaron inexpresivos.

Girando en redondo, Tony clavó en mi abuela sus azules ojos.

—¿Qué le has dicho? ¿Qué podías decirle? ¡Tu hija nunca confió nada a la madre que despreciaba!

Jillian permanecía inmóvil, con su bello vestido y su tersa perfección, totalmente desprovista de arrugas. Parecía a punto de abrir la boca y gritar.

—¿Acudió a ti mi madre y te dijo por qué tenía que marcharse, Jillian? ¿Lo hizo?

—Vete. Déjame en paz.

Insistí.

—¿Qué le hizo a mi madre huir de esta casa? Nunca me lo has explicado. ¿Fue un niño de cinco años? ¿O fue tu marido? ¿Vino mi madre a contarte los requerimientos sexuales de su padrastro? ¿Fingiste no saber de qué estaba hablando?

Sus pálidas manos jugueteaban nerviosas con sus flojos anillos. Nunca la había visto llevar sortijas. Se le cayeron tres en un cenicero. Su tintineo en el cristal le hizo abrir más los ojos.

—No sé de qué estás hablando.

—Abuela... —Y lo dije claramente, ásperamente, haciéndola estremecerse, al tiempo que su rostro adquiría una palidez mortal—. ¿Fue Tony la razón de que mi madre huyera de esta casa?

Sus claros ojos azules, tan parecidos a los míos, se dilataron de espanto, como si yo le hubiera retirado el suelo de debajo de los pies. Finas hebras de cordura parecieron adelgazar antes de estallar detrás de sus ojos, y sus manos se elevaron en gesto de desamparo hasta su cara. Sus palmas oprimieron las mejillas, con tanta fuerza que se abrieron sus labios y brotaron gritos de ellos, gritos silenciosos y terribles que torturaban su rostro... De pronto, Tony se volvió hacia mí, gritándome.

—¡No digas una palabra más! —Se adelantó para coger

a Jillian en brazos—. Vete a tu cuarto, Heaven. Quédate allí hasta que yo vaya a hablar contigo.

Llevó a Jillian a su dormitorio, y yo me quedé mirando cómo la depositaba cuidadosamente sobre la colcha de marfileño raso, y sólo entonces halló voz su muda angustia.

Rompió a gritar. Histéricos alaridos que se elevaban y descendían, que le hacían doblar la espalda y le sacudían los brazos. Mientras permanecía allí, casi paralizada por lo que había provocado, vi cómo la juventud se iba desprendiendo de su rostro, igual que si, durante todo el tiempo, hubiera llevado una máscara de pieles de cebolla.

Me volví, horrorizada por lo que había hecho, abrumada de dolor por haber destruido lo que tan cuidadosamente había sido cultivado.

En mis habitaciones, empecé a pasear de un lado a otro, olvidándome de todo, menos de Troy y de su bienestar. De vez en cuando mis pensamientos volaban a Willian y a la catástrofe que yo había ocasionado. Luego, Tony llamó a mi puerta y entró sin esperar respuesta. Vio que estaba preparando mis maletas y tuvo un gesto de sorpresa.

—Jill está dormida ahora —me informó—. He tenido que obligarla a tomar unos cuantos sedantes.

—¿Se pondrá bien? —pregunté, preocupada.

Con un cierto aire de indiferencia, se sentó en la más delicada de mis sillas tapizadas en seda, cruzando elegantemente las piernas, poniendo un minucioso esmero en estirarse las perneras del pantalón y marcar bien las rayas. Y cuando se hubo ocupado de todos los detalles que un hombre de gusto impecable consideraba importantes, sonrió irónicamente.

—No, Jillian nunca estará bien. No lo ha estado desde que se marchó tu madre. Siempre se había negado a hablar de aquel último día... Y ahora tengo al fin ensambladas todas las piezas.

Rápidamente, me senté en la silla gemela a la suya, situada frente a él, y me incliné hacia delante con expectación, aunque ya había oído lo peor... O así lo creía al menos. Pero yo era todavía un ser inocente, no acostumbrado a las complejidades de la naturaleza humana y a sus tortuosas formas de maniobrar para salvar la propia estima. Cuando algunas cosas nunca podrían salvarse.

Comenzó, bajando los ojos como si se avergonzara, ahora que ya era demasiado tarde.

—El año en que tu madre huyó de esta casa, yo había

ido a Alemania para entrevistarme con un fabricante que se encarga del trabajo mecánico para la confección de algunas de nuestras pequeñas piezas.

—No me importan tus juguetes en un momento como éste —le interrumpí.

Levantó la vista.

—Lo siento, estoy divagando; pero quería que comprendieses por qué estaba fuera. El caso es que tu madre había intentado muchas veces decirle a Jillian que yo estaba realizando requerimientos indecentes. Y ese día le gritó a su madre, la cual no quería escucharla, que había tenido una falta en su regla. «Eso significa que estoy embarazada, ¿verdad, madre?» Jill se revolvió contra ella, negándose a creer lo que decía. «No eres más que una sucia zorra —gritó—. ¿Por qué iba a desear a una chica como tú un hombre como Tony, cuando me tiene a mí? ¡A mí! Si es eso lo que piensas, te echaré de aquí.» «No necesitas molestarte —susurró Leigh, mortalmente pálida—. ¡Me iré yo, y no volverás a verme jamás! ¡Y si estoy embarazada seré yo quien tenga al heredero de los Tatterton!»

Estas palabras me cogieron desprevenida.

—¿Cómo lo has averiguado? ¿Cómo?

Tony sepultó la cabeza entre las manos. Su voz sonó lastimera y desgarrada.

—Hace tiempo que sabía que Jillian envidiaba la belleza de Leigh, que no necesitaba maquillarse ni otros realces... Pero hace sólo unos minutos que me ha gritado la verdad. Leigh estaba embarazada cuando se marchó de aquí, empujada por la incapacidad de su propia madre para comprenderla y ayudarle. Y, al amar a Leigh, no sólo la destruí a ella, sino también a mi hermano.

Permanecí sentada, aturdida ahora, al saberlo todo. Yo no era hija de papá. No era una zafia Casteel, una chica de las montañas. ¿Pero de qué me servía, ahora que Troy se había ido?

XXI. EL PASO DEL TIEMPO

Troy se había ido. Yo esperaba continuamente una carta suya. No llegó ninguna. Todos los días atravesaba el laberinto e iba hasta su casa, esperando contra toda esperanza que hubiera vuelto y que fuéramos amigos, aunque sólo fuese eso. La casita y sus hermosos jardines comenzaron a presentar un aspecto descuidado, así que mandé a los jardineros de *Farthy* que fueran allá a arreglarlos. Luego, un día, durante el desayuno, mientras Jillian dormía aún arriba, Tony me dijo que había sabido por uno de sus jefes de planta que Troy estaba visitando todas las fábricas europeas.

—Es una buena señal —dijo animadamente, esforzándose por sonreír—. Mientras salga y vea el mundo, significa que no está tendido en la cama en alguna parte, esperando la muerte.

Tony y yo éramos una especie de aliados, unidos en la causa común de traer de nuevo a casa a Troy, ayudarle a sobrevivir. Pese a aquella cosa terrible que Tony le había hecho a mi madre, le hubiera o no inducido ella, cada día que pasaba perdía un poco de su importancia, mientras yo me entregaba a la rutina de ir a mis clases y estudiar tan intensamente que a veces caía exhausta en la cama.

Entonces, Tony se reveló muy útil y servicial, ayudándome a superar los obstáculos académicos que yo parecía no poder vencer sola.

En cuanto a Jillian, se convirtió en un fantasma de sí misma. La salida a la luz de toda la verdad de su hija le hizo a ella encerrarse, retraerse. Las fiestas y obras de caridad a las que antes le encantaba asistir fueron olvidadas, pues los constantes reproches a sí misma la mantenían en la cama, de tal modo que ya no le preocupaba su aspecto. Clamaba constantemente por que Leigh volviese y la perdonara por no haberla escuchado; por no haberla comprendido, y porque no la quiso lo suficiente. Pero era demasiado tarde para que Leigh volviera.

Sin embargo, la vida seguía. Yo volví a comprarme nuevos vestidos. Escribía cartas a Fanny y a Tom, y siempre incluía un cheque para los dos. Esforzarme por conseguir las mejores notas se convirtió en mi principal objetivo en la vida. A menudo, cuando Tony y yo nos veíamos obligados a reunirnos, sólo para sentir que no estábamos solos en la vasta casa, yo encontraba sus azules ojos fijos en mí, como si quisiera decir algo que derribase mi muro de hostilidad. Yo me sentía reacia a dejar que ese muro se desplomase. «Que sufra», pensaba. De no haber sido por él, mi madre no se habría marchado. No habría terminado en una choza de las montañas, donde la pobreza la mató. Y, luego, contrariamente, recordaba los gratos días en los Willies, cuando los cinco niños Casteel y Logan Stonewall habíamos encontrado gran facilidad en el simple hecho de estar juntos.

Un frío día de noviembre en que el cielo amenazaba con otra nevada, llegó una carta de Fanny.

Querida Heaven:

Tu egoísmo me ha obligado a casarme con mi viejo rico. Ya no necesito tu piojoso dinero. Mallory tiene una casa enorme, tan bonita como las que salen en las revistas, y es un tiñoso chiflado al que le gustaría verme muerta. No es que me importe. El viejo carapez está para estirar la pata cualquier día de éstos, así que me trae sin cuidado que yo le caiga bien o no. Mallory está intentando enseñarme a portarme y a hablar como una señora. Yo no perdería el tiempo con una estupidez así si no esperase volver a tropezarme con Logan Stonewall. Y, si supiera hablar y portarme como es debido, quizás esta vez me quisiera como siempre he deseado que lo hiciese. Y, en cuanto sea mío, ya puedes despedirte de él para siempre.

Tu hermana que te quiere,

Fanny.

La carta de Fanny me conturbó. Nunca hubiera imaginado que ella, que había sido notoriamente liberal en sus relaciones con el sexo opuesto, y que había tratado a los hombres más o menos como máquinas cuyos botones ella supiera perfectamente pulsar, se hubiese enamorado de aquella manera de Logan, precisamente el que más la había despreciado.

Si Fanny escribió una sola carta, Tom escribió muchas.

Encontré el rollo de billetes que le diste al abuelo. Vamos, Heaven, ¿dónde estaba tu buen sentido? Lo había metido en su caja de afilar, debajo de toda la madera. Es un pobre viejo, siempre deseando lo que no tiene, así que cuando está aquí no hace más que suspirar por las montañas, donde desea estar Annie. Y, luego, cuando lleva cosa de dos semanas en las montañas, entonces quiere venir con sus «pequeños». Yo creo que se siente solo allí, únicamente con esa vieja que va por la mañana y le prepara comida para todo el día. Dios mío, Heavenly, ¿qué se puede hacer con alguien así?

Sin Troy, *Farthy* se convirtió sólo en un lugar en que pasar los fines de semana. Hablaba con Tony lo menos posible, y a veces me daba pena verlo vagar solo por los largos y desiertos pasillos de una casa inmensa que ya no resonaba con las risas y la alegría de numerosos invitados. Sin embargo, me dedicaba a mis tareas, recordándome a mí misma todos los días que había venido a Boston con un objetivo que lograr, y en él me concentraba, pensando que, en algún momento, ya encontraría de alguna manera la felicidad que merecía.

Los años pasaron rápidamente después de aquel trágico día en que Troy decidió que era mejor poner muchos kilómetros entre nosotros. Sólo de vez en cuando escribía a casa, pero siempre a Tony. Yo me sentí afligida y desdichada durante mucho tiempo. Sin embargo, cuando el sol brilla, sopla el viento o la lluvia refresca la hierba; cuando, en primavera, abren las flores que se plantaron en el otoño, la aflicción y la desdicha se van desvaneciendo poco a poco. Yo tenía mi sueño ahora; mis días en la Universidad. El hermoso campus, los chicos que me invitaban a salir con ellos, todo ayudaba. Llevé a casa, para presentárselo a Tony, a un muchacho muy formal y sencillo, pero de aspecto atractivo. Sí, el hijo de un senador era perfecto, aunque yo lo encontrase más que un poco aburrido. Una o dos veces vi a Logan cerca de la Universidad. Sonreía y decía unas cuantas palabras; yo sonreía también y le preguntaba si había tenido noticias de Tom. Pero Logan nunca me pedía que saliera con él.

Sintiendo compasión por Jillian, me impuse la obligación de visitarla con toda la frecuencia que me permitían mis actividades. Empecé a llamarla abuela. Ella no parecía darse cuenta. Eso era ya suficiente para indicarme que en su interior se había producido algún drástico cambio. Yo le cepillaba el pelo, la peinaba y le hacía muchos pequeños servicios en los que tampoco reparaba. Y, siempre sentada en un rincón alejado, con la mayor discreción posible, se hallaba la enfermera que había sido contratada para velar por que Jillian no se causase ningún daño.

Durante cada uno de mis descansos de verano, Tony planeaba algo especial para que lo hiciésemos juntos. Londres, París y Roma, finalmente tuve mi oportunidad de verlas. Viajamos a Dinamarca, Islandia y Finlandia para poder enseñarme la pequeña ciudad danesa en que había nacido la madre de Jillian. Ni una sola vez fuimos al rancho de Texas en que todavía vivía con dos hermanas mayores de mi abuela. Con frecuencia yo tenía la sensación de que Tony estaba tratando de compensarme por mi juventud llena de privaciones. Creo que ambos manteníamos una constante esperanza de encontrar a Troy durante nuestras vacaciones europeas.

Pensé muchas veces en visitar al abuelo, que había hecho varios desplazamientos entre Georgia y los Willies. Pero existía siempre la amenaza de que papá se hallara con él, y yo no estaba preparada para ese encuentro. Cuando pensaba en Stacie, me acordaba de aquel precioso niño llamado Drake, y le mandaba toda clase de maravillosos regalos.

Su madre siempre me escribía a los pocos días para darme las gracias por acordarme del pequeño, que se consideraba muy afortunado por recibir regalos durante todo el año, y no tener que esperar a Navidad.

—Tú podrías serme de gran ayuda en «Juguetes Tatterton» —me decía Tony una y otra vez—. Es decir, si no has perdido tu ambición de convertirte en otra señorita Marianne Deale —me miró fijamente—. Sería maravilloso para mí que te cambiaras legalmente el apellido por el de Tatterton.

Es extraño cómo me tomé eso. Nunca me había sentido orgullosa de ser una Casteel. Sin embargo, era como una Casteel como quería yo volver a Winnerrow en posesión de un título universitario, para demostrar que los de nuestra familia no eran tan ignorantes y estúpidos que tuviesen que acabar siempre en la cárcel. Mientras reflexionaba en la proposición de Tony, comprendí que no sabía qué quería para mí misma. Estaba cambiando de muchas sutiles maneras.

Tony se esforzaba por compensar el daño que me había causado en el pasado. En hacer por mí todas las cosas que yo soñaba que haría papá. Me situaba en el centro de su vida, me otorgaba toda la atención, amor y encanto que yo solía pensar que mi padre me debía. Durante un crucero por el Caribe, relajé mi tensión lo suficiente para sonreír y flirtear con varios atractivos jóvenes, y por unos momentos no me preocupé de Troy. Le sucediera lo que le sucediese, no era culpa mía; no lo era en absoluto. Sin embargo, siempre estaba en mis sueños. Lo veía en algún lugar, necesitándome, amándome todavía. Por la mañana, al despertar, me corrían las lágrimas por la cara. Cuando dejaba a un lado mis preocupaciones por Troy, mostraba cierta aceptación de la vida y comprendía que se podía hacer mucho por controlarla.

Un día maravilloso, Tony me obsequió con algo totalmente inesperado y admirable.

Fue el cuatro de julio. Me quedaba un año de universidad.

—Vamos a celebrar una fantástica fiesta junto a la piscina, con huéspedes de fin de semana, que estoy seguro que te encantaría. —La sonrisa de Tony era muy amplia—. Jillian parece encontrarse un poco mejor, y estará allí... Hallarás a unos invitados especiales.

—¿Quiénes son?

—Te gustarán —me aseguró, con su misteriosa sonrisa.

Se instalaron banderitas, todos los adornos rojos, blancos y azules para fiestas. Fueron colgados farolillos japoneses de árbol a árbol, de farola a farola. Contrataron sirvientes adicionales como camareros. Tony, que no soportaba la música rock, trajo a varios músicos hawaianos para que tocaran en un segundo término.

Junto a la piscina, había ya veinte invitados o más cuando yo bajé de mi habitación vestida con un traje de baño azul brillante que me hacía sentirme un poco azorada porque era muy corto. Sobre él, llevaba una chaquetilla blanca. Algunos invitados estaban ya en la piscina; otros tomaban el sol, y todos estaban riendo, charlando, divirtiéndose. Algunos bañistas se habían atrevido incluso a desafiar las encrespadas olas del océano. Me dirigí primero a Jillian para darle un beso en la mejilla, y ella me sonrió con aire desorientado.

—¿Qué estamos celebrando, Heaven? —preguntó, mirando a unos viejos amigos como si fuesen unos desconocidos.

En otra parte de la espaciosa terraza que había junto al agua, divisé a Tony que se encontraba de pie, hablando con una mujer bajita y más bien gorda y con su marido, más gordo aún. Me resultaban más que familiares, y el corazón me empezó a latir con gran celeridad. ¡Oh, no, no! No podía haber logrado esa clase de reconciliación sin advertirme de antemano.

Sin embargo, lo había hecho.

Allí, en «Farthinggale Manor», donde podía alargar la mano y tocarlos si quería, estaban Rita y Lester Rawlings, de Chevy Chase. Y si ellos se encontraban aquí..., tenían que hallarse también Weith y Nuestra Jane. Sentí una gran emoción. Paseé ansiosamente la mirada en derredor, buscando a los dos Casteel más jóvenes. No tardé en divisarlos. Se mantenían separados de los otros niños; y, luego, mientras yo los observaba, fascinada, Nuestra Jane se quitó el albornoz, se sacudió las sandalias de goma y echó a correr hacia la piscina, seguida de cerca por Keith. Sabían nadar muy bien, y bucear; y hacer amigos fácilmente.

—¡Heaven! —llamó Tony desde el otro lado de la terraza—. Ven, tenemos unos invitados especiales que creo que ya conoces.

Me acerqué cautelosamente a Lester Rawlings y a su esposa Rita mientras fulguraban en mi mente visiones de aquel horrible día de Navidad en los Willies. Recuerdos de la terrible noche que pasé después de que se hubieran ido

Nuestra Jane y Keith, poniendo lágrimas en mis ojos. Y tenía recuerdos y culpas más recientes que me hacían sentirme nerviosa, pues yo había incumplido mi promesa aquella vez en Chevy Chase, cuando di mi palabra de no hablar con los pequeños ni dejar que me viesen. Y estaba luego la forma en que mis dos hermanos menores me habían rechazado; aquel dolor sordo continuaba presente.

Rita Rawlings abrió los brazos y me atrajo maternalmente hacia sí.

—Oh, querida, siento mucho cómo resultaron las cosas la última vez que nos encontramos. Lester y yo temíamos que al verte de nuevo nuestros pequeños experimentaran un retroceso y volvieran a tener pesadillas y accesos de llanto. Y aun sin haberte visto aquel domingo, experimentaron un cambio, pues ya no parecían tan felices y contentos de estar con nosotros. Si al menos nos hubieras dicho cómo habían cambiado tus circunstancias... Aquel día en que apareciste tan inesperadamente, creíamos que habías venido a llevarte a los niños a las montañas y a aquella cabaña horrible. Pero el señor Tatterton nos ha explicado la situación.

Hizo una pausa para entrelazar sus gordezuelos dedos, llenos de sortijas, y tomar aliento.

—Lester y yo no entendíamos qué les había pasado a nuestros felices hijos después de aquella lluviosa tarde de domingo. Cambiaron como por arte de magia. Aquella misma noche volvieron las pesadillas. Despertaban gritando: «¡Vuelve, Hev-lee, vuelve! ¡No queríamos hacerlo, no!» Pasaron muchas semanas antes de que nos contaran lo que había sucedido, que habían negado conocerte, y que te habían ordenado que te marcharas o llamarían a la Policía. Querida Heaven, fue cruel por parte de ellos; pero les aterrorizaba tener que volver al dolor, la pobreza y el hambre que tan bien recordaban.

Todo el mundo a mi alrededor se estaba divirtiendo, entrando y saliendo de la piscina. Los criados llevaban de un lado a otro bandejas con alimentos y bebidas... De pronto, me encontré sosteniendo la mirada de la adolescente más hermosa que jamás había visto. Nuestra Jane se hallaba a unos tres metros. Sus pupilas color turquesa se hallaban fijas en mí con expresión suplicante. Tenía trece años, y sus pequeños, duros e incipientes senos comenzaban a presionar en la tela del vestido. Sus cabellos rojodorados flameaban sobre un rostro menudo y ovalado, mientras sus sombreados ojos me suplicaban perdón. Junto a ella estaba Keith, un año mayor. Había crecido varios centímetros más que ella, y sus ambarinos cabellos eran espesos y abundantes. También me estaba mirando, tembloroso. Evidentemente, tenían miedo; no de la misma manera que cuando yo los había abordado en su propia casa. Ahora parecían temer que yo les odiase por haberme negado.

No sabía qué decir. Simplemente, extendí los brazos y sonreí. Sentí que el corazón me palpitaba violentamente. Luego, los vi vacilar, mirarse uno a otro, antes de echar a correr para arrojarse en mis brazos.

—¡Oh, Hev-lee! —exclamó Nuestra Jane—. ¡Por favor, no nos odies por lo que hicimos! Sentimos haberte echado. Lo sentimos en el momento mismo en que vimos tu cara tan llena de tristeza y decepción —apretó la cara contra mi pecho y se echó a llorar—. No era a ti a quien no queríamos. Era volver a la cabaña, al hambre y al frío. Creíamos que querías llevarnos de nuevo a todo aquello. Y ya no tendríamos a papá y a mamá, que nos quieren tanto.

—Comprendo —dije, besándola una y otra vez antes de volverme para abrazar a Keith. Entonces, empecé a llorar. Por fin; por fin tenía de nuevo entre mis brazos a mis dos pequeños. Y estaban mirándome con amor y admiración, como antes.

Las voces de Rita y Lester Rawlings me llegaban desde donde se hallaban sentados bajo una de nuestras sombrillas a rayas verdes y blancas. Tomaban refrescos y estaban hablando a Tony de la carta tan maravillosa y compasiva que les había llegado hacía unas dos semanas.

—Era de su hermano Troy, Mr. Tatterton. Quería restablecer algunos puentes. Cuando terminamos de leerla, estábamos los dos llorando. No nos decía que hubiéramos hecho algo terrible, sino que nos daba las gracias por dispensar tan excelentes cuidados a los hermanos menores de Heaven, pues ella los quería mucho. Y teníamos que ponernos en contacto con usted, teníamos que hacerlo, pues no estaba bien que intentáramos separarlos de ella, ahora nos damos cuenta.

—Llámenme Tony —pidió él con tono afable—, ya que ahora somos casi familia.

—La carta de su hermano dejaba perfectamente claras cuáles eran las circunstancias de Heaven.

¡Troy había hecho esto por mí! Troy continuaba pensando en mí, y esforzándose cuanto podía para darme felicidad. Yo tenía que tener su carta, necesitaba poseer aunque sólo fuese una fotocopia.

—Desde luego, desde luego —asintió Rita Rawlings—. Está tan maravillosamente escrita que iba a guardarla; pero, querida, tú puedes tener el original, y yo me quedaré con la fotocopia.

En los diez días que los Rawlings permanecieron con nosotros aquel verano, Jane (que ya no quería ser llamada Nuestra Jane), Keith y yo volvimos a encontrarnos. Ellos hacían preguntas sobre Tom y Fanny, y sobre papá. No parecían tener el mismo resentimiento contra él como experimentaba yo.

—¡Y papá y mamá han dicho que podremos visitarte una o dos veces al año! Oh, Hev-lee, será maravilloso. Quizás algún día podamos incluso volver a ver a Tom, Fanny, papá y el abuelo. Pero no queremos separarnos nunca de mamá y papá.

Todo eso se arregló con facilidad. «Farthinggale Manor» les impresionó, lo mismo que Tony. Y si Jillian les hizo concebir extraños pensamientos, eran demasiado corteses para manifestarlos.

—Nos mantendremos en contacto —prometió Rita Rawlings, mientras Lester estrechaba la mano de Tony como si fueran amigos íntimos—. Navidad sería una buena época para reunirnos, pues queremos que nuestros hijos disfruten el placer de una gran familia.

Sí, estaba bien que mi hermano y mi hermana me conocieran ahora. Yo ya no vivía en una choza perdida en la ladera de una montaña. Había dejado de ser un hambriento y andrajoso objeto de su compasión; aunque no mencionaron a Tom, ni a Fanny, ni a papá, ni al abuelo, como habían hecho Jane y Keith.

Cuando Rita Rawlings cumplió su palabra y me envió la carta que había escrito Troy, intercediendo en mi favor de forma tan vehemente y apasionada, se me llenaron los ojos de lágrimas. Él me amaba. ¡Me amaba todavía! Seguía pensando en mí. ¡Oh, Troy, Troy, ven a casa! Por lo menos, vive en alguna parte cercana y deja que yo te vea de vez en cuando... Eso será suficiente.

De cuando en cuando, yo salía con algún muchacho que recibía el visto bueno de Tony. Jamás encontré a nadie tan extraordinario como Troy, ni tan leal y entregado como

Logan. Debía dar por supuesto que se habría enamorado de alguna otra. Como yo tendría que hallar mi pareja..., algún día. Cuando me detenía a pensar en Logan, sabía que deseaba verle otra vez, y que, si llegara ese momento, tendría yo que dar los primeros pasos para reanudar nuestra relación.

Tom me escribía con frecuencia, diciéndome que el dinero que le enviaba había terminado por vencer su resistencia, y estaba asistiendo a clases universitarias y ayudando todavía a papá durante parte del día. «Estamos logrando nuestros objetivos, Heavenly. Pese a todo, ¡lo vamos a conseguir!»

XXII. LOS SUEÑOS SE HACEN REALIDAD

El año en que cumplí los veintidós, en un hermoso día de finales de junio, cuando todas las plantas estaban en flor recibí mi título de licenciatura. Tanto Tony como Jillian se hallaban presentes para acompañarme. Aunque escruté entre el público esperando descubrir a Troy, no se encontraba allí. Durante todo el tiempo yo había esperado y rogado en silencio por que se hallara entre el público, aplaudiendo. Sí vi, en cambio, a Jane y Keith, sentados con sus padres no muy lejos de Jillian y Tony... Pero no estaba Tom, ni tampoco Fanny. Y yo les había enviado invitaciones a los dos. Mi hermano me había advertido en su última carta:

Ten un poco de cabeza y haz todo lo que puedas para mantener a Fanny alejada de tu vida. Yo iría si pudiese, de verdad; pero estoy muy ocupado intentando aprobar mis propios exámenes; y todavía tengo que ayudar a papá. Perdóname, y ten la seguridad de que estaré contigo con el pensamiento.

Después de la fiesta de graduación, regresamos a «Farthinggale Manor». Aparcado ante la puerta principal, había un «Jaguar» blanco que Tony había mandado diseñar especialmente para mí.

—Es para el día en que vuelvas a Winnerrow. Si tus ropas y tus joyas no les impresionan, este coche no puede dejar de hacerlo.

Era un automóvil fabuloso, todos mis regalos de graduación lo eran. Pero, curiosamente, ahora que ya no era una estudiante, tenía tanto tiempo libre que no sabía en qué ocuparme. Había conseguido mi objetivo. Podía convertirme, si quería, en otra Miss Marianne Deale. Ahora no estaba segura de que fuera eso lo que deseaba. Aquel verano fue formándose en mi interior una vaga inquietud, un terrible desasosiego que me mantenía despierta por la noche y tornaba irritable mi carácter.

—Haz una excursión en el coche tú sola —sugirió Tony—. Es lo que yo solía hacer cuando tenía tu edad y no podía encontrar serenidad dentro de mí mismo.

Sin embargo, ni siquiera un viaje por la costa de Maine, donde permanecí diez días en un pueblecito de pescadores, logró tranquilizarme. Tenía que hacer algo. Debía realizar un acto importante.

Esta vez, al regresar de mis cortas vacaciones y atravesar la ornamentada puerta de la verja de «Farthinggale Manor», volví a llegar como una forastera, con ojos nuevos, a aquella larga carretera curva que conducía a la vasta y fascinante mansión.

Todo estaba igual. Lo mismo de impresionante, intimidante y bello. Y yo podría haber tenido de nuevo diecisiete años por todos los cambios que veía. Pues una cierta intuición me estaba susurrando que Troy podría estar allí. Tony había dicho que no se mantendría alejado indefinidamente.

Mi corazón aceleró sus latidos; mi alma pareció despertar y estirarse antes de hacer una profunda inspiración y tenderse de nuevo hacia el amor que había encontrado en aquella casa. Podía casi ver a Troy, sentirlo, percibirlo en algún lugar próximo. Permanecí un rato sentada, aspirando el aroma de flores que saturaba el aire, antes de salir del coche y dirigirme al elevado pórtico de piedra.

Curtis respondió a mis impacientes timbrazos, sonriendo cálidamente al ver quién era.

—Es un placer verla de nuevo, Miss Heaven —dijo, con su voz grave y cultivada—. Mr. Tatterton está paseando por la playa, pero la señora se encuentra en sus habitaciones.

Jillian estaba encerrada en sus aposentos en aquella fastuosa mansión que había vuelto a replegarse en un silencio casi tan profundo y espeso como el de una tumba.

Se hallaba sentada como yo la había visto muchas veces cuando se sentía menos que feliz consigo misma, con las piernas cruzadas sobre su sofá de marfileño tapizado, ataviada con otro de sus flojos vestidos color marfil que esta vez estaba adornado con encaje amarillo.

Los suaves sonidos de la puerta al abrirse y cerrarse parecieron despertarla de una profunda meditación. Sobre la mesita de café que tenía delante se hallaban, extendidas en orden, las cartas de un solitario a medio hacer, y los restantes naipes yacían en sus manos desmadejadas, olvidadas. Sus abstraídos ojos azules se volvieron para mirarme casi sin ver. Mientras me miraba, casi con terror, intenté sonreír. Si mi aparición la había sorprendido, más me sorprendió a mí su aspecto.

Su tez era ahora de porcelana resquebrajada, enfermizamente blanca. Y, mientras me miraba, me sentí aterrada al ver la desorientación que había en sus ojos, la forma en que se estrujaba las pálidas manos, y cómo sus cabellos colgaban en torno a su rostro, descuidados y sucios.

Cuando me volví para que no advirtiese mi turbación, vi que, sentada en un lejano rincón, haciendo ganchillo en silencio, estaba una mujer vestida con un blanco uniforme de enfermera. Levantó la vista hacia mí y sonrió.

—Me llamo Martha Goodman —me informó—. Me alegra mucho conocerla, Miss Casteel. Mr. Tatterton me dijo que llegaría usted un día de éstos.

—¿Dónde está Mr. Tatterton? —pregunté, dirigiéndome directamente a ella.

—Paseando por la orilla del mar —respondió en voz baja, como si no quisiera atraer la atención de Jillian hacia su presencia en la habitación.

Se levantó para señalar la dirección, y yo me volví para salir.

Mi abuela se levantó y empezó a dar vueltas sobre sus pies descalzos, haciendo acampanarse la amplia falda de su vestido.

—Leigh —dijo con voz infantil y cantarina—, saluda de mi parte a Cleave la próxima vez que lo veas. Dile que a veces casi me arrepiento de haberle dejado por Tony. Pues

340

Tony no me quiere. Nadie me ha querido nunca lo suficiente. Ni siquiera tú. Tú quieres más a Cleave, siempre lo has querido... Pero no me importa. No me importa realmente. Tú te pareces mucho a él, eres completamente distinta a mí, salvo por el aspecto. ¿Por qué me miras así, Leigh? ¿Por qué tienes que tomarte siempre las cosas tan condenadamente en serio?

Mi respiración se tornó entrecortada. Salí de la habitación, caminando de espaldas; su enloquecida risa me siguió, vibrando en el aire.

Cuando al fin llegué a la puerta, no pude resistir la tentación de volver a mirarla. La vi ante las arqueadas puertas del mirador. La luz del sol atravesaba sus cabellos y perfilaba su esbelta figura a través del transparente velo de su largo y flojo vestido. Era vieja y, paradójicamente, era joven; era hermosa y era grotesca; pero, sobre todo, estaba loca e inspiraba lástima.

Y me alejé, consciente de que había decidido no volver a verla más.

En la rocosa orilla de la playa caminé por donde Troy nunca había querido pasear a mi lado, tanto era el miedo que le inspiraban el mar y sus presagios. Había rocas y peñascos más altos que yo, y no resultaba fácil andar por allí. En esa ocasión también yo me había sentido aterrorizada por el mar, con el incesante golpear en sus rompientes y las poderosas olas que se estrellaban contra la costa y hacían del tiempo humano una pizca de arena.

Se me metían piedrecitas en los zapatos, así que me descalcé y eché a correr para alcanzar a Tony. Pensaba quedarme con él sólo una hora, o cosa así, pues ahora tenía elegido ya un destino.

Al doblar un recodo de la playa, me encontré de pronto con él. Estaba en pie sobre un montón de rocas, miraba hacia el mar. Aunque con cierta dificultad, trepé hasta llegar a su lado. Le dije lo que me proponía hacer.

—Así que vas a regresar a Winnerrow —dijo con voz apagada, sin volver la cabeza—. Siempre he sabido que retornarías a esas montañas dejadas de la mano de Dios y a las que deberías odiar tanto como para no desear volver a verlas nunca más.

—Forman parte de mí —respondí, sacudiéndome el barro de los pies y las piernas—. Siempre quise ir a enseñar allí, en la misma escuela en que Miss Deale nos daba clase a Tom y a mí. No hay muchos maestros que quieran acudir a esa zona tan pobre, así que me aceptarán, y tendré la oportunidad de continuar la tradición iniciada por Miss Deale. Mi abuelo Toby espera que me aloje con él mientras doy mis clases. Y, si tú todavía deseas verme, pasaré aquí algún tiempo contigo. Pero no quiero volver a ver a Jillian.

—Heaven —empezó Tony, y, luego, se detuvo y se quedó mirándome con una expresión de profunda aflicción en los ojos.

Traté de reprimir el ramalazo de compasión que sentí al advertir las bolsas formadas bajo sus ojos, y las oscuras ojeras. Estaba más delgado, iba con menos elegancia. Sus pantalones, que antes habían tenido unas rayas tan esmeradamente planchadas, carecían por completo de ella. Era evidente que los mejores años de Townsend Anthony Tatterton habían pasado ya.

Suspiró antes de preguntar:

—¿No lo has leído en los periódicos?

—¿El qué?

Lanzó un largo y profundo suspiro, mirando todavía al mar.

—Como sabes, Troy ha estado viajando por el mundo. La semana pasada vino a casa. Parecía saber que tú te hallabas fuera.

El corazón me dio un vuelco.

—¿Está aquí? ¿Troy se halla aquí?

¡Iba a verle otra vez! ¡Troy! ¡Oh, Troy!

Tony sonrió aviesamente, con esa sonrisa que me oprimía el corazón.

Sus hombros se encorvaron, con lo que su cuello pareció acortarse, y continuó mirando al mar, forzándome a volver la vista en la dirección de su mirada. Con cierta dificultad, vi una corona de flores que se movía a impulsos de las olas, mar adentro. Los rayos del sol ponían dorados reflejos en las profundas aguas de color zafiro. La corona de flores era sólo una minúscula y brillante mota. Mi corazón aceleró de nuevo sus latidos. El mar, siempre el mar, había perseguido a Troy. Experimenté una súbita opresión en el pecho.

Tony suspiró, ante el frío viento que siempre soplaba desde el océano.

—Troy volvió a casa muy deprimido. Le alegró saber que Jane, Keith y tú os habíais reunido. Pero estaba a punto de cumplir veintiocho años. Los cumpleaños siempre le deprimían. Él creía, lo creía sinceramente, que treinta era

342

su límite. «Espero que no sea una enfermedad dolorosa —decía a veces, como si eso le preocupase más que nada—. No es que tenga miedo a morir, es sólo el camino a la muerte lo que me aterroriza, pues a veces puede ser terriblemente largo.» Te quedan dos años más, le recordaba yo, en el caso de que tu precognición sea cierta. Si no lo es, tienes cincuenta, sesenta o setenta. Él me miraba como si yo no entendiese. Me mantenía cerca de él para ayudarle, temiendo que sucediera algo. Solíamos sentarnos en sus habitaciones y hablábamos de ti, y de lo fuerte que demostraste ser cuando cuidabas de tus hermanos después de que tu madrastra y tu... padre se marcharan. Me dijo que durante el semestre pasado solía visitar tu Facultad y esconderse en el campus sólo para poder verte.

Sus ojos se volvieron de nuevo hacia el mar. La corona ya había desaparecido, y yo estaba asustada, muy asustada.

—Te estoy contando esto sabiendo que todavía le amas. Sé indulgente conmigo, Heaven. Para apartar los pensamientos de Troy de ese temido cumpleaños, proyecté una fiesta que duraría todo el fin de semana. Hice prometer a todo el mundo que no le dejarían solo ni un momento. Había una chica con la que había salido una o dos veces. Estuvo casada, y se había divorciado. Se trataba de una chica risueña y alegre que yo pensaba que le levantaría el ánimo y quizá le ayudara a dejar de pensar en ti. Contaba toda clase de historias extravagantes, sobre las celebridades que conocería, y los vestidos que se iba a comprar, y la gran mansión que haría construir en su isla del mar del Sur... cuando hallase al hombre adecuado con el que vivir. Y miraba a Troy. Él no parecía verla ni oírla. A ninguna mujer le gusta ser ignorada de esa manera, y eso terminó con su buen humor. Se tornó burlona, hiriente. Hasta que Troy no pudo soportar por más tiempo sus pullas; se levantó de un salto y salió de la casa. Lo vi dirigirse hacia las cuadras. Yo no quería que fuese allí, y si aquella estúpida no me hubiera seguido corriendo le habría alcanzado con tiempo de sobra para impedir lo que hizo. Pero me agarró de la mano y empezó a burlarse de mí por portarme como si fuera el guardián de mi hermano. Y cuando finalmente me desasí de ella, Troy, según me dijo luego un mozo de cuadra, había ensillado a *Abdulla Bar* y, montado en él, se lanzó hacia el laberinto. No era éste lugar que gustase a un caballo sensible, así que no tardó en saltar por encima del último seto, enloquecido por las vueltas y virajes que no había visto nunca... ¡Y el caballo se dirigió hacia la playa!

—*Abdulla Bar...* —repetí.

Casi había olvidado el nombre.

—Sí, el garañón favorito de Jill. El que nadie más que ella podía montar. Yo ensillé mi propio caballo y traté de alcanzarle; pero el viento soplaba con fuerza en la playa. A unos treinta metros por delante de mí, una hoja de papel que revoloteaba en el aire fue a parar contra la cara de *Abdulla Bar*. El caballo se encabritó y relinchó, aterrorizado; giró sobre sí mismo ¡y se lanzó al galope hacia el océano! ¡Fue horrible estar montado en mi caballo, que se negaba a correr contra el viento, y ver cómo mi hermano trataba de hacer que aquel frenético animal volviese a la playa! El sol estaba rojo y bajo en el horizonte, detrás de nosotros... El agua se convirtió en sangre... y, luego, desaparecieron caballo y jinete.

Me llevé las manos a la frente.

—¿Troy? ¡Oh, no, Troy!

—Llamamos a la Guardia Costera. Todos los hombres que asistían a la fiesta se hicieron a la mar en las embarcaciones que tengo, y le buscamos. *Abdulla Bar* regresó nadando a la playa, solo, y luego, hacia el amanecer, fue encontrado el cuerpo de Troy. Se había ahogado.

¡No! ¡No! No podía ser verdad.

Él continuó, rodeándome los hombros con el brazo y apretándome contra su costado:

—Intenté desesperadamente averiguar dónde te encontrabas en Maine; pero me fue imposible. Todos los días he celebrado mi propio funeral por él, esperando que volvieses y le dieras tu despedida.

Yo creía que había derramado ya todas las lágrimas que podía derramar por el amor que sentía hacia Troy. Sin embargo, mientras permanecía allí, mirando al mar, comprendí que a lo largo de toda mi vida no dejaría de llorar por él.

Pasó el tiempo mientras yo permanecía junto a Tony, esperando que reapareciese aquella flotante corona de flores. *¡Oh, Troy, el tiempo que podríamos haber pasado juntos! ¡Casi cuatro años que te habrían dado una buena porción de alegría, de amor y de normalidad, y quizás entonces hubieras amado la vida lo suficiente como para haberte quedado!*

Me sentía paralizada, cegada por lágrimas que no quería

compartir con Tony. En el camino de vuelta a la mansión, me despedí rápidamente de él; pero me cogió las manos y trató de arrancarme la promesa de que volvería.

—¡Por favor, Heaven, por favor! Tú eres mi hija, mi única heredera. Troy ha muerto. ¡Necesito un heredero que dé sentido y finalidad a mi vida! ¿De qué sirve todo lo que hemos acumulado durante siglos si nuestra línea termina ahora? ¡No te vayas! ¡Troy querría que te quedases! Todo lo que él era está aquí, en esta casa y en la casita en que él vivía y que te ha dejado a ti. Él te amaba... Por favor, no me dejes aquí solo con Jill. Por favor, Heaven, quédate, te lo ruego, por mí y por Troy. Todo lo que ves a tu alrededor será tuyo. Es tu legado. Tómalo, aunque sólo sea para que puedas transmitírselo a tus hijos.

Desprendí mis manos.

—Puedes ir adonde quieras sin Jillian —dije cruelmente, montando en mi magnífico coche—. Te será fácil contratar personas que cuiden de ella y no regresar hasta que haya muerto. Tú no me necesitas, y yo no te necesito a ti, ni el dinero Tatterton. Ahora tienes exactamente lo que mereces... Nada.

El viento me alborotó el pelo. Él se quedó viéndome partir, y era el hombre de expresión más triste que yo había visto jamás. Pero no me importaba. Troy había muerto, y yo me había graduado en la Universidad. La vida continuaría, pese a Tony, que me necesitaba ahora, y a Jillian, que nunca había necesitado nada más que juventud y belleza.

XXIII. VENGANZA

Iba a regresar a Winnerrow. Por fin me había llegado el momento de dejar reposar el pasado y convertirme en la persona que siempre quise ser. Ahora sabía que los sueños de nuestra infancia suelen ser los más puros. Yo deseaba más que ninguna otra cosa seguir los pasos de Miss Marianne Deale, ser la clase de maestra que podía dar a una niña como yo una oportunidad en la vida, abrir el mundo de los libros y el conocimiento que suministraba el medio de salir de la pobreza y la ignorancia de las montañas. No me costaba realmente poner en peligro mi herencia Tatterton, pues ya no era una zafia Casteel agazapada en el margen de la sociedad. No, yo era una Tatterton, una Van Voreen... Y, aunque me proponía no decir jamás a nadie nada de mi verdadera ascendencia, me hallaba, sin embargo, dispuesta a enfrentarme al hombre cuyo amor tan desesperadamente había necesitado de niña, y que me había negado tan cruel e implacablemente. Ya no le necesitaba en absoluto; pero quería que él, y solamente él, supiera quién era yo.

Tardé tres días en llegar en coche hasta Winnerrow, y durante el camino me detuve en Nueva York, en una de las mejores peluquerías, e hice algo que deseaba hacía años. Toda mi vida quise tener el color de pelo rubio plateado que poseía mi madre. Siempre había sido yo el ángel negro, delatado por lo que había creído que era mi pelo indio Casteel. Ahora sería el verdadero ángel radiante y esplendoroso, la rica muchacha de Boston a la que nadie miraría jamás con desprecio. No, yo no era ya una Casteel. Yo era hija de mi madre. Y sabía que, por lo menos a un hombre, no le parecería yo la Heaven Leigh Casteel que él odiaba... No, él vería cuánto más parecida era a Leigh, y comprendería finalmente cuánto me amaba. Yo sería la Heaven Leigh a la que tanto quería..., pues al fin vería en mí a su amado *Ángel.*

Cuando llegué a la nueva cabaña del bosque, el abuelo casi no me conoció. Parecía casi asustado la primera vez que me vio, como si realmente se le hubiera aparecido un fantasma salido de entre los muertos. Entonces comprendí que, si alguna vez llegara a ver realmente a su Annie, lo más seguro era que le diese un ataque al corazón.

—Abuelo —dije, abrazando su cuerpo, rígido y aterrado—. Soy yo, Heaven. ¿Te gusta mi pelo?

—Oh, Heaven. ¡Creía que eras un fantasma! —exclamó con un profundo suspiro de alivio.

Y cuando le dije que venía a quedarme a vivir con él se mostró alborozado.

—Oh, Heaven, todo el mundo vuelve a casa. El circo de Luke llega a la ciudad la semana próxima. Todos los Casteel vuelven a Winnerrow. ¿No es estupendo?

Así pues, no era yo el único Casteel que regresaba para demostrar quién era ahora. Podría poner en práctica mis planes mucho antes de lo que había esperado. Sabía exactamente lo que tenía que hacer.

Los habitantes de Winnerrow no hacían más que hablar del circo. Se reunían en las esquinas, en la farmacia, en el salón de belleza y en las barberías, y abarrotaban el único supermercado con sus múltiples especulaciones sobre si era o no «decente» asistir a un circo en el que la mayoría de los artistas iban escasamente vestidos. Todo el mundo estaba tan ocupado con el asunto del circo que apenas si tenían tiempo para chismorrear sobre mí y del paso de mi blanco «Jaguar» a través de la ciudad.

Yo estuve ocupada la semana anterior a la prevista llegada del circo... Permanecí arreglando la cabaña para dejarla lo más bonita y acogedora posible, lavando un viejo vestido que era preciso blanquear con escrupuloso esmero para que quedara bien. Luego, tenía que plancharlo, y yo no había manejado jamás una plancha, ni aun la mejor y más moderna que se podía comprar. Y sucedió que el día en que yo estaba instalando un artilugio llamado tabla de planchar, llegó Logan para darle al abuelo su provisión semanal de medicinas. Contuvo el aliento al verme.

—Oh —dijo, con aire azorado—. Casi no te conocía.

—¿No te gusta? —pregunté risueñamente, decidida a mantener distancias.

—Estás guapa; pero lo estabas más aún con tu propio pelo negro.

—Es lógico que digas eso. A ti te gusta todo tal como Dios nos ha dado. Pero ya sabes que la Naturaleza se puede mejorar.

—¿Vamos a empezar a discutir otra vez, y por una cosa tan tonta como el color de tu pelo? Sinceramente, me trae sin cuidado lo que hagas con él.

—No pensaba que te importase.

Dejó sobre la mesa de la cocina el paquete que traía y miró a su alrededor.

—¿Dónde está tu abuelo?

—Abajo, fanfarroneando acerca de papá y su circo. Por la forma en que se comporta, cualquiera diría que mi padre se había convertido en el Presidente de los Estados Unidos.

Logan permanecía en pie en medio de la cocina con aire turbado, mirando a su alrededor, sin querer marcharse todavía.

—Me gusta lo que has hecho en esta cabaña. Parece muy acogedora.

—Gracias.

—¿Vas a quedarte algún tiempo?

—Quizás. Aún no lo sé. He presentado mi solicitud al consejo escolar de Winnerrow; pero no he tenido ninguna noticia todavía.

Empecé a intentar planchar mi vestido.

—No te has casado con Troy Tatterton. ¿Por qué?

—Verdaderamente, no es asunto tuyo, ¿verdad, Logan?

—Yo creo que sí. Te conozco desde hace muchos años. Te cuidé cuando estabas enferma. Te he querido durante mucho tiempo... Creo que eso me confiere algunos derechos.

Pasaron varios minutos antes de que pudiera responder, con voz débil y llorosa:

—Troy murió en un accidente. Era un hombre maravilloso que tuvo demasiadas tragedias en su vida. Siento deseos de echarme a llorar por todo lo que él debía haber tenido y no tuvo.

—¿Qué es lo que los multimillonarios no pueden comprar? —preguntó, con un cierto tono burlón, y yo me volví para mirarle, con la plancha todavía en la mano.

—Tú piensas, como pensaba yo, que el dinero lo puede todo, pero no es así, y nunca lo será.

Me volví y empecé a planchar de nuevo.

—¿Quieres marcharte, Logan? Tengo un montón de cosas que hacer. Tom se va a alojar aquí, con nosotros, y deseo que la casa esté en perfectas condiciones cuando llegue... Esto tiene que parecer un hogar.

Permaneció largo rato en pie detrás de mí, tan cerca que habría podido inclinarse hacia delante y darme un beso en el cuello; pero no lo hizo. Yo sentía su presencia, casi como si me estuviese tocando.

—Heaven, ¿intentarás encontrar un hueco para mí en tu recargada agenda?

—¿Por qué habría de hacerlo? Tengo entendido que estás prácticamente comprometido con Maisie Setterton.

—¡Todo el mundo me dice que Cal Dennison ha vuelto a Winnerrow sólo para verte!

Giré de nuevo en redondo.

—¿Por qué estás tan dispuesto a creer todo lo que oyes? Si Cal Dennison está en la ciudad, no ha hecho ningún esfuerzo por ponerse en contacto conmigo, y espero no volver a verle nunca.

De pronto, sonrió. Sus ojos color zafiro se iluminaron y le hicieron parecer de nuevo un muchacho, el muchacho que antes me amaba.

—Bueno, me alegra volver a verte, Heaven. Y me acostumbraré a tu pelo rubio si decides conservarlo así.

Dio la vuelta y salió por la puerta trasera. Yo me quedé mirando en su dirección, preguntándome, preguntándome...

Cuando amaneció el día en que debía actuar el circo, el abuelo estaba tan ansioso por ver a su hijo menor y a Tom, que casi daba saltos de excitación mientras yo intentaba anudarle la primera corbata que llevaba en su vida. Refunfuñó, gruñó y me dijo que era peor que Stacie, que siempre estaba tratando de hacerle parecer lo que no era.

—No puedes hacerlo, Heaven. La ropa nueva no servirá... y, en cuanto te vayas... ¡Yo no puedo cepillarme el pelo!

Mi intención era hacer que se pareciera lo más posible a un caballero y demostrarles a todos aquellos presuntuosos de Winnerrow que hasta los Casteel podían cambiar. El abuelo llevaba, además, el primer traje de su vida. Le metí un pañuelo de colores en el bolsillo y jugueteé con él unos momentos, mientras él esperaba con impaciencia a que terminase.

—Vaya, ahora sí que me has dejado hecho todo un tipo elegante —dijo orgullosamente, contemplándose de arriba abajo en el espejo de cuerpo entero que se había instalado en el dormitorio que yo utilizaba. Se pavoneó, acariciándose suavemente el poco cabello que le quedaba.

—Y ahora ten cuidado con tu ropa mientras yo me visto, abuelo.

—Pero no sé en qué entretenerme.

—Te diré lo que puedes hacer. No salgas de la casa más allá del porche principal, y no empieces a tallar madera, o cubrirás de polvo y serrín tu traje bueno. Siéntate junto a la abuela en una de las mecedoras, y cuéntale todo lo que va a suceder hoy. Y estáte allí sentado hasta que salga yo, preparada ya para irnos.

—¡Pero Annie no va a quedarse aquí sola! —protestó con voz aguda—. Luke también es hijo suyo.

—Entonces, la abuela vendrá con nosotros.

Sonrió cuando dije eso. Me tocó la cara con su arrugada mano.

—¿Harás que ella también vaya elegante?

—Claro.

El abuelo me miró casi con respeto. Luego, apareció en sus ojos una expresión admirativa.

—Siempre has sido una buena chica, Heaven. La mejor chica que se puede ser.

Oh, impresionaba más de lo que jamás hubiera esperado verme elogiada por alguien en este lugar de la montaña, donde nadie me había amado nunca lo suficiente.

—Y no vayas más allá del porche hasta que me haya preparado —le advertí—. Si te manchas, tendremos que empezar otra vez desde el principio... Y me refiero a la bañera.

Se alejó arrastrando los pies y refunfuñando sobre los muchos baños que se tomaban en aquella casa y en el agua que se derrochaba.

Esa noche yo llevaba un fino vestido azul de verano, con sandalias azules a juego. Reservaba mi traje blanco

350

para la segunda noche, en que los artistas del circo estarían más tranquilos y podrían quizá fijarse más en el público. La primera noche, todos los Casteel se mostrarían a Winnerrow. La noche siguiente, yo mostraría a papá mi verdadera personalidad. Mis joyas eran auténticas, y sabía que era una necia por llevarlas a un circo; pero imaginaba que nadie se daría cuenta al llevar aquel vestido barato, a no ser que poseyese también esa clase de alhajas.

Cuando finalmente aparecí en el porche, lista para salir, el abuelo estaba tratando a duras penas que Annie no se pusiera nerviosa.

—Está preciosa, ¿verdad, Annie? —dijo con aire complacido, aunque parecía turbarse siempre que mi pelo rubio atraía su atención.

Una vez que hubimos vestido a la abuela hasta dejarla deslumbrante yo insistí en que él se sentara delante, a mi lado, para que lo vieran bien todos los presuntuosos de Winnerrow, que pensaban que los Casteel no podían parecer unos caballeros.

—Pero yo no quiero dejar a mi Annie sentada ahí detrás sola —se quejó.

—Ella quiere echarse y descansar, abuelo, y no tendrá sitio para hacerlo a menos que tú te instales aquí conmigo.

Cuando le hube convencido de que era su deber dejarla descansar cuando ella quisiese, vino a sentarse a mi lado. Entonces, una amplia sonrisa de felicidad iluminó su arrugado rostro.

—¡Menudo coche tienes, Heaven! ¡En toda mi vida he ido tan suavemente! Coge los baches como si tal cosa.

Despacio, muy despacio, avanzamos por la calle Mayor de Winnerrow.

Todas las cabezas se volvían. Ya lo creo que se volvían. Los ojos se salían de las órbitas al ver a los despreciables Casteel circulando en un «Jaguar» descapotable de diseño especial. Y si había algo de lo que todos los campesinos entendían era de automóviles. Por una vez en su vida, Toby Casteel encontró su sentido de la dignidad y permanecía erguido y orgulloso, y sólo se volvió para susurrar a su mujer, una vez que hubimos dejado atrás la calle Mayor:

—Annie, despierta ya. ¿Has visto cómo miraban? No has estado dormida todo el tiempo, ¿verdad? Había que ver cómo no nos quitaban el ojo de encima, ¿eh? No hay nadie que esté mejor que nosotros, ya no. Nuestra Heaven ha ido a la Universidad y ha salido con todo lo que se puede comprar con dinero. Nunca vi las cosas que se pueden conseguir teniendo instrucción.

Jamás había oído al abuelo hablar tanto, aunque él no sabía de qué estaba hablando. El dinero con que se había comprado este coche era de Tony, no lo había ganado yo.

Con lo despacio que conducía, tardamos más de una hora en llegar; pero finalmente nos encontramos en los terrenos del circo, en las afueras de la ciudad.

Habían sido instaladas tres grandes carpas, y muchas otras más pequeñas para las atracciones secundarias. La gran carpa central me impresionó con sus brillantes colores y sus numerosas banderolas que flameaban airosamente al viento. Gentes de cinco condados habían afluido para ver la gran parada. Luke Casteel subiría a un estrado para soltar desde allí su perorata invitando a todo el mundo a entrar.

Mientras el abuelo y yo íbamos paseando, las gentes se volvían a mirarnos, y yo oía sus cuchicheos:

«Es Toby Casteel, el padre de Luke.»

Apenas si habíamos tenido tiempo de acostumbrarnos a tantos ojos que nos miraban, cuando una esbelta mujer vestida de rojo se nos acercó por detrás, gritando a pleno pulmón:

—¡Eh! ¡Espera! ¡Soy yo, tu hermana Fanny!

Antes de que pudiera prepararme para hacer frente a la situación, Fanny se lanzó a mis brazos con desmesurado entusiasmo.

—Oh, santo Cristo crucificado, Heaven —chilló con voz lo bastante alta como para que una docena de personas se volviesen a mirar—. ¡Estás preciosa!

Fanny me abrazó varias veces, antes de volverse hacia el abuelo y abrazarle también.

—¡Vaya, abuelo, nunca te había visto tan elegante! Apenas si te conocía, con lo desastrado que sueles estar casi siempre.

Ésa era la clase de elogios que Fanny sabía hacer siempre. De dos filos. Su vestido rojo con lunares blancos le quedaba tan ajustado que parecía pintado sobre su piel. Varias pulseras de oro se escalonaban a lo largo de sus bronceados brazos. Llevaba los negros cabellos peinados con una raya en medio y recogidos detrás de las orejas con grandes flores blancas de seda. De hecho, parecía un bello y exótico gato ataviado con colores inadecuados.

Retrocedió un paso para mirarme. Sus oscuros ojos adquirieron una expresión atemorizada.

—La verdad es que me asustas. Ya no pareces tú misma. Apuesto a que eres igual que tu difunta madre. ¿No te da un poco de miedo parecerte a alguien que ya está muerto y enterrado?

—No, Fanny. Me gusta parecerme a mi madre.

—Nunca pude entenderte, nunca —murmuró y, luego, sonrió tímidamente—. No me guardes rencor, Heaven, por favor. Seamos amigas. Vamos a ver a papá y olvidemos el pasado.

Sí, yo pensaba que podría hacerlo hoy, por el abuelo y por Tom, con el que nos reuniríamos más tarde. Mañana por la noche, el pasado volvería a emerger.

—Me he librado del viejo Mallory. En cuanto comprendí que se había casado conmigo sólo para que le diese hijos, me lo quité de encima. ¿Te imaginas a ese hombre pensando en hacerme un hijo, cuando ya he tenido uno? Le dije sin rodeos que no estaba dispuesta a echarme a perder la figura para que cuando él estirase la pata no pudiera yo encontrar ningún hombre joven. ¿Y sabes lo que hizo? Se puso furioso, y me preguntó que para qué diablos creía yo que se había casado conmigo sino para que alumbrara a sus hijos... Cristo, si ya tiene tres bien crecidos.

Me dirigió una cohibida sonrisa.

—Gracias por intentar volver a comprar mi hija aquella vez. Sabía que no podrías lograrlo. Ellos no venderían a mi preciosa Darcy ni por todo el dinero que los Tatterton tienen escondido en sus cajas fuertes.

Suspiré por haberla engañado. Nada de lo que el reverendo Wayland Wise me había dicho sobre mí misma me hacía sentirme bien. Temía que tuviese razón.

De vez en cuando, mientras caminábamos hacia la carpa central, Fanny se volvía para abrazar al abuelo, antes de obsequiarme de nuevo con su afecto.

—El viejo Mallory me pasa una buena pensión; pero, diablos, no tiene ninguna gracia tener dinero si no le das envidia a alguien. Heaven, vamos a demostrarles tú y yo a estos paletos lo que puede hacer la pasta. Yo tengo una buena casa encima de una montaña, allá —dijo señalando—, y tú te construyes otra al lado del valle, enfrente de la mía. Podemos saludarnos y hablarnos a gritos cuando el viento sea favorable.

Era una idea divertida para un día de circo.

Resultaba agradable estar con Fanny cuando ella se sentía feliz.

Rodeada de risas y alegrías, pude olvidar todo lo que había sucedido antes. Fanny no tenía la culpa de ser lo que era, como tampoco la había tenido Troy de haber sido lo que fue. Y tal vez pudieran encontrarse excusas para Tony si yo me indujera a mí misma a perdonarle... Sin embargo, él me había robado a Troy. Ver contento al abuelo me proporcionaba una gran satisfacción. No se cansaba de repetirme lo mucho que se estaban divirtiendo él y Annie.

—Pero no queremos que se canse —advirtió hacia el anochecer, cuando se encendieron las luces y la gran afluencia de visitantes hizo más densa aquella multitud. Comenzaron a flaquearle las piernas, y al poco tiempo andaba arrastrando los pies y respirando con dificultad.

Se nos había hecho tarde cuando llegamos a la plataforma donde papá habría estado soltando su perorata. La carpa principal se encontraba ya abarrotada; pero Tom nos había mandado localidades. Con el tiempo justo, nos dirigimos hacia los mejores asientos de la carpa. En el momento de sentarnos, la banda atacó una alegre y animada marcha. Al poco rato, se descorrieron unas cortinas y apareció una corta fila de elefantes indios cubiertos de chillones adornos y con bellas muchachas montadas en sus lomos. El abuelo hinchó el pecho cuando vio a papá pavoneándose en el centro de la pista con su micrófono, presentando, con voz que se sobreponía a la música, a cada animal y cada jinete y anunciando las maravillas que iban a aparecer.

—Ése es mi Luke —gritó el abuelo, dando un codazo a Race McGee, que se sentaba junto a él—. ¿No es un tipo bien plantado?

—Desde luego, no se parece a ti, Toby —respondió un hombre que había perdido muchos bienes jugando al póquer con papá.

A la mitad de la función, el abuelo se encontraba en un grado tal de excitación que temí que no viviera lo suficiente para ver el final. Fanny estaba casi igual. Chillaba, gritaba, aplaudía. Y de vez en cuando se ponía a dar saltos de tal manera que los pechos casi se le salían por el amplio escote. Yo deseaba que supiera mantenerse quieta y no dar semejante espectáculo; pero lo que ella quería era darlo y, desde luego, lo conseguía.

Cuando los leones saltaron al centro de la pista para

lucir sus habilidades a las órdenes del domador, empecé a sentirme nerviosa. No me gustaba el número. Los animales, obligados a hacer estupideces como sentarse en unos pedestales, me desasosegaban. Yo continuaba buscando con la vista a Tom, y no lo encontraba. Deseaba que se fueran los payasos, que me estaban obstaculizando la visión con sus piruetas, distrayéndome de lo que más quería ver.

Y entonces descubrí a Logan.

Ni siquiera estaba contemplando a los leones; me estaba mirando a mí con expresión ceñuda, a través de tres metros de gradas cargadas de gente. A su lado, se hallaba sentada la pelirroja más guapa que yo había visto jamás. Necesité mirarla cuatro o cinco veces para reconocer en su compañera a Maisie Setterton, la hermana menor de Kitty. Oh, oh, estaba saliendo mucho con ella.

—He oído que Logan se ha prometido con Maisie —susurró rencorosamente Fanny, como si pudiera leer mis pensamientos—. No sé qué es lo que ve en ella. Nunca he podido soportar a las pelirrojas naturales, con esa piel que se les llena de pecas con tanta facilidad, y nunca supe de una pelirroja que no fuese una asquerosa bocazas, incluso las artificiales.

—Tu madre lo era —respondí con aire ausente.

Sonrió de nuevo hacia donde Logan estaba sentado con Maisie, y su sonrisa de coquetería se trocó rápidamente en una expresión enfurecida.

—Mira a ese Logan haciendo como que no me ve, cuando ya lo creo que me ha visto. Bueno, yo no me casaría con un tipo tan serio y antipático como él ni aunque me lo pidiera de rodillas y no quedara en todo el mundo otro hombre para elegir que Race McGree. —Y se le echó a reír en la cara al lívido y obeso McGee.

Al poco rato, terminaron todos los números, y aún no habíamos visto a Tom, sólo a papá. La multitud empezó a dispersarse. El abuelo, Fanny y yo nos dirigimos hacia el lugar en que Tom había dicho que nos estaría esperando; pero no le encontré allí. Junto a la carpa en que se vestían los artistas, se hallaba solamente un payaso alto y delgado vestido con un estrafalario traje. Tropecé con uno de sus enormes zapatos verdes con lunares amarillos y cordones rojos.

—Perdone —dije contorneando su descomunal calzado; pero él me los puso de nuevo delante, y me volví para increparle—. ¿Por qué no aparta los pies de mi camino?

Fue entonces cuando vi sus verdes ojos.

—Tom..., ¿eres tú?

—¿Quién, si no, va a ser tan torpe y con unos pies tan grandes? —preguntó, quitándose su absurda peluca roja y sonriéndome—. Estás realmente maravillosa, Heavenly. Pero no te habría conocido si no me hubieras dicho que te habías teñido de rubio.

—¿Y yo qué? —exclamó Fanny, echándosele a los brazos—. ¿No hay una palabra amable para mí, tu hermana favorita?

—Bueno, Fanny, tú estás como siempre supe que estarías. ¡Con más fuego que un cohete!

A ella le gustó eso.

Fanny estaba de un humor excelente. Torció el gesto al saber que papá se había ido ya al hotel donde se alojaban su mujer y su hijo y que no había esperado a vernos. En una pequeña tienda que olía a maquillaje rancio, a polvo y a pintura, Tom se quitó la caracterización y se puso ropa de calle mientras Fanny nos obsequiaba con historietas que yo no había oído aún.

—¡Tenéis que venir a ver mi casa! —dijo varias veces—. Tom, tienes que hacerle venir también a papá. Y a su mujer y al niño. De nada sirve tener una casa nueva preciosa, con piscina y todo moderno y flamante si no viene a verla nadie de la familia.

—Estoy cansado, muy cansado —declaró Tom, tratando de contener un bostezo mientras ayudaba al abuelo, a ponerse en pie—. Y el que la función haya terminado no quiere decir que se haya acabado el trabajo. Hay que limpiar los terrenos. Hay que fregar todos los puestos para que pasen las inspecciones sanitarias. Los animales actúan estando medio hambrientos, así que querrán comer. Los artistas tienen que descansar, y yo estoy encargado de la mayoría de esas cosas... Así que te veré mañana, Fanny, y quizá pueda ir a ver tu nueva casa. Pero ¿por qué demonios habías de querer comprar una casa aquí?

—Tenía mis razones —respondió hoscamente Fanny—. Y si no vienes con nosotras esta noche será como darme una bofetada y decirme que Heaven es la única que cuenta en tu vida... Tom, te odiaré siempre si me haces eso.

Vino con nosotras. La nueva casa de Fanny, de estilo contemporáneo, se hallaba situada en una ladera, directamente enfrente de la cabaña de troncos; sin embargo, el valle era demasiado extenso como para verse; aunque, cuando se gritaba en un valle, la voz llegaba lejos, muy lejos.

—¡Voy a vivir aquí sola! —declaró enfáticamente Fanny—. No tendré marido, ni amante, ni jefe de ninguna clase. No me enamoraré tan siquiera... Simplemente haré el amor. Cuando me canse del hombre de turno, lo echaré. Y poco antes de cumplir los cuarenta me buscaré algún tipo rico y lo tendré para que me haga compañía.

Fanny tenía bien trazado su plan de vida, lo cual era más de lo que yo podía decir de mí misma. Dos grandes daneses fueron pronto soltados para que pudieran retozar y jugar con Fanny, a la que nunca le había gustado realmente ninguna clase de animal.

—Tengo que tener perros feroces como éstos ahora que todo el mundo sabe que mi ex me manda un buen fajo todos los meses —explicó—. ¡Cada maldito hombre que contrato quiere estrujarme!

—¿Quién habría pensado que Fanny Casteel acabaría viviendo en un sitio así? —dijo Tom, como hablando consigo mismo—. Heavenly, ¿es esto tan grande como «Farthinggale Manor»?

¿Qué podía decir yo sin herir los sentimientos de Fanny? No, toda la casa de Fanny podría haber cabido en una sola ala de «Farthinggale Manor». Y, sin embargo, ésta era una casa en la que se podía vivir, sentirse a gusto; en la que se podían conocer todos y cada uno de sus rincones.

Me paseé por ella, mirando con interés las fotografías colgadas de las paredes. Me quedé mirando una en que se veía a Fanny en una playa con Cal Dennison. Cuando mis ojos se volvieron para mirar los de ella, me sonrió malignamente.

—¿Celosa, Heaven? Es mío ahora, en cualquier momento que me apetezca, y no es tan malo, salvo cuando está con sus padres. Tarde o temprano me desharé de él, cuando me aburra.

Yo me sentía ya muy fatigada. Deseé, y no por primera vez, no haberme dejado persuadir por Fanny para venir aquí.

Bostezando, me puse en pie para marcharme, y en ese momento averigüé la verdadera razón por la que Fanny había vuelto a los Willies para quedarse a vivir allí.

—Suelo ver a Waysie de vez en cuando —dijo inesperadamente en medio de nuestra conversación—. Manifestó que le agradaría mucho que le dejase venir a visitarme una vez a la semana o cosa así. Y me va a traer de cuando en cuando a mi pequeña Darcy. Ya la he visto dos veces. Y es preciosa. Desde luego, todo el mundo en Winnerrow se enterará de lo que está pasando..., y será entonces cuando yo tendré mi venganza. La vieja Mrs. Wise se va a pasar muchas noches llorando. Muchas noches.

Sentí que me invadía una oleada de aversión hacia Fanny, y no era la primera vez. Ella no quería a Waysie. Ella no quería realmente a Darcy. Ella sólo quería venganza. Me dieron ganas de abofetearla para que tuviera un poco más de sentido. Pero ella estaba tan borracha que perdía el equilibrio y se caía. Cuando salí de su casa, estaba gritando que me ajustaría a mí también las cuentas por todo lo que había hecho para privarla de su propia estima. Y allí estaba, a sus veinte años, casada y divorciada, odiándome porque ningún hombre la había amado nunca lo suficiente..., ni siquiera su propio padre.

Supongo que Fanny y yo teníamos eso en común.

Forzada por alguna profunda compulsión, la noche siguiente fui de nuevo al circo, esta vez ataviada con el vaporoso vestido blanco que yo había lavado y planchado tan cuidadosamente. Acudí sola, sin el abuelo y sin Fanny. Volví a integrarme en la entusiasmada y sudorosa multitud que había acudido a ver a su «héroe local», Luke Casteel, el nuevo propietario, el hipnotizante presentador. Sólo que esta noche era un poco diferente, pues la bella y joven esposa de papá, Stacie, estaba allí, estrujándose nerviosamente las manos cuando él salió a la pista a pronunciar su largo discurso de presentación, sin la menor vacilación ni fallo. Entonces, ¿por qué estaba tan nerviosa? Mi padre era un hombre espléndido y poderoso que irradiaba sensualidad. A mi alrededor, muchachas y mujeres se levantaban para aplaudirle y aclamarle a gritos, y algunas le lanzaban flores y pañuelos. Vi a mi hermano Tom, que había aspirado a ser presidente, reducido a un juguetón payaso para que papá tuviese lo que quería, pese a lo que deseaba él mismo.

Pensé en Nuestra Jane, en Keith y en Fanny, que había sido conducida a donde estaba de forma tan inexorable como yo había sido moldeada por el destino para ser lo que era. Y las palabras del reverendo Wayland Wise volvieron a sonar en mi cerebro: «Tú llevas en ti las semillas de tu propia destrucción, y la destrucción de todo aquel que te ame..., una idealista de la especie más trágica..., la idealista romántica..., ¡nacida para destruirte a ti misma y a los demás!»

¡Como mi madre!

Condenada. Me sentía condenada. Igual que se había sentido en su momento Troy.

Una y otra vez, resonaron en el cerebro las palabras del reverendo, hasta que sentí que mi proyectada confrontación con mi padre era algo estúpido y equivocado y que terminaría hiriéndome. Rápidamente, me puse en pie y me dispuse a salir. No importaba que la gente me gritara que me sentase y dejara de taparles la vista. Tenía que irme. Me daba igual que los leones estuviesen agitándose, fuera de todo control, en la jaula de la pista central. Papá se mantenía atento, fuera de la jaula, con la pistola y el rifle, mientras en el interior de los barrotes el domador trataba de dominar a las fieras, que no le prestaban ninguna atención.

—¡Es el león nuevo que los está trastornando a todos! —gritó un hombre—. ¡Quitad las banderas! Es su movimiento lo que le está poniendo nervioso.

Nunca debí volver a los Willies.

Habría sido mejor mantenerme lejos. Me detuve a unos tres metros de la jaula, queriendo despedirme de Tom, que permanecía detrás de papá, y volver a la cabaña en que el abuelo vivía con su fantasmal esposa.

—Tom —llamé suavemente, intentando atraer su atención.

Con su flojo traje de payaso y su cara pintarrajeada, corrió junto a mí para agarrarme los brazos y rozarme con voz sibilante:

—¡No le digas nada a papá, por favor! Está ocupando el lugar del guardián porque éste se ha presentado borracho, y es la primera vez que lo hace. Por favor, Heaven, no lo distraigas.

Pero yo no necesitaba decir nada. Ni hacer nada.

Papá me había visto.

Con las luces sobre mí, haciendo resplandecer mis cabellos rubios plateados, ataviada con el mismo vestido que mi madre llevaba la primera vez que él la vio en Peachtree Street..., el delicado, costoso y viejo vestido blanco de falda y mangas ondulantes, el que yo había lavado y planchado con todo esmero, almidonándolo ligeramente. El vestido más bonito de mi guardarropa de verano. Y tenía que llevarlo..., esta noche por primera vez. Papá me estaba mirando, petrificado, desencajados sus oscuros ojos. Iba avanzando paso a paso hacia mí, apartándose de la jaula de los leones y del domador, que necesitaba su atención.

Sucedió algo que me cogió totalmente por sorpresa. En los atónitos ojos de papá apareció una expresión de jubilosa e incrédula alegría. Mi corazón aceleró sus latidos en dolorosa respuesta. Mientras permanecía allí, sin saber qué hacer, sentí aletear las largas y amplias mangas de mi veraniego vestido, agitadas por alguna errante brisa nocturna que penetraba por la abertura de la carpa.

¡Por fin, por fin, se alegraba papá de verme! ¡Lo veía en sus ojos! Por fin iba a decir que me quería.

—¡Ángel! —exclamó.

Avanzó hacia mí, con los brazos extendidos. El rifle resbaló de sus dedos, y la pistola que había sacado de la funda cayó silenciosamente sobre el serrín.

—¡Ella!

¡Era mi madre a quien estaba viendo!

¡Siempre sería a ella a quien viese! ¡Nunca a mí!

Di media vuelta y eché a correr.

Jadeante y llorando, me detuve fuera. A mis espaldas, se desató el tumulto. ¡Los gritos! ¡Los rugidos! ¡Los chillidos de gentes enloquecidas! ¡Domesticados animales que se volvían salvajes! Quedé petrificada. Oí los disparos y me volví a medias.

Me apreté la frente con las manos.

—¿Qué ha ocurrido? —pregunté a dos hombres que salían corriendo de la carpa.

—Los leones han derribado al domador y se están cebando en él. Casteel se ha distraído, y ellos han aprovechado la oportunidad. Luego, ese estúpido payaso de pelo rojo va y agarra el rifle, se mete la pistola en el bolsillo y entra en la jaula.

¡Oh, Dios mío, Tom, Tom!

El hombre me apartó frenéticamente y continuó corriendo.

Otro espectador prosiguió el relato.

—Todos esos leones amontonados sobre el domador, y el hijo de Luke, con más valor que el que yo he visto jamás, se ha metido sin vacilar en la jaula, tratando de salvar la vida de su amigo. Y, luego, Luke ha visto lo que estaba pasando y ha entrado a salvar a su hijo. ¡Dios sabe si alguno de ellos saldrá vivo de ésta!

¡Oh, Dios mío...! ¡Yo tengo la culpa!

No me preocupaba por papá, naturalmente que no. Se merecía todo lo que le pasara.

Pero mi preocupación por Tom me hacía correr más rápidamente de lo que había corrido jamás, mientras me resbalaban las lágrimas por la cara.

Una terrible infección se declaró en las heridas que las garras le habían causado a papá en la espalda. Transcurrieron dos días mientras yo permanecía tendida en la cama de la cabaña de troncos del abuelo, forzándome a mí misma a pensar que aquel hombre que luchaba por su vida en el hospital se merecía lo que había recibido, se lo había buscado hacía mucho tiempo, cuando decidió dedicarse al circo.

Lo mismo que Fanny en su nueva casa se estaba preparando para un día de ajuste de cuentas con la gente de la ciudad que siempre la había despreciado; pues no se podía ir por la vida golpeando a diestra y siniestra sin derribar algún día el propio castillo de naipes.

Tom había recibido heridas mucho más graves que papá; él había sido el primero en entrar en la jaula con sólo una pistola metida en sus abolsados pantalones y un rifle que había conseguido disparar una sola vez antes de que la fiera se lo arrebatase de un poderoso zarpazo. Y papá se había apresurado a coger el rifle y dar muerte a dos leones; pero no antes de sufrir heridas considerables.

Y lo peor de todo fue que murió Tom, no papá. Tom, el mejor de todos los Casteel. El que más me había amado. Tom, mi compañero de juegos, mi otra mitad. Él me había dado el valor que yo necesitaba para perseverar y para esperar el día en que nuestro padre me aceptase como hija suya.

Los periódicos convirtieron a Tom en un héroe. Difundieron de costa a costa su sonriente fotografía y relataron la historia de su vida para que la conociese todo el mundo. Y ésa aparecía gallarda, no patética.

Sólo cuando supe que papá viviría tuve el valor de comunicarle al abuelo la noticia sobre lo que le había sucedido a Tom. El pobre anciano no podía leer periódicos, y no le gustaban los noticiarios, prefería pasarse todo el día escuchando boletines meteorológicos en la radio mientras tallaba sus figuras de madera. Sus nudosas manos se detuvieron y se aflojaron luego hasta soltar el pequeño elefante que estaba haciendo para completar el ajedrez de animales que había empezado hacía tiempo a petición de Logan.

—Mi Luke va a vivir, ¿verdad, Heaven? —preguntó cuando hube terminado—. No podemos dejar que Annie sufra otra pérdida.

—He llamado al hospital, abuelo; ha superado el peligro, y podemos ir a verle.

—¿No me has dicho que Tom ha muerto, Heaven? Tom no puede morir cuando no tiene más que veintiún años... Oh, nunca tuve mucha suerte para mantener a mis chicos junto a mí.

En el hospital, dejé que el abuelo entrara solo en la pequeña habitación en que papá yacía completamente envuelto en vendajes desde la cabeza hasta los pies, con sólo una mirilla por la que poder ver. Estremecida, fui a apoyarme contra una pared y lloré. Lloré por tantas cosas que hubieran podido resultar de manera diferente. Me sentí sola, terriblemente sola. ¿Quién me querría ahora, quién? Y, casi como si Dios hubiera oído mi pregunta, unos brazos se deslizaron cariñosamente en torno a mi cintura y fui atraída hacia atrás contra un fuerte pecho. La cabeza de alguien se apoyó en la mía.

—No llores, Heaven —dijo Logan, haciéndome volverme para tomarme entre sus brazos—. Tu padre vivirá. Es un luchador. Tiene muchas cosas por las que vivir... Su esposa, su hijo y tú. Es duro. Siempre lo ha sido. Pero no va a ser tan guapo en lo sucesivo.

—Tom ha muerto, ¿no lo sabes? ¡Tom ha muerto, Logan, muerto!

—Todo el mundo sabe que Tom murió como un héroe. Su entrada en la jaula distrajo a los leones, que se estaban cebando en el domador, que tenía cuatro hijos, y que está vivo, Heaven, vivo. Y ahora dile algo a tu padre.

¿Qué podía decir a un hombre al que siempre había querido amar, pero no había podido? ¿Qué podía él decirme ahora, cuando ya era demasiado tarde para unas palabras que hubieran podido unirnos? Sin embargo, me estaba mirando. A través de aquella pequeña abertura, yo podía ver la tristeza en aquel único ojo, y su mano vendada se movió leve y torpemente, como si la hubiera tendido hacia mí de haberle sido posible.

—Lo siento —consiguió murmurar—. Siento mucho lo de Tom —me enjugué las lágrimas que empezaban a correrme por el rostro—. ¡Siento mucho todo lo que ha marchado mal entre tú y yo!

Creí oírle murmurar mi nombre; pero yo estaba ya huyendo del hospital. Huyendo a un día de sofocante calor. Lanzándome hacia una farola, la rodeé con los brazos y grité; grité realmente. ¿Cómo iba a vivir sin Tom en mi vida, cómo, cómo?

—Vamos, Heaven —dijo Logan, acercándose a grandes zancadas, con el abuelo dando traspiés a su lado—. Lo que ya ha ocurrido no podemos cambiarlo.

—Fanny no apareció siquiera en el funeral de Tom —sollocé, aliviada por el hecho de que él pudiera rodearme con sus brazos y perdonarme tanto.

—¿Qué importa lo que Fanny haga o deje de hacer? —preguntó, volviendo hacia arriba mi lloroso rostro y mirándome gravemente a los ojos—. ¿No éramos siempre más felices cuando Fanny no estaba?

Mientras permanecía allí, bajo la radiante luz del sol, parecía extraordinariamente sensible y cariñoso, semejante a Troy en algunos aspectos. Apoyé la cabeza en su pecho de nuevo y traté de contener las lágrimas. Luego, estábamos caminando los tres hacia el coche.

—Te hallabas equivocada cuando dijiste que yo no te necesitaba —dijo Logan a mitad de camino hacia casa.

El susurro de las hojas, el canto del viento en la hierba, las flores silvestres que perfumaban el aire con su fragancia, hicieron por curarme más de lo que podían hacer las palabras. A cualquier lugar que miraba, veía el verde de los ojos de Tom, y cuando titubeaba en mis decisiones le oía hablar en mi mente, animándome a seguir, a casarme con Logan... Y a abandonar las montañas y el valle tan pronto como se hubiera ido el abuelo.

Le dimos sepultura el 16 de octubre, lo depositamos junto a su amada esposa Annie. Estábamos todos los Casteel en fila: papá, Stacie, Drake, Fanny y la mayoría de los habitantes de Winnerrow. Había sido el valor de Tom, y no mi riqueza ni mi educación, ni mis vestidos, ni mi nuevo coche, lo que había ganado su respeto.

Incliné la cabeza y lloré, como si realmente el abuelo hubiera sido carne de mi carne. Y, antes de que nos alejáramos de su tumba, papá alargó el brazo y me cogió la mano.

—Me arrepiento de muchas cosas —dijo con una voz baja y suave que nunca hubiera esperado oírle—. Te deseo éxito y felicidad en todo cuanto decidas hacer. Y espero, sobre todo, que de vez en cuando te pases por nuestra casa.

Era curioso, sólo ahora podía mirar al hombre a quien había pensado que odiaría siempre y no sentir nada.

No sabía qué decir. Sólo pude asentir con la cabeza.

En una vasta y solitaria casa, otro padre aguardaba mi regreso. Mientras me encontraba allí, en la ladera de la montaña, y miraba a mi alrededor, comprendí que algún día volvería a «Farthinggale Manor», y para entonces yo no sería ni una Casteel ni una Tatterton.

Para entonces, por la dulzura con que Logan me estaba mirando, yo sabía que iría conmigo, y tenía la certeza de que sería una Stonewall.

ÍNDICE

PRIMERA PARTE

I.	Llegada al hogar	9
II.	«Farthinggale Manor»	25
III.	Al otro lado del laberinto	36
IV.	Para bien o para mal	49
V.	Winterhaven	63
VI.	Estaciones cambiantes	88
VII.	Traición	107
VIII.	El baile	117
IX.	Logan	131
X.	Promesas	143
XI.	Días festivos, días solitarios	154
XII.	Pecados y pecadores	177

SEGUNDA PARTE

XIII.	Enero a julio	197
XIV.	Ganadores y perdedores	214
XV.	Apoyo familiar	227

XVI. Cazadores de sueños 249
XVII. Contra toda probabilidad 264
XVIII. Entréguenmela 284
XIX. Vientos crecientes 300
XX. Mi madre, mi padre 311
XXI. El paso del tiempo 328
XXII. Los sueños se hacen realidad 338
XXIII. Venganza 346